關不住的繆思

黃文成◎著

臺灣監獄文學縱橫論

自　序

　　臺灣因大環境的開放、透明化及本土化，在日治時期、戒嚴時代、國民政府一黨專政時政治上的種種禁忌與資料，已然成為臺灣當代研究與討論的首要議題。「臺灣文學」研究的主題，便在這樣的時空環境之下，得以有較全面性研究的契機與文本相繼「出土」；「臺灣監獄文學」的研究，可以說是在整體臺灣文學研究領域上，不得不碰觸與探討的研究區塊。

　　本書試圖拉大視野，從宏觀角度來考察臺灣百年來的監獄文學作品。期待對「臺灣監獄文學史」做一雖是初步但尚稱是深入的研究與建構，進而冀望對臺灣文學研究，能提供棉薄之力。

　　本書的完成，首先要對康來新教授致上無限的敬意，感謝康教授不嫌棄學生的駑鈍，六年來，提供極為詳盡的資料、研究方向，及本書書寫過程上的鼓勵。康教授給予我的，不僅僅是指導老師在本書上的督促角色，更對本人在日常生活的關心及文學創作方面多所提攜與嘉勉，在此，向康老師致上我由衷的謝意。

　　再者，劉兆祐教授、金榮華教授、李進益教授、許琇禎教授對於本書的多方建議，無論是從體例、論述及研究成果，提供極為寶貴、重要且具體的研究方向與意見；廖振富教授則私下指正本人博士論文資料誤植處，一併感謝。本書又得考試院院長姚嘉文先生、國策顧問柏楊先生、楊青矗先生，以及蔡阿李女士（柯旗化先生遺孀）等人鼎力相助，讓後學有機會進行他們個人獄中書寫口述歷史訪錄，並提供珍貴資料，讓本書在研究成果上得以更為豐厚。此

外，作家阿盛先生對於晚輩多方關心鼓勵，黃世銘檢察長對於本書資料的提供，也都是支持晚輩完成本書的重要且關鍵性的力量。

書籍寫作過程裡，周遭人事變化極為劇烈；首先是給我本書研究方向最原始概念的長輩，也是文建會前二處處長黃武忠先生的過世，再來是與我一同對文學創作懷抱夢想的黃宜君小姐的猝然離世；他們的生與死，最後都轉化成為我完成本書的精神支持之一。本書的完成，當是對他們敬上最深的想念之意。

最後要感謝的是我家人的支持，讓我在這六年來，得以在沒有任何壓力下完成近三十萬字的研究與書寫。

目　次

前言

一、研究動機與目的

（一）「臺灣監獄文學」的定義

　　文學不是本就該有其自身發展的力量，不受文學以外的因素所支配甚而影響之？尤其是可以傳世的文學，更該有超越時空限制而獨立發展出其美學價值與存在意義。但綜覽臺灣文學發展史，我們可以發現，臺灣文學發展的歷程與整個臺灣政治發展，卻有著密不可分的現象與結果。

　　關於臺灣文學發展史上的這一獨特現象與結果，完全體現在監獄文學這一文類的創作歷程與書寫成果上。本書對於「監獄文學」的定義，限定於作家個人生命歷程中，有入獄經驗者的文學作品為考察對象；而文本擇取與分析，則包含獄中創作所有的文學作品，及作家出獄後書寫獄中經驗的文學作品為討論之文本。而未有入獄經驗之作家，其創作與書寫作品雖有以監獄為時空背景的文學作品，仍不在本書討論範疇之內。

　　納入入獄作家出獄後的獄中相關作品原因，在於入獄時空環境的主客觀條件，未必是被允許或方便執筆進行創作，但這樣特殊經歷，卻可以成為作家出獄後進行創作的重大元素。

　　弗洛姆認為人的內心世界，是由人所處的生存環境所決定的。且人類一誕生就具有與動物不同的新特質，人能意識到自己是獨立的整體，

能回憶過去並瞻望未來，能使符號指稱對象和進行行動。人具有認識和理解世界的理性，能透過想像使自己遠遠超出自身感覺的範圍。[1]

因受「四六事件」牽連入獄的柯旗化，於獄中寫下這樣詩句：「我不是詩人／可是如果不寫詩／我將會發狂」[2]，獄中書寫，可謂是一種精神上的自我治療。寫作的過程，便是一趟精神療程。「監獄文學」的精神，無非是從苦悶的現實環境中，試圖從書寫過程中找出一個出口。施明正在〈渴死者〉說明在監獄這一場域的寫作，是有其獨特的存在意義：「當你生活在一個絕對無法由你主宰的空間時，你會從逐漸學乖的體驗裏，形成某種樣品。由於人類異於其他生物，於是乎人類在多方思想、回憶，以適應生存的過程中，便自然地塑成了各種各樣的典型人格。」[3]心靈處在黑暗國度，創作的慾念，則是愈發地澄澈。監獄所誕生下的文學生命型態，交纏了層層的黑暗心靈。

政治流亡者與知識份子良知的雙重身份所寫的文學作品，勢必地能為臺灣文壇另闢一方天地。而這一方天地，是經過殖民地、二二八事件、白色恐怖、戒嚴，再到解嚴時的電光火石。這電光火石，是歷經高壓統治、威權體制後所發出屬於人性的真實。

人性的真實，在這場歷史的幽闇之中走來，格外顯耀。

二、研究範疇及方法

本書所討論「監獄文學」之定義，將以兩個主要創作經驗為原則：

一是，以作家入獄經驗為討論對象，而其獄中書寫，無論內容是否涉及獄中時空，所有創作的文學作品，皆屬於本書討論之文本。

---

[1] 郭永玉：《孤立無援的現代人——弗洛姆的人本精神分析》，貓頭鷹出版社，2000 年 11 月出版，頁 69-71。

[2] 柯旗化：《鄉土的呼喚》，笠詩刊出版社，民國七十五年五月初版，頁 78。

[3] 施明正：《施明正集》，麥田出版社，民國九十二年四月初版，頁 170。

　　二是，作家出獄後的創作或書寫，若有獄中經驗或以獄中為時空背景者，亦為本書所討論分析之範疇。若是作家創作以監獄為書寫場域，但自身卻無入獄經驗，則非本書所討論文本。

　　而本書所論及之臺灣監獄文學的書寫歷史，則跨越日據時期（一八九五～一九四八）、國民政府撤退來臺（一九四九）以來，再到解嚴時期後至二〇〇五年間，臺灣文學百年來的監獄書寫之文本。書寫者，包括政治家，如蔣渭水、陳逢源、雷震；文化人，如楊逵、李敖、施明正、柏楊、楊青矗、王拓等人；犯罪者，如林建隆、郭桂彬等，不同層面的獄中書寫者的文學作品。

　　跨時空地檢視臺灣監獄文學長期的發展，一方面可以發現臺灣文學發展的一條隱性路線，另一方面，亦可藉由監獄文學的生成與發生，窺得臺灣政治發展的幾種可能性。

　　本書研究方法，著重於以下兩方面的解析：

　　一、以作家的個案為考察對象。

　　二、作品解讀與史傳考察並重，並兼及口述、歷史訪談。

　　換言之，本書特重文本分析，作家作品個別詮釋，所以對臺灣各年代的監獄文學作品，盡可能地搜羅與分析。這當中包括各種文類，除小說、詩歌、散文之外，也將研究的文本觸及到「回憶錄」、「家書」、「日記」、「流行歌曲」等文類，期望透過不同的文類，探析出獄中作家的創作動機及書寫的意義。另外，因「監獄文學」文本書寫，無論是在臺灣政治史上或是臺灣文學史上，皆具有歷史上的意義，本書也將以「口述歷史訪談」方式，進行文本上的考察。

　　於是本書試圖在各別作家與個別文類之間，找尋臺灣監獄文學之創作主軸及精神。

三、文獻回顧與探討

　　當代世界文壇所關注的作品，除個人特色之外，也重視作品對於世界的影響。文學不再僅僅是象牙閣樓裡的產物，它必然地將與這世界發生關係。一九八六年諾貝爾文學獎得主渥雷‧索因卡（Wole Soyinka，一九三四～）的文學作品，受到注目與肯定的原因，即是因為他的文學作品充滿人道主義，他的文學是從第三世界出發的文學信仰，深深影響著整個世界文學對於第三世界的觀點。此外，英國作家奧斯卡‧王爾德（Oscar Wilde，一八五六～一九〇〇）在死後，所留下的文學作品早已被視為世界級的經典文學作品，其獄中作品《獄中記》更是與盧梭及奧古斯丁的《懺悔錄》相提並論，此書也成為研究王爾德生平、信仰、思想、情感等的重要文學作品。

　　曾來臺訪問的捷克劇作家──瓦茨拉夫‧哈維爾（Vaclay Havel，一九三六～），本身原是位劇作家，一九六八年的「布拉格之春」後投身於政治改革運動，爾後被捕入獄，其於獄中寫下的《獄中書簡──致親愛的奧爾嘉》讓世界文壇把焦點又再度地置入「監獄文學」這一在黑暗國度所創作出的文學作品。

　　而在臺灣，「監獄文學」這一學術研究範疇，隨著政治大環境的改變，使得許多本是禁忌的議題、人事物、歷史檔案等等，被攤在陽光下，等著被解碼。於是這樣的議題，在八〇年代之後，學者始注意這一研究，不過研究的成果多為點的完成，尚未完成線或面的研究。目前關於「監獄文學」主題發展完整的碩博士論文，目前有兩篇碩士論文：一是師範大學國文所在職專班林佳蕙所撰寫的《日治時期臺灣監獄文學探析──以林幼春、蔣渭水、楊華為例》[4]，此論文研究領域及成果，是在如林瑞明、廖振富、許俊雅等學者教授的研究成果上再行擴張；二是南

---

[4]　林佳蕙：《日治時期臺灣監獄文學探析──以林幼春、蔣渭水、楊華為例》，臺灣師範大學國文所碩專班，民國九十三年六月。

華大學文學所，陳素卿所撰著的《監禁環境的人格研究——以監獄文學為例》碩士論文[5]，此論文雖以「監獄文學」為探討對象，但他鎖定的監獄文學作者及作品，擴及國內外監獄文學，例如哈維爾《獄中書簡》，而國內監獄文學作家作品，是以呂昱《獄中日記》、施明德《囚室之春》及臺灣各監獄所開設之寫作班作品為主要討論對象，論述的觀點與面向，與前人研究文本上及成果上，則多所突破。

　　其他相關的論文，尚有國立中正大學犯罪防治研究所廖德富《寫作治療對受刑人處遇成效之研究》碩士論文。此論文專論監獄寫作班對於受刑人的心靈活動方面的探討，有深入的研究。

　　之外關於「臺灣監獄文學」的研究，多屬單篇論文形式，相關論文，包括了廖振富〈日治時期臺灣「監獄文學」探析〉[6]、林瑞明〈賴和「獄中日記」及其晚年情境〉[7]、莫渝〈鐵窗與秋愁〉[8]、呂興昌〈填補詩史的隙縫——論曹開五〇年代的獄中數學詩〉[9]、江文瑜〈千面鐵窗·單純結局——讀林建隆《鐵窗的眼睛》〉[10]、向陽〈禁錮不住的泉聲〉[11]、拙作[12]〈何年何月桃花開——論《柏楊詩》精神場域的救贖與書

[5]　陳素卿：《監禁環境的人格研究——以監獄文學為例》，南華大學文學研究所碩士論文，民國九十四年六月。

[6]　廖振富：《日治時期臺灣傳統文學論文集》，文津出版社，民國九十四年初版，頁 136-197。

[7]　林瑞明：《臺灣文學與時代精神——賴和研究論文集》，允晨出版社，民國八十八年十二月初版四刷，頁 266-291。

[8]　楊華著：《黑潮集》，桂冠出版社，民國八十年二月初版，頁 3-22。

[9]　曹開：《小數點之歌——曹開的數學詩》，書林出版社，民國九十四年六月初版，頁 259-287。

[10]　林建隆：《鐵窗的眼睛》，月旦出版社，民國八十八年五月初版，頁 190-221。

[11]　本文收入在向陽：《喧嘩、吟哦與嘆息——臺灣文學散論》，駱駝出版社，民國八十五年十一月初版，頁 185。

[12]　以上兩文皆收入李瑞騰主編：《柏楊文學史思想國際學術研討會論文集》，行政院文化建設委員會，民國九十二年十二月。

寫〉、王建國〈不安於室：論柏楊囚室之寫作場域及獄中詩詞作品之時空觀〉、許俊雅《臺灣文學散論》對楊華有單篇討論，陳萬益〈囚禁的歲月〉一文中則對陳列及施明德有過專文討論[13]等。

　　而謝國興對陳逢源作家論的論文集《亦儒亦俠亦風流——陳逢源》、林瑞明《賴和研究》等專家作品論，雖多有觸及作家入獄經驗及作品。但總地來看，對於「臺灣文學裡的監獄書寫」多屬點的研究，線及面的所連結而成的「史」或是「流變」研究成果，則尚在發展當中。

---

[13] 陳萬益：《于無聲處聽驚雷》，臺南市文化中心，民國八十五年五月出版，頁 49。

黑暗時光

——臺灣政治受難時代概述

　　創作時的整體環境與時空背景，對於一個創作者而言，具有深刻且重要的影響，而綜觀臺灣監獄文學的生成，與整個臺灣政治發展史有著密不可分的因果關係。本文，就日據時期以來至臺灣戰後、國民政府來臺、解嚴以來這段一百一十年間，關於臺灣政治運動史中的重要歷史事件做一論述。期以空間與時間座標交會下的時空，來鳥瞰影響著臺灣監獄文學的兩大因素，做一史料上的追蹤。

一、歷史的回顧——日據時期臺灣政治運動

　　強制性的權威在廣泛性、綜合性和精密性方面是最高效的一種武力形式：「槍桿子裡面能生長出最有效率的命令，能導致最迅速、最完滿的服從。」除去對武力的實際使用，就其潛力來講，強制是所有的權力形式中最具廣泛性的一種權力形式，因為它只需掌權者與權力對象之間有最小量的溝通和互相理解，就可以迫使後者服從。[1]臺灣政治犯的形成，自日據時期以來，便存在著上述之統治與被統治者階級關係的歷史時空背景因素。

---

[1]　丹尼斯・朗（Dennis H.Wrong）高湘澤、高全余譯：《權力——它的形式、基礎和作用》，臺北，桂冠出版社，民國八十三年初版，頁66。

　　日據時期臺灣的政治運動，事實上是與民族主義及社會主義運動彼此發生牽連。然不論是政治運動、民族主義運動抑或是社會主義運動，其成員多與當時留日知識份子及臺灣士紳之間，有著綿密的關連。

　　每一政治運動／事件牽涉的範圍及其成因多所複雜，本文僅以與臺灣監獄文學發生相關的事件，加以論述。其餘政治運動／事件非本書所觸及之專題，故不予討論。

（一）六三法案

　　「六三法」是日本帝國議會通過，並以法律六十三條公布關於施行臺灣之法令的一條規定，它賦予臺灣總督在臺有權發布與法律同等效力的律令，也就是說臺灣總督說的話就是法律。它的政治意義是承認臺灣的特殊化地位，亦即日本的憲政（法）制不適用於臺灣。它的主要內容則規定授權臺灣總督府得頒布具法律效力的命令（律令），而且給予「緊急命令權」（先斬後奏）。法案通過的附帶條件是期限三年，但總督府每以臺灣狀況仍屬特殊（與日本迥異），有必要繼續維持總督的立法權威，所以一延再延長至一九〇六年末，有效力持續了十一年。[2]

　　而六三法案內容可分為六條：

　　第一條：臺灣總督府於管轄區域內，得公布有法律效力之命令。

　　第二條：前條之命令，由臺灣總督府評議會議決，經拓務大臣奏請敕裁。臺灣總督府評議之組織，以敕令定之。

　　第三條：臨時緊急事故，臺灣總督府得不經前條之手續，而公布第一條之命令。

　　第四條：依前條公布之命令，公布後仍應立刻奏請敕裁，並報告臺灣總督府評議會。不經敕裁時，總督應即公布該命令後不生效力。

---

[2]　許極燉：《臺灣近代發展史》，前衛出版社，民國八十五年九月初版，頁308。

　　第五條：現法律或將來發布之法律，其全部或一部施行於臺灣省，以敕令定之。

　　第六條：本法律自施行之日起經時三年，失其效力。

　　臺灣總督府本來具有行政、軍事的權限，現又加上立法權，等於是集行政、軍事、立法、司法權於一身的獨裁君主，掌握臺民生殺予奪的全權。[3]為了撤此法，蔡培火、蔡式穀、林呈祿、吳三連等人參與「新民會」幹部，決議將「新民會」改成應該設置臺灣會議，全心投入臺灣議會的請願活動。大正十二年（西元一九二三年）一月一日，總督府制定「臺灣治安警察法」，剝奪了臺灣人原本在日本憲法中所允許的請願權利，第四次請願活動前，便逮捕了蔡惠如、蔡年亨、蔡培火、林幼春、蔣渭水及陳逢源等請願活動主要幹部。

（二）臺灣民主運動與文化界的響應

　　臺灣思想運動，首先是萌芽於旅居東京留學生之間，其次才漸及一般臺灣人。而這些運動則是以先前曾參加同化會運動，及其解散後為期許他日東山復起，或投私財從事育英，或糾集青年知識份子於麾下，而以林獻堂為中心，朝向運動發展。大正八年底，旅居東京臺灣留學生，曾團結推臺灣島內的林獻堂為盟主，要來喚醒臺灣人的民族覺醒，促他們自覺在日本殖民統治下是處於何種地位，並揭櫫「臺灣人非屬臺灣人的臺灣不可」，初組織啟發會，繼則改稱為新民會，商定運動方針為合法的啟蒙運動及政治運動；政治運動方面則實行所謂的「六三法」撤廢運動及臺灣議會設置請願運動。

　　在臺灣島內民族運動先驅者，則以蔣渭水為代表。他於大正九年十一月左右成立文化公司，從事戰後思想、文化研究，並推行臺灣人啟蒙運動團體的臺灣文化協會。

3　林再復：《臺灣開發史》，三民書局出版，民國七十九年六月出版，頁 217-218。

（三）治警事件

　　發生在一九二三年的「治警事件」為「治安警察法違反事件」的簡稱，事件發生原因，係因日據時期，臺灣同胞為爭取「自治權」，發動「臺灣議會設置期成同盟會」運動，向日本當局請願「准許設置臺灣立法議會，賦與臺灣人民參政權」，聲勢愈滾愈大，使得殖民統治者大為不悅；一九二三年十二月十六日，日本官憲檢舉臺灣全島各地的「臺灣議會期成同盟會」會員及有關人士，被傳訊、搜索、拘押者達九十九人之多，使得大家都處於風聲鶴唳中，史稱「治警事件」。[4]

　　民國十二年十二月十六日，臺灣全島在總督府警務局指揮下，對臺灣議會運動關係人展開逮捕行動。是自日本統治臺灣以來，最大規模的一次逮捕臺灣人事件。當天被搜查並對扣押人數共有四十一人，被搜查且被傳訊者為十一人，被搜查者十二人，被傳訊者三十五人，一共九十九人。其中包括了臺灣當時的知識份子及士紳；較為受矚目者有：連雅堂、連溫卿、蔣渭水、蔡式穀、林獻堂、葉榮鐘、蔡惠如、李應章、賴和、施至善、楊肇嘉、林幼春、石煥長、王敏川、鄭松筠等人。

　　九十九人之中，在民國十三年一月七日中，對蔡培火等十七人起訴。[5]第一審時，全獲判無罪；但因檢察長抗告，經再審結果，三位檢察長官依據違反治安警察法第八條第二項，及第二十三條求刑如下：

4　據葉榮鐘《日據下臺灣政治社會運動史》上說明，事件發生於民國十一年（大正十一年）十二月初旬蔡培火由東京歸臺，籌備第三次請願運動的工作，此間與蔣渭水等同志磋商結果，決定組織一個政治結合來做臺灣議會設置運動的主體。民國十二年一月三十日，依照治安警察法第一條規定，以石煥長為主幹（負責人）提出結社組織屆（報備）於臺北市北警察署。不意三日後即同年二月二日，被命令禁止結社，第三次請願委員蔡培火、蔣渭水、陳逢源三人於二月七日赴日，同月十一日抵達東京，同十六日在東京入區松町一三八番地臺灣雜誌社召開「臺灣議會期成同盟會」的籌備會。

5　十七人為：蔡培火、蔣渭水、蔡惠如、林呈祿、石煥長、林幼春、陳逢源、王敏川、鄭松筠、蔡年亨、蔡式穀、林篤勳、石錫勳、蔡先於、林伯廷、吳清波、韓石先、吳海水等人。

　　判刑六個月　蔣渭水、蔡培火
　　判刑四個月　林呈祿、石煥長、陳逢源、林幼春
　　判刑三個月　王敏川
　　罰金百圓　　林伯廷、蔡年亨、林篤勳、鄭松筠、韓石泉、吳海
　　　　　　　　水、石錫勳、蔡式穀、蔡先於、吳清波

　　此一判決，對於臺灣當時士紳間追求「臺灣議會」成立的民族運動，是一大打擊，「臺灣議會」重要成員紛紛入獄。這群入獄的知識份子在入獄之初、之時，寫下了臺灣監獄文學史在日據時期重要的作品。

（四）農民運動──二林蔗農事件

　　日治時期起，臺灣許多農產成為總督府與日人會社聯手壟斷剝削的重要經濟作物，「糖」更被視為當時日本殖民統治的搖錢樹。

　　以甘蔗「採收區域制」為例，全臺被劃分成五十個產糖區，一個區只能設立一家糖廠，每區所產的甘蔗只能由該區的製糖會社採收，蔗農不能自行處理，收購價格也由會社片面決定。當時，二林地區（大致含括今之二林鎮、芳苑鄉、大城鄉、竹塘鄉）的「林本源製糖會社」（簡稱「林糖」），為臺灣買辦林本源家族所設立，在當時政策保護下也同樣對同胞進行剝削。

　　林本源家所經營的臺中州北斗郡林本源製糖公司，因其甘蔗收購價格比其他公製糖公司低廉，以致引起蔗農五十名以上的不滿。

　　一九二〇年代起，隨著臺灣文化協會的巡迴演講，各地蔗農自主意識也漸抬頭。一九二五年一月一日，二林地區許多蔗農齊聚媽祖宮（今仁和宮）前廣場開會，決定組織「蔗農組合」，以集體的力量向「林糖」交涉；六月二十八日「二林蔗農組合」正式成立。

　　臺中州北斗郡二林庄的開業醫師兼臺灣文化協會理事李應章，於一九二四年十二月二十日在臺灣文化協會主辦之下，就農村問題進行演講。

　　然而，多次交涉，毫無進展，眼看採收期已至，組合決定拒絕採收。十月二十二日，「林糖」竟在日警巡查等協助下強行採收，衝突中，巡查受傷，配劍被奪，嚴重挑戰日本殖民統治權威。農民與「蔗農組合」相關人士隨後相繼被捕，並遭嚴刑拷打；後來，包括李應章等二十餘人遭判刑入獄。

　　西元一九二五年時，彰化二林地區的蔗農們，不滿製糖株式會社所提的收購糖價偏低，組成「二林蔗農組合」要求提高收購糖價，但製糖株式會社強行收割甘蔗，造成農民和日本警方的衝突，事後有近百人被逮捕，帶頭的醫生李應章被判刑八個月，這是農民運動史上的「二林蔗農事件」。

　　二林蔗農組合，雖是臺灣第一個農民組合，然而觀其設立宗旨和幹部，即知其組合員不僅含有在蔗農和甘蔗耕作上有直接間接關係的自耕兼佃農，而且包含自耕農和地主的特異農民組合。[6]

　　上述列舉四次發生於日據時期的政治運動、文化運動、社會運動及農民運動。這四次運動，表面上似乎原因不盡相同，但歸根究底，全是臺灣民族主義興起之因，是臺灣人抵抗日本殖民政府的具體展現，而參與政治、文化、社會及農民運動的中堅份子，又多屬知識份子，這群被逮捕入獄的知識份子於獄中，必然會以筆端記錄／抒發內在情緒，於是這些作品便成為臺灣監獄文學史裡，極重要的文本與資產。

二、國民政府撤退來臺之後──戒嚴時期的來臨

　　國民黨政府在臺灣施行的幾項重大政治事件，一九四八年五月九號，「動員勘亂時期臨時條款」；一九四九年五月，「臺灣戒嚴令」；一九四九年五月二十四日，「懲治叛亂條例」；一九四九年十二月七

6　向山寬夫著，楊鴻儒、陳蒼杰、沈永嘉譯：《日本統治下的臺灣民族運動史》，福祿壽興業股份有限公司，民國八十八年十二月出版，頁905。

日，國民政府撤退來臺；一九五〇年六月十三日，「戡亂時期檢肅匪諜條例」；一九五八年五月十五日，「臺灣警備總司令部」成立；一九七一年十月二十五日，臺灣退出聯合國；一九七九年十二月十日，「美麗島事件」；一九八七年七月十五日，解除戒嚴，「國安法」施行。以上九項政治法令對於國民政府統治臺灣，有著絕對程度的影響。

（一）一九四〇～一九五〇年

　　一九四九年五月十九日，蔣介石以國民黨總裁身分到達臺灣，臺灣省警備總司令部就發布戒嚴令，一直到一九八七年七月十五日為止，總共長達三十八年。在戒嚴期間，當時的立法院為了防止中國共產黨在臺灣從事顛覆活動，並嚇阻臺灣人民反抗政府，通過了〈懲治叛亂條例〉以及〈動員戡亂時期檢肅匪諜條例〉兩法令，擴充了解釋犯罪的構成要件，縱容情治單位機關網羅所有人民的政治活動。國家公權力在長期戒嚴中受到濫用，人民的基本權利完全失去保障。

　　根據行政院法務部向立法院所提之一份報告的資料顯示，在戒嚴時期，軍事法庭受理的政治案件達二萬九千四百零七件，受難人約達十四萬人。然而，據司法院透露，政治案件達六、七萬件，如以每案平均三人計算，受軍事審判的政治受難人，應當在二十萬人以上，他們就是「白色恐怖」的犧牲者。

　　光是以一九五〇年代的前五年為例，國民黨政權在臺灣至少殺害了四千個至五千個，甚至於八千個以上的本省和外省的「匪諜」、知識份子、文化人、工人和農民，並將同樣數目的人判處十年以上有期徒刑到無期徒刑。這就是一般所謂的「臺灣五〇年代白色恐怖」。

　　一九四〇至一九五〇年代以來，臺灣發生幾項重大政治事件如下：（1）一九四九年代的「四六事件」；（2）一九四九年的「澎湖山東流亡學生案」；（3）一九四九年「省工委基隆市工委會案」；（4）一九五〇年代的「國防部參謀次長吳石中將案」；（5）一九五〇年「國防

部參議李玉堂中將案」；（6）一九五〇「蘇俄間諜汪聲和、李朋案」；（7）一九五〇年「原住民湯守仁案」等案件。

1、「二二八事件」始末

一九四七年二月廿七日傍晚，專賣局臺北分局緝私員傅學通等六人在臺北市太平通（今延平北路）一帶查緝私煙，查獲中年寡婦林江邁於天馬茶房前（地址在今延平北路與南京西路交叉口附近）販賣私煙，查緝員欲沒收林婦煙攤的香煙及身上的金錢，林婦不讓他們沒收，苦苦哀求，查緝員以槍管敲打林婦頭部，致林婦頭部出血暈倒，圍觀的民眾群情激憤，向查緝員理論抗議，查緝員一邊奔逃，一邊向民眾開槍，不幸擊中一名旁觀的市民陳文溪（延至隔天不治死亡）。民眾更加氣憤，包圍警局和憲兵隊，要求交出肇禍的人法辦，但沒有結果。

廿八日上午，群眾赴專賣局抗議，衝入臺北分局，將許多文卷、器具擲出到馬路上焚燒，並且打傷三名職員（一說死一人）。下午，民眾集結於行政長官公署前廣場示威請願，不料公署陽臺上的憲兵用機槍向群眾掃射，死傷數十人。至此，勢態一發不可收拾，全市騷動、商店關門、工廠停工、學生罷課，警備總司令部宣布戒嚴。由於青年民眾進入廣播電臺（位置即今臺北市二二八紀念館）向全省廣播事情發生的原委，並呼籲各地民眾起來響應，三月一日起，事件迅速擴及全臺，全島各大市鎮皆發生騷動，憤怒的民眾攻擊官署警局，毆打大陸人，發洩一年多來的怨懟，陳儀宣布戒嚴，軍憲則開槍鎮壓民眾，雙方傷亡頻頻傳出。各大城鎮的青年、學生及退伍軍人組成的臨時隊伍，試圖控制軍警單位的武器彈藥，但他們大都是臨時起事的烏合之眾。較具規模的是活躍於臺中一帶的「二七部隊」（此事件係二月廿七日發生而得名）；而較激烈的衝突，則是發生在嘉義水上機場，包括阿里山鄒族原住民及平地漢人組成的民兵，與駐守機場的國府軍攻防戰；高雄市內火車站附近

也有青年學生與國府軍隊之間的對抗。至此「二二八事件」卻引起島內本來在政治生態已處於遍地鋒火下的火藥庫。

事實上，「二二八事件」可以視為偶發事件，然「白色恐怖」卻是有計畫地壓制臺灣島內各種異議份子的行為與行動。[7]

2、四六事件

二二八政治事件，對於當時校園影響也極為的深刻。「四六事件」，應該是校園事件中受害最深、牽連最廣的相關事件之一。同時，「四六事件」也造成了臺灣監獄文學的一波成因。

學生參與社會活動，在臺灣光復期就形成一股風氣，並有實體組織，如「臺灣學生聯盟」，以「脫離日治、迎接祖國」的理想為口號。其中臺大各學院與師院，也都成立學生自治會。其中又以臺大「麥浪歌詠隊」的聲勢最為浩大，所舉辦的活動更是深入社會角落，深深地影響著當時臺灣整個社會。[8]

發生於民國三十八年四月六日的四六事件，導因於兩位臺大與臺灣師範學院（臺灣師大前身）學生共騎腳踏車遭警方逮捕而引發學生集體抗議，導致軍警進入校園鎮壓，計有七位學生被槍斃、五十多位學生被取消學籍，也使得臺灣校園進入長達四十年的白色恐怖時期；一般而言，一九四九年「四六事件」，則又分為兩部分：一是「臺大部分」，另一是「師院部分」。

3、「白色恐怖」始末

所謂的「白色恐怖」，是指爆發於一七八九年的法國大革命，是全世界第一場以暴力推翻君主政體的革命，對全人類的民主實踐有著深遠

---

[7] 參見李筱峰個人網站：http://www.jimlee.idv.tw。

[8] 當時，臺大的主要學生社團包括，農學院的「方向社」和「耕耘社」，以工學院和文學院學生為主的「麥浪歌詠隊」、「蜜蜂文藝社」和「臺大話劇社」等。見藍博洲：《麥浪歌詠隊》，晨星出版社，民國九十年四月初版，頁3。

的影響。然而，「白色恐怖」卻也同樣起源於法國大革命。在大革命期間，激進革命派（左派）的雅克賓黨人（club des Jacobins）以殘酷殺戮對付反革命份子，包括將法國國王路易十六送上斷頭臺；而支持舊政權波旁王朝的保皇派亦以暗殺等手段回敬，由於波旁王室以白色為代表色，遂被稱為「白色恐怖」。然而雅克賓黨人所採取的方式，是運用群眾的力量迫使舊勢力瓦解，而保皇派的行動，則是依靠國家機構的力量壓制異己。在此意義下，「白色恐怖」並不侷限於當局壓制左派的情形，以左派為基礎而建立的國家對於人權的侵害與迫害，亦被視為是「白色恐怖」的一種。

　　歷經一百多年的歷史演變，「白色恐怖」一詞逐漸成為保守政權、當權派與既得利益者以殘酷手段鎮壓、消滅改革派激進人士的代名詞。簡言之，通常意味著擁有政權的統治者，運用國家機器中的直接暴力手段，針對反抗現有體制的革命或革命新勢力，所進行的超制度的摧毀行為。「白色」表示他的保守、反動性格。[9]

　　而臺灣的「白色恐怖」事件，事牽甚廣，「二二八事件」雖是執政者執政失敗所引發「官逼民反」的「偶發」事件，卻由於國共內戰而「擴大化」了。發生「二二八事件」的根本原因，第一是，國軍在大陸地區內戰需要軍糧，使臺灣島內發生嚴重的缺米現象，造成民心不安和恐慌。第二，由於內戰，國民政府無力著手恢復島內生產力，因此也無法解決青年就業，尤其是從海外回臺的原臺籍軍人、軍伕的就業問題，使得他們成為島內動亂的主要力量。

　　而「白色恐怖」的起因，則是在內戰中失利因而遷臺的國民黨政權，為鞏固「反攻基地」，而在臺灣執行「肅清異己」的行為。

---

[9]　藍博洲：《白色恐怖》，揚智出版社，民國八十二年出版，頁17。

　　因此，是國共內戰導致國民政府來臺執政失敗，在一九四七年二月二十八日引發了偶發的「二二八事件」，國民政府一九四九年正式遷臺後，進一步開啟了長達數十年的「白色恐怖」時期。

（二）一九五一～一九六九年

　　一九五一至一九七〇年之間，臺灣發生重大政治事件，則有：（1）一九五一年「客家中壢事件」；（2）一九五二年「鹿窟事件」；（3）一九六〇年代的「《自由中國》雷震案」；（4）一九六一年「蘇東啟案」；（5）一九六一年「柯旗化臺獨案」；（6）一九六四年「彭明敏、謝聰敏、魏廷朝〈臺灣人民自救宣言〉案」；（7）一九六八年「柏楊（郭衣洞）大力水手漫畫案」；（8）一九六八年「崔小萍案」；（9）一九六九年「許席圖等統中會案」等政治事件。一九五一至一九七〇年，是臺灣政治史上處於閉鎖年代，是白色恐怖事件發生最為頻繁的年代，言論受到極大的壓制，思想犯成為獄中最大宗的受刑人；但同時，這一時期的黨外知識份子，也開始集結伺機反動。無論是「左派／共產黨」組織、臺灣獨立組織，或是個人行為，皆對國民政府造成極大的壓力。

　　此時期，對於整個臺灣政治及社會發生深遠影響的又以「《自由中國》與雷震事件」最為重要，本小節則以專論方式討論之。

　　雷震（一八九六年生，浙江人），二十歲加入國民黨，於大陸未失守時期為中國國民黨重要核心份子。一九五四年被開除黨籍。

　　而《自由中國》雜誌原先是一群中國大陸來臺的自由主義知識份子的結合，礙於方言，沒有群眾基礎。但是他們提倡民主自由的理念，以及敢於對時政痛下針砭的言論，對於當時臺灣的部分本土精英——那曾經在終戰後熱切期待參與「祖國」政治、而卻在二二八事件後對政治感到失望的本地的知識分子——而言，是相當具有共鳴作用的。因此，

《自由中國》的知識份子們,與臺灣本土的部分精英份子的結合,也就水到而渠成。

《自由中國》自從出刊「祝壽專號」之後,雷震逐漸地與臺灣本土精英結合。這批經由地方選舉而產生的在野政治人物,包括有「省議會五虎將」之稱的臺南縣的吳三連、宜蘭縣的郭雨新、臺中市的郭國基、雲林縣的李萬居、高雄市李源棧。外加嘉義縣的許世賢,被稱為「五龍一鳳」。他們在選舉後透過舉辦選舉改進座談會,進行結合。

一九六〇年的地方選舉,使得民主運動進入籌組新政黨的高潮。是年二月,地方選舉的前夕,李萬居、郭雨新、高玉樹、吳三連、許世賢、楊金虎等人,召開了一次選舉問題座談會。雷震和青年黨領袖夏濤聲、民社黨主席蔣勻田都出席參加。地方選舉後的五月十八日,無黨籍人士和雷震及民青兩黨人士共七十二人在臺北市民社黨總部召開「在野黨及無黨無派人士本屆地方選舉檢討會」。會中激烈批評選舉舞弊。郭國基在會中慷慨陳詞,「希望把民青兩黨整個全部解散,和臺灣一般民主人士共同來組織一個強有力的在野黨,發揮民主的力量。」經郭國基的一席話的刺激,談論多時的組黨念頭逐漸成熟。當天會議,作成四點決議,包括即日起組織「地方選舉改進座談會」,並在各地設立分會。這一組織的成立,配合幾年來《自由中國》雜誌對組織新黨的鼓吹與呼籲,使得組黨運動進入緊鑼密鼓的新階段。一連串的活動也就密集展開。從六月中旬起的兩個多月之間,「地方選舉改進座談會」在全島各大城鎮舉辦,並公開表示即將籌組一個新的政黨,以打破一黨專政之局。新政黨籌組的風聲一出,統治當局黨政軍所控制的各種媒體,齊起而攻,《自由中國》雜誌也不甘示弱予以還擊。然而,就在九月一日《自由中國》發表由殷海光教授執筆的社論〈大江東流擋不住!〉而聲稱組黨是任何洪流所無法阻擋的三天後(九月四日)臺灣警備總部以涉嫌叛亂,逮捕雷震、主編傅正、經理馬之驌,及會計劉子英四人。

雷震被冠上「為匪宣傳」（散布「反攻無望論」）以及「知匪不報」（雜誌社的會計劉子英被指為匪諜，雷震被指控沒有檢舉他）兩項罪名，於十月八日被判處有期徒刑十年。《自由中國》的編輯傅正，經理馬之驌，處感化三年。被設計為「匪諜」的劉子英處十二年徒刑。

白色恐怖下的政治環境，直接造就了雷震、楊逵、柏楊、施明正、呂昱、曹開、陳映真、李敖、柯旗化、蔡德本等多人，在不同時期、不同事件下入獄。

但這群入獄的知識份子／作家入獄之後，不改天生反骨性格，把握每次著述的機會，「可寧鳴而死，不肯默而生」，大抵是這群知識份子在入獄之前、入獄之中、出獄之後的基本態度。

（三）一九七一～一九七九年

一九七一年到一九七九年之間，臺灣政治重大事件，約略有以下：（1）一九七三年的「臺大哲學事件」；（2）一九七七年「戴華光、賴明烈等人民解放陣線案」；（3）一九七七年「中壢事件」；（4）一九七九年的「余登發父子案」；（5）一九七九年的「美麗島事件」。這一時期，黨外運動浪潮，可以說是臺灣政治史上最奔騰紛亂的年代，但也同時在等待下一個全新年代的來臨。

這一時期政治事件，又以「美麗島事件」最為重要。這一小節專論「美麗島事件」之始末。

臺灣黨外運動的興起，通常是藉由小眾媒體與政府的傳聲筒作對抗。在五〇年代有《自由中國》半月刊，七〇年代相繼出現《臺灣政論》、《八十年代》和《美麗島》等雜誌。其中《臺灣政論》是由黃信介擔任發行人，康寧祥為社長，張俊宏為總編輯；雜誌以繼承《自由中國》等黨外雜誌中批判政府的傳統為職志。

一九七九年，《臺灣政論》的組成人員一分裂為二；一派康寧祥等人主張以「體制改革」，不傾向於「街頭抗爭運動」，創《八十年代》

月刊；另一派是以黃信介等人為首，主張「街頭抗爭運動」，許信良為社長，呂秀蓮、黃天福為副社長，張俊宏擔任總編輯。名義上，兩派人馬似乎還是「黨外」，但實際上，對於政治運動的態度有著全然不同的觀點。

黨外運動，在七〇年代有兩股不同勢力存在；在國民黨內部對於黨外運動，同樣也存在兩種態度。一者以關中、梁肅戎等人為首的國民黨中央組織系統的「主和緩」；另一派，則以情報特務單位的「疾風派」，想以實際行動來殲滅黨外運動，此派亦編有《疾風》雜誌。

《美麗島》雜誌於一九七九年十二月十日國際人權日，在高雄舉行「人權大會」和示威遊行。

十二月九日，南區警備司令部突然宣布將於次日舉行「春員七號冬防演習」，嚴禁集會。十二月十日下午六點，黃信介與南區警備司令常持琇協議：基本上人權大會因已無法取消，可以在原定地點進行演講。

之後，「美麗島事件」共逮捕一百五十人，當初政府方面宣布涉嫌「叛亂罪」者共有五十三人，隔年，二月二十日，警總正式起訴黃信介、施明德、姚嘉文、呂秀蓮、陳菊、王拓、楊青矗、張俊宏、林義雄等人。四月十八日，警備總司令部軍法處宣判：黃信介處十四年徒刑，施明德無期徒刑，其餘人等各判十二年徒刑。[10]

「美麗島事件」的發生，雖然事件的要角，無一倖免，但同時也造就了臺灣近代黨外運動史一次重大的精神集結，另一方面，也開啟了臺灣監獄文學無論是在質與量上，都具時代性意義時刻的到來。

因「美麗島事件」入獄而造成日後臺灣監獄文學的生成，不管是在質量與數量都是最為可觀的一次政治事件。這次事件，首先是本就是小說創作者的楊青矗、王拓的入獄，而以女權運動言論著稱的呂秀蓮在獄

---

10 許介鱗：《戰後臺灣史記》，文英堂出版社，民國八十五年九月初版，頁461-472。

中，也成為一名小說家；律師出身的姚嘉文，在監獄中，更是以書寫三
百萬字之《臺灣七色記》在篇幅的數量上，儼然成為一家之言。而紀萬
生與施明德，同因「美麗島事件」入獄，於獄中亦各自執筆疾書，寫下
屬於他們威權體制下的文學作品。

臺灣監獄文學書寫向度

克莉斯蒂娃（Julia Kristeva，一九四一年～ ）在《恐怖的力量》
說到：

> 藉著提出文學乃是此恐怖的優先能指，我嘗試指出這類文學、
> 甚至是整體的文學，遠非如一般輿論似乎準備接受的、僅僅是我
> 們文化中的邊緣類屬，事實上，文學為我們所面臨的危機，提供
> 了最私密、最慘烈的啟示錄景象的終極編碼。它所具有的夜間力
> 量即由此而來：「最深的冥暗。」（昂潔爾・德・佛里鈕
> （Angele de Foligno））這是它亦是它之所以永遠不斷地妥協的
> 原因：「文學與惡。」（喬治・巴岱依）亦是它之所以能接替神
> 聖領域的原因。[1]

刑罰的作用點不是觀念，而是肉體、時間、日常行為態度。刑罰也施於
靈魂，但僅僅是在習慣寓於靈魂的意義上。至於所使用的手段，就不是
被強化和被傳播的觀念體系了，而是被反覆使用的強制方法，不是符
號，而是活動：時間表、強制性活動、固定的活動，隔離反省、集體勞
動、保持沉默、專心致志、遵紀守法、良好習慣。[2]而監獄的出現，標
誌著懲罰權力的制度化。

---

[1]　克莉斯蒂娃（Julia Kristeva）著，彭仁郁譯：《恐怖的力量》，桂冠出版社，
　　民國九十二年四月初版，頁 276。

[2]　傅科（Michel Foucault）著，劉北城、楊遠嬰譯：《規訓與懲罰》，桂冠出
　　版社，民國九十一年六月初版，頁 127。

是詩人，同時也是政治犯的迪特里希·朋霍費爾說：「如果你要找到自由，首先要學會磨練你的感覺和靈魂。在任何地方都不要讓你的欲望和肢體來指引你。要保持你的精神和身體的純潔高雅，使之完全受制於你，順從地追求在你面前設定的目標。除非依靠磨練，否則任何人也不可能了解自由的秘密。」[3]

在集中營中，人的價值發生了動搖，受到了懷疑，在一個不承認人生價值和人的尊嚴的世界裡，在一個剝奪個人意志、把人當做消滅對象的世界裡，人的自我最終將失去了自我價值。在集中營中，人們如果不與之抗爭以保全自尊，他將不再感到自己是一個獨立存在的人，是一個有思想、有心靈自由和個人價值的人。他會感到自己只不過是芸芸眾生之一，他的存在降到了動物的水準。[4]

索雅（Edwer W .Soja）在《第三空間》提到：身居權威地位者所揮舞的霸權力量，不只是操弄個人之間及社會群體之間單純既定的差異，還積極的生產和再生產差異，作為創造和延續社會及空間區隔式的關鍵策略，以便維繫當權者的勢力和權威。在霸權力量的運作下，那些屈服於特定領域的人，有兩種固有的選擇：不是接受強加身上的分化和區隔，儘量予以運用；就是援用其推想的定位，動員起來抗拒指派給他們的「他者特性」（otherness），奮力反抗這滿布權力的強行施加。這些選擇本身都是空間性的反應，是針對感知、構想和生活空間裡的權力規範性運作的個人與集體反應。[5]基本上監獄文學的大量生成及書寫，是建構在這種權力支配下所形成的文化現象與文學國度，無疑地，這是文

---

[3] 《獄中書簡》，頁 185。《獄中書簡》作者為迪特里希·朋霍費爾（Dietrich Bonhoeffer），一九四三年四月五日到一九四四年十月八日，於柏林的特格爾監獄中入獄。

[4] 劉翔平著：《尋找生命的意義——弗蘭克的意義治療學說》，果實出版社，民國九十年一月出版，頁 38。

[5] 索雅 Edwer W .Soja 著，王志弘、張華蓀、王玥民譯：《第三空間》，桂冠出版社，民國九十三年四月出版，頁 115。

明發展的意外收穫。於獄中空間所生成的文學成果，也呼應了傅科對於空間／知識／權力的三元辯證為核心的歷史文明法展與走向。

　　本文專就臺灣監獄文學幾個書寫精神、議題、文學意象討論。

一、臺灣監獄文學中的精神向度

　　存在的權力（power-to-be）是肯定一個人自己存有的天生需求。這便是權力光譜中的第二層，是一種安靜平實的自信形式。自信是源自襁褓中父母給予的愛，以及所得到的原初價值感；它並在往後的歲月中，表現出一種尊嚴感。[6]在監獄的囚犯，其基本人格與存在的價值已被暴力給數字化，如何脫困於這種自我價值感被摧毀或是情感上的被壓抑，文字的書寫無疑地是能獲得精神上自我超越的方法之一。然而文字雖能顯露的精神超越力量，然其書寫者本身的精神向度，還是關鍵之所在。

（一）監獄文學的精神超力量

　　因風化罪入獄兩年的王爾德對於自己於獄中情緒，非常誠實地觀察著，他說：「但對於我們這些生活在監獄中，生活中沒有事件只有悲哀的人來說，就必須以痛苦的結來計算時間的長短，並標記下我們痛苦的時刻。除了痛苦，我們沒有別的事情可想。痛苦——儘管對你來說聽起來很奇怪——是我們的生存方式，因為只有痛苦才能使我們意識到自己的存在。」[7]現實的生命被政治力量給控制，精神的力量，則選擇宗教來超越，政治與宗教兩種力量，在監獄中產生極為微妙抗衡作用，這樣作用具體映現在獄中文學的宗教主題上。被困守的靈魂，向上天祈求生命的展延，是獄中文學中的一個重要的生命精神向度的創作。

6　羅洛・梅（Rollo May）著，朱侃如譯：《權力與無知》，立緒出版社，民國九十二年九月出版，頁163。
7　《張深切全集・卷四・獄中記》，業強出版社，民國八十七年三月，頁32。

　　宗教所給予的勇氣，並非只是咬緊牙關的勇氣，它的特徵在於有超脫的希望。[8]監獄的形成，其目的在實質面，被限制住的是身體的自由，想被馴服的則是犯人思想的改造工程。只是前者易被控制，後者則非監獄有形的掌控所能制服的。然而囚犯面對自我精神、內在世界的耗損，為避免精神的殘廢與內在世界的崩毀，宗教同時提供了消解與給予兩種力量的來源。一者消解生命存在的孤獨及恐懼感，二者是給予人精神層面的超越性。

　　內在的自我在黑暗國度中極需有效地被解救，否則，死亡不再是唯一恐懼的來源，包括人性的價值，都將在囚犯的內在靈魂中一一瓦解。自我存在的意義與人性一旦面臨崩潰的邊緣而無所依靠對象與救贖力量，那麼人便終將墮入瘋狂的世界，這樣的瘋狂，是精神世界的苦難。於是，走向宗教的書寫，是囚者自身內在精神的超越力量驅使的一種必然現象。

　　立夫頓（Robert Jay Lifton）談到幾種關於人試圖得到象徵性永生的模式，一、生物學模式：透過繁衍後代，透過無止盡的生物鏈連結而活下去；二、神學模式：靠不同更高等存在層面活下去；三、創造性模式：透過一個人的作品、個人創作的長久影響，或是對他人的影響而活下去；四、永存自然的主題：透過與環繞四周的自然生命力重新連結而活下去；五、經驗性超越模式：在一種時間和死亡都消失的強烈狀態中，透過「失去自己」而活在「持續的當下」。立夫頓種種說法的總集，便是宗教信仰的歷程。而宗教信仰的力量，對於受刑人的安頓力量，顯然是徹底且長遠。如就像柯旗化〈小天地〉：

8　Tremmel . William Calloey 著，賴妙淨譯：《宗教學導論》，桂冠出版社，民國八十九年，頁94。

終日靜似山中小禪寺

達摩法師是我老前輩

面壁不語一天二十四小時

春夏秋冬三百六十五天[9]

其另一詩作:〈上帝啊,祢在哪裡?〉:

被凌辱的一顆心

在滴血

上帝啊,祢在哪裡?[10]

肉體與心靈的孤寂是受刑人心裡最深層的感受,柯旗化不斷地向宗教求索力量。曹開則在出獄之後寫下〈獄中詩序〉:

無數獄中吟

發出正氣的呼聲

世間榮華富貴沒有他的份

死後詩章不得盛名也應永遠留傳![11]

出獄之後,之前的苦難,全都昇華為生命裡的篇什,只是在獄中的當下,曹開不免也顯露出對生命的苦難,而他的苦難,則以佛教力量跟思維來化解其獄中苦悶,其詩〈零珠佛鍊〉云:

---

9 柯旗化:《明哲詩集/鄉土的呼喚・小天地》,頁72。
10 柯旗化:《鄉土的呼喚・上帝啊,祢在哪裏》,頁78。
11 曹開:《獄中幻思錄・獄中序詩》,頁2。

一串數不清的佛珠

用我人生的幾何線條貫通

掛在我火候的頸脖上

垂到我「虛懷若谷」的胸前

用我鍛煉的雙手

輪流掐著……

當我修心養性的時候

數一粒零珠

唸一聲阿彌陀佛

循環不斷地掐著

纏綿不絕的誦唸

直到每個零變成完美的圓

直到零字化為靈珠

菩薩往生於其中[12]

　　施明正〈指導官與我〉小說的場景，雖設定在一艘艦艇上，而此艦艇亦即整個臺灣的整體縮影，整個臺灣無時不被監控，一如艦艇上的指導官的存在：

　　一如某些佛教徒，喃喃著：「喃無阿彌陀佛」；我的右手在額唇胸口雙肩畫著聖十聖號：「一十字聖記號，天主吾等主，救吾等於吾求；因父，及主，及聖神之名者，亞孟」以鎮驚止抖。[13]

12　曹開著，呂興昌編：《小數點之歌‧零珠佛鏈》，書林出版，民國九十四年六月出版，頁139。

13　施明正：《島上愛與死——施明正小說集‧指導官與我》，麥田出版社，民國九十二年四月初版，頁300。

之後又正面談及宗教之於獄中人的心靈作用：

> 我的右手又下意識地反射著劃聖十字聖號，並在心底默禱著，把
> 自己，這正陷於狂濤中的孤舟那樣無依的命運，交給造物主，以
> 減輕自覺的恐懼。我首次體會到宗教的實用價值，活生生最明確
> 的例證，產生在我身上。一如鎮定劑之在精神病患者身上所產生
> 的效果。我變得不那麼可笑，那是我羞於看到人會露出的狼狽。[14]

無形的宗教力量，一旦有機會進入黑暗如地獄的囚牢間，會積極地為犯人
求得良心告解，於是我們看見，施明正向基督誠心地求索生命的安頓。

（二）臺灣監獄文學中的生存與死亡哲學觀

「存有」彷彿是哲學命題，但在獄中「存有」，則是一個形而下的
命題。施明正〈渴死者〉描述了獄中身份的系統化：

> 本文主角是跟我關在同一柵欄的一個外省人。我已忘記他的名
> 字，雖然我們每個人總有一個阿拉伯數字的號碼，做為代號，但
> 是我們生活在一個自由的地方，因此人的名字被保留下來，這也
> 許是我們享受到的德政之一吧！[15]

生命的數字化，無疑地是為將個人的性格徹底抹滅，而易於統一管理。
人格的尊嚴被一組數字碼給取代，人的價值在監獄中，給了最無情的羞
辱。柯旗化〈遙望綠島〉：「非自願的苦行僧／日復一日／無可奈何地

---

[14] 施明正：《島上愛與死——施明正小說集・指導官與我》，頁309。
[15] 《島上愛與死——施明正小說集》，頁243。

／面壁而坐／度日如年的歲月／在盼望與絕望中逝去」[16]說的便是此種精神狀態。

　　在牢獄算不算是一種鍛煉？柏楊：「應該是一種鍛煉，牢房好像煉爐一樣，如果你是真黃金的話，會煉得更亮更紅更好；假如你是假黃金的話，一煉就變成廢鐵。有很多人，在外面慷慨激昂，可是一關進去，往往萬念俱灰，甚至自殺，甚至出賣同志。」[17]

　　柏楊繼而談到：「釋迦牟尼在菩提樹下大徹大悟，監獄就是我的菩提樹。坐牢的時候，我想到很多問題，自己有一種醒悟。」[18]紀萬生則說：「四年半的面壁修持／我已如一片荷葉明淨」[19]、「我們加緊了腳程／和／太陽展開競爭／明朝看誰先攀登上山頂」[20]。

　　施明德〈念保羅〉中一段文字，透顯的就是對生命深沉的開闊，他說：

> 直到今天，我所以還能尊嚴的活著，不是因為我比別人堅強，才能背負一切壓力，更不是我麻木到已對七情六慾失去了知覺。我想，最主要的是，我心中有上帝、有信仰、有理想，也明白為了堅持這些信念，必須支付代價。所以，我才把苦難當作磨練，把淚水化為甘霖，甚至對肉身的「死亡」，我也承認那必是一種對上帝、對公義的效忠，或者是實踐信仰、理想，堅持真理的一種方式。不是結束，而是另一個新階段的開始。……我想，基督徒，不，每一個人，如果不對「死亡」的看法有革命性的改變，人就永遠是悲劇性的動物。基督徒深信，上帝創造一切，主宰一

---

[16] 柯旗化：《鄉土的呼喚》，頁 81。

[17] 《新城對》，頁 294。

[18] 《新城對》，頁 297。

[19] 紀萬生：《獄中詩選・給妻子的信》，臺灣出版社，民國七十五年七月初版，頁 59。

[20] 《獄中詩選・穿過黑夜》，頁 52。

切，也毫不懷疑上帝所做的一切安排，都有祂的旨意在。生，有意義；死，也有意義。耶穌以被釘於十字架，死而復活，向世人見證；死亡不是結束，只是一種現象，或像一把「鑰匙」，是打開另一扇新門的工具。人只有經歷過「死亡」這種現象，才能換來開啟新門的「鑰匙」。[21]

柯旗化則是這樣地說：「單人牢房裡陽光照不進來，晝夜都點著明亮的燈。因為沒有談話的對象，我就獨自唱我所記得所有歌來安慰自己。有時，閉目耽溺於冥想，乘著想像之翼回家。我把自己想成苦行僧在修行，我想體驗極限的生活，精神或能變得更為強韌。」[22]

二、臺灣監獄文學文類分析

就像張深切在〈獄中記〉說：「陰暗之牢獄，這是人們常說的一句話，下雨天的監牢，更是陰濕之極。我被關進監牢時剛好是梅雨季節，陰雨連綿，多麼令人感到憂鬱。」[23]面對肉體的陰濕，個人生命情境的陰濕，受刑人在獄中的負面情緒，是一波波地產生。面對生命的終極情境（ultimate situations）[24]，困頓於監獄的靈魂，必然地面臨無所遁形的巨大恐懼。當處於「孤獨」（isolation）中時，我們看到自己的生命一

---

[21] 施明德：《囚室之春·念保羅》，前衛出版社，民國八十二年九月初版，頁94頁

[22] 柯旗化：《臺灣監獄島》，第一出版社，民國九十一年六月，修定版，頁191。

[23] 張深切：《張深切全集·卷四》，文經出版社，民國八十一年一月出版，頁139。

[24] 所謂的「終極情境」就是那些無可逃避的「實在」——realities。由於這些，人生才能夠真正成為有其意義。這些「終極情境」是無法改變或克服的，對於它們，人類只有承受。見雅斯培（Jaspers, Karl）著，周行之譯：《智慧之路》，志文出版社，民國七十八年二月出版，頁15。

點點地漏掉，好像它只是一連串相繼逝去的「傾刻」（moments）。而且也看到自己的生命在意外事件、與壓倒性的事件中毫無意義顛來滾去；當我們對這種看來似乎已經到了「結局」而且僅只留下一片混亂的歷史加以默察時，我們便不得不把自己提升到超乎歷史的高處。[25]

　　分析獄中文學的時空場域，可發現，在這封閉時空所創作出的作品對於時空的穿透力，相當可觀。本章節即在討論獄中文學穿越時空的力量，及作者自身精神超越力的兩者間的書寫關係。

　　那麼我們可以發現，穿越獄中時間與空間的書寫，有兩種面向，一是書寫的主題，二是書寫的類型。前者在於精神上的超越，後者重在形式上對空間的超越。

（一）獄中書寫主題的超越性

　　藉由對歷史時空背景的書寫與探討，是為將自己的生命添上等同的穿透力，使個人生命的長度與深度都有一迴旋展現的空間。如歷史書寫及烏托邦情境書寫是兩種最被書寫的主題。

1、歷史情境書寫

　　監獄對於受刑人限制，當然是在於空間與時間的閉鎖，讓受刑人徹底失去自由，以肉體及精神上的懲戒，來獲取信念的矯正。

　　但臺灣監獄文學中的作家群們，則利用書寫來穿透監獄所帶來的時間與空間感的限制。透過書寫，來轉換時間與空間在肉體及精神上的限制。

　　姚嘉文《臺灣七色記》的歷史小說，賴和追述「臺灣民族國」的詩歌等作品，無非都是以文字來飛越土牢之困，再闢生命情境。換言之，「歷史」的時間與空間性，在精神上是消解了受刑人於精神上的困頓。個人生命與歷史時間在監獄中，完全接連。

---

[25] 《智慧之路》，頁 127。

2、烏托邦情境書寫

所謂「烏托邦情境書寫」，是受刑人在獄中將精神完全置身於屬於他個人生命歷程中最好美的時光，透過時光的移轉，受刑人／創作者則可穿越時空，找尋他的快樂時光及浸淫在他的烏托邦天地裏。而想像力則是跨越這兩個對心靈桎梏的最佳、有效方式。

王拓《臺北，臺北！》一書的內容，是關於七〇年代臺灣學生運動世代與保釣運動兩相結合的故事，他當時正值大學生活，參與這一風雲際會的時刻。爾後他也因社會運動入了監獄，為了脫離監獄對生命的傷害，他筆下的時光，便回到保釣時代。透過文字，喚醒生命裡的熱情。同樣地，呂秀蓮被國民政府判以「內亂外患罪」入土城看守所，在獄中，她也以文字的力量，回到她的輝煌年代，她幻化成小說中的主角，游走在她身為女權運動的青春輝煌年代。日據時期因「治警事件」入獄的知識份子，在獄中互相以詩互贈，在寫作的情境上傳遞著「吾道不孤」，也是烏托邦情境書寫的一個旁系。

（二）臺灣監獄文學書寫類型的超越

上述所談及是，是關於獄中書寫內容與精神能超越時間與空間限制的兩大寫作路線；但書寫的型式，在某個時刻，也可以突破監獄體制的控制，突破時間與空間的限制，傳達出作者的思想。以下就幾項「臺灣監獄文學書寫型式」來討論。

1、獄中家書

一九六〇至七〇年代東歐發生了「布拉格之春」事件，其中的工人領袖哈維爾從一個劇作家身份領域跨越到政壇，成為捷克斯洛伐克首任民選總統。他在獄中所寫下的家書，說到：「這些信使我有機會用一種方式審視自己，並檢驗我對人生根本問題。我對它們越來越著迷，對它

們的依賴了這樣程度，除此之外，幾乎任何其他東西都無足輕重。」[26]
哈維爾家書寫經驗其實也反映在臺灣監獄文學裡的家書書寫譜系之中。
就像「敘事治療學」上所言的，以治療為目的的寫作不一定冗長，連篇
累牘，消耗時間。對於那些努力要使自己的生活與關係脫離問題影響的
人，一封簡短的信可能價值非凡。對於這些人而言，光是收到一封指名
寄信給他們的信，就足以表示有人承認他們存在於這個世界。我知道有
些人因為收到這樣的信而覺得證實了自己活著，有時候會把這些信帶在
身邊。這可以說是一種儀式，人通過這種儀式把自己放到或重新放到熟
悉的世界。[27]

於是，書信的書寫，也在臺灣監獄文學中產生重要的意義，囚犯透
過書信往返，取得與外界的連繫，這一封封書信，在有限的字數下，還
是可以呈現書寫者在獄中當下的思維／情感。穿越有限的時空，書信往
來，即成一條重要捷徑，如《楊逵家書》、《柏楊說故事》、王拓家書
寫成的童書等等，都是以書信將個人生命與家族生命，再次做一時間與
空間上的超越。

我們透過家書的閱讀與分析，可以看見被以強硬手段剝離下的人
性，還是能呈現光明面與希望，如同柯旗化所言的，在軍法處看守所，
每週可以寄兩封兩百字以內的信。這是新店安坑軍人監獄、臺東泰源感
訓監獄以及綠島感訓共同的規定。[28]隻字片語，都是家族情感縫合的最
佳藥方。

---

26 《獄中書簡：致親愛的奧爾嘉·英譯者序》
27 Michael White（麥克懷特）·David Epston（大衛·艾普斯頓）著：《故事·
　 知識·權力——敘事治療的力量》，桂冠出版社，民國九十二年出版，頁
　 123。
28 《臺灣監獄島》，頁180。

2、監獄日記

日記文學，在臺灣監獄文學的書寫量上來看，是產生了相當龐大的文學支系，這與臺灣入獄服刑的犯人，尤其是政治犯，在有條件的狀況下，是被允許拿筆書寫／紀錄，是息息相關的。

只是也因為思想檢查的關係，這些日記文學的內容，無法呈現批判或評論性的文章；也因為如此，日記形式的書寫，對於史料的保存與囚犯個人生命的繫連，較具意義與價值，但站在文學的角度而言，文學價值則顯藝術性不足。不過還是有政治犯以日記做為創作的文類，如呂昱的《獄中日記》即是一例。

書寫是為證明生命的存在，以日記形式記錄自己每日生命狀態，更是一種直視生命樣態的方式。哈維爾：「這些信使我有機會用一種新的方式審視自己，並檢驗自我對人生根本問題的態度。」[29]呂昱《獄中日記》便是一個極佳的日記體文學。

對「靜止的時間」觀察，大概是獄中文學最常被描寫的狀態。賴和的〈獄中日記〉、蔣渭水〈獄中日記〉、張深切〈獄中記〉、簡吉〈獄中日記〉、以及後來的楊逵、雷震等人的監獄日記，都記錄下了個人在監獄裡的第一手資料。這當中包括了個人生活起居、監獄實況、以及個人當下的情緒。凝視個人生命裡的黑暗時光。對於時間流轉的知覺，基本上已無分辨的能力，僅能藉由外在世界的不斷提醒。而時間的計時，就是悲傷的記實。

3、童話書寫

童話書寫這一文學系譜，可以說是臺灣所有監獄文學中，最為特殊的文類。

---

[29] 丘啟楓：〈穿越生命的黑森林——談哈維爾的《獄中書簡》〉。收錄在《獄中書簡》推薦序。

　　而獄中童書書寫作者，通常都是父親寫給家中的年幼孩兒，如柏楊與王拓，便是如此。從他們兩人的童書書寫內容來看，事實上，作品呈現的還是一個成人世界，雖然書中，多是小朋友或是以小動物為主人翁，但與真正的童書，是截然不同的寫作層次。

　　童書書寫的方式，是透過一封封家書形式，片段式地連接而成；其目的，是在於身為父親的他們，不願讓他們子女在成長的過程當中，失去父親的角色。但童書書寫的本身，其實也是作者自己面對成人世界殘暴、利益、紛亂、異常世界的一種精神反動。驅使作者回到童言童語時光，來看待這一世界的運轉。這是對人性的一種返樸歸真，所要抵抗的正是成人世界裡的黑暗時光。獄中童書寫的代表作有：柏楊《柏楊說故事》、王拓《咕咕精與小老頭》、《小豆子歷險記》等作品。

4、回憶錄

　　獄中回憶錄顯然的是獄中文學系譜的旁支，但這一旁支卻是能有效地對作者本人於入獄原因／歷程／心理等層面的還原與建構，同時作者也能以他的角度為自己含冤莫白的過去，為自己進行一次公平的審判與平反，為自己進行個人心理層面的治療。

　　所以在「獄中回憶錄」的作品中，我們可以看見一個作者完整地論述個人入獄的始末及獄中情緒的描寫，書寫者的角色通常扮演著歷史事件的主角與評述者，這類作品可以與歷史互為參照。

　　柯旗化的《臺灣監獄島》便是一例，且此書原先還是以日文書寫，在日本先行發行，至柯旗化過世後，才有了中文譯本。較為特殊的是，蔡德本《蕃薯仔哀歌》，雖此書以小說型式書寫，但內容為作者闡釋他因「四六事件」入獄的始末，充分為「四六事件」被逮捕入獄的相關知識份子平反。

三、臺灣監獄文學之意象及符碼

創作的時空場域與一般文學創作時，有極大不同的獄中書寫，其書寫的作品中，自然有其特殊之文學符碼。本節則探討臺灣監獄文學書寫的作品中，共通的文學符碼及意象。

（一）政治符碼

絕非偶然，我們觀察臺灣監獄文學的發展及其流變，可以看出它本質上的出現與臺灣政治有絕對的關係。於是這群臺灣監獄文學作者們的作品，對於「臺灣主體意識」的追求與確立，有著極深的著墨。

1、黑潮

「黑潮」這一個文學意象，在「臺灣監獄文學史」裡佔有極重的份量。「黑潮」可以說是將臺灣地理環境與民族情感的結合，有著深沉的意象之結合，當中跨越了文學、歷史、地理、民族之種種意象的總集。

楊華在詩集《黑潮集》與姚嘉文歷史小說《黑水溝》中，充份運用「黑潮」概念，強調臺灣地域的特殊性，以臺灣這塊土地與世界地位的重要性，也象徵了臺灣這塊土地充滿了生命的力量，蘊含無數的可能性。

2、臺灣民主國黃虎旗／黃虎印

一八九五年五月二十五日，成立的「臺灣民主國」雖在同年十月十九日又被消滅。但這段臺灣短暫的歷史，卻是臺灣獨立團體認證下的輝煌歷史。在臺灣曾經存在並擁有過主權的臺灣民主國，在一八九五年五月二十五日，由原清朝臺灣巡撫唐景崧，於臺北成立「臺灣民主國」；但唐景崧建立的這一「臺灣民主國」在本質上是為抵抗日本將要佔領臺灣為目的。[30]當時唯一承認「臺灣民主國」的國家，竟也是由大清帝國

---

[30] 參見吳密察：《臺灣近代史研究》，稻鄉出版社，民國七十九年，頁 1-51。

接受這一事實。李鴻章並以電報告知日本代表伊藤博文，謂：「臺灣人
民既已為獨立之宣言，清國政府度該地人民已無原本擁有的管轄權。」
臺灣民主國雖建國之後十三天滅亡，這樣短的日子卻成為臺灣獨立建國
史上的一個重大事件。臺灣民主國雖亡國，然「黃虎旗」的圖騰，則從
此飄揚在臺灣獨立運動組織的未來裡。

　　賴和對於「黃虎旗」也曾賦詩歌頌之，〈讀臺灣通史十首〉之七：

　　　　旗中黃虎尚如生，國建共和竟不成
　　　　天限臺灣難獨立，古今歷歷證分明

後改為：

　　　　旗中黃虎尚如生，國建共和怎不成
　　　　天與臺灣原獨立，我疑記載欠分明[31]

另外他又在〈讀林子瑾黃虎旗詩〉中對於當時臺灣人已忘記先人為臺灣
獨立所奉獻的心血，表達其殊為不滿的情緒：

　　　　黃虎旗，此何時！閒掛壁上網蛛絲，彈痕戰血空陸離。
　　　　不是盛名後難繼，子孫蟄伏良堪悲。
　　　　三十年間噤不語，忘有共和獨立時。
　　　　先民走險空流血，後人弔古徒有詩！

---

[31] 林瑞明編：《賴和全集‧漢詩卷‧卷十》，前衛出版社，民國八十九年，頁
322。

黃龍破碎亦已久，風雲變化那得知？
仰首向天發長嘆，堂堂日沒西山陲。[32]

顯見，藍底黃虎的「黃虎旗」儼然成為臺灣日據時期知識份子心中曾經
的一幅精神標竿，楊逵也曾賦詩歌頌之，〈黃虎旗〉：

破爛的，黃虎旗　臺灣人民仰望你
你是臺灣的意志　東亞民主第一幟
為正義，為真理　昂著頭，掀起尾
反滿抗日做到底　滿身瘡痍不灰志
著準備，著用意　不好愛睏誤了時
美扶日，日再起　就要合伊拼生死
破爛的，黃虎旗　大家愛戴黃虎旗
你是臺灣的意志　東亞民主第一幟[33]

「黃虎旗」這一符碼，成為臺灣政治／民主極為重要的一頁；這樣的信
念，姚嘉文《黃虎印》中更是發揮到極致。「黃虎旗」及「黃虎印」已
然成為臺灣獨立建國的一枚國璽。不論是來自唐山的長短腳抑或是臺灣
青年太平洋等人，前仆後繼地以生命來保衛「臺灣民主國」的香火。

3、文天祥／正氣歌

　　也許是他「孤臣孽子」的形象深植於中國人的潛意識之中，文天祥
的一生及其獄中作品「正氣歌」，便成為臺灣監獄文學作者群的精神共
主。歌詠正氣歌者，有柏楊的〈冤氣歌〉等。

---

[32] 《賴和全集・漢詩卷下・卷十五》，頁446。
[33] 《楊逵全集・詩文卷（上）》，頁20。

　　另外，文天祥的〈過零丁洋〉也是獄中詩仿作的對象之一。因「東港事件」入獄的歐清石，寫下〈獄中吟〉，即是仿效〈過零丁洋〉詩作而來。

　　「人生自苦誰無死，留取丹心照汗青」這種為民族為國家而犧牲的人格情操，成為後來民族志士生命力的標的物。

4、綠島

　　一九五一年在綠島設立的「新生訓導處」，集中監管政治犯和俘虜，人數將近二千人。訓導處分為三大隊各四個中隊，隔離居住於長型的木造營房。營區有運動場和福利設施，像軍營又像學校，實為一思想改造的集中營。簡單地說，綠島監獄，是國民政府以來處理政治犯、思想犯的集中營，然而也成為臺灣政治犯、思想犯共同的傷痕記憶。於是，對於綠島的書寫，便大量地出現在臺灣監獄文學之中，且屢屢成為書寫主題。

　　以綠島為專題書寫對象者，有柯旗化的《臺灣監獄島——柯旗化的回憶錄》，另外在其《鄉土的呼喚》、《母親的悲願》詩集中，有創作專輯是以「綠島」經驗為主要書寫對象。李鎮洲《火燒島第一期新生》則是以政治犯受刑人角度，來描寫綠島對於人的摧毀的力量：

> 因為誰都知道綠島就是「火燒島」，在日本時代關了一些抗日份子及惡性難改的流氓，但在第二次世界大戰期間，就沒有人被關在這裡。聽到「火燒島」三個字，即使是一般的人也會懼怕三分，我們是已經失去自由的人，更是敏感聽到這三個字，有許多人驚惶失色，甚至有人哭了，也有不少人滿不在乎，我就是其中

之一。……在火燒島即使會集體被處死，也不止我一個，要到閻
羅殿去報到，也有很多夥伴。[34]

綠島，絕對是臺灣政治史上的一座「惡魔島」。

（二）宗教符碼

王爾德在獄中，內心情感的依託除了他的愛人之外，他把基督不斷
的形象化：

> 而且，基督首先是一個最高的個人主義者。就像藝術家接受一切
> 經驗一樣，人性不過是一種表現方式罷了。基督一直在尋找的只
> 是人的靈魂，祂稱之為「上帝之國」，並在每一個人身上都找得
> 到它。祂把靈魂比做細微之物，比做細小的種子，比做一把發酵
> 粉，一顆珍珠，這是因為人只有擺脫所有異己的激情，所有既定的
> 文化和所有外在的無論好壞的財產，他才能認識到自己的靈魂。
> 在我失去我這世界上擁有的除西瑞爾之外的一切之前，我用堅強
> 的意志和本性的叛逆反抗一切。我已經失掉了我的名字、我的地
> 位、我的幸福、我的自由、我的財富，我是一個囚徒，一個乞
> 丐，但我仍然剩下一件美麗的東西——我自己的長子。但突然之
> 間，法律就把他從我身邊奪走了，這對我是一個怎樣的打擊啊！
> 我不知如何是好，因此，我雙膝跪倒，低著頭，哭著說：「一個
> 孩子的身體就像上帝的身體一樣，我都沒有資格得到啊！」這一
> 瞬間似乎拯救了我，我於是領悟到，我所能做的唯一一件事就是

---

[34] 李鎮洲：《火燒島第一期新生：一個白色恐怖受難者的回憶》，臺北時報文
化出版社，民國八十三年四月二刷，頁155。

接受一切。從那個時起──儘管你聽起來肯定感到奇怪──我覺
得更幸福了。[35]

上帝解救了王爾德在獄中的靈魂。宗教的存在，是給予人心解脫之道，
是在精神上的超越，進而地從精神上對肉體也有等同的安慰性。姚嘉文
在獄中書寫臺灣歷史大河小說時，對宗教也是亟欲地祈求救贖，他小說
中寫到：

逝去的歲月裡耶穌的血跡未乾涸，
嶄新的年代中該再也沒有人流淚吧？[36]

又如：

我們沒有能力去阻止和防備陷害我們的人和力量，那是上帝創造
人類社會時別具用意的安排，容不得我們去抱怨和抗議，我們受
難，沒有苛責。可是如果連那一個人在陷害我們，那一種力量在
推著我們走向毀滅和災難，都不知道，就不可原諒了。上帝也不
會原諒我們。

上帝安排世間的苦難，本來對我們是一種考驗和一種磨練。祂並
不禁止我們用正義和愛心去對抗苦難、克服困難，和彌補苦難。
流淚撒種的，必歡喜的收穫。忍受艱難的必會得救。這是上帝救
贖世人的一種愛，如果我們不知在受難之後去享受收穫的歡愉，
那是辜負上帝一片愛心。[37]

35　《獄中記》，頁142-143。
36　《青山路》，頁41。
37　《青山路》，頁598。

姚嘉文選擇以基督來當小說中最高的裁判者；施明正、柏楊等則向基督行懺悔，並從懺悔間獲得靈魂的救贖。而曹開、柯旗化等人，則選擇了佛教來解脫心靈。

　　但事實上，受刑人在獄中，還是有靠自己意志力渡過黑暗時光，例如楊逵的獄中作品，甚而有批判宗教／信仰之事，且是東西方宗教皆是他筆下批評的對象，本書於楊逵監獄文學相關章節，有深入討論。

（三）自由／生命符碼

　　鐵窗之內，對於受刑人而言，是生命靜止時刻，尤其是臺灣監獄文學的作者，多數皆為政治犯／思想犯，他們從輝煌的人生經歷，墮入生命的停止處，作品裡，便常出現屬於生命的符碼，透過生命的符碼，傳遞其生命意識。而生命符碼，多屬正向、正能量者之物者為多。如陽光、植物等具生命質量或未來感者。

1、陽光

　　顯然，臺灣監獄文學的作品，普遍具有「向陽性」，真正書寫生命底層悲傷的作品，反而並不多見。於是書寫陽光的溫暖、可貴，或者需要陽光來滋潤的文章，便大量出現。自黑暗處凝視下的陽光，則顯特別珍貴與溫暖，如溫瑞安〈無門關〉詩所言：

> 聽得懂。囚室裏陽光伸平靜的掌
> 醒時滿目金光，見它三圈微芒
> 又長長地跨過了盥洗盤，越過了圍牆
> 照在我棉被上。[38]

---

[38] 溫瑞安：《楚漢》，尚書文化出版社，民國七十九年一月出版，頁 251。

陽光一如希望般，帶來未來／溫暖。而受刑人在書寫陽光的同時，事實上也是在對自我行心理建設。

2、植物／蕃薯

死寂的獄所，對於生命的熱情，顯然會隨時間與空間的緊縮而有所枯萎。臺灣監獄文學的書寫者，大多為異議份子、知識份子或是思想犯。這群受刑人的思想是統治者所要改造的對象，只是在監獄體制下的受刑人，意志力被壓抑多大，反彈力道便有多深。楊逵〈壓不扁的玫瑰〉一文書寫的內容，就是其中的佼佼者，楊逵以玫瑰生命力，來凸顯受刑人在獄中的意志力，可以戰勝於一切。

顯然，臺灣這塊土地，才是歷來臺灣知識份子共同關注的議題。而臺灣地貌與臺灣本土植物蕃薯，無論在外貌或是堅毅的生命力，兩者有極大的共通性。於是臺灣的意象，在文學的描述上便以蕃薯來做精神象徵的描述。蔡德本《蕃薯仔哀歌》中講述的就是臺灣青年在「四六事件」及之後的「白色恐怖」年代，不斷遭到構陷入獄的悲慘歷程。

但也因蕃薯堅韌的生命力與強盛繁殖力，代表「臺灣意識」無論在哪個政治統治高壓下，都能發揮生存的意念。而其中，柯旗化的〈蕃薯是命根〉一詩，最能表現臺灣人民與這塊土地之間精神上的關連：

憨直的蕃薯／在故鄉的大地上生根／終年默默地忍受著／烈日的煎熬／暴雨的肆虐／時常含著眼淚忍受著／人們輕視的眼光／和那野豬的踐踏與偷食

蕃薯覺得已忍無可忍／不顧一切／由不見天日的土中翻身／靜坐在地上抗議／却惹來剝皮下油鍋之禍／從此只好認命／任由人宰割心愛的蕃薯／是歷代祖宗／血汗與淚水的結晶／讓我們輕輕地撫摸／它的創傷／讓我們來分嘗／它的痛苦

> 蕃薯是我們的命根／我們一定要盡力保護它／千萬不能讓它／污
> 染、發黑、變為芋心蕃薯
>
> 我們要以人類愛／來灌溉蕃薯／使它能充滿愛心與智慧／我們要
> 以鄉土愛／來滋養蕃薯／使它能堅忍不拔／永遠屹立在臺灣[39]

柯旗化筆下蕃薯的命運，明白地說明在殖民統治下臺灣百姓內心，雖被
視為賤民，但還是能在惡劣環境下，靠著堅毅的生命力，繁衍子孫；柯
旗化並且期待臺灣能夠永遠地生存下去，而不會變成為「污染、發黑、
變為芋心蕃薯」。

　　而施明德則以「榕樹」的生命力來譬喻受刑人在火燒島上，依舊散
發著堅韌意志力：

> 榕樹應該比楓樹更能適應臺灣的泥土和氣候，對它能長久陪伴
> 我，我相當樂觀。在火燒島，我看過它生長在斷崖絕壁，很少陽
> 光沒有肥沃地土壤，還常常得淋海霧、海風。[40]

3、海洋／天空

　　想當然地，在鐵窗之中，對於鐵窗之外遼闊的世界，是多麼心生嚮
往，於是獄中書寫背景，或是歌詠對象，海洋、天空便是書寫者情感意
象的投射對象。就像王拓《牛肚港的故事》小說即鎖定其家鄉「八斗子
漁港」；陳列〈無怨〉一文中，對於「海洋」、林建隆《鐵窗俳句》對
「天空」的描述，皆有深刻的描述。「黑潮」充滿生命力的意象符碼在
臺灣監獄文學運用上，更是屢見不鮮。

　　我們借用李敖在《北京法源寺》裡的說法：

---

[39] 《鄉土的呼喚》，頁 87-89。

[40] 施明德：《囚室之春》，臺北前衛出版社，民國八十二年九月三刷，頁 32。

他們的丹青與青史、熱血與冷汗、悲憤與哀呼、長吁與短嘆，其實處處凝結在空氣裏、嵌入到牆壁裏、滲透到下。雖然先後關到同一座監獄同一間牢房，甚至蕭條異代，各不相屬；身世遭際，自有千秋。但是，當一代又一代化為塵土以後，他們終於在不同的時間裏，在相同的空間裏，離奇的累積在一起，做了時空的交匯。[41]

不同的時空、不同入獄原因，在同樣閉鎖的空間思維寫下的文學作品，不論是精神或意義上有著共通的文學意象符碼與意涵，而上述各項的臺灣監獄文學意象，在作家分論時，則有更多及較完整討論。

---

[41] 李敖：《北京法源寺》，李敖出版社，民國八十九年二月修定一版，頁267。

日據時期

（1895-1948）

日據時期（上）

　　日據時期，臺灣因受殖民統治關係，於是島內普遍性地對於日本殖民國心生反抗之心。而一九二三年爆發的「治警事件」中，日本軍閥大規模地逮捕當時臺灣知識界及文化活動參與者，同時，也造成臺灣監獄文學的第一波浪潮。本章分節討論：賴和、林幼春、蔣渭水、陳逢源、蔡惠如等人的監獄書寫作品。

一、賴和論

（一）賴和生平事略及其入獄原因

　　賴和，原名「河」，亦名「葵河」，字「懶雲」，另有筆名「賴寄和、甫三、安都生、玄、浪、灰、X、T、孔乙己、藝民、走街先（走街仔先）」等，臺灣彰化縣人，一八九四～一九四三。六歲入臺北醫學校，二十三歲回彰化開設「賴和醫院」，第二年遠赴廈門博愛醫院服務，二十六歲返臺，其後加入「臺灣文化協會」，後人稱其為「臺灣文學之父」。

　　賴和一生共有兩次入獄經驗，第一次在一九二三年十二月十六日的「治警事件」，此事件有四十一人入獄；第二次入獄時間，是在一九四一年十二月八日，入獄原因，則是被其同學翁俊明於香港籌設「中國國民黨臺灣省黨部」牽連入獄，被關二十九日。林瑞明認為，賴和的作品由現實出發，透過寫實主義與藝術的觀照，深刻表現日據下臺灣殖民地的眾生相，尤其是一群被壓迫的弱者，從而強烈地表現了「我值強權妄

肆威」的時代，也傳達了「被侮辱人勝利基」的訊息。[1]；他進一步地論述賴和的文學在殖民地臺灣最能具體反映時代精神（Zeigeist）。他在經歷臺灣文學的三大論爭，以其文學創作忠實地描繪了二、三〇年代他所看到的一切事物，沒有恐懼也沒有偏愛，成為時代的一個明鏡。[2]而陳明臺認為賴和的文學態度，始終保持與歷史、時代、民眾的緊密聯繫。因之，他的創作意識與歷史意識、時代意識一直是共通並存的。[3]以下，便就賴和〈獄中詩〉及〈獄中日記〉分別探討之。

（二）賴和〈獄中詩〉

被禁錮的賴和，還是以其擅長的漢詩為其創作文體。而他的獄中詩，計有〈囚繫臺中銀水殿〉六首、〈囚中聞怡園籠鶴〉、〈繫臺北監獄〉五首、〈讀佛書〉二首、〈出獄作〉、〈出獄歸家〉、〈留髭〉等。這二十多首獄中詩，顯露了賴和個人對於抗日的基本態度及在獄中的精神描述。

入獄的賴和，面對牢獄之災，他還是以樂觀的態度面對人生的黑暗，即使在獄中，食衣臥睡，一樣不缺，〈囚繫臺中銀水殿〉之一表述了他這樣安樂的態度：

> 食飽眠酣坐不孤，枝頭好友黑頭烏。
> 知人睡晏精神減，破曉窗前即亂呼。[4]

---

[1] 林瑞明：《臺灣文學與時代精神——賴和研究論集》，臺北允晨文化公司，一九九三年八月，頁100。

[2] 林瑞明：《臺灣文學與時代精神——賴和研究論集》，頁9。

[3] 陳明臺：〈人的確認——試論賴和的人本意識〉，李篤恭編《磺溪一完人》，臺北前衛出版社，一九九四年七月，頁108。

[4] 《賴和全集・漢詩卷・卷十四》，頁424。

身體的不自由，在精神上卻是無法被禁錮的，〈繫臺北監獄〉之二：

> 幽囚身是自由身，尺蠖聞雷屈亦伸。
> 我向鐵窗三日坐，心同面壁九年人。[5]

生命的哲學，在他獄中詩中完全被體現，除讀佛書之外，獄中的生活也是一種境界上的修行，「我向鐵窗三日坐，心同面壁九年人」這樣的人生境界，是種「禪悅」，如〈囚繫臺中銀水殿〉之四：

> 綠樹成陰水一灣，映波曲曲好欄干。
> 此中正好安禪悅，只恐他時再到難。[6]

將牢獄之苦，視為「禪悅」，實在是賴和（臺灣抗日知識份子）在獄中精神的一種昇華。這種昇華的精神也延續到了出獄後的他。出獄之後的賴和，顯然在精神上，似顯得更堅毅與風發，如在〈留髭〉之二詩云：

> 悠悠縲絏中，忽焉將一月。繞頤森如戟，得意更怒發。[7]

「得意更怒發」這一詩句，對於日本軍國以高壓手段對付臺灣知識份子的態度，是收到了反效果。而他也知道，為臺灣百姓犧牲自己，是知識份子的責任，詩云：「事業功名未可知，即教詠檜亦無詩。但能少盡為人份，獵得聲華轉自疑。」所說的，就是這個道理。

以傳統的漢詩來寫「治警事件」入獄心情，在文學的形式上，也被賦予了民族之間的情感。「獄中詩」完整地呈現了賴和獄中的心情。而

5　《賴和全集・漢詩卷・卷十四》，頁425。
6　《賴和全集・漢詩卷・卷十四》，頁424。
7　《賴和全集・漢詩卷・卷十四》，頁431。

我們除看到了賴和個人生命在面對黑暗的同時，也反照出他／臺灣知識份子堅決誓死為臺灣爭取民族尊嚴的決心。

（三）賴和〈獄中日記〉

　　一九四一年賴和再度入獄，其〈獄中日記〉為第二次入獄五十日的作品，楊守愚在〈序言〉中提到：

> 這一篇日記，是大東亞戰爭勃發當時，先生被日本官憲拘禁在彰化警察署留置場，所寫成的。可以說是先生獻給新文壇的最後的作品。在這裏頭，我們能夠看出整個懶雲底面影，這一篇血與淚染成的日記，就是他高潔的偉大的全人格的表現，也就是他潛在的熱烈的意志的表現。[8]

〈獄中日記〉確實是賴和給臺灣新文學「最後的作品」。這次的獄中作品，是寫在粗糙的衛生紙和小記事本上，我們從此日記內容看到的賴和，已非從東京回臺、參加抗日文化團體時的賴和。

　　賴和第二次入獄原因，對於他本人而言，其實是一次人生重大的打擊，此時的他年紀已大，無端被扯進這一次政治風暴之中，其實是深感困惑，但在〈獄中日記〉還是細膩地陳述了他對於臺灣民族自決的態度，如在〈第十二日〉云：

> 當國家非常時，尤其是關於國家民族盛衰的時候，生為其國民者，其存在不能有利於國家民族，已無有其生存的理由。況被認為有阻

---

[8]　《賴和全集・雜卷》，頁6。

> 礙或有害之可虞，則竟無有生存餘地。但國家總不忍劇奪其生，只
> 為拘束而監視之，已可謂寬大，僕之處此，又何敢怨。[9]

第二次入獄，賴和的身體已出現問題，對於衝撞體制需要的體力與精神
而言，是沉重的負擔。再次入獄，他的身體呈現極大的問題。在三十九
篇的日記內文當中，不斷透露出「囚繫何堪病更纏」[10]的無奈。
　　相對於第一次意氣風發的豪邁人生，這一次，賴和顯然出現完不同
的人生境界。他開始意識到「死亡」的氣息，生命力頓時消失，病痛在
獄中，不斷竄出，〈第十五日〉他寫下的詩作，可以說是他此刻生命的
寫照：

> 小雨連朝夕，愁人愁更生；墻高天一隙，室暗火長明。
> 假寐蚊虫擾，驚心銙銷聲；宵來心更苦，有夢不能成。[11]

有病纏身，卻又被構陷入獄的賴和，此時心境，已非因「治警事件」入
獄寫下〈獄中詩〉中那樣的意氣風發，在精神上，也必需倚賴宗教才能
獲得救贖。如〈第十三日〉所云：「午飯時，水野樣持到心經講義，心
中大慰，較前日抄錄者少三節，受想行識，亦復如是，不增不減，無眼
界乃至無意識界。」〈第十四日〉接著說：「昨日精神比較清爽，且得
到心經，又較喜悅。」〈第十六日〉的詩作，可看見他對於宗教的倚
賴，是極其地深：

> 涅槃未到未歸真，難得金剛不壞身；妄想逍遙登極樂，偏尋煩惱
> 向凡塵。

---

[9] 《賴和全集・雜卷》，頁 16。
[10] 《賴和全集・雜卷》，頁 45。
[11] 《賴和全集・雜卷》，頁 20。

> 虛空世界初無佛，穢垢烟寰實有人；
> 敢乞如來宣妙締，為伊指點出迷津。[12]

詩寫完，日記上寫著：「夜飯四點半就到，卻待怎吃，到五點，冷了不味。但是要生命強吞。」精神的困頓與肉體的困頓，雙層的壓力對於第二次入獄的賴和來說，是致命打擊，翌年他就因此過世：

> 家將破滅身猶繫，愁苦填心解脫難；
> 聞道心經能解厄，晨昏虔誦兩三番。
> 嚶嚶只想螫人來，吾血無多心已灰，
> 你自要生吾要活，攻防各盡畢生才。[13]

一再地希望明天便是出獄日，但賴和得到的答案則是一再地非他所要的，如〈第三十六日〉：

> 今日的希望，又成失望了，今早高等主任曾到留置場來，我屢次請要和他面談，皆不聽許，今早來，我又不知，他也不喚我，想見他是在生氣，真使我煩惱，周樣來，我又托代懇，亦無消息。今日中飯，又添付青菜來，說是家裏的人去吩咐的，這又增加我的悲哀，可以想見是不易出去的。[14]

而在〈獄中日記〉寫下幾首漢詩，可以說是這種情緒高漲的具體映現，〈第三十四日〉：

---

12 《賴和全集·雜卷》，頁 22。
13 《賴和全集·雜卷》，頁 25。
14 《賴和全集·雜卷》，頁 46-47。

> 翹首窗前但望空，浮雲不繫卻因風。
> 誰知心裏多愁苦，慰我徒言近日中。[15]

又如〈第三十五日〉：

> 昨宵心躍不能眠，囚繫何堪更病纏。
> 墻外語聲如聚鬼，床中念咒學安禪。
> 人從地獄纔成佛，我到監牢始信天。
> 饑渴滿前無力極，愁煩相對互相憐。
> 風淒雨冷夜迢迢，孤枕懷人鼻欲焦。
> 聞道邊庭罷征戍，無窮希望到明朝。[16]

在囚牢中，心緒必然是十分地紛亂；我們從其〈獄中日記〉看來，似已找尋不出他在「治警事件」入獄之初，那份豪情壯志，〈獄中日記〉反映出的是賴和在獄中合乎人性的表現，可說是毫無遮掩的呈現。

二、林幼春論

（一）林幼春生平事略及其入獄原因

林幼春，名資修，號南強，晚號老秋，臺中霧峰人，一八八〇～一九三九。其天資聰明，十七歲即以詩為名，所作往往驚其長老。叔林朝崧創櫟社，與從叔林獻堂為社員。梁任公遊臺時，以「海南才子」稱之，讚其「才氣猶勘絕大漠」，兩人有唱和之作，傳為詩史美談。又與林獻堂戮力於抗日運動，任「臺灣文化協會協理」（總理為林獻堂），

---

15 《賴和全集·雜卷》，44。
16 《賴和全集·雜卷》，頁 45-46。

並於文協所辦夏季學校講授「中國古代文明史」與「中國學術概論」等
課。一九二三年底，「治警事件」發生，林幼春被日警逮捕，最後林幼
春判刑三個月。

　　林幼春年輕時即患肺病，經常需藉鴉片維持生命，判決後，林幼春
因病正住在臺中醫院，病雖未癒，但不堪警吏連日催促服刑，乃於一九
二五年三月二日入臺中監獄。乙未割臺之後，這期間他的作品充滿著
「亡國之哀音」，常以詩自娛，「獄中十律」體現其堅定強韌的性格。

（二）林幼春獄中詩

　　林幼春生前詩文集未集結，於一九六二年才由林培英輯詩四百多首
出版，名《南強詩集》，由徐復觀、戴君仁作序。林幼春的政治立場，
可由其詩作中一窺究竟。甲午以後，他的意識形態和蔡惠如、林寄商等
所謂祖國派的思想傾向並無二致。[17]

　　林幼春在一九二三年十二月十六日也因「治警事件」被搜查入獄，
與其他一百七十餘人同行被捕，經偵訊後暫時保釋，於是寫下了〈十二
月十八夜〉一詩：

> 不知今夕是何年，聽雨懷人倍黯然。
> 馳坐倦禪腰漸曲，蟄居風漢鬢成氈。
> 偶尋短夢成追憶，起視寒燈照獨眠。
> 根觸小園無限感，柳枝長恐不禁烟。[18]

突然地被構害羅織罪名入獄，林幼春經過兩天的拘留，爾後再出獄。當
時於一審判決為無罪開釋，然於二審被判三個月禁錮，三審上告駁回原
判。在入獄之時，他寫下了〈吾將獨行〉：

---

[17]　葉榮鐘：《臺灣人物群像》，頁244。
[18]　林幼春：《南強詩集》，龍文出版社，民國八十一年三月出版，頁42。

灌夫獨死嬰獨生，此心豈免常怦怦。
決然敝屣妻與子，便爾口角含雷霆。
憶聞急電正月杪，百喙勸我鋒難攖，
走投醫氏欲逃死，有類轂觫求庖丁。
朝來南北又傳警，二臂已折誰能爭。
鐵生訣我院門外，怒髮盡豎如荊卿。
瀛洲飛雪大如掌，況我一老方東征。
藤床白日擁爐火，顏胡厚矣吾將行。
吁嗟乎！顏胡厚矣吾將行。
貪夫殉利士殉名。此時撫枕坐嘆息。
死縱可緩愁翻增，起拔吾劍撞吾觥，
搖搖欲墜東方星，臥聽四野荒雞聲。[19]

對於鐵窗之外的景物，是深深地吸引著在獄中的林幼春，〈獄中聞畫眉聲〉對於窗外畫眉叫聲，便引起他情緒一陣翻滾：

陰房臥聽畫眉聲，絕勝廉櫳語燕鶯。
記得嬌兒歌俚語，也如好鳥弄春晴。
心馳剎未空增悵，身處籠中敢浪鳴？
十日愁城九風雨，耳根聊喜一時清。[20]

〈獄中寄內〉：

板床敗薦尚能詩，豈復牛衣對泣時。
到底自稱強項漢，不妨斷送老頭皮。

---

[19] 《南強詩集》，頁 41。
[20] 《南強詩集》，頁 43。

夢因眠少常嫌短，寒入春深卻易支。

昨夜將身化明月，隔天分照玉梅枝。[21]

林幼春〈獄中寄內〉為獄中寄妻之作，[22]〈獄中十律〉則是他把入獄的心情一一紀錄下來的文學作品，作品完整呈現林幼春個人內在情緒與在監獄裡的一切，〈獄中十律〉作品如下：

〈入獄〉

又到埋憂地，俄成出世人。猶思托妻子，從此謝風塵。

一念生千劫，餘痾待後身。丈夫腸似鐵，得死是求仁。

〈強飯〉

能食非人食，生機未盡無。但求存把骨，終得養肌膚。

餓死高閒過，嗟來此士迂。丈夫輕小節，談笑對糠秅。

〈忍寒〉

小歷饑寒劫，斯行或有天。草遮三夕薦，毛脫一條氈。

風實絲絲入，冰襟瑟瑟牽，赭衣縐似紙，翻為眾人憐。

21　《南強詩集》，頁42。

22　轉引陳昭瑛《臺灣詩選注》、《漢書‧王章傳》：「初章為諸生，學長安，獨與妻居，章疾病，無被，臥牛衣中，與妻泣。」宋真宗時訪天下隱者，杞人楊朴召對，自言臨行其妻送詩一首云：「更休落魄貪杯酒，亦莫猖狂愛詠詩，今日捉將官裏去，這回斷送老頭皮。」見宋趙令《侯靖錄六》孔平仲《孔子談苑二》。後借此以示不願入官。此處則指幼春不向日人屈服，不惜犧牲的決心。

〈面會〉

此會非常會，端如隔鬼門。一絲難割愛，半面又銷魂。
志業誰能悔，寒心強自溫。移山愚計在，傳語望兒孫。

〈聽雨〉

此地初無日，瀟瀟最憤聽。愁城人悄悄，鬼國晝冥冥。
久困憐飢雀，微風數語鈴。晚來聲倍急，歸夢又飄零。

〈通信〉

一紙經年得，知卿忍死看。陰符今讀破，地獄轉居安。
本自生憂患，誰能掩肺肝。艱危家與國，珍重各加餐。

〈懷人〉

慷慨談時局，長為舉世疑。一投廷尉獄，便上黨人碑。
願我中無主，諸君謬見知。思齊今日始，容有作賢時。

〈撲蚊〉

心血今垂竭，何堪更飼蚊。不容雷落掌，寧欲露吾筋。
事急情難緩，功微力已勤，夜闌聊息偃，嗟汝漫紛紜。

〈苦熱〉

斗室迎初夏，何堪畏日長。繞床如躁蟹，入甑是蒸羊。
難乞仁風扇，姑分酷吏漿。晚來勤掃地，磚坐小偷涼。

〈出獄〉

鐵瓮重城客，生還頗自疑。夢中還說夢，歧路又逢歧。

屢布迷人局，寧當縱虎時。此心終未死，願報郅都知。[23]

三、蔣渭水論

（一）蔣渭水生平事略及其入獄原因

　　蔣渭水，字雪谷，臺灣宜蘭縣人，一八九一年～一九三一年。十歲
受業於宜蘭宿儒張鏡光，十七歲入宜蘭公學校（小學），只讀了三年即
考入臺北醫學校，一九一八年此校改稱為臺北醫學專門學校，為臺大醫
學院之前身。在校期間接受了現代醫學教育，同時也產生了「政治
熱」，在學時領導校內外學生從事一些充滿民族意識的反抗行為，在異
族統治下此種行為是具有勇氣並受到同學的愛戴，曾因毆打日人而被禁
足兩星期；也曾在艋舺舉行學生大會，與和尚洲水湳庄舉行柑園會議，
痛斥日本當局的壓迫，並鼓吹民主革命。

　　一九一一年身為醫生的孫中山先生所領導的辛亥革命成功，消息傳
來使得當時集全島優秀青年於一爐的醫校學生洋溢著民族意識，學生之
中又以蔣渭水表現得最為熱烈。一九一五年以總平均第二名的成績畢
業。次年他在臺北市大稻埕太平町開設「大安醫院」（為今之延平北路
義美食品）。設立醫院所得的一切，完全奉獻出來從事臺灣人的民族自
救運動與文化運動。對臺灣民族自決思想及反帝反殖民地的臺灣民族解
放目標十分強烈，時常邀集醫學專門學校及臺北師範學校等校之學生到
他的醫院討論有關臺灣目前的殖民地受苦情形，以及為追求解放的進行
方法。在學期間常著文痛批日本暴政，又曾密派同志翁俊明和杜聰明，
組暗殺團赴北京擬刺袁世凱，但都未能成功。

---

[23] 《南強詩集》，頁44。

　　蔣渭水一九二〇年成立臺灣文化協會，爾後因治警事件入獄。於一九二七年成立臺灣有史以來第一個政黨「臺灣民眾黨」，組織臺灣工友會總聯盟等多項為臺灣人無條件的獻出。而他也因「治警事件」的發生，繫獄一百四十四天。

（二）蔣渭水獄中文學

　　蔣渭水的獄中文學，主要是以隨筆書寫方式發表在《臺灣民報》，而《臺灣民報》剛好又是以提倡「白話文運動」的刊物，所以他的作品，多以白話散文方式呈現。蔣渭水的獄中文學，包含三部份，一是〈獄中日記〉，一是〈獄中詩〉，一是〈獄中隨筆〉。[24]

1、蔣渭水〈獄中日記〉

　　蔣渭水的〈獄中日記〉自大正十三年十二月十二日檢查官到家裡帶走他開始記錄起，再到大正十三年二月十八日之間的獄中生活觀察之日記，〈獄中日記〉篇數共有五十八篇。

　　蔣氏〈獄中日記〉內容多屬短文隨筆式的文字記錄，內容當與在獄中所見所想事物有關；但深陷囹圄的他，對於兩件事，卻是耿耿於懷，一是對於一同入獄的友人特別關心。二是對於陽光的描述，可以說是在黑暗中，還是擁有溫暖希望的象徵。

（1）記敘獄中友人獄中活動景象

　　因治警事件同時入獄的眾友，同入臺中監獄者甚眾。對於眾友於獄中的描述，在其日記有多篇描述，如〈十二月二十九日〉：

---

[24] 但蔣渭水在《臺灣民報》第一篇發表的獄中文學，是仿效〈歸去來兮〉寫成的〈快入來辭〉，見《臺灣民報》第二卷，第三號，頁8。

今天有出來運動和我新知道的寫下：

林幼春君、林伯廷君、吳海水君、石煥長君、蔡式穀君、蔡惠如君、蔡梅溪君、蔡於先君、鄭松筠君、林篤勳君、陳世煌君、王敏川君、許天送君、楊振福君、石錫勳君、韓石泉君、林資彬君、陳逢源君、蔡培火君、邱德金君、蘇壁輝君、周桃源君、許嘉種君、蔡年亨君。

我知道計算有二十七名，以外沒有相遇過的，不知道有幾人，雖是野外運動監獄的規則，各人要戴覆面，在庭上大家相見面，不覺得很好笑，狀如戲臺上的做少鬼的一般。在這獄裡，說是自己防衛，蒙頭蓋面，使其他人不曉得是什麼人。我們正正堂堂，那怕人看到面的道理呢。[25]

〈一月四日〉

幼春兄食欲不進多痰善嗽，所以時常拜聽他的聲咳，不是這樣，就沒有聽得他的聲息了，他的嗽，是我的好伴侶。[26]

〈一月二十八日〉

今早我出法庭，馬車善搖動，我又很容易眩車的，所以一時很不爽快。已出庭，卻不是豫審，是高等法院，心很奇怪。已入庭，忽看見連溫卿君立等，才知是出版法違反的事件。判官宣告石煥長有病缺席，要延期。退場時，我與連君握手，很爽快。又看見

---

[25] 蔣渭水著，王曉波編：《蔣渭水全集》，海峽學術出版社，民國八十七年十月，頁372。

[26] 《蔣渭水全集》，頁378。

旁聽者十餘人，皆是相知的人，陳長和君亦在內，我即對諸君行
禮，諸君亦答禮，相別。逢源君、培火君有出豫審庭。[27]

〈一月三十日〉

今天運動配組異常，我與松筠君、石泉君同組，已有新敵手，我
的元氣又加倍了，三人不約而同互相競走。[28]

許多篇日記內容，完整地記載著友人入獄的情景，可知他對朋友是相當
地看重，才會在這樣緊張的環境空間裡，還對大家如此關懷。

（2）陽光的描述

　　監獄是一個極為封閉的空間，相對於此，人的感官，便相對地變得
較為敏感，〈獄中日記〉對於陽光的描寫異於其他事物的描寫，我們先
看幾個蔣渭水對於陽光的描寫，如〈十二月二十五日〉：

太陽出來了，我的房子向東，朝日就可到房裡了，我就將臉子向
日照映，等到太陽行過才方讀書，我想太陽會到房裡，自然必定
能健壯了，聽見蔡惠如兄也到了，多人鬧熱，心頗歡喜。[29]

將晒太陽視為與蔡惠如在獄中見面的感受，同列為歡喜之因，可見陽光
對於蔣氏於獄中，是極珍惜的感受；他又於〈一月二日〉寫到：

早朝起床由鐵窗遙望向東天，看見紅霞滿遍，如是太陽將起來
了，心上很是爽快。這近日來，我的最愛的朋友太陽君，都一概
沒有來相會的，我則有一日不見如三秋的感想，一天等過一天，

---

27 《蔣渭水全集》，頁386。
28 《蔣渭水全集》，頁393。
29 《蔣渭水全集》，頁370。

　　等到今日，才見他自遠方要來了，我歡喜非同少可。我每早洗口面，然後就實行體操，幸得在醫校時代，所學過的體操法，還有記憶得譜略，所以每早都實行室內體操。然後太陽君有來，就是和他對面相照。他大約八時初到，十一時就由鐵窗出去。有時朝浴後體溫充足，就脫下上衣，裸體取日光浴，設使在外面的時節，我哪裡有這個餘裕的時間，來取這日光浴呢？算來也是大人的庇蔭了。在這獄裡，我終日戀戀不能離捨，最愛的，就是太陽君。那太陽君若是驕傲、高貴、不肯常來，烏天暗地也不願來，雨天也不願來，夜間更加不願來，只是青天白日的時節，才肯到這裡，和我做伴的。今天是數日來罕有的好天氣，太陽君也就歡喜來了，我就接吻他，抱擁他，連書都要讀了，全盤精神，都灌注太陽身裡去了，戀醉到極度，我的心融和在太陽光芒中，茫茫渺渺，迷迷沉沉，如醉如夢，宛如羽化登仙一般哩。忽而太陽抽身要去，我驚醒則追挽他，無奈他的時間，鐵板不易的嚴正，一刻都不肯做個人情，直追至窗邊，伊竟拂袖跳出去了。[30]

視「陽光」為精神力量的來源，且能在它的溫度／光度裡，盡情享受片刻的幸福，那境界已到「戀醉到極度，我的心融合在太陽芒光中，茫茫渺渺，迷迷沉沉，如醉如夢，宛如羽化登仙一般哩。」實在是得佩服蔣渭水面對至此的生涯，還能如此享受他的人生，且是毫無所懼之態。無怪乎，後代臺灣對於這位日據時期的士紳，是極為地敬重。

　　（3）樂觀人生觀

　　對於坐牢這件事，蔣渭水的表現比起賴和在情緒上顯得焦慮來看，蔣渭水算是「樂在其中」。收到朋友彩色書巾、繡花布團，便將獄房布置成一座花園，〈一月二十三日〉：

---

[30]　《蔣渭水全集》，頁 377。

前日李山火君惠贈彩色書巾，羅半仙君惠贈繡花座布團，皆繡有
花鳥草木，極其新鮮好看，我就取來裝飾房內。……一個殺風景
牢臺竟變做活潑清新的錦繡花房了，游目騁懷，錦上添花，很是
熱鬧。[31]

本是封閉死氣沉沉的牢房，在蔣渭水妙手之下，成為錦繡花房。可見，
他面對眼前困難，是毫無畏懼之態。另外，閱讀佛書對於蔣渭水而言，
在精神層面也獲得慰解。〈一月七日〉：「由獄吏借佛教雜誌，融和
誌，係是曹洞宗的機關誌，看讀中，很有所得，我從來讀述釋迦傳哩，
若其教義卻還未讀述，總是我從前也認定佛教是一種極微妙明徹的人生
觀……。」[32]將獄所視為修養的機關，[33]積極地以閱讀來調適自己的心
靈，是蔣渭水在獄中的生活哲學方法。

2、蔣渭水〈獄中詩〉

蔣渭水的「獄中詩」，多為仿作。從仿作的態度上來看，又可證明
蔣渭水對於其入獄的事實，還是抱持著樂觀態度，並以前人詩作來映照
自己現況，如其仿古之作〈快入來辭〉：

快入來兮，心園將蕪胡不入，已自以身為奴役，奚惆悵而獨悲。
悟已往之不入，知來者猶如仙。實迷途其未遠，覺今是而昨非。[34]

---

[31] 《蔣渭水全集》，頁 388。
[32] 《蔣渭水全集》，頁 381。
[33] 在〈監獄是修養機關〉：「幸這世上還有兩個機會可容我們修養的，就是入
病院和入監獄。病院方面，大病則危不暇給，小病則難久留，所以收功效還
不及監獄。息交絕遊，與世相違，請問似仙，靜寂如佛，近在咫尺，遠似千
里，衣服物資得享市井便利，內宮奧室宛如深山，是修行冥想學禪的靈
地。」見《臺灣民報》第二卷第八號，一九二四年五月二十一日。
[34] 《蔣渭水全集》，頁 381。

其他仿古作，尚有仿〈赤壁賦〉的〈入獄賦〉，仿〈春夜宴桃李園序〉的〈春日集監獄署序〉，仿〈陋室銘〉的〈牢舍銘〉。從這些仿古之作內容，可看出蔣渭水笑看人間的處世態度。如〈牢舍銘〉：

> 室不在美，有氣則通，窗不在大，有光則明，斯是牢舍，惟吾意誠，既決穿衣紅，未決穿衣青，談笑有嚴禁，往來無單行，可以學坐禪，閱書經，無親戚之會面，無朋友之交情，宋朝三字獄，周代公冶刑，多人云何罪之有。[35]

以笑看人生來面對自己生命裡的黑暗時刻，是須要極為通透的人生觀。我們在蔣渭水的漢詩裡，看見他站在歷史的當下，還是笑看人間，無所懼。

（三）蔣渭水〈獄中隨筆〉

一如標題〈獄中隨筆〉，蔣渭水將獄中所看到、所想的人事物，以「專題散文」方式寫了下來。如在〈獄中隨筆〉中，他寫下了他上囚車時，臺灣百姓對於他即將入獄，是十分地不捨，無論男女百姓都是如此：

> 那時微雨霏霏，四五十名送我入獄的同志，都乘人力車，排列徐行，途中三五名女青年，看我是要入獄去，便跟到車側，叫我要保重身體，並表示十分惜別的感情，遂和男同志，送我到法院，我則下車脫帽與諸同志告別，入去會見上內檢查官。[36]

雖是因治警事件入獄，蔣渭水對於日本警察在態度上，還是保持肯定的態度，他說：「臺灣從來還沒有文明的政治運動，所以臺灣的警察對這種的運動也是沒有經驗，兩方都可算是初步的、互相在練習的時代，總是這回警吏的態度，很是親切，很是文明，而我們也很是文明，很是正

---

[35] 《臺灣民報》，第三卷四號。
[36] 《蔣渭水全集》，頁 416。

經。這可算是臺灣警察界的頭腦大有進步了，我們應該要讚賞的。」[37]
對於當時的臺灣獄政也提出看法，對於獄中人權，他特別注重，並提出
各種弊端：

> 若對普通一般未決囚的處置還有多少的缺陷：第一，如每朝對囚
> 人施行裸體檢驗，在冬寒的時候大有妨害衛生，又且是一種人權
> 蹂躪，到底有什麼必要來施這殘酷的檢查法呢？[38]

蔣渭水另一個對獄政「先進」看法，是關於受刑人的性生活處
理，他說：

> 聽說菲律賓的監獄是很文明的，每夜男囚的妻和女囚的夫都可以
> 到獄裡同衾。若早朝去參觀的時候，就有看見一陣的男女從獄裡
> 門出去，這對人道上看起來是應該的制度。監獄的目的是在束縛
> 囚人的自由，使懺悔自新的。這生殖一途乃上天好生之德，是天
> 賦的大權，是生理的，是自然的，是本能的，⋯⋯。[39]

我們從〈獄中雜感〉中「監獄衛生的進步」、「監獄內要設生殖的機
關」等文裡，可以看出，蔣渭水是相當地重視人權，如入了監獄之後，
獄囚內的囚犯看見蔣渭水入了監獄裡，無不給予最高的尊重：

> 下車的時候，因為我的書包太多，托同車的囚人們幫忙。內中一
> 個囚人說：「蔣先生是替臺灣人做事的人，正經正經，我們應該
> 替他幫忙。」眾囚人便七腳八手，將我的行李，都替我搬得乾

---

[37] 《蔣渭水全集》，頁405。
[38] 《蔣渭水全集》，頁405。
[39] 《蔣渭水全集》，頁408。

淨。這是這回入獄第一次的收穫了。南強和鐵生，在臺中監獄
裡，得著「犯人大人」的稱號，峰山和芳園，在臺南監獄裡，受
了囚人同胞的特別照顧，這些都可說是精神復興的現象啦。[40]

獄中的蔣渭水面對日本殖民帝國的批判力道，顯然並未屈服於恐懼，
〈入獄賦〉一文對於當時臺灣總督田健治郎及內田嘉吉兩人的嘲諷，力
道十足，首先他批判了田健治郎：

西望內閣，東望大臣，相繼失敗，鬱乎惶惶，此非讓山之困於宦
途者乎？方其任總督，渡臺灣，順風而南也，迎者千人，何等威
風，以酒宴客，集雅賦詩，固一時之雄也，而今安在哉？[41]

田健治郎風光來臺，「以酒宴客，集雅賦詩」的風光景象，那麼現在
呢？而對於內田嘉吉以強暴手段對付臺灣百姓，蔣渭水態度更為強硬的
回擊：

藉一朝之權勢，舉暴威相戕，行惡虐於此地，負蒼生之希
望……挾飛艇以相擊，執干戈而相攻，知不可乎以行得，託悲
憤與悲風。[42]

我們從他對於前後兩位臺灣總督的態度來看，事實上可以明顯察覺到蔣
渭水批判殖民國是採取一種平行的位階，而非被殖民國的自卑感；顯見
蔣渭水爭取臺灣民族主義的行動，絕非僅止於口號上的響亮，同時也是

---

[40] 《蔣渭水全集》，頁 419。
[41] 《臺灣民報》，第三卷四號。
[42] 《臺灣民報》，第三卷四號。

理想的實踐者。其獄中作品，完全可以體現他各方面的生活哲學與處世的價值。

四、陳逢源論

（一）陳逢源其人及其入獄原因

陳逢源，字芳園，號南都，筆名南都生，臺灣臺南縣人，一八九三～一九八二年。為臺灣文化協會成員、詩人。由於家學淵源，七歲即隨漢學先生王鍾山學習經書，並能吟詩。爾後進入臺南公學校就讀，勤習古詩文。日後逢源得以作詩、吟詩的漢學基礎，便是根基於此。

後入臺灣總督府國語學校，專攻政治學、社會學。畢業後，即任職三井洋行，從事進出口貿易。一九二○年去職遠遊，曾赴大陸，飽覽江南風光。返臺後，加入臺灣文化協會，擔任理事，致力於啟蒙臺灣人民。此時，臺灣議會設置請願運動，由臺灣留學生、地主、資本家所倡導，試圖尋求體制內改革，希望藉由設置民選議會來打破臺灣總督的專制統治。為此，這群知識份子以訴諸日本政府的方式，利用日本帝國議會開會之際，呈上請願書。陳逢源曾於一九二三年及一九二七年，兩次擔任請願代表。

陳逢源也因「治警事件」入獄，坐了四個月的牢。出獄時，受到民眾熱烈歡呼，他有感吟道：「滿街爆竹響連天，深愧無從解倒懸；以覺自由非易取，徒揮赤手抗強權。」之後，陳逢源常在報紙中發表文章，闡述他個人的政治理念。

戰後，他接替了因二二八事件遇難的陳炘之職，擔任臺灣信託公司籌備處主任，開始縱橫商場，儼然是大亨級人物，但他說：「年事已老，所樂者詩也。」於政治活動外，熱心參與詩社活動，曾加入「南社」，與連雅堂、胡南溟等吟遊。戰後，與于右任、賈景德、林熊祥等

人組「臺灣詩壇」，被舉為副社長，以詩韻風雅相交遊。並投入金融工
商業，創立了今日的臺北國際商銀，為一成功的企業家。

（二）陳逢源獄中作品

　　關於陳逢源的獄中作品，多以漢詩為主，而其主要作品，全收錄在
他個人的詩集《溪山煙雨樓詩存》〈赤崁集〉中。詩作作品十一首，完
整地記錄了他入獄原因始末，其中，又以寫給與他同因治警事件行判刑
入獄的文友們的詩作為主。

　　他在入獄之初先寫下〈乙丑春連坐臺灣議會事件臺北高等法院最終
判刑禁錮三個月同烽山囚禁臺南監獄寄懷劉明哲〉：

　　　未了平生讀書債，攤詩作伴送春殘；
　　　九旬過眼原容易，一獄成名太簡單。
　　　顏子自甘居陋巷，楚囚焉用棄南冠；
　　　知君慷慨偏憐我，端覺情深小別難。[43]

後移監臺南監獄，寫下〈歲暮囚禁臺南億載金城〉：

　　　眼前人事劇橫縱，一片牢騷意未平；
　　　愁寄斜陽天外晚，夢回古渡月中明
　　　江湖滿地南冠子，風浪連宵億載城；
　　　猶喜崢嶸留正氣，讒言容易罪書生[44]

---

[43] 陳逢源：《溪山煙雨樓詩存》，龍文出版社，民國八十一年三月出版，頁
15。
[44] 《溪山煙雨樓詩存》，頁 14。

連用幾次「南冠」與「正氣」，顯然陳逢源將文天祥視為自己的英雄，而〈歲暮囚禁臺南億載金城〉更是直逼文天祥〈池州〉所言：「五老湖光遠，九華山色昏。南冠前進士，北部故將軍。芳草江頭路，斜陽郭外村。匆匆十年夢，故國黯銷魂。」士不逢時之嘆與悲這場政治黨禍，且與文天祥一樣，落入一場文字獄之災。隔年春天，又被移臺北監獄，寫下了〈甲子春移禁臺北監獄〉四首：

> 旋驚冷落過新年，卻喜刪除到俗緣；
> 樂到不妨居陋室，處身惟恐酌貪泉。
> 非因琢玉難成器，莫漫尤人況怨天；
> 衰衰諸公常在眼，相逢依例一嫣然。
> 構獄由來總有因，蜂房雖小可容身；
> 不須問卜尋唐舉，忽聽呼名到孔賓。
> 流水游龍辜舊夢，東風繫馬入新春；
> 一時寂寞皆如此，莫效窮途痛哭人。
> 曉鐘時節最思君，爾汝交遊悵失群；
> 淡北綠添春日樹，崁南紅襯暮天雲。
> 深愁已共年華積，孤憤休將筆硯焚；
> 剩向枕邊尋舊夢，如今觸耳不堪聞。
> 志業摧殘耐雪霜，臺疆何日被春陽；
> 不因局促悲囚繫，卻喜孤高尚瘦狂。
> 腳力漸疲山更險，民心未死氣猶揚；
> 菜根已分生涯足，縲紲之中漫激昂。[45]

---

[45] 《溪山煙雨樓詩存》，頁 14。

陳逢源與林幼春在監獄裡重逢，不免感到悲涼，尤其是林幼春的身體更是讓同獄的文友們，感到不安，〈贈同獄林南強〉：

稜稜俠骨與儒香，後起誰能抗雁行；
生不逢時仇黨錮，身因歷劫富詞章。
才名自昔推公瑾，狀貌何人識子房；
今日相逢餘涕淚，楚囚無處話淒涼。

他與林幼春的交情十分深厚，對於在獄中重逢，深覺彼此像是楚囚般，心中有無限淒涼之感。〈寄林耕南〉一詩，則是寫給林茂生的詩：

不愁命運與時乖，強項人宜獄裏埋；
細咬菜根黯世味，自拈詩句寄吟懷。
三春花鳥羅前砌，一榻圖書當小齋；
應待榴花時節到，煩君雞黍為安排。[46]

耕南為林茂生的字，陳逢源與他曾在文化啟蒙活動時互動頻繁。而下一首，則是陳逢源於獄中寫給「南社」詩友的作品。〈寄南社詩友〉：

高樹東林幟，懸知此禍來；冬心原不死，黨錮易成魁。
雨過懷鷗社，霜飛冷柏臺；是非終有日，莫抱落花哀。[47]

然而對於陳逢源而言，親情才是他無法忘懷的情感，親情才是生命中無法承受的重，〈寄內〉、〈獄中寄內〉兩首是寫給他的妻子郭希韞：

---

[46] 《溪山煙雨樓詩存》，頁15。
[47] 《溪山煙雨樓詩存》，頁15。

從來構獄不希奇，咄咄書空又一時；
鐵幹寒花耐冰雪，此心惟有老梅知。
簞瓢斗室樂依然，剩有相思一線牽；
倘有圜牆高百丈，夜深飛夢到卿邊。[48]

〈獄中寄內〉：

相思紅豆子離離，一縷春愁祇自知；
斗室夢魂燈照後，小窗風雨夜寒時。
煙花舊事都成幻，絲竹中年已不支；
從此敬通宜閉閣，欲從京兆學描眉。[49]

除對獄外的妻子深感掛念之外，〈夢父〉一首，則是在獄中透露了對於父親的思念：

廿年泉路隔，夢裏炙慈顏，
猛憶生前事，恩深淚自潸。[50]

而〈刑期提早出獄與峰山備受臺南市民歡呼有感〉一詩，則是他獲得早釋，出獄之時，道路兩旁百姓爆竹響連天的情景：

滿街爆竹響連天，深愧無從解倒懸，
已覺自由非易取，徒揮赤手抗強權。[51]

---

[48] 《溪山煙雨樓詩存》，頁 15。
[49] 《溪山煙雨樓詩存》，頁 15。
[50] 《溪山煙雨樓詩存》，頁 15。
[51] 《溪山煙雨樓詩存》，頁 16。

對於自己能早日沉冤得雪之事，除了是自己的事外，同時也是當時臺灣百姓的大事。顯見，為「治警事件」入獄的這群民族義士，是深獲民心的。

五、蔡惠如論

（一）蔡惠如生平略述及入獄原因

　　蔡惠如，名江柳，字鐵生，臺灣臺中清水人，一八八一～一九二九年。蔡惠如一九〇六年加盟「櫟社」，後與陳基六人共組「鰲西吟社」。爾後一九一九年在東京，與林呈祿、蔡培火等人成立「聲應會」、「啟發會」，翌年又新組「新民會」。「新民會」的成立宗旨有二，一是為臺灣議會設置請命，二是推動「臺灣青年雜誌」的創刊。

　　據《臺灣社會運動史》[52]提及蔡惠如是因「治警事件」判刑入獄，一九二三年十二月十六日，被羈押五十多天，一九二五年二月入獄。一九二九年，他在福州因事業過勞發生腦溢血，五月十二日轉回臺灣，五月二十便逝，享年四十九歲。

（二）蔡惠如獄中文學作品

　　蔡惠如獄中作品，除詩文之外，尚有詞作，詩的篇目如下：〈臺中監獄有感呈南強〉、〈贈清賴先生　用幼春韻〉、〈獄中感懷〉四首、《臺灣民報》第六十號〈獄中有感〉八首、收錄在《臺灣詩薈》第二十號中的〈獄中有感〉五首及《臺灣詩薈》第二十一號中的〈獄中有感〉五首。二十七首詞作篇目計有如下：〈鵲踏枝二闋──癸亥冬日入獄呈南強〉二首、〈滿庭芳──獄中歲暮寄妾〉、〈蘇幕遮──獄中曉起〉、〈東方齊著力──送獻堂總理東上〉、〈渡江雲──乙丑春日下

---

[52] 王詩琅譯注之《臺灣社會運動史──文化運動》係據《臺灣總督府警察沿革誌》翻譯而來，為臺灣總督府警務局為警察人員執行警務之參考而編成的。

獄懷南北同志〉、〈春同天上來——聞鶯〉、〈青玉案——輓澄若老伯〉、〈瀟瀟雨——夜雨〉、〈滿庭芳——花朝日朝獨坐獄中，意興蕭索，為譜此詞寄內解悶〉、〈祝伯端老弟四十壽〉、〈意難忘——下獄之日清水臺中人士見送，途將為塞，賦此作鳴謝〉、〈金縷曲——幼春入院養病，故遲我十日下獄，聞被當道催促，不容寬緩，賦此解慰〉。

　　為國家民族而入獄，對於當時的人民而言，是件可敬之事，所以入獄之時，街道兩旁，擠滿送行的百姓：

> 蔡惠如、林幼春二氏，應屬在臺中刑務所受監，然幼春氏因病得延期受刑，而蔡惠如氏獨挺然於二一日下午搭列車至臺中驛，（在清水出發之際，沿途皆有佇立奉送，至驛送者約二百名，送至沙鹿者二十餘名，送至臺中者三十餘名）迨下車時臺中無數同志，迎住握手，各敘其別枕，復有盛鳴爆竹以迎其至。警官隨命其解散，然群眾不勝為之惜別，而不肯分散，亦不忍分離，堅隨其身邊，自停車場前，直透新盛街以至錦町，人眾絡繹於道，有連呼聲者，警部遂將魏朝昌氏檢束其後放出。蔡氏先至臺中病院訪林幼春氏，乃向臺中地方法院檢察局。在法院前，民眾多數似築人垣，遂見警官無數奔到，更由警部命解散，蔡氏即赴檢察局，其後方入刑務所。時見蔡氏絕無狼狽相前，氣色十分沉著，對人云：「予自已覺悟，故無恐怖。」[53]

蔡惠如入獄之初，即寫〈臺中監獄有感呈南強〉給林幼春：

> 今朝計入獄，乎乎一星期；精神無所失，意志仍如新。
> 親友慰問信，多是興嘆咨；而我獨心得，心得有誰知。

---

[53] 《臺灣民報》三卷八號，頁 5-6，〈諸氏之入監〉，一九二五年三月十一日。

> 開卷讀老子，智不若無為；合眼學禪坐，無憲復無疑。
> 朝朝一裸體，潔白我肌膚；任彼霜風烈，不見損毫釐。
> 我心既安適，境遺何足悲；法理自公道，天理更難欺。
> 萬能悉所用，寧盡聲與癡；西伯拘羑里，畢竟天下師。
> 孤山林處士，愛我學詩詞；寄此巴里語，且慰爾所思。[54]

入獄一星期，面對日本政府的審判，蔡惠如在獄中以老子的無為為學習對象，以禪學對抗恐懼，更以周文王的處境自喻，可謂是「天將降大任於斯人也，必先苦其心志，勞其筋骨」的磨練。

　　不過入獄的情緒，其實是百味雜陳，下列舉出蔡惠如〈獄中感懷〉四首看其他內心情緒：

（一）

> 寫將近況報諸公，飽時酣眠體力充；
> 逸興遙飛天以外，閒情聊寄獄之中。
> 枯桐爨尾聲還壯，斷石留痕蘚更紅；
> 為語東風莫欺負，黃梅時節出樊籠。

（二）

> 不留鬢髮不留鬚，自笑今吾異故吾；
> 逋老移居紅葯院，中郎隱住碧紗廚。
> 非關徐福來三島，欲載夷光泛五湖；
> 回首十年前舊事，只因耽誤學陶朱。

54　《臺灣民報》，第三卷十四號。

（三）

偃蹇蝸盧養性真，把將書卷自吟呻；
雨來楊柳都垂淚，風撼河山盡染塵。
最厭胡笳悲薄暮，更憐杜宇泣殘春；
人生歲月應知惜，莫負昂藏七尺身。

（四）

十載飄零付等閒，祇慚無計濟時艱；
松筠慣耐風霜苦，猿鶴能醫木石頑。
滄海曾經知世態，虛名浪得滿人間；
中原天地春依舊，綠水青山待客還。[55]

〈獄中感懷〉多述入獄之情，為內在精神情緒的自我強化，〈獄中有感〉才是真實情緒的外顯，以下便列其〈獄中有感〉八首為證：

（一）

九時春光景色新，我偏下獄養精神；
藜羹秕飯聊充腹，草笠紅衣不辱身。
燕雀多情時對語，詩詞有味日相親；
鯤山兄弟休惆悵，來日爭光步後塵。

（二）

親友如雲歡送我，重來囹圄作生涯；
朝朝獨坐書為友，夜有孤眠夢到家。

---

[55] 《臺灣民報》，第三卷十四號。

遣悶細吟金縷曲，破愁低誦浪淘沙；
鐵窗修養男兒事，凜烈寒威不怨嗟。

（三）

明窗粉壁小方床，日日埋頭誦讀忙；
草履常穿經習慣，菜根長咬亦知香。
坦懷自是光明地，囚首猶吟錦繡章；
身世浮沈都莫管，匹夫志可傲王侯。

（四）

異草奇花裹細絲，恍然縲絏亦如斯；
閉門赤腳跏趺坐，把卷潛心密緻思。
七子同盟先自覺，百年大計有誰知；
苦中樂處光陰易，曉日春風過一時。

（五）

來時恰好是春初，謝絕繁華意自舒；
一現廬山真面目，重歸清水舊門閭。
身遭桎梏非吾罪，盼斷鱗鴻故友書；
隨處風波心鎮靜，縱然虎口亦安居。

（六）

匆匆烏兔去難留，身世何時得自由；
飲水曲肱吾亦樂，臥薪嘗膽志無休。
幾年提倡新民會，今日翻為國事囚；
老我光陰將半百，勞勞空抱杞人憂。

（七）

鐵門深鎖玉窗虛，權作桃源避世居；

天地看來俱逆旅，身心安處即吾廬。

不堪牛馬長呼喚，應把蝗蟲一掃除；

成敗如今且休問，盧梭民約見全書。

（八）

綠陰如幄夏初天，鎮日孤吟三百篇；

造句未工腸盡索，送春有恨語難傳。

悲歡離合原無定，順逆窮通任自然；

螳臂當車嗟力薄，中流砥柱望諸賢。[56]

蔡惠如與蔣渭水、林幼春、陳逢源等人共同籌設「臺灣文化協會」，協
會成立主旨觸怒當局，於是一干人等被迫入獄，當時是「幾年提倡新民
會」，現在卻是「今日翻為國事囚」心中的憤怒，可想而知。「盼斷鱗
鴻故友書」獄中能得友朋的書信是件美好的事，若無，則是「鐵門深鎖
玉窗虛，權作桃源避世居；天地看來俱逆旅，身心安處即吾廬。」日子
照樣能過得安樂自在。

　　但事實上，蔡惠如是被日本殖民政府強迫入獄，於是他還是顯露相
當的悲憤情緒，如在〈蘇幕遮　獄中曉起〉表露無遺：

　　　雨初殘，天乍曉。芳草垂楊，知有春多少。熱血一腔愁不了，誰
　　　分歸來，竟做籠中鳥。

　　樹迷濛，山縹緲。拭眼窺窗，黯淡乾坤小，寂寞庭前風料峭，綠
　　意紅情，盡被濃煙擾。[57]

對臺灣民族主義奉獻奔走，未知會成為籠中囚鳥，對蔡惠如這群具有民
族主義的知識份子而言，是種打擊。但他們並未因此放棄理想，〈渡江
云 乙丑春日下獄懷南北同志〉一詞中，對於分居各地囚牢的同志，深感
牽掛：

　　纏綿，回頭一望，北獄南牢，同志期無恙，憶前度聯床風雨，形
　　影相憐，誰知今似分巢燕，耐苦寒，志一心專，應共料歸時大唱
　　民權。[58]

---

[57] 《臺灣詩薈》，第一十號。
[58] 《臺灣民報》，第三卷第十七號。

日據時期（中）

冰心在〈繁星・四十九〉中提到：

> 零碎的詩句，／是學海中的一點浪花罷；／然而它們是光明閃爍
> 的，／繁星般嵌在心靈的天空裏。[1]

詩歌確實是詩人們內心心靈光明力量的極致展現。楊華《黑潮集》則展現了臺灣監獄詩中臺灣人面臨黑暗世界時，呈現出了動人的文學力量的一面。

　　楊華，屏東人，生年不詳，約在公元一九〇六年出生，一九三六年五月三十日去世，年約三十歲。原名有二說，一說為楊顯達，一說為楊建，筆名另有楊花、楊器人。民國十六年二月五日楊華因「治安維持法違犯被疑事件」被捕入獄，監禁在臺南刑務所，在獄中撰寫白話詩《黑潮集》五十三首詩[2]。其詩篇幅雖多為短小作品，然其作品在整個臺灣監獄文學裡，甚至是臺灣現代詩史中，是具極重大精神意義指標性的監獄文學作品。他在《黑潮集・自序》中雖如此謙虛地自言：

> 我臺的新詩集，出版的雖然不多，其實像我這些在獄中偷閒，憑
> 一時的直覺而沒曾思潤色寫下來的作品，當然是沒有什麼價值
> 的。不過藉此機會，作一種「拋磚引玉」的工具，並做我對這回

---

[1]　《冰心全集・繁星・四十九》，上海商務印書，民國二十二年出版，頁72。
[2]　《黑潮集》原發表於一九三八年一月三十一日及三月六日《臺灣新文學》，
　　二卷二期和三期。

被檢舉的「紀念品」，算是不得有新詩的資格，只希望在將來的
文學的園地裏，有更豐富的收穫！[3]

只不過可惜的是，其中〈26〉、〈27〉、〈29〉、〈34〉、〈36〉、
〈38〉、〈41〉等幾首，因內容尖銳，而不予刊登。[4]雖然楊華本身的
詩風，是如此的陰暗；《黑潮集》的創作時空是在獄中完成，可以想見
楊華試圖以詩歌來對抗黑暗的力量，顯然但他還是相信人精神的力量具
有強大能量，如〈11〉：

源泉曾被山嶽禁錮在幽暗的窟裏，
他能繼續著催起流水的跳躍，
所在浸流而使山嶽崩壞。[5]

一、「黑潮」意象與楊華《黑潮集》

楊華入獄所創作出來的時代「紀念品」，無疑地，記載了臺灣政治
發展史上的一頁黑暗史，也是記錄了臺灣文學發展史上的一個在黑暗國
度中發出黑潮般力道的靈魂語錄。詩是感情的產物，詩與時代的脈搏是
一致的；詩是一種簡單的、感覺的、強烈而有力的呼喚。[6]《黑潮集》
的五十三首短小新詩體，充分展現文學貼近與反映時代的真實與存在的
意義。

---

[3] 楊華：《黑潮集》，桂冠出版社，民國九十年二月出版，頁24。
[4] 友人將詩稿《黑潮集》寄交《臺灣新文學》主編楊逵，編輯人覺得「集中有幾節在小生看來，於表現上很覺銳利，怕把紙面戳破。」轉引莫渝〈鐵窗與秋愁——楊華作品研究〉。見《黑潮集》，頁7。
[5] 《黑潮集》，頁26。
[6] 舒蘭：《中國新詩史話·三》，渤海堂出版社，民國八十七年十月出版，頁41。

　　詩人莫渝分析楊華《黑潮集》的其詩作幾個創作主題：（1）禁錮鐵窗內的吶喊，（2）生命的自我鼓舞與爆發力，（3）抗議邪惡勢力的摧殘，與個體的無奈。[7]莫渝大抵從詩人自身角色分析而得此論。另一方面的評論者如許俊雅教授，則是以時間觀點來論楊華新詩的時代價值意義。

　　但我們將詩人生命視為整個時代生命的縮影或展現，亦即詩中淺層雖言個人生命情，但更深處卻是反映整個臺灣生命面對日本殖民力量的抗爭、所發出的怒吼，經由深度詮釋，或可將楊華詩作中的生命厚度更能閱讀出來。如〈7〉：

　　　　築堤去防逆水
　　　　只是促成他的氾濫[8]

　　　　〈8〉
　　　　河岸雖然擋住河水的氾流
　　　　它的巨身軀卻一片片的葬送在急流裏[9]

洶湧民族的意識一如「急水」般，朝著日本殖民政府體制沖刷而來。民族性是天性，非用以任何政治武力，便可將其屈服。許俊雅教授對於楊華「黑潮」在解讀上是賦予了政治社會環境之黑暗、之波濤洶湧。[10]但我們就「黑潮」本身的意義來看，楊華對於「黑潮」意象的蘊含，可能有更強烈的指涉。首先我們先看何謂「黑潮」。黑潮：

---

[7]　《黑潮集》，頁 8。
[8]　《黑潮集》，頁 26。
[9]　《黑潮集》，頁 26。
[10]　許俊雅：《臺灣文學散論》，文史哲出版，民國八十三年十一月初版，頁168。

> 黑潮本是太平洋北赤道的洋流，臺灣剛好置身此一巨大的潮流之
> 中，楊華就近取喻，……除真實地掌握臺灣的地理特性外，更進
> 一步地擴展了臺灣在精神、文化上與世界的互動關係。從楊華的
> 觀點來看，臺灣並非孤懸海中的蕞爾小島，而是與整個世界聲息
> 相通的國度，因此，臺灣不能自外於「世界潮流」，而應積極以
> 「環流全球」的氣魄，與國際同步共趨。[11]

所以，臺灣這個海島國，是採開放的方式與態度來面對與接納世界上的
多元文化。吳新榮〈世界的良心〉對於黑潮意象的運用，與楊華是有異
曲同工之妙處：

> 已經不再是詠嘆詛咒的時期啦
> 已經不再是悲憤慷慨的時期啦
> 流血抗議已經屢次反覆過
> 啊，雖然緩慢卻深刻地在進行
> 雖然微弱卻廣茫地在波及
> 而衝破一切良心在著的心胸
> 滲透到一切追求正義的心胸裡
> 年輕人呦，記得嗎？
> 你們祖先曾發誓過的言詞
> 我們祖先也曾發過誓
> 然而你們現在的吶喊
> 我們已經不能吶喊
> 我們已經幾個世紀在孤島上掙扎過來
> 然而我已不再追求耶路撒冷的夢

11　〈引黑潮之洪濤環流世界？楊華詩解讀〉，《臺灣文藝》「新生版」143
　　號，1994年六月出版，頁118。

　　我們該追求的世界的良心

　　這顆心越過太平洋的怒濤結合時

　　這顆心也有夢來到蒙古高原時

　　年輕人呦

　　以黑潮洗掉箭上的血吧

　　北風將把勝利的歡笑送來[12]

詩人視野寬廣與氣魄。在理性與感性的兩相交融下，黑潮般的生命反映在其詩作之中。〈1〉、〈2〉、〈3〉這三首詩使用「黑潮」意象，可以說是《黑潮集》面對生命的低潮處，所迸發出來的生命力。

　　〈1〉

　　黑潮！

　　掀起浪濤，顛簸氾濫，

　　搖撼著宇宙。[13]

　　〈2〉

　　洶湧的黑潮有時把長堤沖潰。

　　點滴的流泉有時把磐石滴穿。[14]

　　〈3〉

　　時想引黑潮之洪濤，環流全球！

　　把人們利己的心洗滌得乾淨。

---

[12] 吳新榮〈世界的良心〉葉迪譯，收入在《吳新榮選集（一）》，臺南縣立文化中心出版，民國八十六年三月出版，頁111。

[13] 《黑潮集》，頁21。

[14] 《黑潮集》，頁25。

　　唉！洪濤何日漫流？
　　唉！世人何日回頭？[15]

　　我們看見詩人對於生命的熱情與力道，藉「黑潮」傳遞，縱使是在獄中，這樣的念頭是浪濤／顛簸氾濫／洪濤漫流。但事實上楊華也意識到人的力量，還是有他的侷限性，尤其是在日治時期，臺灣人民是被壓抑的一群。

二、童真與黑暗的對話

　　無論是身體或心理，皆在嚴酷的生存條件下，楊華詩作反倒出現幾許童稚眼底的世界，以純真童稚心情對抗黑暗的力量。如在〈4〉小蒼蠅、〈39〉牛、〈42〉狗、〈43〉小羊、〈44〉山羊、〈46〉魚、鳥，以及〈47〉飛鷹等動物的速寫，反映詩人內在一片純真，是無法被任何黑暗的力量給趕走，這些小小動物在冰冷的獄中生活，一一走入楊華的詩句裏。

　　在獄中不斷以童稚語言描摹小動物，唯一的目的是在於精神壓迫上的除魅行動，經由自我童真化的語言去除精神上的恐懼，以純真的童稚對抗因政治力壓迫所造成現實的不堪。〈46〉：

　　池魚逃不回大海
　　魚呀！你盼望著洪水嗎？
　　籠鳥逃不回深林，
　　鳥呀！你盼望著大火嗎？[16]

15　《黑潮集》，頁 25。
16　《黑潮集》，頁 33。

楊華以池魚／籠鳥自喻，那麼面對殖民政府的壓迫，楊華內心悲憤的力
量一如洪水／大火，〈47〉：

> 飛鷹餓了
> 徘徊天空，想吞沒一顆顆的星辰[17]

飛鷹般的「自由」，星辰在黑暗中帶來的「希望」，全都是楊華在獄中
仰望的對象。在獄中冷眼看鐵窗之外的世界，只能靜靜地以童真／童趣
看待這嚴肅的生命課題。

　　而童真所凸顯的，就是楊華將自己所面臨的生命中的困境，以困獸
及籠中鳥互為比擬，如在〈46〉中所述及的：「池魚逃不回大海，／魚
呀！你盼望著洪水嗎？／籠鳥逃不回深林，／鳥呀！你盼望著大火
嗎？」。然而，黑暗也能激發力量，〈48〉：「鐵索雖強，／當著我們
熱熊熊般心火／也要熔解。」

　　《黑潮集》中對於鐵窗之外的自由，是絕對的渴望，〈9〉、
〈10〉、〈45〉、〈48〉、〈50〉等首詩作，都是這類作品。如〈9〉：

> 鐵窗呀！
> 遇見得太晚了！
> 初見時幾分鐘的岑寂，
> 充滿了無限的悲哀。[18]

以「相見恨晚」嘲諷的手法來說明自己入獄的悲哀之感。無論是羊子喬
抑或是許俊雅皆論其詩作中充滿「悲觀意識」，但我們若就《黑潮集》

---

[17] 《黑潮集》，頁33。
[18] 《黑潮集》，頁26。

文本看楊華詩人精神層面，可發現他詩作亦充滿「精神焦慮」。對生命的焦慮，對世界的焦慮，為未來的焦慮。

詩人在這黑暗國度裏，聽著自己跳躍的生命聲響：「頂微妙的是：／在沉默漆黑的屋裏中，／聽著心潮的跳動。」〈16〉，堅強的意識一如一枚明月般，不被任何力量給禁臠：「夜間我醒了／一切都很沉寂，／「喔！／明月！／鐵窗外的明月！」〈14〉。縱使是一時的失敗與失去方向，楊華心中亦充滿希望的力量：「可驚可愛的鐘聲啊！／洪亮的鐘聲啊！／許多的同胞正迷夢著，／猛地一下／喚醒他們吧！」〈40〉

在所有文類（genre）中，現代詩的意旨表達本來就比較迂迴隱諱，這對讀者來說，固然是一種無奈的隔閡；但是對處在威權時代的詩人而言，這種隱藏在含蓄之下的「保護傘」，就足以讓他們在有限的空間裡，「觸碰」到政治上的敏感議題。[19]

三、《黑潮集》藝術特色

《黑潮集》的創作，是以「兩個軸心」的書寫方式進行創作。所謂「兩個軸心」指的是楊華的創作身份有二，一為囚犯身份，一為詩人身份。於是他在獄中進行創作，這兩種心靈的創作軸心在進行書寫時，會有不同的效果與境界之經營。一方面我們可以明顯閱讀出他身為被殖民者的心態，另一方面，他完全脫離現實，進行文學的凝視與觀想。前者作品普遍表現出一個知識份子對外來政權的無奈，後者則是他在文學美感的大躍進。

一般論及楊華的新詩，只將他歸類於日治時期詩人或是臺灣早期白話詩人的奠基者。這樣的論點，多數是以時間為依歸，但無法明確地判讀出他新詩在文學上的價值與意義。

---

[19] 林于弘：《臺灣新詩的分類學》，頁 116。

　　雖然鮮少有人論及楊華新詩特色，我們對其個人的創作背景資訊亦極為貧乏。但我們就其同時代本省籍作家及其詩作來看，楊華的新詩，極有《笠》詩社的影子，尤其他的短詩更摻有「新即物主義」的特色。

　　所謂「新即物主義」：

> 新即物主義（Neue Sachlichkeit「德」）原來係美術用語，用於機能性，合目的性樣式美的建築。在文學上排除人的歷史性、社會性，缺乏洞察的表現主義的觀念和純主觀的傾向；而以即物性、客觀性極冷靜地描寫事物的本質，產生報導性要素頗強的作品。思想上立於海德格或哈爾特曼的新存在論同一基盤上，佔於一九二五年到一九二三年納粹政權為止的德國文壇為主流。……詩人林克那慈「機上的追憶」和前述凱斯特那「腰上的心臟」等。這一派的詩人們都抱持着懷疑和譏誚性，排除一切幻影而寫「實用詩」。社會上的報導能被列入文學作品，便是這一派的功績。……在日本即有村野四郎於昭和初期，創辦「新即物性文學」，並寫過「體操詩集」。[20]

該文對於德國「新即物主義」的內容與定義，有一概約說法，且進一步地點出「懷疑」和「譏誚性」是「新即物主義」創作的動機之所在。《笠》第 39 期[21]，再度將日本詩人村野四郎的「新即物主義」及其詩作翻譯引介至臺灣文壇。

　　而村野四郎對於「新即物主義」的看法是：「以客觀性看體操的人同與外界的事物一樣，均為構成世界的一個事物。這是新即物主義理念

---

[20] 笠詩社：〈新即物主義〉，收入《笠》第 23 期，一九六八年二月，頁 20。
[21] 《笠》39 期，一九七〇年十月，頁 40。

根源的存在論性觀法的美國的實驗。」其代表詩作《體操詩集》中〈吊環〉便充滿「即物主義」的創作特質：

> 我像蝙蝠倒懸著
> 天的降落傘將我吊起
> 我暫時安定在此吧
> 看看走近的人們
> 看看那驚訝的人的臉
> 我正在
> 理解我的世界

作品如實呈現物理現象的狀態，動作與形態都以知性的感知傳遞。關於村野四郎新即物主義的特點，杜國清以「唐谷青」發表了〈日本現代詩鑑賞〉，對村野四郎的觀念有更深的論述：

> 村野受了里爾克的實存意識的啟示，所學到的是對物體的「凝視」，以及由此把握住物體背後的意義與價值，與做為表現的「物性的」觸覺等等。……他認為不能不像戈特弗里德·本（Gottfried Benn，1886）那樣，立於已經不能再後退的虛無的地點，以冷徹的諷刺剝去現實的表皮向存在挑戰。[22]

非一昧地冥想與感發，透過即物的描寫手法，傳遞詩人所要傳遞的想法，換言之，這類詩的精神是強調物理現實的存在而做人生的感發。楊

---

[22] 唐谷青（杜國清）：〈日本現代詩鑑賞（四）〉。收錄《笠》第 47 期，一九七二年二月，頁 73-74。

華《黑潮集》便充滿這種「新即物主義」的影子。[23]屬於這類作品，以〈24〉、〈33〉、〈35〉、〈49〉等首為代表。

〈24〉
只要是新生的火
她便能燃起已死的灰燼。[24]

〈33〉
黃梅熟了，
看見她的人徒生不快之感。[25]

〈35〉
幾根粗大的藤蘆，
將他的生命寄託在一株古老的楓樹上，

得意揚揚地紛披著的綠蔥蘢葉，
地下的小草護住著他的根，[26]

此外，楊華的《黑潮集》，可以說也反映當時詩壇的另一股潮流——「現代派」或更精準地說，是「超現實主義」的影子。

---

[23] 「新即物主義」的觀念，在楊熾昌《紙魚》後記亦提及：「我把超現實主義從日本移植到臺灣。以七人開始的機關雜誌『Le Moulin』（風車）嘗試要把文學上的新風注入，但由於社會一般的不理解而受到群起圍剿的痛苦境遇，終於以四期就廢刊的經驗，其回憶是深刻的。……過去的詩作品的功過姑且不談，經由《風車》四期的超現實主義系譜在臺灣成為主知主義，新即物主義的水源地帶，終於變成神話的定論。」

[24] 《黑潮集》，頁30。

[25] 《黑潮集》，頁31。

[26] 《黑潮集》，頁31。

　　古繼堂《臺灣新詩發展史》直接言明了現代派詩最早進入臺灣的
時間不是一九四九年，而是一九三五年；現代派詩在臺灣的第一
個倡導者是臺灣省籍詩人楊熾昌；臺灣從日本舶來的現代派和大
陸李金髮、戴望舒等從法國舶來的現代派是同一個來源，不過一
個是直接從產地出發，一個是從日本轉手引進罷了。[27]

　　為何說楊華的新詩具有「超現實主義」的風格呢？或者為何臺灣日
治時期詩壇能掀起一番的超現實主義運動？楊熾昌認為臺灣當時超現實
主義風行是有其時空背景的條件，他說：

　　筆者以為文學技巧的表現方法很多，與日人硬碰硬的對抗，只有
引發日人殘酷的摧殘而已，唯有以隱蔽意識的側面烘托，推敲文
學的表現技巧，以其他角度的描寫方法，來透視現實社會，剖析
其病態，分析人生，進而使讀者認識生活問題，應該可以稍避日
人兇燄，將殖民文學以一種「隱喻」方式寫出，相信必能開花結
果，在中國文學史上具一席之地。……有鑑於寫實主義被受日帝
摧殘，筆者另有轉移陣地，引進超現實主義。[28]

在整個政局時代的圍勦下，「只有以隱蔽意識的側面烘托，推敲文學的
表現技巧，以其他角度的描寫方法，來透視現實社會，剖析其病態，分
析人生」，所以詩人棄選現實主義而改以超現實主義的創作路線表達。
於是象徵、擬人化、詩中意象的拼貼使用，楊華在《黑潮集》中便頻繁
使用這「超現實主義」的手法創作新詩。〈47〉、〈49〉首都是明顯的
例子，〈47〉：

---

[27] 《臺灣新詩發展史》，頁 48。
[28] 引自前衛出版社《復活的群像》中，林佩芬：〈永不停息的風車──楊熾
昌〉，頁 298-300。

飛鷹餓了

徘徊天空，想吞沒一顆顆的星辰。[29]

〈49〉

鏡有破時，

花有落時，

月有缺時，

銀幣卻保持著永遠的勝利。[30]

而楊華藉由詩歌來為他的人生做一辯證，這樣的辯證是反覆，沒有答案，例如〈45〉：

日光戰不過黑暗的勢力，

馴伏在地平線下，靜待他再生的時機。[31]

對人生的感嘆是極深的，〈52〉：

沒有嚴霜，

綠葉那會枯黃？

沒有秋風，

黃葉那會飄零？[32]

[29] 《黑潮集》，頁33。
[30] 《黑潮集》，頁33。
[31] 《黑潮集》，頁33。
[32] 《黑潮集》，頁34。

又如〈53〉：

> 莽原太曠闊了，
> 夕陽又不待人的斜下去了，
> 唉！走不盡的長途呵！[33]

這種「陰暗書寫」，成就了楊華異質於臺灣現代詩上屬於他個人獨特的詩風。而羊子喬更認為《黑潮集》具有反映時代精神，刻畫臺胞性格之外，並且能掌握現實社會的苦難情景，抒發臺胞無可奈何的心聲。但他自己的性格則是位充滿悲觀意識的詩人。其原因大概是由於楊華於同當時許多作家一樣，屢被傳訊、扣押，甚至只是坐牢、貧困、飢餓、病苦，有的死於肺結核，以至於對置身的時代沒有希望，對未來的人生沒有理想，因此楊華的筆下文字都是那麼悲觀，缺乏展望未來美麗的遠景，所以，一個年僅三十歲的年輕人，即被現實生活擊敗，祇好投繯自盡，結束人生的旅程。[34]

四、張深切論

張深切，字南翔，筆名者也、楚女，臺灣南投草屯人，一九○四～一九六五年。赴日就讀於青山學院，因接觸中國歷史，嚮往祖國山河，乃輟學赴滬；苦難的祖國，並沒有使他失落絕望，開始熱烈獻身民族運動，轉赴廣州，進入國立中山大學法科政治系，和同學郭德欽、嶺南大學張月澄、黃埔軍校林文騰等臺籍青年為「建立臺灣的抗日革命，為協助中國的北伐革命，我們幾乎天天開會討論方策。」他們先組織「廣州

---

[33] 《黑潮集》，頁34。
[34] 羊子喬：《蓬萊文章臺灣詩》，遠景出版社，民國七十二年九月，頁106-107。

臺灣學生聯合會」，繼成立「臺灣革命青年團」，張深切因返臺領導
「臺中一中」罷課學潮，而被捕入獄。

　　一九二八年二月，日本當局對「青年團」成員以觸犯「治安維持
法」起訴，「治安維持法」在當時是非常重的刑罰，重者甚至能被處以
死刑。同年十二月，第一審宣判，張深切被判處三年。隔年四月，第二
審宣判，改判兩年，同年底，張深切出獄，該案無人被處以死刑。

　　而他著名的《獄中記》則是他出獄之後，以日文書寫、用回憶錄方
式寫下的作品，除此之外，在出獄後又發表兩篇關於獄中經驗的〈鐵
窗感想〉散文一篇。[35]本節專就張深切《獄中記》及〈鐵窗感想錄〉論
析之。

（一）監獄生活重塑

1、陳述陷入囹圄始末

　　張深切《獄中記》對於他個人入獄的原因、過程、始末有詳盡的記
載。如從〈審問篇〉中便一路寫下他入獄原因，審訊歷程、判刑歷程等
細節。如在警署間審訊、檢察官狼狽至極的審訊、和石橋主任檢察官之
初次會面、對廣東事件之初次審訊、向武田檢察官挑戰、檢察官對豫審
判決、被提起公訴等過程，都有完整回憶。

　　當中，他詳述了第一次，因「廣東事件」入獄出獄的歷程；但重點
是落在第二次入獄的始末上。這當中，張深切在文章中，對於當時幾個
所謂的「臺灣御用士紳」有極重的批評，如辜顯榮、林熊徵等人，以
「辜逆」、「林逆」稱號呼其名：

---

[35] 張深切在他回憶錄裡提到：「本來〈鐵窗感想〉是在民國十八年，即距今十
八年前，筆者出獄後寫的東西。當時分成兩部份，一部主要是記述讀書的感
想；另一部分主要是描寫獄中生活。前者以〈鐵窗感想錄〉為前題，在《臺
灣新民報》連載過，匆忙間，此稿已遺失，僅存後者。今趁本書付印之際，
特將後者存稿改為〈獄中記〉，一併發表。」見《張深切全集·卷四·自序
二》，頁 76。

辜逆、林逆之豫審事件真相到底如何？迄今未有定論，只是當時
聽到的話相當有趣，所以在此附筆一提。

那是在《臺灣先鋒》雜誌之底頁上，赫然出現贊助會員辜顯榮和
林熊徵之大名（實際上乃出自於張月君之惡作劇），豫審法官在
形式上，也非得傳訊這兩名御用紳士不可了。……而辜卻由於全
盤否認，家宅因而被搜查，結果不幸的是，《臺灣先鋒》雜誌在
他的房間裡被查出來，他於是受到這樣的詰問：

「有就是有，沒有就是沒有，你為什麼要做虛偽之供述呢？」

「實在對不起。我因涉世未深不懂事，所以一時糊塗，隨便如此
說了。」

「當局原本對你相當敬重，可是由於你不實之供述，我們非得對
你依法辦理不可了。」

「我向來討厭年輕人胡作非為，所以絕對沒有給予他們任何經濟
上之支援啊！我同樣非常討厭孫中山，這一點可以由在《臺灣先
鋒》雜誌封面裡，孫中山之照片的嘴巴上被畫有××××的事實
得到證明才對。那是我畫的呀！」[36]

對於辜顯榮的「逆行」，張深切是以笑話一則看待。但對於同案入獄的
吳文身、盧炳欽、林文騰等人有極高的評價，如：

吳文身君則突然異想天開地整天價喊「打倒日本帝國主義」這句
口號。他的聲音並沒有因而變得嘶啞，也似乎不知道疲勞是為何
物，其耐性之強實在令人佩服。他的喊法是將「打」字拉得很
長，「倒」字則突然降低聲調，然後把「日本帝國主義」一口氣

---

[36] 《張深切全集・卷四》，頁 189-190。

叫出來，所以聽起來鏗鏘有力，我到現在只要靜靜閉上眼睛，就
彷彿聽到他喊這個口號的聲音。[37]

這個聲音，在他出獄後十八年，依然盈繞在作者的心中甚久，可見當時
他們與日本帝國對抗態度是多麼地堅決。

2、獄房／獄友描述

〈雜記篇〉（一）、（二）以散文方式寫下張深切個人獄後的所見
所聞，其中對於獄友的描寫，有相當深刻的觀察。此點與其他同時期入
獄作家所觀察到的獄友，多屬友朋知音而言，是相當不同的。首先，他
以親身經歷，寫下了囚牢的樣貌：

> 牆壁！牆壁！牆壁！四處盡是一些牆壁！達摩面壁九年而悟道，
> 然而，對監獄裡的囚犯而言，牆壁不是徒增他們傷心的所在
> 嗎？──這樣的牆壁存在已有十年、百年之久了[38]

在標著〈形成黑暗世界之壁〉段落中，張深切對於「監獄的牆壁」深惡
痛絕，這一幕幕的牆，隱藏在種族、民族之間，隱藏在帝國與被殖民國
百姓之間。整個日據時期的臺灣社會，宛如一座大監獄，「監獄裡滿目
皆是牆壁、鐵鏈、看守和汗臭薰人的囚衣。」這樣的環境下，人性容易
被扭曲，但也更容易被觸動心靈。

張深切便以近身觀察寫下與他幾個同處一室獄友的入獄事跡及其行
為，如在〈雜記篇〉中便記錄了「超越民族界線之日籍牢囚」、「大殺
手囚犯三號」、「殺妻犯十三號」、「犯弒父罪之模範囚」、「受委託
的殺人犯」等人。對於非因政治入獄的囚犯，張深切總有他自己的評

---

[37] 《張深切全集・卷四》，頁 188。
[38] 《張深切全集・卷四》，頁 136。

斷，例如，他對「受委託的殺人犯」中的年輕人，便持著批判角度。這年輕人「皮膚白皙、臉色微紅，宛如剛患了第二期肺病，如佳麗般的男子。」入獄原因只因朋友的教唆便拿刀殺人。對這如佳麗般的男子，張深切說：

> 這件荒唐事情經警察查明，知道加害者不但與被害者毫無冤仇，他也沒有受到唆使的意識，法官特別從輕發落，以酒後受到誤導為理由，以無意識誤殺致死罪處理，僅判了四年徒刑。知道內容後，我由衷憎恨這個人，一時起了非好好整治這種人不可的念頭。魔鬼愛壞人，在人間社會的神，永遠敗在魔鬼之手——我深深有了這樣的感慨。[39]

此外，對於張深切筆下的囚犯，出現一個相當特別的現象，就是男子入獄之後，本有的雄性特質似乎不見了。這樣的現象不僅發生在這位少年，也發生在其他囚犯人身上，如「超越民族界線之日籍牢囚」中的主角：

> 這人看起來溫柔如一名尼姑，實際上是個半陰陽人，「詐欺侵占、偽造文書、恐嚇竊盜」這個罪名之長，委實也令人瞠乎其目。照道理說，被關進監牢的日本人，應該沒有好東西才對，然而，相處在一起才知道這些人都蠻可愛哩。……這名半陰陽人是個愛哭鬼，整天啼啼哭哭的樣子，實在令看守們拿他沒有辦法。[40]

---

[39] 《張深切全集‧卷四》，頁 161。
[40] 《張深切全集‧卷四》，頁 148。

張深切說：「他對我很有好感，而我對他尼姑般的女性姿態也頗感興趣。」另外，除這名日籍陰陽人外，同監還有位日籍記者，張深切對其形容是「由這瀟灑的裝扮來推測，相信他一定是個很標緻的男人。不過一次看到廬山真面目，才知道他的長相，原來連一般男子都不如。」這兩個日籍男子在外表上已呈現「陰柔感」，雖也有外表陽剛，但事實上卻是閹人者：

> 那是我被關在臺北監獄時的一個大熱天，當我們正以最快速度擦洗身體時，突然聽到後面猛然濺水的聲音。回頭一看，我才知道有兩名囚犯打起架來了。然而，我的視線卻被另外一個地方吸引了過去──有一個四十來歲，體骼魁梧的漢子正站在浴槽的邊緣上，目不轉睛地觀看這打架的情形。這名漢子的下體為什麼沒有男人最重要的東西呢？以他那魁梧的體格來說，這是多麼不調和的現象！「太監」這個字眼突然在我的腦海裡浮起。
>
> 我後來又見到這名漢子幾次（這個人活著有什麼意義呢？）──每次見到他時，我都有了這樣多餘的關懷。[41]

心態上表現陰柔的受刑人，是否是因進入監牢後開始呈現的現象，也許是值得被關注的議題。但監獄對於人格與性格上的切除或移轉，顯然在張深切所觀察寫下的獄友身上，看見具體而非單一、個別例子。

（二）鐵窗裡的閱讀

在他的〈獄中日記〉中我們也可發現，「閱讀」對於深陷囚牢中的張深切而言，是種救贖的力量。他透過大量地閱讀，從其中獲得精神世界的超脫，而不受現實下的四面冷牆所困阨生命。

---

[41] 《張深切全集·卷四》，頁135。

　　聖哲所留下的文字世界，是最能引領張深切走向超越的生命境界。這三年裡，他大量閱讀與精讀了《聖經》、孔子、老莊、釋迦佛教經典、馬克斯等社會主義學說著述。張深切從閱讀當中，堅固自己的意志力，以意志力來對抗三年牢獄的苦難。對於獄中的閱讀，他有極為深刻的體悟：

> 服刑後才開始閱讀佛教聖典以及真宗聖典，同樣也令我感到震撼。「讀一些書就在思想上起變化，這樣的人在思想上可以說尚未成熟」——我曾說過這樣的話。我承認我由於閱讀老莊佛之書籍而頗感受震撼，也不否認自己在思想體系上起了一些變化，然而，我要強調的是，我由於接受了更多思想家之學說孕育，因而對客觀真理的認識更加深入，對馬克思、列寧主義學說之信仰也更加彌堅了。[42]

文字的力量是能夠穿越時間與空間的限制，張深切於獄中重新檢視了東西方哲人思想學說，且對於自己的政治立場，有了最後的判決，這樣的判決結果，絕非日本殖民國對付臺灣籍知識份子所想見的結果。但對於張深切投入於革命運動，卻培養了其絕佳的知識判斷能力。

（三）獄中精神心靈世界描述

1、看見人性

　　據傅科《規訓與懲罰》一書中的理論，提到監獄對於受刑人的影響，就是要改變成思想與行為，以現代術語即稱之為「矯正」。張深切初出入獄，對於自己有相當高的期許，想直追甘地作為，並以絕食方式對抗日本政府粗暴行為：

---

[42] 《張深切全集・卷四》，頁 366。

被抓進警署拘留時，我對第一次送進來的便當碰都沒有碰，只是
冷然瞟一眼而已。那是一隻黑漆木製的大盒子，白飯上僅擺一點
看不出是什麼的小菜。我對沒有經過偵訊就突然被抓一事非常不
滿，所以決定以絕食抗議。[43]

「不能為同胞們忍耐吃這一點吃的東西，還能談革命嗎？」這是張深切
剛進拘留所的態度，只是精神抗議力量亦需體力來支撐。第二天中午，
他看待粗糙食物，已能幻想成是山珍海味：

> 這天中午，我看到被送進來的飯菜，起了極大的變化。那是我許
> 久以來沒有見過的山珍海味。意志和感情立刻在我的腦海裡相剋
> 了。我怎麼可以以此為樂呢！？能夠吃到這樣的東西的確令人快
> 樂，可是這樣的想法不是很卑鄙嗎？——如此理性和感情之矛盾
> 衝突，使我顯得很卑微，但也顯出我的崇高人格吧！[44]

　　規訓與懲戒的力量，其實還是發生在張深切身上，他自認為「理性
和感情之矛盾衝突」顯露出在崇高人格上。但這樣心理現象的移動，
其實是很符合人性的要求。況且甘地是聖人，然未必所有人都可以達
到聖人境界。

2、宗教

　　人未必是聖人，然精神上卻可以依賴聖人的力量，進行生命上的超
越，張深切在獄中，對於宗教信仰，有全新認識的機會與體悟，他從閱
讀上對於基督有新的認知：

---

[43] 《張深切全集・卷四》，頁 130-131。
[44] 《張深切全集・卷四》，頁 132。

> 所有的力量源出於信仰。基督致力的是以掺雜奇蹟之手法獲得信
> 仰，以獲得信仰為著眼點，這一點正證明祂確實具有做為宗教家
> 之資格。[45]

透過獄中閱讀與個人生命經驗法則，張深切對於宗教信仰擇選，有了一
個重大確認過程，他接續地說：

> 熟讀聖經後，我得到的感想是（實際上聖經中的意義是高興和如
> 何解釋就可以如何解釋的）──聖經既可以利用擁護資本社會主
> 義社會之存在，也可利用於支持社會主義社會之建設！[46]

張深切對基督的理解在於，基督是深入民眾生活中，而非貴族式的思考
邏輯，是站在廣大的百姓這一群，無階級意識；同樣地，他對於佛教則
處於失望與批判的角度。

　　對當時佛教信徒及宗教家的批判，甘冒批評也要說出他心底話，
「就佛教的真義而言，我再也沒有像唐吉訶德式的勇氣了。換句話說，
我對詮釋佛教真義已是裹足不前的了」。他對於佛教的批評是：

> 過去、現在、未來、因與果──對於這一切，釋迦做的是荒唐之
> 極，自以為是的說明。所有這些都是出自於方便之舉，明知道無
> 法說明而硬加予說明，這一點他自己都有所說明，然而，不遜之
> 和尚們卻將這些神秘化、不可思議化、迷信化和商業化了。其
> 實，說商業化還算客氣，實際上，他們幹的勾當不是和竊賊騙子

45　《張深切全集・卷四》，頁 360。
46　《張深切全集・卷四》，頁 361。

　　沒有二致嗎？有人以寄生蟲痛罵宗教家，事實上他們豈只是寄生
　　蟲而已，不是道道地地的騙子嗎？[47]

不過，他認為釋迦本是一個值得尊重的宗教家，他說：「唸南無阿彌陀
佛就能成佛！他是何等傑出的人生生命指導者！」而他所批判的對象，
則是以宗教名義行詐騙之實的宗教騙徒。

---

[47] 《張深切全集・卷四》，頁 368。

日據時期（下）

　　本文繼續討論日據時期的獄中文學。而本文受「治警事件」入獄者，除有王敏川、蔡培火外，其餘的入獄原因已不再環繞在「治警事件」，如張麗俊、歐清石、羅福星、李應章、楊宜綠等人入獄原因，多所不同，於之後段落分別討論之。

一、王敏川與蔡培火

　　臺灣議會設置請願運動，在一九二一年同時地在臺灣與東京都大規模地展開與串連。這一運動，被日本視為臺灣殖民國的一次民族主義運動，於是在臺灣掀起大規模的逮捕行動。在這一次行動中，臺灣多位知識份子被捕，本節就王敏川及蔡培火做一討論。

（一）王敏川

1、王敏川生平事略及入獄原因

　　王敏川，字錫舟，臺灣彰化人，一八八七～一九四二年。一九一九年，林獻堂、蔡惠如在東京與留日臺灣學生共組「啟發會」，這是當時一個純粹以臺灣留日學生為主的一個團體，也是日後臺灣近代民族運動的濫觴。當時在早稻田大學念書的王敏川即是其中一員，其他正式會員，尚有蔡式穀、林呈祿、蔡培火、鄭松筠、羅萬俥、蔡玉麟、謝溪秋、謝星樓、彭美華、林仲澍、黃呈聰、黃周、吳三連、王金海、黃登

洲、呂磐石、呂靈石、陳崑樹、劉明朝、莊垂勝、林攀龍等。[1]之後，
在一九二〇年時他也參加了「新民會」。不論是「啟發會」或是「新民
會」，都是臺灣早期知識份子集結成的一股民族運動組織。

　　一九二〇年七月，王敏川以「天下興亡、匹夫有責，吾以臺文化之
隆替，實繫吾輩」的精神加入了《臺灣青年》的創刊；且在一九二三年
四月參與《臺灣民報》催生，並任幹事。另外，一九二一年成立的「臺
灣文化協會」，王敏川也積極地參與社務活動，且於一九二三年的社務
大會上，被推選為理事。「臺灣文化協會」可以說臺灣民族運動的一個
極重要組織單位。《警察沿革誌》也記載了「臺灣文化協會」的史料：

　　　　演講會是文化協會最重視的活動。在一般民眾知識程度較低的臺
　　　　灣，文化協會的啟蒙運動如採行文書宣傳，難免缺乏大眾性，所
　　　　以說它幾乎全以演講會來達成目的，並非過言。當文化協會組成
　　　　之初，演講會辦得比較少，且只限於在主要都市舉行；但，自從
　　　　大正十二年（一九二三）五月，會員黃呈聰、王敏川等，以《臺
　　　　灣民報》社員名義返臺之後，為推售《臺灣民報》，在全島各地
　　　　舉行巡迴演講，因為他們所講述的民族主義，以及對臺灣統治的
　　　　誹謗，激起地方民眾很大的迴響，很受歡迎。

　　　　文化協會於是加深對演講會效果的認識，這才熱心地頻繁舉辦演
　　　　講會。[2]

講演會是文化協會活動中最應重視的問題。在一般民眾智識程度甚低的
臺灣狀況下，文化協會的啟蒙運動，僅藉圖書則不免有缺乏大眾性之

---

[1]　王敏川著，臺灣史研究會編：《王敏川選集》，海峽學術出版社，民國九十
　　一年三月出版，頁3-4。
[2]　參考王乃信等譯《臺灣社會運動史》第一冊〈文化運動〉，創造社出版社，
　　民國七十八年六月，頁205。

憾，所以改以辦報方式，試圖讓影響力能更深遠。於是這樣的文化活動，引發了一九二三年十二月十六日的「治警事件」，把臺灣「臺灣議會期成同盟會」之相關人士加以傳訊、拘押，王敏川因此入獄。

2、王敏川獄中詩作

獄中的王敏川，除寫下了〈獄中雜詠〉組詩外，還有幾首獄中漢詩，如：〈寄施至善兄及李山火君〉、〈寄楊宗城君〉、〈蟬琴〉、〈燕昭王〉、〈周勃〉、〈秋夜小集〉、〈戊辰雜詩〉、〈口占贈史雲〉、〈喜兒子會面〉等詩。〈獄中雜詠〉原發表於《臺灣民報》，第二卷第六期，一九二四年四月十二日，如下：

〈其一〉

獄官指點到監門，寢具安排日已昏；

莫笑書生受奇禍，民權振起義堪尊。

〈其二〉

此地同來數十人，俱懷才略計維新；

相逢轉恨無言語，但見頤顱暗點頻。

〈其三〉

自料監門不易開，讀書靜坐屏疑猜；

分明恍共諸賢語，拜服千秋有俊才。

〈其四〉

生無大過自然怡，奚管春光迫眼前；

為語親朋莫惆悵，獄中儘好度新年。

〈其五〉

果然此地寄書難，旬日曾無一信觀；
且喜平生多曠達，不將得失作悲歡。

〈其六〉

今年元旦轉無詩，莫認才窮與病時；
獄裡觀書宵繼晝，竟忘春色笑予痴。

〈其七〉

承君贈物多感情，久避繁華絕送迎；
士到窮時心愈定，不因困苦把愁生。

〈其八〉

無心覆寫賀春草，一任朋儕論短長；
遠地未知孤島事，料應情薄怪王郎。

〈其九〉

雁書頻到感情深，義理昭然證古今；
俗態莫嗟多冷暖，卻欣世上有知音。

〈其十〉

半世行為不自奇，誰知感動到蛾眉；
人生求學終何用，祇在修身與濟時。[3]

---

[3]　《王敏川選集》，頁 183-186。

以上十首詩，是他在「治警事件」入獄寫下的詩作。詩中對於自己入獄
之後不知何時出獄，是完全無懼，所以他說：「莫笑書生受奇禍，民權
振起義堪尊。」甚至認為他碰到了生命裡的知音：「雁書頻到感情深，
義理昭然證古今」，也對於身為知識份子的風骨，提出了「人生求學終
何用，祗在修身與濟時」的看法與實踐方法。只不過在獄中的情緒往往
是低落的，他在獄中詩還是透露生命中幾抹悲涼之語，如〈蟬琴〉：
「憐君飲露多含怨，譜出宮商也不平。」〈秋夜小集〉：「名場潦倒幾
多時，入眼秋光感不支」。

　　在獄中最讓入獄者無法割捨的，莫過於親情；王敏川〈喜兒子會
面〉寫下了父子透過鐵窗相見之情：

> 五載懷離意，寒朝獨訪親；笑余多白髮，喜汝正青春。
> 萬卷須精讀，寸陰好自珍；寄言謝諸友，莫念獄中人。[4]

王敏川勸勉年紀正青春的兒子，須多讀書多珍惜時光。蔣渭水對於王敏
川入獄的決心，十分地讚賞，蔣氏為王敏川寫下〈送王君入監獄序〉：

> 獄之中，惟子之宮。獄之床，可坐禪。獄之窗，可讀可詠。獄之
> 嚴，誰敢去擾。窈而深，門戶重疊。密而固，蟻亦難逃。磋獄之
> 樂兮，樂且無憂。同胞贈遺兮，親朋告慰。獄吏守護兮，監禁不
> 鬆。飲且食兮，壽而康。無不足兮，奚所望。離吾妻兮別吾母，
> 從子於獄兮，終吾生以學禪。[5]

4　《王敏川選集》，頁189。
5　《蔣渭水全集》，頁364。

上文對於王敏川赴義入獄之情，共同為臺灣民族運動犧牲的精神，深表敬佩。但王敏川的入獄經驗不僅於此，他於一九三一年，因參加了簡吉在臺中召開的「臺灣赤色救援會」籌備會，遭到檢舉，被判刑四年。

另外，王敏川在被判刑之初但尚未入獄時，寫下〈社會改造家之顏智〉一文，表面是對印度社會革命家顏智帶領印度百姓向大英帝國爭取民族尊嚴事件的推崇，但事實上表現出自己能為自己民族對抗日本帝國，是值得顯耀的一件事，如他說言的：

> 由顏氏之熱誠，感動民眾，遂為印度國民議會所贊成，竟取為主義綱領，而所影響之效果甚大，人所畏者莫如死，而印度國民欲圖自由，乃至死無所懼，亦何顧於禁錮下獄之小事，一般人之熱烈感情，真欲衝天而不可遏矣。……顏氏視時機猶難實行拒絕納稅，而欲表示其市民之決心，竟五日間斷食，英政府憂惶無良策，思將顏氏拘束，則印度可以無事，不知政治之未服民心也，竟於三月十日捕顏氏下獄，處六個年之禁錮罪，顏氏泰然自若，並無嗟嘆，惟勵其同志自重而已，其人格之偉大，雖獄吏之輩，且甚崇敬之。[6]

顏智為印度抵抗殖民帝國而入獄的行為，對於王敏川而言，無疑地在精神上找到一個可以依存的對象。只是王敏川入獄四年出獄後，身體承受不住牢獄之間肉體與精神上的折磨，不久便病終於世。

（二）蔡培火

1、蔡培火生平事略及入獄原因

蔡培火，字崐培，號峰山，臺灣雲林北港人，一八八九～一九八三年，東京高等師範理科二部畢業。

---

6 《王敏川選集》，頁179-180。

　　其在日本東京留學時，已積極參與臺灣民族運動，回臺後更是擔任「臺灣省議會設置請願運動」重要幹部。「臺灣省議會設置請願運動」一九二一年展開之後，至一九三四年共提出十五次請願。蔡培火受到委託，帶著連署請願書前往東京，尋找議會支持，向日本國會提出。一九二三年初，蔡培火等在東京申請「臺灣議會期成同盟」，欲以組織的力量推動臺灣議會設立，在東京獲准成立，臺灣總督府卻勃然大怒，於同年十二月十六日，逮捕議會請願運動者，蔡培火被捕判刑四個月。[7]

　　「臺灣議會設置請願運動」雖然是當時知識份子間的共識，但後來蔡培火與蔣渭水走向了兩個不同的政治主張。

　　一九二〇年代是臺灣人反日情緒，是不分左右派，一致聯合抗日，但至一九二五年之後，社會主義思潮傳入臺灣，農工運動興起，意識型態和路線爭議浮上檯面，抗日運動乃漸分裂，一九二七年一月，臺灣文化協會由連溫卿等左派人士掌控，蔣渭水、蔡培火、林獻堂等人紛紛退出文協，另組臺灣民眾黨。臺灣民眾黨自一九二八年之後，又漸漸左傾，蔡培火等人因想法與蔣渭水等不同，乃漸行漸遠，一九三〇年又另組地方自治聯盟。[8]

2、蔡培火獄中詩作

　　入獄後的蔡培火，對於臺灣民族運動還是保持了相當高昂的期待，在獄中，他寫下了「臺灣自治歌」一詩，可看出他對於臺灣的未來，是充滿信心：

> 蓬萊島真可愛，祖先基業在，田佃阮開樹阮種，勞苦代過代，著理解著理解，阮是開拓者，不是憨奴才，臺灣全島快自治，公事阮掌是應該。

---

[7]　張漢裕主編：《蔡培火全集》，財團法人吳三連臺灣史料基金會，民國八十九年十二月初版，頁 13-14。

[8]　《蔡培火全集》，頁 284。

　　玉山崇高蓋扶桑，我們意氣昂，通身熱烈愛鄉血，豈怕強權旺，
　　誰阻擋誰阻擋，齊起唱自治，同聲直標榜，百般義務咱們都盡，
　　自治權利應當享。[9]

從他現存的這一首獄中詩作來看，可以看出蔡培火對於語言的使用，是
十分地堅持。一九二三年蔡培火以日本的假名文字為基礎，創造新的臺
灣白話文字，一九二五年九月為使臺灣語羅馬字化，發行以「十項管
見」為名的著作。[10]一九二九年三月，他在臺南開辦了「羅馬式白話字
講習會」，並以臺語教學生歌唱，〈白話字歌〉其歌詞如下：

　　世界風氣日日開，無分南北與東西，因何這個臺灣島，舊相到今
　　尚在，舊相到今尚在，怪、怪、怪，因何會按知，怪、怪、怪，
　　咱著想看覓。

　　五穀無雨昧出芽，鳥隻發翅就會飛，人有頭腦最要緊，文明開化
　　自然會，文明開化自然會，是、是、是，教養最要緊，是、是、
　　是，咱久無讀冊。

9　《蔡培火全集》，頁 14。蔡培火將他與蔣渭水等人意見相左的地方，都寫在
　　他的日記中。如一九三一年八月五日的日記上寫：「他和我相同的點，第一
　　大家意志堅強，第二大家都不顧自己的生活，孜孜做工。他和我不同的，他
　　不信神，致使他的私生活真亂。他對男女的貞操觀徹底地和我相反。第二他
　　好新，他的思想不貫串，他做事是著要發揮他自己，不是為著大局的好壞。
　　第三他的見識淺薄，他看事不精，認人認不出，他善利用人，而少有誠
　　意。」一九三二年五月二十五日日記寫到：「渭水喜歡出風神，當民眾黨成
　　立時，為自己要做頭向總督府聲明取消民族運動，我徹底反對就是因為他跟
　　人家妥協結果喪失目的，已然喪失目的，還有什麼效果可講。我與渭水不和
　　大部分是關於效果的問題。」。
10　《日本統治下的臺灣民族運動史（上）》，頁 737。

漢文離咱已經久，和文大家尚未有，汝我若愛出頭天，白話字會
著緊赴，白話字會著緊赴，行、行、行，勿得更延遷，行、行、
行，努力來進取。[11]

蔡培火認為提高全民水平首要工作在於去除文盲，他於日本時期便大力
推動白話文運動，在國民政府來臺之後，更是履行這樣的觀點。所以分
別在一九七〇年出版了《國語閩南語對照辭典》及一九七七年《國語閩
南對照普通會話》等書，蔡培火可以說是一位當代力求國語與閩南語匯
通的文化人。

二、張麗俊論

張麗俊，字升三，號南村，晚號水竹居士，臺灣臺中葫蘆（今臺中
豐原）人，一八六八～一九四一年。著有〈升三詩草〉，部份選入《櫟
社第一集》。日據時期任庄長、保正二十餘年，到一九一八年因官司纏
身，而告結束；他因何繫獄？在其日記《水竹居主人日記》中詳言之：

明治四十四年六月間合張宏取張春藩之妻莊氏鳳貳千丹之金，轉
交臺中林岱全，欲運動官廳周旋張春藩、張宏合買饒俊懷土地，
二人犯奸詐欺刑事，春藩被檢察官留置。……張宏取金委我往彰
化銀行寄金則有之，若取轉交林岱全作運動費決無此事。[12]

因受支廳調查，爾後被收押入獄，後被判刑十年。雖此事纏訟到一九二
〇年始被判無罪，但已坐牢五個月，其母也在入獄服刑其間過世。他於
日記中寫到被誣陷入獄之事，十分不以為然：

---

[11] 《蔡培火全集》，頁279。
[12] 張麗俊著，許雪姬、洪秋芬、李毓嵐編纂解讀：《水竹居主人日記・五》，
中央研究院近史研究所出版，頁201。

嗟呼！我一生為人，幼壯讀書，後理公事，今於二十周年，未嘗妄取一物，今被喪心人報告，受如此慘狀，亦何命運之迍邅也！[13]

〈自嘆〉一詩，便是顯露了他被朋友誣陷入獄的不滿之情：

出入頭顱戴草籠，居然無面見江東，
賢愚到此誰知是，公冶當年縲紲中。
獨坐無聊數點鐘，行天赤日尚瞳瞳，
修書欲達羲和御，為我加鞭過隙蹤。
此事經秋又及冬，操戈入室自相撞，
可憐未解依唇齒，虞虢原來共一宗。
天外飛來事既奇，求疵急欲把毛吹，
官威猛處官情薄，不念多年犬馬馳。
空從十載臥寒窗，白首青雲志已尨，
況是文章憎命達，騷壇有句冷吳江。
人言嘖嘖是耶非，覆雨翻雲壓少微，
市虎何來嗟可信，曾參也累母投機。
一雙肉眼嘆無珠，誤認昂藏是丈夫，
害甚曹交長食粟，好將獸類上豬屠。
簞瓢陋巷贊顏淵，我在烏監學大賢，
畢竟身心真踽踽，何時飛躍等魚鳶。
儘日跏趺欲學禪，腥葷未戒禁茶烟，
何時遺蛻空山上，證我身元見大千。

[13] 《水竹居主人日記・五》，頁202。

寒蟲寂寂聽無聲，長夜漫漫電火明，
想到長沙曾受屈，愁多似縷夢難成。[14]

〈接家書〉則說明他對家人的關心之情：

一接家書值萬金，空談無補略寬心，
可憐咫尺天涯遠，別恨驚同入海深。[15]

以後在獄中，他多以七律自嘆之。〈會面〉、〈進飯〉、〈送衣〉、
〈浴身〉、〈運動〉、〈養靜〉等詩為描述在獄中生活。而獄中生活像
是一場夢，〈夢魂〉：

夢魂夜夜繞家鄉，倏爾醒來只自傷，
人物淒涼成泡影，居遊恍惚似流光。
分明蝶化繁華境，隱約蜉歸寂寞場，
畢竟南柯真是幻，五更不睡一更長。[16]

人生似一場南柯夢，只好將囚房當修練房，〈養靜〉：

銷聲滅跡過新年，爾室藏修悟性天，
雙眼莫覷塵世恨，一身消受古今憐。
終宵學道忘雲雨，儘日參禪禁酒煙，
乍奈凡胎還未脫，幾經浩劫始成仙。[17]

---

[14] 《水竹居主人日記·五》，頁220。
[15] 《水竹居主人日記·五》，頁223。
[16] 《水竹居主人日記·五》，頁229。
[17] 《水竹居主人日記·五》，頁229。

〈養靜〉一詩是張麗俊面對生命苦難後起了的精神超越。只是獄中的生活還是真實的。對於獄中活動他也多所描繪，如〈會面〉一首：

> 音容闊別十星期，一見窗前集慰悲，
> 屈指年華羊易馬，傷心骨肉父來兒。
> 情天莫補媧皇拙，恨海難填衛鳥疲，
> 眼望春風番信早，慈雲吹到免相思。[18]

〈送衣〉一詩則是對兒子送衣到黑牢的場景：

> 君親患難未曾歸，黑帝司權雨雪霏，
> 舊篋翻風形慘切，新砧擣月響依稀。
> 穿來夾心背差慰，看到書胸淚自揮，
> 煞是遼西征戍卒，也教兒子送寒衣。[19]

張麗俊在獄中尚有一系列詠歷史人物的詩作，如：〈虞舜〉、〈伊尹〉、〈呂望〉、〈諸葛孔明〉、〈夏禹〉、〈商湯〉、〈周文〉、〈昭烈帝〉、〈漢壽亭候〉〔侯〕、〈張桓候〉〔侯〕、〈趙將軍〉、〈魏武帝〉、〈吳大帝〉、〈周公瑾〉、〈齊桓公〉、〈晉文公〉、〈管夷吾〉、〈晏平仲〉、〈伯夷叔齊〉、〈長沮桀溺〉、〈丈人〉、〈晨門〉、〈楚項羽〉等詩。選擇以歷史人物為吟詠對象，一方面當是以歷史的時空來擴張現實時空的窘迫，另一方面也是以此勉己，歷史上多少英雄人物不也是受盡汙蔑後，始流名於後世。〈脫化〉、〈無聊〉、〈晚風〉、〈夜雨〉、〈聽蛙〉、〈聞雁〉、〈老牛〉、〈病

---

18 《水竹居主人日記‧五》，頁228。
19 《水竹居主人日記‧五》，頁228。

馬〉、〈雞鳴〉、〈狗吠〉、〈氣車〉、〈電火〉等詩文，則是張麗俊在獄中以詩解心中苦悶之作，這些作品中都不免透露出他對生命的無奈之感。如：〈夜雨〉：「輾轉胡床睡不成，淒淒入耳雨聲來」、〈無聊〉：「蓮子有心終苦，梅花點鬢便添愁，消磨那遂平生願，夜半黃昏嘆飲牛。」[20]等詩句。

鐵窗隔絕了親情，後來也造成了張麗俊終身憾事，他的母親在他入獄期間，一九一八年九月十日過世，他做〈思親七律二首〉念其母親：

> 憶別慈顏敘正秋，芳辰一到赴仙遊，
> 怪他青使傳何早，累我烏私願未酬。
> 色笑難承樓去鶴，音容宛在杖扶鳩，
> 於今獨抱終天恨，屺岵登來淚自流。
> 風木悲鳴雜螻吟，北堂虛冷更傷心，
> 庭前露重萱花萎，天末風高寶婺沈。
> 一注爐香空想像，三餐麥飯渺聆音，
> 生平無限皋魚感，況在窮愁感倍深。[21]

回家之後，他亦賦詩記此回入獄之情，〈回家〉：

> 滿眼晴光淨太空，別開生面見江東，
> 親朋雀躍來安燕，族戚鳩呼去接鴻。
> 五月身飄千里外，三春首聚一堂中，
> 於今莫管鄉人鬥，擺手搖頭說耳聾。[22]

---

[20] 《水竹居主人日記・五》，頁231。
[21] 《水竹居主人日記・五》，頁225。
[22] 《水竹居主人日記・五》，頁245。

張麗俊於一九四一年過世後所留下的《水竹居主人日記》，日記時間從
一九〇六年跨越到一九三七年，內容對於後代研究臺灣社會活動，包括
廟宇建築、法律等，保存了相當重要的史料研究。

三、日據時期其他監獄文學論

（一）歐清石

1、歐清石平事略及入獄原因

歐清石，號寓浪，澎湖馬公人，一八八七～一九四五年。畢業於臺
北國語學校師範科，曾任「澎湖公學校」訓導及「澎湖郡役所」職員；
三十歲負笈日本，入早稻田大學法科深造，一九三〇年畢業，當年參加
日本高等考試，司法、行政兩科皆合格；留在東京見習三年，一九三三
年返臺，在臺南市開設律師事務所，圖藉法律，保護同胞權益。不久當
選律師公會副會長，並曾於一九三五年當選過議員。只是他在「東港事
件」[23]，他被誣告叛亂入獄，嚴遭酷刑，第一審高雄法院判決死刑。之
後上訴臺北高等法院，改判無期徒刑，關在臺北監獄。一九四五年五月
三十日，歐清石在聯軍轟炸期間，被炸死於臺北刑務所。

---

[23] 所謂「東港事件」是指發生在昭和 16 年（1941）9 月 7 日的東港事件，是日
治晚期由「臺灣特別高等警察」機關負責偵辦的「五大特高事件」之一。當
局以部份臺灣人對日本統治懷有不滿，並具有濃厚漢族意識，祕密吸收同
志，輸入武器以呼應美英對日作戰為由，拘捕涉嫌者，共有 400 多人受牽
連，最後真正被「檢舉」的疑犯合計 58 名。除了釋放 7 名，死亡 5 名之外，
其餘都被處刑監禁。整個逮捕行動一直持續到昭和 18 年（1943），後來負責
調查這個案件的檢察官下秀雄，認為該案件有構陷之嫌，判決此案乃屬「不
逞陰謀事件」，才未繼續擴大。被檢舉者除歐清石被判處死刑，其餘數十人
均分別判處有期徒刑 5 年至無期徒刑不等。參見邱國禎〈臺灣白色恐怖檔
案〉中〈羅織菁英不遂的東港事件〉，引自《南方快報》網路版，網址：
http：//snews.taiwanese.com.tw。

2、歐清石的〈獄中吟〉

一九四二年八月，東港漁業組合主事張明色被捕，刑事日夜用刑，脅迫他供出抗日同謀，而遭致歐清石等一百八十三人被捕，史稱「東港事件」，日警誣指歐清石為首魁，將這些「反動份子」加以種種毒刑，歐清石有詩誌此慘事：

是緇是素不分明，一味糊塗逞毒刑，
悍吏狼心兼狗肺，惡魔冷血本無情；
雕雞灌水龍蝦捆，挾指飛機豹虎行，
十八機關均受遍，嗚呼我幾喪殘生。

本案審理三年之久，歐清石以「顛覆日本帝國，企圖統治臺灣陰謀之罪名，初被判處死刑，後改為無期徒刑。」想不到他在臺北監獄服刑時，卻註定喪其殘生。歐清石在獄中仿文天祥〈過零丁洋〉寫有〈獄中吟〉：

辛苦十年博一經，為民護法幾周星，
家山冷落風拋絮，身世飄搖雨打萍；
縲絏窗中悲萬緒，伶丁影裡淚千零，
人生自古誰無死，留取丹心照汗青。

（二）羅福星

1、羅福星生平事略及其入獄原因

羅福星，又名羅東亞、羅國權等名，廣東省嘉應州鎮平縣人，一八八六～一九一四年。羅福星於一九○三年隨其祖父來臺，落腳於苗栗一堡田寮庄（在苗栗縣後龍之東），三年後又隨同其祖父返回嘉應州。

《羅公福星紀念冊》對於他的抗日事蹟大致如下：「謹按羅公福星字東亞，號國權，廣東鎮平縣高思鄉大地村人，光緒二十九年遷臺，寄居苗栗，密結志士，企圖革命，嗣以不堪日寇苛虐，迫而反籍。光緒三十二年出國，任新加坡中華學校校長，旋任巴達維亞中華學校校長，與胡漢民及華僑革命志士過從甚密，宣統三年，黃花崗之役，羅公與焉，重傷未死，與漢民等走避香港暹邏，復往巴達維亞唔黃興，謀再舉，同年辛亥八月，武昌起義，中外震驚！羅公與黃興等，在巴城募集民兵，星夜遄歸，共驅胡虜，軍抵蘇州，適南北和成，奉命解散民軍。旋奉　國父命來臺組黨，於民國元年十月十三日二度抵臺，密組支部於苗栗，未一月，加入者數千人，復擴分部於各地，不經年，已有黨員十二萬，日寇偵知羅公潛力之大，復懼臺民愛國之殷，嫉之愈深，捕之益急，公乃棄家，潛至淡水，不幸被逮，慘遭絞刑，株連甚眾（或云數千或兩萬餘），嗚呼！痛矣！」。

羅福星經過了這一段在中國及南洋各地的奔波經歷中，對於革命運動頗有心得。對在少年成長的臺灣有一份親情，要解救同胞捨我其誰。眼見中國辛亥革命成功，於一九一二年十二月八日，再度來臺，肩負起反日的責任。以臺北大稻埕為活動中心，而無固定住所，經常居住在臺南館、三合興茶棧、廣成茶棧等處。來往於臺北、苗栗之間，鼓吹抗日運動。他在鼓吹抗日期間認識了臺灣人謝德香、傅清鳳、黃員敬及華僑黃光樞、江亮能等人。共同認為以武力革命手段來推翻日本帝國主義是唯一可行之法，才能達到臺灣解放。於是羅福星、黃光樞二人，組織「華民會」、「三點會」、「同盟會」、「革命會」等名稱，向各方面爭取秘密同志，促使大家誓共生死以達目的。同時暗地安排從中國取得軍械子彈來抗日。羅福星在大稻埕遇到在南洋舊識的吳覺民（吳偉康）。並以吳覺民投宿的北門外大瀛旅館（在今臺北市太原路）為秘密的連絡中心來進抗日活動。同時羅福星及吳覺民又獲得江亮能、謝德香及十數個臺灣人同志的積極響應，另以苗栗為中心開拓組織在新竹的通

霄、後龍、樹圯林、桃園的咸菜硼、楊梅壢、大崁崁、三角湧、臺北、
基隆等地的抗日志士，並獲得相當的反應。所以也以收會費的方式獲得
經費，會費以分為五角、一圓、八圓三級。一切用語概以洪門貫用的密
語方式代之。積極的準備發動武裝抗日起義。

　　該項起義抗日行動，在未起義前就被日本嚴密組織的保甲制度、警
察網及臺奸等所悉。在一九一二年五月中，在新竹廳為警察得到密報，
有關羅福星等準備起義的活動。日本警察也明查暗訪，在同年十月逮捕
二百餘人，次年三月又被捕十餘人。

　　羅福星在警察未開始大逮捕之前，已嗅出警察的偵察，深以為局勢
不妙。立即藏身匿跡。一九一三年十二月十六日逃至淡水支廳管內，潛
伏於芝蘭三堡的農民李稻穗之家。擬見機再密渡中國大陸，以期再舉
事。但由於保正密告興化店警察派出所，以致羅福星與周齊兩人在等待
偷渡船隻時被警察所捕。同時被搜去手帖二冊，其中有加入組織者的名
冊等兩份。在羅福星的手記中曾記載來臺三天中即獲得九萬五千六百三
十一名同志。史稱這段歷史為「苗栗事件」。[24]

2、羅福星獄中詩作

　　被捕後，羅福星寫下了三首獄中詩，分別是〈祝我民國詞〉、〈寄
愛卿詩〉及〈絕命詞〉。〈祝我民國詞〉中的詩中七句之句首為「中華
民國孫逸仙」組合：

　　　　中土如斯更富強，華封共祝著邊疆。
　　　　民情四海皆兄弟，國體苞桑氣運昌。
　　　　孫真國手著光唐，逸樂豐神久既章。
　　　　仙客早傳靈妙藥，救人于病身相當。

---

[24] 見《重修臺灣省通志》卷九人物志，臺灣省文獻會，頁 375。

〈寄愛卿詩〉

人世因緣萬劫空，歐風亞雨表英雄，
筆花不詳江郎夢，辜負神娥夜夜風。
五夜西風一段清，月光人影兩分明，
臺灣那有春秋別，連理枝頭善感情。
渾身冠劍看如何，國步艱難感慨多，
走馬告掃華盛頓，耳還嘲以自由歌。
傳語卻敲無線電，留聲且喜自音筒，
於近造就飛行器，不似雙星一夜逢。

〈絕命詞〉

獨立彩色漢旗黃，十萬橫磨劍吐光，
齊唱從軍新樂府，戰雲開處陣堂堂。
海外烟氛突一島，吾民今日賦同仇，
犧牲血肉尋常事，莫怕生平愛自由。
槍在右肩刀在腰，軍書傳檄不崇朝，
爺娘妻子走相送，笑把兵事行解嘲。
背鄉離井赴瀛山，掃空東庭指顧間，
世界腥羶心滌盡，男兒不誤大刀還。
彈丸如雨炮如雷，喇叭聲聲戰鼓吹，
大好頭顱誰取去，何須馬革裹屍回。
勇士飛揚唱大風，黔首皆厭我獨雄，
三百萬民齊努力，投鞭短吐氣如虹。
青年尚武奮精神，睥睨東天肯讓人，
三州區區原小弱，莫怕日本大和魂。
軍樂悠揚裂喚鵝，天風情長感慨多，
男兒開口從軍樂，何唱臺疆報我仇。

東來客族雷我原，驅逐夷蠻我國尊，

白種更傳黃禍身，何難今日此事爭。

（三）李應章

1、李應章生平事略及入獄原因

李應章，臺灣彰化縣二林人，一八九七～一九五四。一九二二年，文化協會理事李應章醫師返鄉（二林）開設保安醫院，在診療的歲月裡，他直接接觸到被剝削、貧困無助的農民，體認到需啟發農民智識，始能解脫農民生活的桎梏，要與殖民經濟的宰制者抗爭，唯有組織的力量方能爭取農民的權益，因此，當文化協會彰化支部在一九二四年六月成立時，李應章就率先提出農村問題的運動路線，在未被採納下，他以實踐來印證自己的主張。

一九二四年十二月，李應章開風氣之先，集結二林當地的知識份子組織農村問題的研究機關，即農村講座，每週一回，並每月召開一次農民大會兼演說會。一九二五年一月一日召開首次的農民大會，決議：一面組織組合，一面向當局陳情，李應章成為二林地區的農民領袖後，立即向會社、總督府提出陳情：「甘蔗買收價格，不得不望其改善也，會社詐取手段，對於各等買收價格，與一般物價相逆行。」會社及當局並不理會他的要求。一九二五年六月二十八日，二林蔗農組合在原製酒組合召開了成立大會，李應章被選為總理，同時選出理事十名（李應章、劉松甫、詹奕侯、詹仁華、蔡淵騰、王芽、謝日新、邱菊花、曾得明、戴成），監事六名（謝黨、陳萬勤、謝月、詹忠、洪珍、詹昌寶）。同時，把被疑為林本源製糖會社收買的林爐、許學一派的勢力排除在外，及聘請鄭松筠律師、泉風浪（日人）為顧問。

針對「耕作者無共秤權，又無監督權。刈葉之清潔與否，皆由會社自己認定。買收價格，以一會社之私，擅自決定。」展開農民與資本

家、無力者與有力者間的抗爭。然而多次交涉，毫無進展，「林糖」竟在日警巡查等協助下強行採收，衝突中，巡查受傷，配劍被奪，嚴重挑戰日本殖民統治權威。農民與「蔗農組織」相關人士隨後相繼被捕，並遭嚴刑拷打；後來，包括李應章等二十餘人遭判刑入獄。[25]

2、李應章〈獄中感作〉

李應章入獄後因有感而發，作詩〈獄中感作〉兩首，發表於《臺灣民報》上：

〈其一〉

實知此禍本難逃，為唱民權坐黑牢。

天理自然他日得，一生辛苦不辞牢。

〈其二〉

旬餘面壁証禪因，絕好乘機養性真。

多謝此番新洗禮，獄中我也過來人。[26]

同是彰化人的賴和，在彰化二林事件爆發後，悲痛地寫下〈覺悟下的犧牲──寄二林事件戰友〉，記錄下這一段悲劇的事件：

覺悟下的犧牲

覺悟地提供了犧牲

唉，這是多麼難能！

他們誠實的接受

---

[25]　《臺灣歷史人物小傳》，國家圖書館，民國九十二年十二月出版，頁182。

[26]　《臺灣民報》，第八十五號。

　　　使這不用酬報的犧牲

　　　轉得有多大的光榮！[27]

這首〈覺悟下的犧牲——寄二林事件戰友〉詩，且是賴和第一首白話詩，在賴和文學創作的歷程上，也具相當的意義。

（四）楊宜綠

1、楊宜綠生平事略及其入獄原因

　　楊宜綠，字天健，號癡玉、癡綠，又號蓬萊客，臺南人，一八七一～一九三二年。他是「南社」成員之一，楊宜綠為後來臺灣詩壇超現實主義代表人物水蔭萍的父親。楊宜綠之弟子韓浩川論其詩之特色為：「所為詩，大多自抒胸臆，渾樸古茂，絕無俗韻。間為香奩之作，烘雲烘月，穠豔清華，別具風緻，曾作無題三十首，有色有香，蓋其握靈蛇之珠，抱荊山之樸，傳神處別非尋常人所能及也」。一九二七年擔任「新文化協會」中央委員，一九二八年參與「臺南廢墓地事件」的抗日運動，被逮捕入獄。

2、楊宜綠〈獄中詩〉

　　目前文獻可考察出的楊宜綠文學作品，約有七首，且是獄中的作品，詩四首如下：

　　　黨禍構成日，蒼黃被逮時。

　　　平反人有幾？慷慨且陳辭。（〈被逮〉）

　　　聞喚人公判，知他出有時，

　　　自憐留置時，解決竟無期。（〈繫獄〉）

---

[27] 《臺灣民報》，第八十四號。

翻閱家書悔恨并，終宵斬轉到殘更；

寒雞催曉啼尤亟，化蝶歸魂夢可成。

七月生離死別慘，一朝實禍誤虛名；

片言折獄人何在？起望烏臺天又明。（〈獄中得兒書有作〉）

侵晨寒氣壓窗前，慘淡雲橫局蹐天；

黨錮有碑三字烈，冤埋無地一株連。

臨風慷慨懷孤債，度日艱難病獨憐。

豎子何知唯債事，累人摧折及衰年。（〈獄中早起感作〉）

這四首是楊宜綠在獄中的作品，與其弟子韓浩川所說的「間為香奩」之類的香豔詩顯然不同。這四首獄中詩與日據時期其他詩人的獄中詩基本精神，是一致的；對於日本當局的抗爭之態，非常強烈。

尤其是當時知識份子常無端陷入「黨錮有碑三字烈，冤埋無地一株連」境地，且是片言便折人入獄的理由，實難以接受。對於與家裡斷絕一切的連繫，甚難入眠，「寒雞催曉啼尤亟，化蝶歸魂夢可成」的憂慮感，家裡的一切，僅能憑藉一紙家書解鄉愁。

綜觀日據時期的監獄詩，我們會發現作者個人的性格在獄中書寫作品中充份展現外，獄中詩也充滿了對日本帝國的反抗精神，對臺灣未來前途希望的企求之心。

國民政府遷臺以後
（1945-1978）

楊逵論

　　楊逵，本名為楊貴，臺南新化人，一九〇五～一九八五年。日據時代入獄十次[1]，光復後坐牢兩次[2]。日據時期他最後一次被捕的時間，是在一九二七年二月十二日，楊逵與葉陶決定在新化楊逵之家舉行婚禮，卻在前一天一起到臺南總工會大會演講，會後在文化協會臺南支部過夜，在凌晨雙雙被捕。此次乃日警對農民組合的「大掃蕩」，後稱之為「二・一二事件」，全省被逮捕者四百餘人。

　　楊逵十二年的獄中生活中，創作依舊持續不墜，其數量與內容極為豐富，而文類更是在雜文、小說之外，跨越到童詩、新詩及戲劇的創作上。我們就《楊逵全集》所收錄作品中標示發表於《新生活壁報》及《新生月刊》的作品，可確定為其獄中作品外，我們再參考河原功編，楊鏡汀譯的〈楊逵寫作年表〉篇章，統計出其在獄中所創作的作品，約略如下：〈八月十五那一天〉、〈捕鼠記〉、〈諺語四則〉、〈光復話當年〉、〈家書〉、〈半罐水叮咚響〉、〈談諺語〉、〈談街頭劇〉、〈好話兩句多〉、〈永遠不老的人〉、〈春天就要到了〉、〈我的小先生〉、〈百合〉（童謠）、〈青年〉、〈童謠明年還要好！〉、〈談青

1　第一次入獄十間為一九二七年三月二十八日，因參加朝鮮人的演講會被捕。十月中成為臺灣文化協會成員，十二月五日時參與起草臺灣農民組合第一次全島大會宣言被捕。一九二八年，則因為加入臺灣農民組合組織特別活動隊，擔任該隊政治、組織、教育等重要工作，隨後在竹山、小梅、朴子、麻豆、新化及中壢，連續六次被捕。一九二九年二月十二日，再度因為加入文化協會被捕入獄一個月。第十次則是在一九三七年赴日，在東京本鄉旅邸被捕，後經《大勢新聞》主編保釋得以出獄。
2　臺灣光復後被捕兩次，分別為一九四七年因二二八事件，夫妻同入獄四個月；第二次則為一九五〇年因「和平宣言案」被判刑十二年。

年〉、〈園丁日記〉、〈太太帶來好消息〉、〈什麼是好文章〉、〈文章的味道〉、〈評金公子娶親〉、〈文章的真實性〉、〈智慧之門將要開了〉、〈春光關不住〉、〈自強不息〉、〈大牛和鐵犁〉、〈豬八戒做和尚〉、〈才八十五歲的女人〉、〈好話兩句多〉、〈自強不息〉、〈新春談命運〉等篇目。

　　而未發表於報刊但收錄於《楊逵全集》的未定稿卷中的作品裡，有一系列標註「新生筆記簿」及「童話、隨筆、詩」者，也可明確地知道這些作品是他在獄中晚期的作品。前者篇目包括了：〈自傳〉、〈作者與讀者〉、〈文化戰士〉、〈檢討與批評〉、〈新年又到了〉、〈季節風侵襲之下〉、〈抬紅土記〉、〈科學與方法〉、〈怎樣才能把一個家弄好〉、〈輕公差〉、〈貧血的「新生月刊」〉、〈中秋過後〉、〈父子游泳賽〉、〈烏龜與兔子的賽跑〉、〈山上砍茅草〉；後者的篇目計有：〈麻雀戰勝了老鷹〉、〈花瓶的故事〉、〈青春讚美〉、〈不做就不會錯嗎？〉等篇章。

一、獄中散文雜記／詩歌／小說創作

　　楊逵的創作力是十分地驚人，雖然身陷囹圄，似乎不減其創作欲望；且也因入獄之故，楊逵創作的內容反而得到了過往未曾有過的創作元素。在獄中，楊逵對於他的文學觀點，論述極為完整，無論是就散文或是戲劇形態的創作，都有相當篇什的作品。這一節，我們先就楊逵的散文雜記做一分析探討。

（一）散文雜記

　　也許因為獄中所要刊登或寄出獄所之外的文章，皆須檢查，至楊逵在監獄中的散文雜記與入獄時間對時局的關注及批判，顯然完全避除，創作內容多針對藝文與家庭生活方面的書寫；另一方面，楊逵入獄之前

對於孫文的言論與思想學說已是極為推崇，所以在監獄中的散文雜記當中，也多次對孫中山有所褒揚與贊同；第三，他對於藝文的關注與理論的闡發，沒有因為人陷囹圄而有所減損，本小節即對這三部份加以分析。

1、孫文學說的認同與推崇

孫文「世界大同」的觀念非常地吸引楊逵注目，他在〈紀念　孫總理誕辰〉一文中，便以孫文的國家使命等同於自己個人使命看待：

> 未戰而得勝的臺灣光復，雖是可慶可祝，總是因此若抱著中國革命為如桌頂拿柑之安易感，那就慘了。光復了後的新建設目前多難，民權民生的徹底解決尚有多端，孫中山生先生的思想與主義的完善發展全掛在我們肩上，夙夜少刻都不可撒謊，不可偷懶，不可揩油，始終一貫以總理的思想，鬥志及為人當做羅針自檢自規奮鬥，才得達到美滿的社會。[3]

這種「掛在肩上」的使命感，在獄中的楊逵對於孫文的崇敬之意，更甚以往，殆無可議之處，如在〈光復話當年〉中即高舉孫文「民族主義」以對抗「西方帝國主義」及日本的軍國主義：

> 國父曾在日本神戶提倡大亞洲主義，鼓吹亞洲人之亞洲，要亞洲民族協力對抗西方帝國主義的侵略，根據　國父的民族主義，我們不要侵略人家，也不要讓人家侵略，所以我們就想辦法揭發日本軍閥所說的大東亞主義的陰謀——侵略、剝削、歧視、與壓迫。[4]

---

[3]　《楊逵全集・詩文卷（下）・紀念孫總理誕辰》，頁211。
[4]　《楊逵全集・詩文卷（下）・光復話當年》，頁269。

而楊逵在〈諺語與時代〉則也試圖藉　國父的理論，來偷渡批判當時國民政府不民主的事實：

> 國父的三民主義是主張以民為主，在他心目中的政府，應該是管理人民公共事務的機構，是人民的公僕，應由人民選出它，人民也有權來罷免它。[5]

他也進一步地高舉「三民主義」保護傘，對於當時的政治現況，做了一番詮釋：

> 三民主義是重視自由平等與人格的。我們中間不應該有婆婆與媳婦之分，除了有意見大家誠懇討論、坦白承認自己的錯誤以求改進外，不要對他人的工作方式或私生活過於干涉，更不要把自己的想法來強迫別人。如果有人「夜郎自大」高興站在「婆婆」的地位，把別人都當做「媳婦」看待，任這種封建觀念來發揮，事事干涉、事事壓迫，那就永無安寧之日了。[6]

楊逵很有技巧地將國民政府視為中心思想的孫文學說及三民主義，來批判執政者封建觀念，是種「夜郎自大」的行為。這些在獄中批判政府的言論，因有國父思想金鐘罩掩蓋，不但能夠對時事有所針砭，且能發表在當時監獄所發行的刊物上，實在也是楊逵聰明手法之所在。

---

[5]　《楊逵全集・詩文卷（下）・諺語與時代》，頁291。
[6]　《楊逵全集・詩文卷（下）・談諺語》，頁298。

2、對藝文觀的闡發與論述

　　楊逵在言論極為緊縮的監獄之中，對於自己「勞動藝文觀」還是十分熱情地闡述，如在〈春天就要到了〉一文中，對於「勞動藝文觀」提出他完整看法：

> 歷史上的事實告訴我們，一個民族要能夠生存，要能夠繼續不斷繁衍，都不是僥倖可以得到的。要生存與繁衍，就一定要征服自然，也一定要防禦異族的侵犯。因而，團結戰斗與協力工作是民族生命不可缺少的條件，為生存的戰斗與工作都是艱苦的。但在其奮勇前進以獲最後的勝利，或是努力完成工作，以獲豐滿收成的時候，也是頂高興的。

> 民眾把這些戰斗與工作的紀錄，把這些有喜怒，又有哀樂的生活感情表現出來的歌謠與舞蹈──民眾藝術，一代一代，一年又一年的傳到我們的世代來，並不是偶然的。

> 這些民間藝術，都是我們民族的偉大文化遺產。儘管在某些時代──特別在日本帝國主義壓制下的五十年中受到蔑視與禁壓，一直根深蒂固保存在民眾心裡頭，等到光復了，就如「野火燒不盡，春來芽又萌」所說的，它又把頭抬起來了。

> 為什麼民間藝術──民歌與民舞──能夠這樣根深蒂固的呢？簡單一句話可以說，就是因為它已經成為民眾生活的一部分，已經與吃飯、工作、戰斗生活是不可分開的了。[7]

這種「文學反映現實人生」的觀念，在〈論文學與生活〉與〈什麼是好文章〉中一再地提及到，無論寫的是事實，或是想像的世界，要是一篇

---

[7]　《楊逵全集・詩文卷（下）・春天就要到了》，頁 308。

文章讀起來，不能叫人體會到一些生活概念，就是空洞的；這樣無病呻吟的文章是沒有意義的。[8]楊逵同時也認為創作者本身人格與思想，是關乎於一篇文章的好壞：

> 文章是精神的糧食，是用以傳情達意的東西。寫文章的人，應該先有什麼意思與情感要傳達，是主動的，帶有指導與啟發作用的。因此，社會對於作者的要求，總比廚師更嚴厲。要是作者沒有良知，出賣劣貨與毒品，將受到的譴責與批評也是更嚴厲的。……我所認識的學寫作的人都有很高尚的理想，都想以文章來促進社會的進步與改革，是充滿革命精神與救世精神，如〈正氣歌〉那裡所有的。[9]

人格與思想影響著文學的精神，楊逵在眾多文學類型中，則首推街頭劇展現的文學力量。他曾說：「它是街頭劇。是民族復興偉大力量的寶藏！」[10]期許戲劇能成為影響著這社會的一帖良方。

劇本創作在楊逵獄中文學創作質與量中，佔有極重比例；楊逵在〈談街頭劇〉中暢言街頭劇對於群眾力量的凝聚，具有相當程度的號召力：

> 「街頭劇」卻可以在短短時間裡給觀眾一個藝術的享受，而把他們的感情統一成一個堅強的堡壘。聽說街頭劇在抗日戰爭中，大陸上盛極一時，對於抗戰工作貢獻很大。這是很容易想像得到的。因為抗暴民族戰爭必須要結合民眾的力量，可當為有力的武器。……

8　《楊逵全集·詩文卷（下）·什麼是好文章？》，頁356。
9　《楊逵全集·詩文卷（下）·文章的味道》，頁362。
10　《楊逵全集·詩文卷（下）·文章的味道》，頁309。

> 在發揚民族文化的工作上，街頭劇是一個很重要，而最容易發生
> 效能的部門。它可以在到民眾中間去，組織起來，民眾自己的語
> 言與動作去激發勉勵，應該使民眾很自然的衷心體會到怎麼做人
> 做事。才能體會民族的要求，才是意義的人生。[11]

對於街頭劇的理論部份，楊逵立論甚多，但其理論精神亦都深入實踐他
的劇本創作之中；從這個部分來看，我們可以看見楊逵實在是一位知行
合一的作家。

3、獄中思鄉及其他

相較於文藝理論闡發論述的文章，在獄中楊逵思念家人文章的為數
並不太多，也許他把這份情感抒發，以家書型式書寫給消解，所以針對
於家人情感思念的主題書寫，在楊逵獄中之作中，數量上並不多見。

不過〈太太帶來了好消息〉一文中，則分別對家中成員，吐露了身
為父親的驕傲與喜悅，並且透顯出楊逵樂觀的人生觀，一方面以調侃語
氣來說太太「土匪婆」身分的由來，又將自己身陷囹圄兒女因而分外獨
立的態度一一褒揚一番，紛紛暱稱他們為「總經理」、「副總經理」、
「小先生」及「管家婆」等。

對於自己所處的監獄環境，出現在楊逵筆下機率，其實也是偏低，
若有所著墨，也不輕易透露自己內心世界真正想法，而以客觀描述監獄
所發生的細瑣事務為主。

如〈捕鼠記〉寫個人在獄中捉鼠經歷，〈永遠不老的人〉則是描述
身體健朗的重要性。〈園丁日記〉大概是一篇對於他自己在監獄生活細
瑣生活中，描寫得最為完整的一篇，內容講述的是獄友們共同地為監獄
栽植綠色植物的辛苦，每個囚犯對於植物／生存／希望的維護，是那麼
小心翼翼地呵護著。

---

[11] 《楊逵全集·詩文卷（下）·談街頭劇》，頁 313-314。

　　我們在這些獄中散文、雜記文章等內容可以察覺到，楊逵刻意地避開獄中較為憂鬱的情緒，避談個人負面情緒，只顯揚人格光明的一面；但另一方面，同時也可以說楊逵是一個樂觀的作家，對於未來總充滿希望。

（二）獄中詩歌

　　楊逵的現代詩是跨語言的創作，入獄之後的楊逵勤於中文創作，當中包括了新詩部份。而他的獄中新詩，也充滿他對文學的堅持與想法，例如〈百合〉中對於韻腳運用與試驗，便是一例：

> 正月正，半暝聽炮聲，天未光就起行，
> 爬山過嶺來探聽。
> 你是啥？
> 牽牛花，滿身帶鼓吹，鼓吹頭喊聲
> 爬山過嶺來探聽
> 探聽啥？
> 這邊，爬到那邊岸，一陣清香一個白影，
> 大鼓吹，嘟嘟叫，叫爹又叫娘。
> 你要啥？
> 我要播出伊的聲，
> 請兄弟姊妹想起伊的名。
> 伊是啥？
> 某年某月半暝後，風颱起，出大水，一家被沖散，飄呀飄，飄到水底沖上石頭坪，
> 孤孩單單，渡苦保持一條命
> 水沖，風刮險賣命，至今還是清香，潔白，保持原來的倩影，就

> 是百合兄，老百合的子，
> 老實樸素好名聲，人人疼。[12]

此首童謠，顯然地是楊逵欲以臺語發音來吟誦，且試圖讓全首詩押同一韻腳，如：正、聲、行、聽、啥、娘、名、命、兄、疼等字，以臺語發音，都是「an」。這樣的文學遊戲，似乎是楊逵在獄中一項喜愛娛樂。如在劇本〈真是好辦法〉等創作，也都大量出現了押韻句的作品。

　　楊逵的獄中詩作，有些是發表在《新生活壁報》上，於是這個時代的作品，不免也淪為樣版之作，如：〈八月十五那一天〉、〈青年〉便是因為這些時空因素下寫的作品，雖然藝術成分不高，但卻也見證了具有時代反抗精神的楊逵，作品充滿時代的氛圍。

　　但我們還是可以在楊逵的詩作中找到他在獄中對於「祖國」的那種渴望與嚮往之心，如在〈三個臭皮匠〉中便露出這樣的思想：

> 大度山不是臥龍崗／黃袍在故宮／龍種早已絕／好好學挖地／深深挖下去／好讓根群能紮實／我是臭皮匠／你是臭皮匠／三個臭皮匠／協力幹下去／地是我們的／流汗流血／祖國拓荒的／國土是我們的／流汗流血／祖先拓荒的[13]

祖國的文化，非臺灣能取而代之，臺灣的文化是根源自中國，楊逵對於中國文化傳統追尋，是絕對地堅持。

　　對於當時國民政府嚴厲地監控人民言論自由與思想，在他詩作〈我們不是麻雀〉之中，將特務鷹爪的角色，詮釋得淋漓盡致：

---

[12] 《楊逵全集‧詩文卷（上）‧百合》，頁44。
[13] 《楊逵全集‧詩文卷（上）‧三個臭皮匠》，頁52-53。

半空出現了一隻鷹
兩隻眼睛好像兩盞燈
掃射著
眼下可笑的和平

樹上雀窩裡
嘴接嘴
母雀在餵小寶寶
唱著太平的歡樂

唰的一聲
伸出鉤嘴尖
老鷹轉圈
舞著鐵鉤般的爪
撲到雀巢上

好像晴天霹靂
樹葉向上飛
雀巢墮下地
小雀驚啼跟母奔[14]

白色恐怖的年代，黑暗的力量，像鷹爪一般，伸向本是一般平常百姓幸福的家庭，雀巢墮落地面一如家破人亡般。

我們可以發現楊逵在獄中創作的文學類別中，常藉新詩對時事以諷諭的手法表現心中感受，換句話說，楊逵化新詩為一短小輕薄的匕首，

---

[14] 《楊逵全集‧詩文卷（上）‧我們不是麻雀》，頁 56-57。

往當時國民政府的恐怖監視一刀劃了過去。這一點是明顯與其他文類有著極大的不同創作態度。

（三）獄中小說

獄中小說，在楊逵監獄文學創作文類中的數量沒有特別地多，《楊逵全集・小說卷》收錄的獄中創作小說篇目僅有〈才八十五歲的女人〉、〈春光關不住〉及〈大牛和鐵犁〉三篇，但楊逵第一篇被收錄在教科書中的作品〈春光關不住〉[15]，便是此時的作品。

這三篇作品，可以說充份表現了楊逵的人生觀，雖然此期的楊逵面對了獄中十二年的判決，但在字裡行間顯露了對人生的豁達感。這份豁達感實在異於臺灣監獄文學作品中一向的悲情路線；楊逵面對生命的困頓時，並不僅僅是別於其他作者用理性態度面對獄中生活，他更是感性地抒發個人對生命的熱情。

此三篇作品，全以寓言方式進行，如〈才八十五歲的女人〉講述的是碰見一個八十五歲的老太太，老太太對於自己已八十五歲的年紀，還是顯得神采奕奕，她說：「才八十五歲 Nia Nia」，楊逵以此勉勵自己雖然被判十二年徒刑，出獄之後還不到六十歲的年紀，人生尚充滿希望。

對日本殖民政府的控訴，向來在楊逵的作品當中可見痕跡，在國民政府掌控下入獄的楊逵，也沒遺棄這一文學特質。〈春光關不住〉在一九五七年首先發表在《新生活壁報》上，面對國民黨的言論監控，楊逵的創作雖然不會也不願迎合統治者口味，但本文內容，一方面表達臺灣人民對於日本軍國主義的反抗之心外，另一方面同時也對國民政府抗日的歷史，有了最好詮釋：

15　〈春光關不住〉後改名為〈壓不扁的玫瑰〉，從此之後，「壓不扁的玫瑰」也成了楊逵文學的一個精神象徵。

> 我真高興，並不是為了發現這麼一株玫瑰花。──我家裡種著很
> 多的花，比這一棵還要名貴的也不少。我覺得很高興的是，春光
> 關不住，它竟能找到這一條小小的縫，抽出枝條來。還長著這麼
> 大一個大花苞，象徵著在日本軍閥鐵蹄下的臺灣人民的心。[16]

此篇文章顯然也完全符合了當局的喜愛，然而楊逵也在本文之中對於政
治立場的一種表態：

> 八月十五，日本天皇宣布無條件投降前幾天，林建文收到了他姊
> 姊寄來的一封信，裡頭有這麼一段話：
> 「你寄來的那棵玫瑰花，種在黃花缸上。長得很茂盛，枝頭長出
> 了很多花苞，開滿著血紅的花。我再也不會寂寞了，我正在想
> 著，今年除夕的團圓飯，當可以比例（歷）年加上幾樣菜哩！」[17]

這一段話，對於中國能於「黃花崗」革命之後取得新國家的建立，有著
崇敬之意，於是把象徵著「革命／未來的希望」種植在「黃花缸／崗」
上，種植在將來的「革命行動」之上。

　　楊逵的文學觀，充滿道德主義，文以載道的觀念也極為強烈，這種
文學性格完全體現在〈大牛和鐵犁〉小說裡。這篇小說，強調一家的和
樂，是不能分彼此；小說中的大牛是兄長，鐵犁是小弟，大牛與鐵犁本
就是一體，若一分為二，田裡農事是完全無法幹活。

　　楊逵獄中小說，作品不多，但每篇作品都以寓言方式傳達一種公義
的價值觀。這與其作品都發表在當時獄中刊物《新生壁報》有絕對的
關係。

---

[16]　《楊逵全集・小說卷（v）・春光關不住》，頁237。
[17]　《楊逵全集・小說卷（v）》，頁239。

二、形式／刑室的書寫——《綠島家書》

　　楊逵在綠島新生訓導營所寫總計為一〇四封的家書，在他過世後一年才輾轉回到楊家手中。這批家書，原寫在 25K 橫條筆記本上，從家書上頭註明的日期，是從一九五七年十月十二日到一九六〇年十一月十八日之間，每封信上頭都註明了寫給某一特定人，或是家人，如萌、娟、碧等人。

　　長達十二年與家人／家庭生活的隔絕，是種精神的煎熬，既身為人夫又身為人父的楊逵如何與家人的感情，取得親密的聯繫與交流，家書是其中一種方式。

　　但我們依照其內容可判斷的是，這些家書是在回應楊逵收到的「家書」，是楊逵收到家人寄信給他的「家書」後，以書信體的模式寫在自己的筆記本上。我們可以想見，楊逵的內心在寫這些「家書」的矛盾心情，當是極為地複雜。[18]楊逵在〈人生不怕問題多〉中提到：「一寫便寫了幾千字，這麼長的信是不能獲准寄出的，只好等《新生月刊》發出後寄給你作參考。」[19]而楊逵的大兒子楊建也提及到這些家書絕大部分未曾寄發：

> 這些家書絕大部分未曾寄發，我乍一接到，當晚挑燈夜讀，前景舊事紛紛湧來，可以想見父親在當時嚴格的通信字數限制下，不能如願地將這些關愛寄達家人手中的悲憤之情，二來也可以知道父親是想利用書信體的形式，來記下他飄離海外的所思所感……。[20]

---

[18] 從家書的字數上判斷，這些家書應該是無法寄出的，因按照當時的規定，受刑人寄出的信件不得超過三百字，而這些家書的字數，有些超過三百字甚多。

[19] 《綠島家書·人生不怕問題多》，頁 90。

[20] 《綠島家書·序》，頁 1。

那麼「家書」的型式，便變成了楊逵在獄中寫作的一種文體類型。「家書」這一文類的書寫，在形式上也許是虛構，但在情感的表達上卻是楊逵藉「家書」形式來轉化對家人情感的關懷，每一封信便是楊逵對家人思念一回的證明。以下便就楊逵的《綠島家書》文本進行分析。

1、親情的思念

繫於獄裡，楊逵對於家人的思念，未曾因此被阻斷，妻子、女兒、兒子全是他牽掛的對象。對於家人的身體，他是極為關切，尤其是兒子楊資崩精神狀況，最為楊逵所擔心：

> 我同幾位醫生朋友研究過你的情形，一致認為你有一點神經衰弱。這病我也有幾次經驗，知道是苦惱的，你要用心醫治才好。[21]

又於〈人生的意義是什麼〉中提到對楊資崩的憂慮：

> 近來你的信都充滿著悲觀、憂悶、頹喪的氣氛，叫我很擔心，也覺得慚愧。十年來，我未能盡到做一個爸爸應盡的責任，才讓你們兄弟姊妹，特別是你，吃得太多的苦了。[22]

另外，對於自己的母親，楊逵在信中，也透露了當子女的關心之意：

> 你的祖母實在太好了，無論碰到什麼艱難困苦，我總是想她在期待著我，而叫我精神百倍，我是沒有眼淚的，只在回憶她時，才不能控制自己。這眼淚是甜的。但像她這樣的好母親是罕見的。[23]

21　《綠島家書‧我會把笑聲帶回家》，頁 50。
22　《綠島家書‧人生的意義是什麼》，頁 58。

楊逵不在小孩成長的歷程中出現，他僅能透過一篇篇文字來現身，對於小孩的鼓勵與教誨，楊逵是以同理心的態度訓勉他的小孩，如在〈黑夜卻有星光〉中講到：「人面對著太陽時便覺得遍地光輝，好像世界上沒有黑夜似的，面對著黑暗則恰恰相反，這都是錯覺。尤其純真幻想、情感勝過理智的年輕人，最容易陷入這樣的錯覺。要是冷靜耐心一點，便會發覺，白天裏也有黑影，黑夜裡卻有月亮和光。」勉勵子女需要樂觀地看待一切；〈愚公和烏龜〉：「宇宙間沒有什麼東西可以把我們的命運注定的。我想貢獻給你『自強不息』四個字。這是我領到的錦標上所題的，我相信，我們都需要它。」也是以「自強不息」樂觀進取的人生觀，來對其子女教化。

2、獄中哲學

楊逵的文學作品中處處充滿樂觀積極的人生觀，這樣的人生觀即使是在被判了十二年徒刑，還是未見改變。

獄中的楊逵，在精神上是勇壯的，在肉體上的鍛練更較常人或同為囚者更為重視。〈興趣是進步之母〉便顯露自己對於運動上的特別喜好。對於肉體意志力的堅持再到精神意志力的展現，我們看見他精神意志力的展現是極為動人，〈人生最要緊的東西〉：

> 路差不多沒有一條是直線的。所以需要運用從累積的經驗來的高度智慧，才能走得通。任何困難，只要我們不灰心懶意、有耐心，結果就算失敗了，也會加強我們的意志和智慧的意外收穫，這是人生最要緊的東西。[24]

23 《綠島家書·這眼淚是甜的》，頁 140。
24 《綠島家書·人生最重要的東西》，頁 246-247。

同樣地在〈樂觀是人生最要緊的〉中也提到：「樂觀在人生是最要緊的，只要能夠樂觀，物質上、工作上多吃一點苦也可以從安慰中得到補償。」樂觀的楊逵，顯然並未被十二年牢獄之災磨去性格，反而造就了他「鐵人」般的體能與意志力。

3、馬拉松精神／肝病上身

在綠島，運動似乎是成為楊逵在寫作之外的最大興趣，尤其是在第一篇家書裡；但另一方面，楊逵家書在時間序上的後半段中，也不斷地透露出自己身體出現了警訊。顯然地，在楊逵即將出獄的最後一年，他在監獄之中得到肝病。

〈四十九·七·二十二〉的信件當中，他第一次提到自己容易疲倦。接下來的十四封信中都提到要家人寄治肝的藥給楊逵。在在證明了肝病深深困擾著楊逵，在寫給葉陶信件當中，語氣是出奇地短，且似乎不具耐性地命令她：

> 陶：
> 照相簿收到了沒有？紅絨布如未寄來，不要寄了。
> 強力胖錠或胖多錠（強肝藥）買二瓶寄來。
> 　　祝
> 　　　安好
> 　　　　　　　　　　四十九·八·十二

在下一封寫給楊建的家書（四十九·八·二十）中，楊逵自己承認肝病引起他的壞情緒：

> 建：
> 這次感冒拖了一個多月，情緒非常不好，這是頭一次的經驗。四月以來不到五個月中間，已經感冒三次，佔了我將近一年的時間，顯然的，這不是單純的感冒。

　　最近醫生給我檢查了小便，才發現是「肝的機能衰弱」算是找到
了常感疲乏和容易感冒的原因。

因肉體困頓而引以精神上的萎靡，在楊逵獄中家書，似乎是斑斑可考。
也可想見，國民政府對待政治犯的手段，遠比日據時代異族對非同血緣
的臺灣百姓而言，似乎有過之而無不及之處。

4、墾一畝生命裡的農園

　　從每篇家書所註明的時間來看，其實楊逵當時離出獄時間尚有三年
之久的時光，但他對家人述說的口吻，多超越時間的限制，將三年以後
的未來事當成明天將發生事來看待。

　　在這一〇四封家書當中，楊逵對於要在臺中抑或是臺北之間擇一地
來開墾農園之事，是念茲在茲。之所以要找塊田園開墾是因為楊逵認為
家人住太遠了，無法彼此照顧，所以萌生找一塊地，全家人再住一起的
念頭，建一座「無地花園」的念頭。〈空中花園是虛幻的〉及〈建立一
個理想的農園〉等篇日記中，都提及「農園」、「花園」開墾之事，且
對於此事，楊逵顯得非常熱衷：

> 八月底有一位朋友會約你去白河（關子嶺附近，自然環境很好）
> 看土地。他有三十幾甲（有山、有園）的共業，可以合作，也可
> 以請他們讓幾甲給我們經營。詳細情形到實地察看商量一下。這
> 地方離城市較遠，自然不合種植零賣花草。不過，果樹、果樹苗
> 和菊花、花菖蒲等的大宗生產及種苗球根的生產是可以的。更可
> 以換些飼料餵雞鵝。因不零賣，倒比在城市零種賣花草有時間來
> 看書寫作，對於我們的整個計劃來說也許是更適宜的。[25]

---

[25]　《綠島家書‧建立一個理想農園》，頁 225-226。

楊逵這對於把「未來／希望」放在「現在」，對於他的精神與人生觀
上，其實是極有助益的，也符合他樂觀人生觀的作法與想法。

三、粉墨登場戲官場

　　一旦作家成了「知識份子」，就是說，他們感覺公共利益的變遷與
自身息息相關，那麼他們就會渴求與公民進行對話，而不僅僅滿足於他
們的崇拜。這意味著自由與權利需要責任與義務來加以平衡。[26]這就是
為什麼楊逵除因對左派思想有所傾慕外，會以實際行動地寫下「和平宣
言」，參與了臺灣政治活動，儘管當時臺灣的政治氛圍與極權統治國家
無異。

　　楊逵在獄中創作戲劇的時間，大約是從一九五四到一九五九年之
前，這當中共有十三部戲劇劇本的完成。而主題可分為兩大部份，其一
是針對臺灣先民抵抗外族入侵的內容為主，包括了〈赤崁拓荒〉、〈光
復進行曲〉、〈勝利進行曲〉、〈牛犁分家〉等劇；其二則是關於社會
寫實劇，如〈婆心〉、〈真是好辦法〉、〈睜眼的瞎子〉等劇。前者對
於政治多所寓意，後者則對於資產階級有所控訴及反映社會百態。而
〈豬八戒作和尚〉則是楊逵以虛構的戲劇方式，穿越時空建構他個人的
理想世界。

（一）理想世界的追尋

　　大抵上，在言論控管嚴格的環境中，楊逵獄中劇本創作，都還是建
構在他社會主義的理想國度之中，並且巧妙地偷渡了他強烈的國族主義
政治立場，例如他對於中國處於兩岸敵對的狀態，是憂心的；對於建立
一個理想的社會主義社會的立場，也不因入獄而有所改變。如在〈牛犁
分家〉中的大家長耕南說了一段話：

---

[26] 《失卻家園的人》，頁139。

要是，每個青年都懂得做人的道理，國家民族便會富強起來，國土一定不會淪陷。大家免得做人家的奴隸，自由自主，可以過著和平溫暖富足的生活。這樣多麼好呀！（嘆氣）唉，你知道，爹到這裡來開墾荒地，都是被日本人逼的。[27]

楊逵在獄中的劇本，對於未來理想社會的建構，事實上存有強烈的嚮往態度。

（二）無神論的宗教觀

以馬克思思想發展而成的社會主義，是傾向於無神論。楊逵在他的獄中作品中，也對於宗教信仰嘲諷了一番，在〈赤崁拓荒〉中對於口口聲聲說上帝子民的荷蘭人以宗教名義侵略他國，及在〈豬八戒做和尚〉則是對於佛教教義，都有一段精彩辯論劇情。〈赤崁拓荒〉中的宣教師對於臺灣青年以基督之名曉以大義，要臺灣青年離家充軍，幾人對白如下：

> 通驛：我告訴你們，大人問，你們狗黨有幾個？是什麼名字，住什麼地方，領導你們反抗和蘭皇帝是那一個王八蛋？你們要老老實實講出來，才免得受苦！不然哪，你們就要準備吃苦頭了！和蘭皇帝是信仰上帝的，上帝是愛，是慈悲的，是自由平等博愛的！
>
> 宣教師：對！他說得很對！上帝是愛，你們老老實實講出來的話，上帝一定會救你們上天堂的！
>
> 青年乙：我，我愛的母親，我愛的老婆，我愛的兒子呀！我去當兵叫他們怎麼生活呀！

---

[27] 《楊逵全集・戲劇卷（上）・牛犁分家》，頁227。

　　宣教師：我給你擔保，我給你保證，我是上帝的兒子，牧師是不
　　　　　　會說謊的。你講，沒有關係，是誰教你們不要當和蘭兵
　　　　　　的？我給你一百萬的保證與擔保，你老實說出來，上帝
　　　　　　一定會救你的！

和蘭軍官：給你們那麼多，比牛毛還要多的保證與擔保了，你可
　　　　　　以老實地說出來！

　　　　　……………

　　宣教師：哎呀，你講什麼，你講什麼！冒瀆上帝是無救的！

　　青年乙：你不是說上帝就是愛嗎？我們的領袖正是愛！他愛我們
　　　　　　的國家，我們的民族，他也愛我們每一個人！他為我們
　　　　　　民族的自由平等而奮鬥！他正是我們的上帝！

　　　　　……………

　　青年乙：我知道，你們的上帝只會幫你們昇官發財，只會幫你們
　　　　　　侵佔人家的土地。[28]

　　荷蘭傳教師首先想以上帝之名來降服臺灣青年，但臺灣青年哪肯就此入
荷軍當兵去，反以唇舌與傳教師激辯何者才是「愛」。這樣的情節也發
生在〈豬八戒做和尚〉，不過這回換成了十五歲孩童與唐僧三藏辯論宗
教的意義：

　　童：和尚是什麼？拜什麼佛？取什麼經？
　　三：佛是救苦救難的，教人做好事的，和尚便是佛的弟子。
　　童：救難救苦？怎樣救法？
　　三：唸唸真經，拜拜佛，就會上西天永生，沒有災難，也沒有痛苦。

---

[28]　《楊逵全集・第二卷・戲劇卷（二）・赤崁拓荒》，頁 79 -81。

童：單單唸經拜佛，就會上西天，沒有災難沒有痛苦了？這是叔叔叫人做的好事？

三：是的，你們城裡有沒有好道好賢之士？

童：我們城裡每個人都是好道賢的，你問這話幹什麼？

三：貧僧肚子餓了，想向好道好賢之士化一點齋吃。

童：化什麼齋呢？肚子餓不是要吃飯嗎？

三：是的。就是要一點飯吃。

童：哈哈，說得這樣文雅，原來就是一個要飯的！你肥肥胖胖，還沒有老，怎麼就要做一個乞丐？

三：（憤然）不要說這樣難聽的話。和尚化緣吃，自古就是如此，怎麼把我當做要飯的乞丐？你不聽人家說，和尚吃四方嗎？

童：要飯的就是乞丐。你又要飯，又不是乞丐，這話我可聽不懂呀，我爸爸說，很早以前，我們這裡也有些要飯的。這些要飯的都是老弱、幼小、廢疾等不能工作的人，這是沒有辦法的。我們建設了養老院、療養院、養育院以後，都給他們安居的所在了。可是沒有像叔叔這樣有工作能力的人靠要飯生活的。爸爸說，這是最可恥的。不過，叔叔，你也不要煩惱，你是過路的客人，我們這裡也有招待所，以應方便的，我們走吧，我帶你去見我們的長老。

童：是啊，叔叔是個有榮譽感的人，我想還是像我們一樣，自吃其力，做一點工作可以獨立生活多好呢？我想這是你們的制度與我們不同，也是你幾十年來的習慣，使你不了解勞動是神聖的，等一會，我們長老會同你討論這些問題，這是你的

　　　　行李？你挑起來吧，我幫你拿兩個包袱。（拿起來）我們去
　　吧！[29]

　　楊逵透過三藏與孩童的這段談話，完全顯露了他個人對於佛教信仰的基
本態度，認為宗教不過是養了一堆討飯的乞丐，他認為勞動的人生才是
神聖的使命。

　　楊逵對於宗教信仰的態度傾向無神論的態度，其實與社會主義主張
唯物論及無神論有絕對關係；另外，也因為外來文化對於臺灣（中國）
是相當具侵略性，在當時身為殖民地的楊逵而言，這些文化的入侵，無
疑地全都是殖民帝國權力的爪牙與威權象徵。所以楊逵對於跟隨於殖民
國而來的文化，一概無好感可言。

（三）典型人物的塑造

　　楊逵獄中的創作，為了因應獄方的教化功能，所以他在劇本創作主
角時，善／惡、忠／奸等二元對立的人物角色，是相當明顯而具體，所
有的人物都為扁平人物，圓型人物在楊逵的獄中劇本中，是較為少見的
安排。楊逵創造了以下幾種典型的人物：

1、對比人物的型塑

　　戲劇的人性塑造與小說中的人性塑造，是兩種完全不同的創作觀
念，其原因在於文字能夠以細膩手法反覆地塑造一個複雜的人性，所以
小說中人物的心理流動可以是多變且善變；但戲劇則因演出時間的限
制，無法給予過度複雜人性的安排及描繪。於是戲劇角色的性格，多半
非善即惡，鮮少有一個角色，能夠擁有複雜的人性。而在同齣戲劇中，
有兩個性格角色完全不同類型的人物出現，我們稱之為對比性人物。對
比性的人物在楊逵獄中戲劇創作當中，佔有極重的比例。

---

[29]　《楊逵全集·戲劇卷（下）·豬八戒做和尚》，頁 143-145。

　　秀蘭與金枝，顯然就是兩種不同典型的人物對比；前者是具有中國傳統婦女美德的大媳「秀蘭」，意即為「秀質蘭心之意」，後者弟媳則是名如其人般地以「金枝玉葉」身份自居，不肯委身耕田，是位壞媳婦的象徵。

2、剝削者與被剝削者階級

　　臺灣在各個時代，面對不同殖民帝國入侵，百姓無奈感全出現在楊逵戲劇時空之中。時空跨越了荷蘭、鄭成功到日本領臺時期，甚至是國民政府撤退到臺灣的時空，都是他創作的時空。楊逵意識到不管是殖民者或是被殖民者，全都有好人與壞人之分，然而他對於服務於異族進而以此魚肉鄉民的走狗，萬分痛惡，這樣的人物包括有〈牛犂分家〉中的兵事課員、稅務吏；而以盜匪山寨主侵奪民家的有〈豬八戒做和尚〉中的豬八戒；以財大勢大欺凌百姓者的則有〈睜眼的瞎子〉裡的褚先生。社會主義所要建立的家園便是一個無階級意識的社會為其理想型世界，楊逵對於這種因社會階級而引起的人物類型的嫌惡感，是十分的明顯。

3、物質主義的人物

　　在物質困難的年代，人性裡的光明面與黑暗面完全給激發出來。楊逵獄中劇深富教化功能，於是他在處理人性上，有時是以負面的人性來烘托正面的人性。〈婆心〉中的王太太，便是一個被物欲迷惑心神的角色，見著陳科長來家裡，見陳科長開口說：

> 我出這幾天的差，真是給酒給嚇壞了。真是累得要死！真是累得
> 要死！到處視察，到處酒、魚肉大菜，即不要講啦，弄得肚子實

> 在吃不消。老實告訴你，今天「醉翁之意不在酒啦！」小姐還沒
> 有回來嗎？她哥哥告訴我說……她是在小學教書，是嗎？[30]

王太太一聽到陳科長自己誇張炫耀來頭，便一心想奉承陳科長，竟轉念想將女兒許配給陳科長，事件發展到最後，才發現陳科長是個專門偷拐搶騙的流氓。

而〈睜眼的瞎子〉林醉生也是物質主義化的一個惡劣分子，身為父親的他為了攀附權貴，將女兒幾近變賣方式嫁給做鴉片生意的褚先生，林醉生一味地追求物質，視良心為鄙物：

> 良心，良心還沒出世咧，哈哈，錢，人生一切都是為錢，有錢到
> 福利社買烟吸是香的，買糖吃是甜的，放在口袋裡嘻哩啦嘩
> 響……你還說錢不好！我決心這樣做，豈不是為著你們？體貼你
> 們每天太辛苦了？再說，……採蓮做一個百萬富翁的太太，什麼
> 都不要自己做，可以坐在房子裡，叉奴使媚婢，你我兩個老的，
> 也可以榮華富貴，你還說不好！[31]

（四）對於語言的善用

1、方言的使用

雖然楊逵是跨越語言的一代，戰前時的作品多以日文創作為主，對於中文寫作，則是戰後才開始學習，但他在監獄的戲劇創作，語言變化之豐富，相對於其他同時代作家而言實屬珍貴。

首先，他嘗試以臺語加入戲劇寫作之中，在〈豐年〉一劇本中更以臺語音標進行創作。如：

---

[30] 《楊逵全集‧戲劇卷（下）‧婆心》，頁 10。
[31] 《楊逵全集‧戲劇卷（下）‧睜眼的瞎子》，頁 95。

老太婆：一車 ko 一車，一袋 ko 一袋，收到厝內無 tang he，今日
　　　　新生營的人客偌 ling 多，我想老的 tio 來賣。

老頭：你，你真無良心，你忘記咱做伙的時 hia ling 窮。合你艱
　　　苦受苦三十年，今年豐收才 be 出頭天，你就叫老的來
　　　賣！你講這話敢好勢，敢好勢！[32]

以上面的對話，充滿鄉土腔調，例如「一車 ko 一車」中的 ko，意思是
「又」，而「收到厝內無 tang he」，意即「收到房子裡面無處放」之
意，而楊逵對於臺語音標的運用，因當時並未有臺語字典可供參考，所
以可說是完全按照他個人意思使用。

　　再者，他的劇本也常運用語言的押韻特性，讓劇中人物唸起口白
時，能充滿節奏感。如在〈真是好辦法〉劇本中老奴的口白，完全是以
臺語韻腳方式呈現：

老奴：少爺美暝出去嫖，奶奶一定凍未叄條。就請你相好的來妖
　　　嬌妖嬌，連這你也未叄曉！

知哥嫂：（心裡動搖）

老奴：我這麼老了，每天勞勞祿祿（案語：應為碌碌），想喝一
　　　杯酒鬆鬆筋骨，這敢不是公道？少爺一暝在酒家倒掉，就
　　　手我一個月飲未叄了！伊卻情願倒掉，對我連一碗酒的錢
　　　也不願開銷！你說公道不公道？我的話沒有道理嗎？[33]

老奴這一段對話，基本上是押「ㄠ」韻。押韻目的，當是為讓劇本科
白，更具韻律感，而使用閩南方言，楊逵顯然是想試圖藉著熟悉的語

---

[32] 《楊逵全集‧戲劇卷（下）‧豐年》，頁 160。

[33] 《楊逵全集‧戲劇卷（下）‧真是好消息》，頁 170。

言,讓演出者與觀賞者間距離拉近,並產生共鳴感,楊逵自己對於用方言創作,也有一番解釋,他說:

> 街頭劇的特色是深入民眾中間去表演,無論臺詞與歌詞都應該用
> 方言才可以提高觀眾的興趣與了解。本劇(勝利進行曲)因許多
> 臺灣話無法用漢字寫出來,表演時,如用注音符號翻成最通俗的
> 臺灣話,更為恰當。[34]

而除〈真是好辦法〉及〈豐年〉外,〈睜眼的瞎子〉、〈勝利進行曲〉
等劇,亦都以閩南方言為創作的語言。

2、人名/諧音擅用

除對科白韻腳的使用及閩南方言的劇本之外,楊逵亦常以人名來概括此人的性格,如在〈真是好辦法〉一劇中的主角「知哥」以閩南方言發言,即為「豬哥」的音與義。又如〈睜眼的瞎子〉中靠賣鴉片為生且欲強行嫁娶良家的「褚先生」,則為「豬先生」之意,答應嫁女兒的「林醉生」則是「酒醉一生,從未清醒過」的影射:

> 媒婆:哎喲!你總要收起啊!老實講,這一隻豬並不是我牽的,
>   是你們林先生本人去同人講好的。要不然的話,我怎麼會
>   匆匆忙忙送定來呢?你同我吵吵鬧鬧是沒有用的,等你們
>   林先生回來,你就會明白。
> 母親:不行呀!你要拿回去!(把菜籃交給媒婆)
>   ……
> 林醉生:(醉熏熏的從面前來回)(片刻間)這個味道怪不錯,
>   不錯是不錯,偷吃這塊給人家追得跌了一跤……

---

[34] 《楊逵全集・戲劇卷(下)・勝利進行曲》,頁19。

（進門坐在左邊小橙喝開水，開始狂笑）哈、哈哈哈
哈，哈！哈哈哈哈……怪事年年有，沒有今年多！[35]

（五）民歌入劇本中

　　楊逵認為所有的戲劇中，以街頭劇最能引起觀眾的共鳴感，他
說：「以新時代的精神，把民歌、民舞、民間故事熔在一爐的民間綜
合藝術。」[36]而為什麼這種民間藝術能引發如此的功能，他也進一步地
闡述：

　　為什麼，民間藝術──民歌民舞──能夠這樣根深蒂固的呢？簡
　　單一句話可以說，就是因為它已經成為民眾生活的一部份；它與
　　吃飯、工作、戰鬥生活是分不開的了。

　　大家都可以回憶到的，在我們童年時，不是每逢有空就要找爺爺
　　婆婆給我們講些什麼故事，或者請他們唸些什麼民謠給我們聽
　　嗎？我們不是經常可以聽到田裡工作的農夫、山上砍柴的樵夫、
　　出海捕魚的漁夫、甚至上陣戰斗的戰士們在哼些什麼民歌嗎？

　　民眾以為他們的智慧共同創造它，也由它得到共同的安慰與鼓
　　勵，因此，它與民眾的生活感情之間沒有空隙，它的內容與形式
　　是民眾生活感情最自然的表露。[37]

他認為的街頭劇的特質就是與一般民眾的生活完全的結合，並且成為民
眾生活一部份，也容易與觀眾融為一片，所以他的戲劇即充滿街頭劇特
色；而所謂街頭劇的特色，就是戲劇演出之中加入了歌與舞的部份：

---

[35] 《楊逵全集・戲劇卷（下）・睜眼的瞎子》，頁92。
[36] 《楊逵全集・詩文卷（下）・春天就要到了》，頁309。
[37] 《楊逵全集・詩文卷（下）・春天就要到了》，頁308-309。

因為它是在觀眾圍攏著的廣場上表演，而且演員由觀眾中間出入，很容易把演員與觀眾打成一片，最容易把劇情傳達觀眾的心底，把劇的效果發揮出來。

可以在短短時間裡給觀眾一個藝術的享受，而且把他們的感情統一成一個堅強的堡壘。

聽說，抗日戰爭中街頭劇在大陸上盛極一時，對於抗戰工作貢獻很大，這是很容易想像得到的。因為抗暴民族運動必須結合民眾的力量——在這一點，它可當為有力武器，是毫無疑問的。[38]

在〈春天就要到了〉的文章中，也提到了歌謠與舞蹈表演的重要性：

民眾把這些戰斗與工作的記錄，把這些有喜怒，又有哀樂的生活感情表現出來的歌謠與舞蹈——民眾藝術，一代又一代，一年又一年的傳到我們的世代來，並不是偶然的。

這些民間藝術，都是我們民族的偉大文化遺產。儘管在某些時代——特別在日本帝國主義壓制下的五十年中受到蔑視與禁壓，一直根深蒂固保存在民眾心裡頭，等到光復了，就如「野火燒不盡，春來芽又萌」所說的，它又把頭抬起來了。[39]

　　上述的都是楊逵自己對於民歌、民舞入戲的看法與理論。但他這樣的觀念其實是深受著「麥浪歌詠隊」的影響。「麥浪歌詠隊」的特性在於歌舞與意識相互融和，產生振奮人心的戲劇效果之劇場形式的歌舞隊：

---

[38]　引自楊逵：〈談街頭劇〉，《自立晚報》，民國七十八年四月十九日。
[39]　《楊逵全集‧詩文卷（下）》，頁308。

我們知道民間歌舞是人民勞動的影響和表徵，它的情調原是健
康、熱情，而充滿活力的，但隨著時間的推移，民間歌舞便被有
閒的資產階級的淫蕩、萎靡、頹廢的音樂和舞蹈所排斥而旁落而
終於沒沒無聞，而在今天這種音樂卻反而毒害著廣大的人民意識
了！我們認為健康的歌和舞是健康人民生活中不可缺少的一部
分，它的意識必須更有勞動的積極性，它必須鼓勵人民勞動的熱
情，鍛鍊人民的集體勞動意識，能更高度的激發人民進取創造的
精神，我們熱誠希望臺中各界熱心的人士們，各校的學生們，靠
攏起來，組織起來，共同為推廣民歌民舞而努力，同時我們更希
望大家對於我們這次演出給予我們熱烈的批評與教訓。[40]

楊逵借用歌舞劇形式，以「犁與牛」的農工階級精神為主題，透過勞動
精神的描寫，顯然是楊逵獄中作品中一再出現的主題意識，這種農工兵
的社會主義思想落實在他劇本寫作中的大合唱精神上。而「犁與牛」意
象不斷出現，顯示了楊逵作品，是以文學勞動說為主要創作契機。劇本
〈赤崁拓荒〉中的「駛犁歌本曲」、劇本〈勝利進行曲〉中的「做牛拖
犁」便以大合唱方式歌頌農工兵的勞動精神，「做牛拖犁」等劇的這種
大合唱模式，與左派麥浪歌詠隊的模式，可以說是極盡類似。

[40] 本文原載於《臺灣民生報》「新綠」第 139 期，〈我們到台中來〉，1949 年
二月八日。本段落轉引自藍博洲：《麥浪歌詠隊》，頁 26。

曹開論

我在獄中／縱橫在鐵柵欄裡／宛如在宇宙／最小的黑洞座標裡黑
夜降臨了／牢扉緊閉／又好像在／臺灣，母親的暗胎裏踡跼

——曹開〈母親的暗胎〉

　　臺灣文學流變史中，若失去曹開獨特的生命情境與創作作品，將是
臺灣文學流變史上的一頁重大損失。

一、曹開其人其事

　　曹開，字號「小數點」，彰化員林人，一九二九～一九九七年。一
九四七年自豐商畢業，即考入臺中師範學校，至一九五○年，中師多名
師生捲入白色恐怖事件之中，被捕槍殺，曹開亦遭波及，遂於三年級上
學期末，遭到逮捕，解送臺灣保安司令部究辦，爾後被判刑十年，囚禁
至綠島，再轉新店監獄，直到一九五九年十二月三十日才刑滿出獄。[1]
　　目前曹開詩集出版的有《小數點之歌——曹開數學詩集》。此目共
計五輯，分別是：輯一「獄中悲情」、輯二「數學幻思」、輯三「科技
玄想」、輯四「即物掃描」、輯五「生命透視」；據呂興昌教授編寫
「曹開生明年表簡編」分析，我們可以較為確定的是輯一「獄中悲情」
為獄中之作，而「數學幻思」中部份的作品，該是出獄中後的作品，如

---

[1]　參見呂興昌〈填捕詩史的隙縫〉，收錄於曹開：《小數點之歌——曹開數學
　　詩集》，書林出版社，民國九十四年六月。

他於一九八七年參加第九屆鹽分地帶文藝營，並以〈天平〉及〈小數點〉獲新詩第一名，所以輯二「數學幻思」部份作品應該是出獄之後的作品。[2]但本書對於「監獄文學」的定義，是鎖定在作家作品個人生命情境與作品之間碰觸到「監獄」的作品，即稱之為「監獄文學」，於是輯二「數學幻思」若有反映出「囚犯」之客觀事實與主觀經驗，如〈數字之煩惱〉、〈報數〉、〈小數點〉等詩作，還是將會被本書納入討論。

二、數學教師的反抗精神

（一）反抗的精神

　　曹開面對國民政府來臺之後，掀起了白色恐怖等等的高壓政治手段，他以詩以身體來抵抗的是——整個國民政府，這個讓臺灣才從帝國主義走出陰影時日不久後，又陷入另一個黑暗時光的政體。於是他說：「來吧！緊抱仇恨的暴戾者／驅散吧！把那白色的恐怖／啊！光，你的鼓聲在火的進行曲／真理的火炬高擎著／殘虐虛假的真面目／在壯麗中會突發事故而滅亡」[3]。

　　因白色恐怖事件入獄的囚犯，不僅僅是知識份子，也有市斗小民，而曹開面對時代的苦難，則以精神力量對抗之，在〈樂於失去一切〉中：「把我投入／無我的境界啊！／因我為爭取自由／樂於失去／所有空間」；他對臺灣這塊土地所受到的苦難，寫下〈給小數點臺灣〉：

2　其他作品如〈圓規三願〉、〈點點點〉、〈值與和〉、〈括弧的世界〉、〈社會的數學辭〉、〈幾何詩〉、〈正與反〉等七詩則是於同年發表於《笠詩刊》一四一期，呂興昌教授於〈填補詩史的隙縫〉一文中，仍將輯二完全視為曹開在獄中所寫下的作品。
3　《小數點之歌》，頁84。

臺灣小數點，快起來，來指引那些沒有依靠的小數目

從沉迷混濁拘囿的領域

凝聚決心，自主圖強，脫穎而出

把生命改觀，發射光明的異澤

哦，小數點臺灣，你經過漫長苦難的年代

經過不斷地琢磨試煉，你還是精純

起來迎獲美譽光輝和偉大豐碩的成果

醒來啊小數點，哦，臺灣戴上榮耀的花冠[4]

當時國民政府撤退來臺，接受自日本國統治下的臺灣，但臺灣與中國在政治與地緣上的隔離，時間與空間距離的驅使下，外來與本土意識在這塊土地，不免會激起一波又一波民族反抗思潮。這樣的思潮，曹開以「臺灣」代表所有在國民政府白色恐怖政治下臺灣無辜百姓的符碼。對於這塊土的壓制力越大，所激起的反抗意識將是越大。

（二）憂憤的情緒

　　從日據時代以來的臺灣文學，都可以見到知識份子對於所處的時空環境，進行一場寧靜的戰鬥／革命。曹開是跨語言的一代，自然地，他的思想亦如其前輩抑或是同一世代的寫作者，皆對於所處的時代，也當產生知識份子關懷時局的良知良能。被判刑入獄的曹開，亦無法阻止他心中屬於知識份子良知良能的見解，然終究現實無法得到抒解，只好從作品中呈現此種情懷。

4　《小數點之歌》，頁 87。

　　首先他無法理解他的「叛亂」罪名因何而來,「落魄刑涯帶罪行／
鐐銬沉重囚命輕／一判十年冤牢夢／贏得『叛亂』怪罪名」[5]。這種對
於來自生命的力量,是來源於監獄這一環境氛圍:

> 每一節鐵鏈禁錮堅韌的氣節
> 連串激發生生不息的壯懷
> 有血有肉有光,在慘絕的刑罰中
> 我終於見到曙光[6]

說明了生命中曙光的由來。「孤坐在囚房／有時黃昏的蒼穹／對我來說
／小如一扇鐵窗」[7]這種生命的閉鎖空間,對於一個有理想的知識份子
而言,無疑地是種極重的懲罰。

　　但是這樣的懲罰,是否有達到權力所有者所要達到的目標?這答案
顯然是否定的。因為精神場域,絕非銬鐐可限制的了,於是他寫下:

> 東風拂動我的囚裳
> 我灑脫的囚魂
> 從獄頂天窗的隙縫
> 飛騰出去,像隱形太空梭
> 突破大氣層
> 遨遊無窮的宇宙[8]

5　《小數點之歌》,頁 29。
6　《小數點之歌》,頁 37-38。
7　《小數點之歌》,頁 39。
8　《小數點之歌》,頁 37。

一陣風，便將囚犯念頭一轉再轉，遨遊宇宙之外了。就是因為這種獨特的生命經驗，讓曹開在獄中有著異於常人的創發力與思考。以下就因為悲憤情境所引起創發力，以極度個人特色的「數學詩」進行討論。

（三）〇與小數點的獄中／生命哲學觀

曹開獄中所創作的「數學詩」，風格與語言深具個人特色。獄中以數字入詩，當與獄中人囚被數字編碼有關。於是「數字詩」充滿冷靜的生命觀，生命一如數字，在不斷演算與公式重組間，有不同的算式結果。如〈掐節節鐵鏈為佛珠〉：

> 我願把鐵石心腸的獄鏈／節節琢成一連串的佛珠／以正氣抽織柔軟情絲／把它們顆顆節節貫通／掛在我這個思想犯的頸脖／當我修身養性的時候／掐一節獄鏈／唸一聲佛阿彌陀佛／循環不絕的掐著誦唸／直到我發現菩薩／往生於我心境的淨土上[9]

又如〈圓規三願〉：

> 我願是個大圓規／一腳踏著天堂／一腳踏著地獄／將宇宙繪成大同的圓。[10]

〈從零看人生〉：

> 零，虛懷若谷／面對世界的／加減乘除的清算／不做無謂的爭執它給與人類／圓滿的修行啟示／提昇人生／達到無我的最高層次[11]

---

[9]　《小數點之歌》，頁 138。
[10]　《小數點之歌》，頁 129

〈○，零的人生觀〉：

> ○，零並不是虛無者／他是心靈的牧師／所有是非善惡／皆在零
> 的傳教之下／得到超脫及歸隱
>
> 混沌宇宙皆從零開始／它們不是希望的破滅／而是生命的卵石／
> 萬物不斷以愛的溫暖／使他卵化成長
>
> 失意的愚者以零為惡運／成功的智者奉零為導師／爭權利者在○
> 打混／淡薄名利者在○外逍遙／是零非零存於一念之間[12]

〈小數點〉：

> 我是被人／漠視的小數點／雖然是這麼渺小的一點點／唯恐被四
> 捨五入的原則而犧牲／但，既然爬在笛卡兒的座標間／除非被抹
> 殺／我有自己的生存方程式／絕不自卑，更不自賤[13]

Viktor E . Frankl 說：「人，是能夠為著他的理想與價值而生，也甚至能夠為著他的理想與價值而死。」[14]曹開為了自由，在〈樂於失去一切〉說：「我既然住進這囚室／小小世界的盡頭／我不再害怕它再行縮小／以至於縮至／沒有空間可以容身／把我投入／無我的境界啊！／因我為爭取自由／樂於失去／所有的空間」[15]。

　　使用大量如「小數點」、「○」以及「方程式」等符號圖騰，「我」的存在，於詩句中完全被抽離，「我」在某些時刻似乎近入一種

---

[11]　《小數點之歌》，頁 132。
[12]　《小數點之歌》，頁 133。
[13]　《小數點之歌》，頁 81。
[14]　《活出意義來》，頁 111。
[15]　《小數點之歌》，頁 56。

禪定的狀態，「物我合一」的境界，「圖文」的視覺效果，則更顯現了作者在獄中情境的具體描述感受。

　　對於將寫作視為信仰地位的曹開而言，在獄中，若非被放大的來救贖自我內在精神，不然則走向被放棄的方位。曹開以近遊戲方式來消解看待在獄中所生的苦悶情緒，以數字來拆解生命中苦難的密碼，每拆解一次，便寫下一首詩歌，造就了曹開於臺灣新文學以來的一個全新的創作契機。

三、嘲諷／戲謔／幽默的獄中詩

　　曹開的獄中詩，除了具有強烈的知識份子的反抗精神之外，他對於所處的環境，也投以嘲諷／戲謔／幽默以對的態度對待之。如在〈獄角的夜來香〉中對於獄中髒亂的環境，仿以名曲〈夜來香〉進行創作：

> 那刑風刮來悲慘
> 那苦囚啼聲悽愴
> 只有獄角的鼠輩在猖狂
> 跟那跳虱蟑螂在騷動
> 牠們在一起舉行舞宴
> 連那囚室的馬桶
> 都不入夢
> 它是獄中的夜來香
> 不斷地吐露芬芳[16]

16　《小數點之歌》，頁 42。

而〈火燒島小夜曲〉則顯然是改編自〈綠島小夜曲〉歌詞而來：

> 這火燒島像一隻魔釜
> 在熱浪裡，煮呀煮
> 囚郎呀！你像被燒烤的烏面鷺
> 在鐵鍋裡，掙呀掙
> 我壯烈的歌聲，面對刑風
> 唱不開禁錮的煉獄
> 我的哀情隨那輪迴的汐流
> 不斷地向不義控訴
>
> 桎梏的黑影
> 遮掩了我的情意
> 慘淡的月光
> 更照不透刑獄的心
>
> 這孤島長夜已經這樣深沉
> 震天的凶浪
> 驚憷了海鳥
> 四周恐怖，總是沒有笑聲[17]

對於囚犯手腳上的鐐銬，他以揶揄的語氣來形容兩者之間猶如比翼鳥連理枝：

> 上面與你共戴的手銬
> 說是天空的比翼鳥

---

[17] 《小數點之歌》，頁 34-35。

　　下面與我同繫的腳鐐
　　說是地上的連理枝

　　難怪鐐銬，一旦失去囚犯
　　一切感到唏噓，淒涼莫名[18]

曹開對於自己主體與監獄客體的主客關係，也以數學概念，進行一場人生方程式的解答，〈分析數學〉：

　　數對括弧說：
　　[你是我的]
　　括弧便把數禁在鐵匣裡
　　點對面積說：
　　[我歸你的]
　　面積便賜給點
　　在軌跡上的自由[19]

數／括弧／點／面積這些本是冰冷數學元素，在他眼中，全充滿詩的語言，也充滿他歷經了黑牢之後的人生智慧。

　　對於自己失去自由的現實狀態，曹開以「苦行僧」生命情境，做一個生命上的超越，他說：「我像苦行僧／端坐在囚窟的暗角修行／進入無我之境／讓囚魂脫離地獄／從鐵窗飛向雲海星河　一片潔白的雲朵／像蓮花／把我招引／我駕著它／隨風飄遊逍遙。」

---

[18] 《小數點之歌》，頁 36。
[19] 《小數點之歌》，頁 98。

四、獄中人物／聲音／物體的描寫

　　封閉性的囚牢世界，對於一個受刑人而言，那會是一個什麼樣的時空場域，曹開對於這樣的時空場域，描摹的篇幅不算少，如〈獄中詩序〉、〈獄角的夜來香〉、〈變數〉等首。處於這種封閉的場域，人性能流露出什麼樣的姿態？曹開舉了兩種典型，來描述綠島監獄思想犯人格發展的兩種極致。一種是囚犯的精神狀態不堪折磨而達到臨界點的狀態，另一種則是散發出精神向度及為堅韌的人格。前者，我們可以以〈開釋〉為例：

> 當他們得到了開釋
> 便轉入一家瘋人院
> 幾個相識的伙伴
> 都是堅守節操的思想犯
>
> 據法醫診斷
> 老張患了精神分裂症
> 老李染了狂熱病
> 老江是個夢遊者
>
> 當他們得到釋放
> 隨即被送入神經病院[20]

「法醫」即為當時的國民政府，在法醫／國民政府言論思想標準的判斷下，這些思想犯全都是一群得了精神分裂、狂熱病、夢遊症的病人，而這群思想犯經過了思想的改造，出獄後，才是真瘋的開始。曹開在〈開

---

[20] 《小數點之歌》，頁73。

釋〉中譏諷這種思想改造行為的結果，所能達到的並非是思想的改造，而是精神的虐待。

　　前者是對於監獄中有人不堪精神的虐待，接下來則是受刑人精神向度韌性的描述。綠島監獄有一分隊，是專為女囚犯而設，於是許多的監獄文學都曾出現過「獄女」，如陳映真〈趙南棟〉的幾位女性便是「獄女」，柏楊在《柏楊詩抄》中亦出現一位「獄女」。而曹開〈歌詠一位獄女〉則將「獄女」的形象給形而上／神格化：

　　　　我歌詠一位獄女
　　　　她貞烈無匹
　　　　獄中之花
　　　　她被譽為崇高的罪后

　　　　她落得如此潦倒
　　　　把枷鎖銬鐐當首飾
　　　　來到鬼哭神號的地方
　　　　將刑罰作嫁粧

　　　　苦難與貞烈
　　　　是世上唯一的匹配
　　　　只有這樣一位獄女
　　　　才稱得上至尊的罪后[21]

---

[21]　《小數點之歌》，頁64。

受難的「獄女」，在詩人的眼中，她卻是擁有極為尊貴的「苦難」及「貞烈」精神，無視於枷鎖銬鐐這樣毫無人性的環境，不因此妥協，她還是展現了令人尊重的人格面。

這種高尚人格面，詩人／作家們不斷以「女性」形象來讚美，另一方面，也是同樣地在讚歎臺灣這塊土地上的子民百姓，無論哪個年代，面對強權統治的時局都義無反顧地站出來反抗，即使是犧牲自由與生命，也總都還能表現一種高貴的人格面與其對壘。

無論是當時整個臺灣的政治氛圍，像是個巨大的獄牢，亦或是已身陷在監牢裡，都可以發現有一種專門打小報告／告密者的存在，曹開對於這一類型的人物，給予「蝙蝠」的比方。〈變數〉：

　　在世界方程式裡
　　蝙蝠是隻變數

　　當牠降落到方程式左邊
　　牠自稱是禽類

　　而飛轉到方程式的右邊
　　卻自稱是獸類

　　在對立函數之兩端
　　扮演忠良，左右逢源[22]

獄中的死寂感，其實更能引起受刑人精神感官上的刺激，在這樣閉鎖的時空中，觸覺／視覺／嗅覺感官上，透顯出來的物體隨之扭曲／變形／

---

[22] 《小數點之歌》，頁 102。

誇大／縮小。例如〈牽亡曲〉描寫的就是接連幾日的雨天，引來的潮濕感，這過程中的雨聲及潮濕感，幻化成「牽亡曲」：

> 連續下了幾天大雨
> 大牢的囚窟中
> 濕地的霉氣
> 冉冉昇起
>
> 宛如來自地府
> 浮遊冥界的氣息
> 替偉大權威者
> 哼著無聲的牽亡曲[23]

五、獄中詩的藝術特色

（一）奪古典詩之骨的現代詩

　　曹開入獄十年期間，剛好是臺灣詩壇一個轉變劇烈的年代。創作詩的時間大約在五〇年代。當時正好為「現代詩社」、「藍星詩社」與「創世紀詩社」活躍詩壇、現代主義意興風發之際，曹開身處黑牢，自是無緣「躬與盛會」，他只是憑藉著有限的古詩選本如《唐詩三百首》、《千家詩》與新詩集如《徐志摩詩集等》，自行揣摩修習新、舊詩的作法，所以他的作品殊少「現代派」影響的痕跡，反而或多或少帶有因徐志摩而有的「新月派」味道；另外，使用口語的押韻，是曹開獄中詩的一個特色。如〈無知任性飛〉：

---

[23] 《小數點之歌》，頁 50。

> 法網恢恢
> 牢籠黑黑
> 野鳥無知任性飛
> 恰似小民不識「叛亂罪」[24]
> 獄中猶唱：
> 〈解放歌〉

押「ㄟ」韻；〈罪是詩涯〉中的段落：

> 囚坊深獄巧安排
> 不見刑臺
> 不見驚骸
> 恐怖肅殺說蓬萊
> 法也苛哉
> 刑也酷哉
> 東風何敢送春來
> 才見砍頭
> 又見斬首
> 刑路茫茫暗傷懷
> 詩是罪涯
> 罪是詩涯[25]

則是押「ㄞ」韻。在獄中，以押韻入詩，可以說是獄中日常枯燥生活中的一種「文字遊戲」，而這樣的文字遊戲，我們在楊逵的獄中文學創作中，也看得到同樣的手法。

---

[24] 《小數點之歌》，頁 30。
[25] 《小數點之歌》，頁 31。

（二）實驗／遊戲的獄中數學詩創作

　　曹開在獄中自創一種詩體內容，他對於「數學詩」的創作喜好，類似於遊戲，我們在他一系列的數學詩中，可以感受到實驗／遊戲的成分極為濃厚，但卻也營造出曹開「數學詩」的獨特風格。

　　為何說他的「數學詩」有濃烈實驗／遊戲風格？主要是因為在他「數學詩」出現之前的臺灣詩壇，並未大量地出現以數字／數學符號／數碼概念入詩的作品出現。而他的獄中詩便嘗試著用以上元素加入詩的創作之中，讓他的獄中詩，除在描述獄中悲憤基調之外，也產生另一種閱讀上的樂趣。如在〈藝術數學〉中便大量運用算術符號入詩：

> 你要 10
> 可自 15－5 而得
> 亦可從 7＋3 來取
> 當也能由 2×5 而獲
> 何必一定要 20÷2
> 看！數字在微笑
> 1234……
> 在唱藝術歌曲[26]

曹開藉數字的組合，來喻意當時受審判入獄的囚犯，被判刑的罪行，完全是由數字替代。犯人在獄中存在的方式，是由一組數字碼組合而成的，對於獄方／當局者而言，處理這些活生生的犯人，一如一組數學程式，在加減乘除與括弧之間，而他在綠島新生訓導班的編號，則是「635」：

---

[26] 《小數點之歌》，頁 96。

我實在不甘心　無緣無故
被當做數字運算
竟被編起了
代數的號碼來

我被套進〔括弧〕
像被關入囚牢禁圍
只，可惜於今也無法
掙脫抗拒

演繹歸納的「劫數」
好比我罪名，掛在胸前
誰料得到
囚號 635 便是我的化身

那是多麼活生生的數字
早晚被計算
還得張開喉嚨
大聲的報數

本來我無意變成數字
諒你也無心形成——
而現在竟以你大數目
無情地清算我小數字

但，既然你心裡有數
你應懂得因式分解的公式

　　要是把我們大家移到方程式的另一端

　　大家不就是，你±我＝0 統統等於零[27]

數字碼與囚犯兩者，便是一種極權與人權概念的對立，曹開用文字與數
字的組合，來凸顯白色恐怖下的囚犯，他們的生命，是毫無價值可言。
但在曹開的心中，一直存在著「未來」，他對於未來還是充滿期待，並
且還將以此身還諸彼身，他說：「倘若我是個異數／顯得瀟灑磊落／你
就化做冥頑的符號／利用層層隔絕的圈套／把我錮禁清算／但是，倘若
我將來空空／去做一個零騎士／你就是化做虛數　運用劫數／在我的駕
御下／你還能清算什麼呢？」[28]

　　曹開的獄中詩，已充滿了實驗精神，但在他出獄之後，這種實驗精
神更是發揮到極緻，他往往將意念以一個具體圖型表達出來，以數學詩
概念發展成一系列的科技詩；另外，他也勇於以原非具「詩質」的物
件，賦以詩的質地，完全改造傳統詩觀對於詩的要求與期待。但因其
圖型與科技詩的創作與獄中經驗，相去甚遠，故於本書暫不予討論及
分析。

---

[27] 《小數點之歌》，頁 123。
[28] 《小數點之歌》，頁 121。

柯旗化論

　　筆名為明哲詩人的柯旗化[1]，臺灣高雄左營人，一九二九～二〇〇二年，是笠詩刊的成員之一，曾因政治犯身份被捕入獄兩次。[2]兩次入獄的痛苦經驗，也因此豐厚臺灣監獄文學的創作內容。其已出版關於監獄文學的作品跨越了新詩、小說及回憶錄三種文類；尚未出版及整理出來的則有獄中家書。

　　我們先就他的名字來看柯旗化這一人、這一生。柯旗化，其母為旗山人，其父為善化人，他是長子，其名便各取一字，故其名為「旗化」。[3]所以柯旗化的成長歷程，即是以臺灣南部為其成長環境，爾後其文學創作，便以臺灣南部人土風情，為其創作時空背景。

　　其第一本詩歌創作作品《鄉土的呼喚》，共分為五部，〈第一部・故鄉之歌〉寫出他對故鄉的情感；〈第二部・呻吟與夢魘〉與〈第三部・大龍與小丑〉，是他觀察到的官場現形記，對於政府魚肉鄉民充滿諷諭的手法，對於外來的政權，是不假辭色地嚴厲以對，且對外來政權灑下的漫天大謊，更以強硬的文字語言回擊；〈第四部・綠島之歌〉顯然地就是直接反映他在獄中的所思所感；〈第五部・自由的歌聲〉則是

---

[1] 柯旗化著有《明哲詩集／鄉土的呼喚》《母親的悲願》二詩集、《南國故鄉》自傳體小說，及《臺灣監獄島──柯旗化回憶錄》一書，並於一九八六年創《臺灣文學》季刊，內容以宣揚臺灣文化與臺灣意識為內容，雜誌內容因批判政府，於一九八八年被迫停刊。

[2] 一九五一年，第一次入獄起因於受學校同事牽累，無辜入獄；一九六一年，則因弟弟的臺大學長參加共產黨被捕的自白書，再度入獄。見柯旗化：《臺灣監獄島》，頁98-152。

[3] 柯旗化認為，他的名字代表他父母親不要他忘記故鄉，也象徵對鄉土的愛，見《臺灣監獄島》，頁2。

他重獲自由，出獄歸鄉之作。《鄉土的呼喚》可謂是一部知識份子對於時事給予針砭外，也是身為一名臺灣本土知識份子良心的呼喚。

　　《母親的悲願》收錄了十六首中文詩，臺語詩四首，日文詩十七首，英文詩十六首，總共五十三首。內容則較集中地描寫臺灣與自己歷經過的白色恐怖時代的描述。但其中部分詩作已發表在《鄉土的呼喚》詩集中[4]。

一、悲願的呼喚──柯旗化獄中詩

（一）知識份子觀照下的社會脈動

　　當個體感到行為受到環境事件的限制或壓迫時，首先會感到不舒服或負向情感。個體可能會嘗試重建對環境的控制，這種現象稱為心理抗拒（psychological reactance）或抗拒（reactance）。但如果為了重獲自由而重建控制的努力不成功，會發生什事？根據行為強制模式，喪失控制感的最終結果就是習得的無助感（learned helplessness）。如果不斷努力重獲自由，卻總是失敗，個體會認為行動對情境沒有影響力，所以停止嘗試重獲自由。[5]

　　柯旗化的新詩，對於現實世界的錯謬有著深刻反思與控訴，於是他的詩有著知識份子強烈的道德感氣味存在。在「現實面」觀照下，並且加入「非現實面」[6]的手法來穿透國家與社會的問題點，所以柯旗化的

---

[4]　《鄉土的呼喚》與《母親的悲願》兩本詩集中重複收錄的詩作，計有〈沉淪的故鄉〉、〈故鄉的泥土〉、〈蕃薯是命根〉、〈遙望綠島〉、〈燃燒吧，火燒島〉、〈綠島的濤聲〉、〈在高速公路上〉、〈我不能夢遊仙境〉、〈自由的歌聲〉等九首。

[5]　《環境心理學》，頁 148-149。

[6]　馬小朝：「概括出現實主義藝術原則的內涵本質：按照現實生活的本來面目準確地再現現實生活。也就是說，現實主義的藝術原則，除了寫實對象之外，以反映現實為目的外，重要的還在於現實地寫。換句話說，是不是現實主義除了在於它所表現的生活方式之外，還在於它對生活的表現方式。蘇聯

詩像一把尖銳的刀，往國族與社會議題剖去，刀一劃下，見到的非血非
骨，而是黑暗的精神層面。知識份子性格強烈的柯旗化，其實也帶給他
生命上的災難。

　　就像〈人與狼〉詩中，以人與狼來進行一場人性與獸性的辯證——
何者為人何者為獸：

> 有一天我夢見
> 我在動物園的鐵檻裏
> 和狼關在一起
> 只因人與狼讀音相似
> 我說我是人
> 他們却把我當做狼[7]

將知識份子視為獸性來對待，是柯旗化對於國民政府徹底失望的主因。
而他對於資本主義的反感，也在柯旗化的詩作裡明顯感受到。〈都市兒
童〉中指稱現代兒童在一個物欲支配下的社會成長，勢必失去人該有理
想性，而將淪為一隻鸚鵡，只會模仿而失去創作能力。

　　〈黃河之戀〉更是諷刺國民政府一如遠來的巫婆，對無知的臺灣百
姓施以漫天大謊言。小笨牛／老巫婆，淡水河／黃河之間的對比，點出
臺灣與中國大陸，無論是在文化上或是地域上，兩者是絕然不同的實
體。國民黨的特務，也像黑寡婦蜘蛛一般，無時無刻地在某個角落等待
機會撒下網子，捕捉良善的臺灣百姓。牛隻對於臺灣人而言，是極重要
的農耕工具，一生都在賣命地為主人耕作，且是認命而毫無反抗的能

文學理論家 C'彼德羅夫認為：『現實主義』典型的、出現最多的特徵，是以
現實生活本身的形式來描寫生活。」見〈論魔幻寫實主義的藝術原則及藝術
價值〉，《外國文學評論》，一九九〇年，第一期。

[7]　《鄉土的呼喚》，頁69。

力；而另一方面，臺灣人民的純樸與良善，一生都在這塊土地上默默地
耕耘。臺灣人的命運與牛隻的命運，其實是一樣的，只任人宰割而無還
擊的能力，如〈往刑場與屠場的路上〉：

> 囚車正要赴刑場／車上的死刑犯／臉色蒼白／思緒紊亂／恐懼已
> 使他忘記流淚

> 在駛往屠場的貨車上／老牛默默地淌著眼淚／牠只是悲哀／沒有
> 恐懼[8]

獄中的柯旗化，對於鐵窗之外所有想念的人事物，僅能透過夢境來穿越
時空，於是「夢」便成為他新詩當中一個重要的意象與穿越時空方法，
而「夢」中虛擬時空，通常也反映出現實中的事實。〈濁水溪〉：

> 但暴風雨來時／它却變為洶湧的狂浪／洗劫故鄉的田園／留下傷
> 心的惡夢[9]

對於在臺灣這塊土地上的苦難百姓而言，柯旗化往往能以景托情，透過
受難的大地來訴說苦難的百姓，如〈濁水溪〉即以濁水溪來訴說臺灣百
姓所受的災難；〈半屏山下是故鄉〉則以龜山面貌的巨變，隱喻了臺灣
百姓安居樂業的環境不再；〈沉淪的故鄉〉更是直接地控訴家鄉已非過
往面目：

> 美麗的故鄉／已面目全非／污濁的死水／終日停滯不流／水田乾
> 涸龜裂／白鷺鷥和水牛／早已不知去向[10]

8　《鄉土的呼喚》，頁41。
9　《鄉土的呼喚》，頁8。

（二）綠島經驗的書寫

　　《鄉土的呼喚》第四部〈綠島之歌〉，是柯旗化於綠島監獄經驗的轉化。對於國民政府恐怖政權的描繪，柯旗化多以惡獸或是童話中的蜥蜴／巫婆／獵人／狼來形容：

> 變色蜥蜴在搖尾／不變色的拓荒者子孫／夢魘中始終擺脫不了／
> 蛇群與刑場／嗜血動物的氣息[11]

> 老巫婆真會編故事／黃河流域似仙境／河中有女神美人魚／淡水
> 河濁水溪／那能與它相比[12]

> 老蜘蛛是一流的殺手／見食餌落網掙扎／飛也似地撲向牠／猛咬
> 一口注入毒液／轉眼間置之於死地／老蜘蛛是黑寡婦[13]

> 但他們卻繼續把我關在鐵欄裡／管理員說我不該打死狼／他和狼
> 是結拜兄弟[14]

外來的國民軍政府對待臺灣百姓，一如豺狼般啃食著這塊土地的血肉，國民黨特務一如老蜘蛛般地，在角落，羅織各種罪名，讓無辜百姓誤觸陷阱而無處可逃，命運只能任憑待宰。

　　柯旗化的詩作藉由幾筆物件的勾勒，便能將讀者帶入他詩中的世界。這是他新詩手法最高妙之處，如他僅用「蟑螂」一臭蟲，就將囚犯在獄中所處的地位凸顯出來：

10　《鄉土的呼喚》，頁 13-14。
11　《鄉土的呼喚》，頁 42。
12　《鄉土的呼喚》，頁 53。
13　《鄉土的呼喚》，頁 60。
14　《鄉土的呼喚》，頁 69。

是什麼聲音？／一隻蟑螂！／蟑螂闖入我的小天地／我非打死牠
不可／但是打蟑螂不能太大聲／免得震撼看守大人／蟑螂啊／你
也是個可憐蟲／命中註定要被人追殺／可是你能從那小洞口／隨
時爬進又爬出／你比我自由得多啊／我好羨慕你[15]

人本是萬物之靈，但在獄中，犯人的尊嚴甚至是比一隻蟑螂更為卑微。
柯旗化以一個「蟑螂」的符碼，便解剖了政治犯的人格尊嚴，是如何地
被對待。

（三）獄中精神世界的凝視

對於身處於牢獄之中，時間彷彿是靜止的，時間的流轉對於未來是
一片黑暗的囚犯而言，是沒有任何意義。在這片靜止凝固的時空場域
中，作者的情緒自擬為「達摩」，他說：

終日靜似山中小禪寺
達摩法師是我老前輩
面壁不語一天二十四小時
春夏秋冬三百六十五天[16]

而柯旗化意識到自己人格分裂的現象，他說：「想談話時只好找自己／
但自言自語畢竟不正常／於是閉起眼睛／思索冥想」。冥想的結果，果
然是發現自己身心靈陷入困頓黑暗之中。囚犯在獄中，身體的苦難是可
以被忍耐過去，但精神上的痛苦是比肉體更難以駕馭，所以我們在監獄
文學作品中，常可以看見作者在面對自我精神層面時，卸下武裝後，其

15　《鄉土的呼喚》，頁 74-75。
16　《鄉土的呼喚》，頁 72。

實是異常脆弱，而這樣的脆弱，往往顯露在文字之間；〈上帝啊！祢在哪裡？〉一詩中，透露出他在獄中情感脆弱面：

> 我不是詩人／可是如果我不寫詩／我將會發狂

> 多麼希望能走出／這斗室／像海鷗那樣／自由飛翔／然而我四肢無力／又無翅膀

> 多麼希望能看見／山邊湖畔的故鄉／然而我却眼瞎／日夜受困在／黑暗的小天地

> 多麼希望能聽見／孩子們的嬉笑聲／然而我卻耳聾／終年獨居／無聲世界

> 多麼希望能發出怒吼／震撼混濁的大地／然而我是失聲的啞吧　被凌辱的一顆心／在滴血／上帝啊！祢在哪裏？[17]

反覆使用四次「多麼希望」來表述失去自由的痛苦感，所有人類基本的感官本能都被剝削之後，犯人面對自我生命的邊緣，死亡已不再是最恐懼的來源，而是自我內在精神世界將被永遠封存的虛無化，自我的虛無感若主宰了個人的精神世界，那麼便是權力的擁有者所想要達到的目的。虛無感的竄出，需要極大力量的才能得以救贖，而這樣的「希望」何時到來？「上帝啊！祢在哪裏？」發出無奈的控訴。人的脆弱，在此時，會從四面八方攻擊而來。處在「生命的停頓」折磨時，持續的生命意義感是在獄中活下去的關鍵，他必須瞻望永恆（sub specieaeternitatis），才能夠活下去。這也正是人在處境極其困阨時的一線生機，即使有時必需勉強自己，也一樣。[18]

---

[17] 《鄉土的呼喚》，頁 78-80。
[18] 《活出意義來》，頁 95。

（四）意象的經營

　　「詩言志」這一文學傳統，無論是古典詩或是現代詩，都以其為創作的圭臬，他的新詩，都從臺灣底層人民的角度出發，深深地為臺灣人的命運感到悲哀。本身也是《笠》詩社成員的柯旗化，我們就其新詩作品來看，是極為符合《笠》詩社的創作理念。而所謂《笠》詩社的創作理念，可由李魁賢〈詩的見證〉中一窺究竟：

> 詩的產生是在詩人運作下，遇到外界意象的擊發，溶入詩想的漩渦中，在內心醞釀和相激相盪下，逐漸獲得澄清，而成為詩質凝固，然後以文字技巧之定形。因此，文字技巧是最後的修飾，不可本末倒置。[19]

李魁賢所謂「外界意象」在柯旗化的監獄詩裡處處可見，以下便以柯旗詩作中幾個重要意象分析之。

1、蕃薯／濁水溪／綠島／臺灣意象符碼

　　柯旗化的新詩作品，對於意象經營是極為在意。而其作品中對於「蕃薯」意象的描繪，充份展現了他對詩眼的追求，〈蕃薯是命根〉：

> 憨直的蕃薯
> 在故鄉的大地上生根
> 終年默默地忍受著
> 烈日的煎熬
> 暴雨的肆虐
> 時常含著眼淚忍受著

---

[19] 李魁賢：〈詩的見證〉，《笠》第 105 期，一九八一年十月，頁 4。

　　人們輕視的眼光
　　和那野豬的踐踏與偷食

　　蕃薯覺得已忍無可忍
　　不顧一切
　　由不見天日的土中翻身
　　靜坐在地上抗議
　　却惹來剝皮下油鍋之禍
　　從此只好認命
　　任由人宰割[20]

將蕃薯的命運與臺灣人／臺灣土地做一連結，土地與情感上的撞擊，在詩句裡便散了開來，悲情的蕃薯與悲情的臺灣，在情感上完全密合一起。而另一個關於「臺灣意象」的代表是濁水溪，柯旗化將濁水溪的命運與臺灣人命運的奔流，也做了一個美麗的結合，〈濁水溪〉：

　　濁水靜靜地流著
　　融合著憨直百姓的血汗
　　肥沃故鄉的土地
　　帶來無數的美夢

　　但暴風雨來時
　　它却變為洶湧的狂浪
　　洗劫故鄉的田園
　　留下傷心的惡夢

---

[20] 《鄉土的呼喚》，頁87。

> 暴風雨過後
> 濁水依然靜靜地流著
> 拖帶著沉默百姓的心聲
> 不停地流向汪洋大海[21]

臺灣百姓本來在這塊土地如此安居樂業，在這塊土地種植著無數美夢等待天明，只是一場場政治風暴，將臺灣的一切攪亂不已。「濁水溪」儼然成為「臺灣土地／百姓／意識」的代稱詞；另外，長期生活在綠島監獄，柯旗化對於「綠島」意象，也有其特殊的描寫手法，如對政治受難者及自由的描述。

2、政治受難者／白面書生

〈遙望綠島〉一詩中，是柯旗化綠島歸來，再回首看那不堪的獄中歲月，詩中出現一位「白面書生」：

> 白面書生／被剝奪了僅存的一點尊嚴／烈日下／像工蟻般／在山邊挖土／在海邊往返挑沙石／在路旁清掃臭水溝／個個滿身大汗／把熱淚吞下肚裏[22]

「白面書生」事實上就是國民政府統治下的思想犯、政治犯。這些思想犯、政治犯多數是臺灣的知識份子精英，柯旗化透過詩句，是為強調國民政府視臺灣知識份子為異端，為抹去這些思想上的異端，首先便是去除知識份子的人格。所以在肉體、心靈上無處不施以極刑，剝奪其基本人權，逼迫他們「矯正」思想，回歸順從到政府體制之內。

21　《鄉土的呼喚》，頁 8。
22　《母親的悲願》，頁 27-28。

3、孤島╱孤獨的告白

　　整個白色恐怖時代下的政治受難者，他們的心靈，盡是一顆顆孤獨的心靈。柯旗化監獄詩中，寫的最為貼近受刑人心靈者莫過於〈綠島的濤聲〉，綠島的濤聲，一聲一聲傳來地全是無辜受難者長年以來的冤屈心聲：

> 原以為秋風吹的時候／服完刑期／可以回到妻兒等著的我家／可是美夢已破碎／如今我是一隻工蟻／白天強制勞動／晚上拖著疲憊不堪的軀體／絕望而孤寂地聽著／由高牆外傳來的濤聲

> 離家時／老大才五歲／老么還抱在妻的懷裏／而後十二年／一直沒見過孩子們／不知情的孩子們依然相信／妻用心良苦的謊言／「爸爸在美國」

> 親愛的妻／請您原諒／這漫長的歲月／諒必常以淚洗面／我何嘗不知道您的痛苦／只是想到被欺凌的蕃薯同胞／實在無法愛這醜惡的老帝國

> 由勞動營鐵窗吹進來的／離島的海風刺骨／同伴入睡後／獨自坐在堅硬的木床上／噙著眼淚聽著／一波又一波／拍岸的濤聲[23]

「濤聲」是來自鐵窗之內，來自受刑人家屬的哭泣等待之聲，來自整個臺灣這塊土地受難同胞的冤屈。「綠島」事實上就是整個臺灣島的縮影，柯旗化以詩人的筆，寫下那個時代國族共同傷痕的記憶。

4、自由的嚮往：雲雀╱海鷗

　　失去自由的政治犯，一如一隻籠中鳥，〈給人類自由〉：

---

[23] 《母親的悲願》，頁 42-43。

> 籠中的鳥／監牢裏的囚犯／凡是失去自由的／就是吃的再好／也
> 沒有幸福可言[24]

囚犯一如籠中鳥，那麼自由的身影，又該像什麼呢？〈飛吧！雲雀〉：

> 多少年來／被關在鳥籠裡／年輕的雲雀／似已忘記如何飛翔
> 吃夠了巫婆餵的毒奶／牠已身不由己／巫婆沙啞的聲音／使牠陶
> 醉／醜陋的老人王朝／也看似美妙無比
>
> 雲雀呀／鳥籠的窗口已打開／你為什麼還呆在籠子裏？／難到你
> 聽不見／同胞們自由吶喊？／難道你聽不見／響徹雲霄的嘹亮歌
> 聲？[25]

對自由的嚮往，於是柯旗化以雲雀、以海鷗符號來飛翔：

> 人間的恩怨／何時能了／寄語空中飛翔的海鷗／願難友們別來無
> 恙／早日脫離苦海[26]

詩，對於柯旗化而言，是個訴說心底話的文類，這一文類也替柯旗化的
文學創作，推入了臺灣當代詩人之林。

二、一曲鄉思盡是南國情——《南國故鄉》

　　《南國故鄉》小說集中共收錄〈南國故鄉〉及〈一曲鄉思〉兩篇小
說，這兩篇小說都是柯旗化在獄中的文學創作。兩部小說，皆有自傳性

24　《鄉土的呼喚》，頁 92。
25　《母親的悲願》，頁 101。
26　《母親的悲願》，頁 28。

小說的影子，如〈南國故鄉〉的主角名字為「蔡明哲」，其中姓氏部份，為其妻——蔡阿李的姓，「明哲」二字，則是各擇取兩個兒子「志明」與「志哲」名字而來。

於是我們從小說主角名字的由來，便可知即使柯旗化在獄中，也是十分在意他家庭生活。《南國故鄉》小說集中，收錄了他獄中寫作的兩篇作品，〈南國故鄉〉講述的是蔡明哲與日本女孩美智子相知相惜，卻因戰亂無法相戀的故事；而〈一曲鄉思〉則是柯旗化於獄中，面對無法預知的未來，於是將所有情感，往前挪移到他人生最精彩處，而入獄之前，任教於高中英語教員這事，在他一生之中，充滿了理想的實踐與生命的光彩。

（一）孺慕日本之情超越中國血源

我們若從小說中人物主角情感上的推敲來分析，如蔡明哲對美智子的情感上來推論柯旗化對日本殖民政府的態度，基本上是不排斥並且接受。就像他在《臺灣火燒島》中所述及當時臺灣人對於日本政府，其實在某部份是極為認同。

對於國民政府，柯旗化則以「大陸來的侵略者」稱之，對國民政府是嗤之以鼻的態度，顯然是極為明確。臺灣的明哲和日本帝國的美智子，一如臺灣及日本之間存在著歷史與文化上的曖昧，兩個完全獨立的文化，卻在某個時空相互傾慕。只是文化情感上的傾慕是無法解決國族的命運，如同美智子這樣地質疑：

> 我們原先被分為本島人和內地人，現在又被分為中國人和日本人，為什麼我們老是不能成為一樣的人？[27]

---

[27] 《南國故鄉》，頁70。

這樣的質疑，將作者對於國族認同完全地給露了底，他對於國民政府的
不諒解與不接受的，顯然沒有受到「祖國」情感上的煽動而有所分化，
他說：「即使是在軍國主義時代，日共黨魁也沒有被判死刑。輕易殺掉
受過高等的有為青年，何等殘酷的政府！」[28]

　　從上述柯旗化對於當時國民黨的看法分析，可以看見他對於「日本
軍國主義」的接受度，是遠高於「國民黨政府軍」，「即使是在軍國主
義時代，日共黨魁也沒有被判死刑」這一句話中，也可感受到柯旗化對
於共產黨的態度，也是站在同情的立場。於是，以此推論柯旗化對國民
黨的排斥性是遠高於對日本國與共產黨。

　　這種一方面對於日本政府統治與日本文化認同的接受度，另一方面
對共產黨理念保持一定程度的認同，反映了當時臺灣本土知識份子的政
治傾向。[29]小說中的這層男女主從關係，間接說明了柯旗化還是以臺灣
為文化主體的優先秩序，蔡明哲與美智子，其實是臺灣人民面對文化認
同的一體兩面。

　　「南國故鄉」一歌詞如下：

　　　　請問君知否南國故鄉？果園遍地百花盛開，風和日麗小鳥歌唱，
　　　　不分四季蝴蝶飛舞；陽光普照處處溫暖，一年常春天空蔚藍。故
　　　　鄉，可愛的故鄉，我日夜想念，可是無法歸去；啊，令人懷念的
　　　　故鄉，充滿希望的地方，啊，真令人嚮往，故鄉，我的故鄉！[30]

「南國故鄉」顯然地是作者在獄中思想之情的外顯。曾經，日本帝國到
臺灣實施的各項政策，造化了柯旗化生命的轉折，且是正面地看待臺灣

28　《臺灣監獄島》，頁96。

29　臺灣本土知識份子的這種政治傾向，在吳濁流《臺灣連翹》與蔡德本《蕃薯
　　仔哀歌》等小說中，都可見到影子。

30　《南國故鄉》，頁56。

被日本殖民的歷史。在封閉且被監視的囚房寫作，柯旗化〈南國故鄉〉
這一段語言的敘述，在愛慾之外充滿隱喻：

> 此番分離後，不知何時才能再相聚了。在離別之前，美智子真想
> 把她的一切都奉獻給她心底未來的丈夫明哲，作為愛的證據。可
> 是要是這樣的話，以後不知道會有怎麼樣的後果？萬一懷孕了怎
> 麼辦？心裡雖然很想替明哲養個孩子，但要是明哲不能去日本，
> 不能跟明哲結婚時怎麼辦呢？如此許許多多的問題在美智子的腦
> 海中盤旋著，使她猶豫不決。感情與理智在她的心中交戰。
> 明哲的手在摸索著美智子的胸部。她胸間急速地跳動，她的意志
> 在動搖。如果她心愛的明哲積極求愛，她也許無法自制，全身也
> 許會隨著情慾的燃燒而溶化。[31]

「明哲」既然是柯旗化對於臺灣這塊土地的認同，「美智子」則是對於
日本國的傾慕，日本國在於當時臺灣的知識份子的認知裡，是「美」與
「智」的代表。此時作者對於日本國的文化，是極度認同，於是明哲與
美智子兩人處在戰亂時代，面對未知未來世局的變化是恐懼且焦慮的。
　　羅洛・梅認為人們面對焦慮時，便會以性來消解內在的壓力：

> 焦慮藉以表達自己的一個領域，就是在性慾中和對同伴的選擇
> 中。在我們的時代裡，性常常被用來服務於安全，這是克服自己
> 的情感冷漠和孤獨的最便利方式。……「在一起」至少能提供一
> 種暫時的安全感和意義感。[32]

---

[31] 《南國故鄉》，頁 59。
[32] 楊韶剛：《尋找存在的真諦——羅洛・梅的存在主義心理學》，貓頭鷹出版
　　社，2001 年一月出版，頁 133-134。

羅洛‧梅進一步地指出，性事實上一種精神上的麻醉劑；〈南國故鄉〉中的明哲對與美智的喜愛，也從心靈轉進到肉體上的喜悅，只是兩人因現實的不允許，兩人內心充滿焦慮感，原因出於日本國敗戰，美智子將離開臺灣，這對戀人的感情，就此畫下休止符。

　　戀人感情，畫下休止符，當然意指柯旗化看見日本殖民政府將離開臺灣的心情，是處於悲傷的情緒。〈南國故鄉〉一文，在柯旗化的潛意識裡，無非是對於臺灣／國族未來命運在找尋一種可能性，一種「回歸」日本政府的契機。

（二）個人價值的回溯

　　獄中對於國族定位這一命題，柯旗化以愛情來論述隱喻，臺灣的未來，雖然充滿時間的等待，但另一方面，卻也充滿希望與機會；那麼他反觀個人生命的未來，他似乎是採了比較悲觀的看法。陷於牢獄之災的個人命運並不操縱在於己身，能給自己存在的一個說法，便是回溯到過往自己生命的精彩處，〈一曲相思〉等於是在獄中對於自己青春做一次巡禮。

　　所以，〈南國故鄉〉可以說是柯旗化對於國族的追尋，〈一曲鄉思〉則是個人生命的體悟。

　　整個小說情節圍繞在這位教英文蔡明哲老師對於教授英文時的方法論及進程，顯然這小說就是作者自己在陳述自己教學上的歷程。

　　小說，也透露了柯旗化他個人喜愛音樂的這個興趣上，他以音樂家的苦難生活來自勵，他說：

> 偉大的作品，往往是從痛苦中產生出來的。修伯特終生在貧苦中
> 煎熬，年僅三十竟因貧病交迫而死，豈不令人同情？貝多芬是耳
> 聾的，妳們想想看，一個音樂家耳朵竟聽不見時是多麼痛苦！[33]

音樂家因貧苦而造就音樂上的高峰，即使是耳聾也無損於天才的能力。以史上偉大的音樂家生命裡苦難的音符與之唱和，這是柯旗化積極人生觀的一面。世界上各行業頂尖的人物，都經過一段常人無法歷經的苦難折磨。

柯旗化以此自勵，鼓勵自己在教育（英文）這一行業若要出色當行，便必須經過這一段人生的磨難。從他舉證的例子看得出來，柯旗化面對生命的苦難時，他是正視這苦難，但同時希望並未遠離他而去，他知道，希望就在不遠處。柯旗化在獄中，還是繼續發揮他「教員」身份的影響力，在監獄裡寫下《柯旗化新文法書》等關於英文文法相關著作。

柯旗化在獄中以積極的思想與行為，來化解當下的困頓，對於個人精神的超越有著重要的動作與意義。無論是在個人的生命或觀念上。

三、回憶下的《臺灣監獄島》

如果以嚴厲的手段處分政治犯，其目的是為改造思想上謬誤之處，那麼改造與再造的結果，卻往往不是當局所預設的。甚至是在施以強烈的手段後，所有的記憶將更堅固地被記憶。柯旗化自傳體的回憶錄便是記錄了臺灣政權恐怖的一頁堅實記憶。

回憶錄的書寫，無非是要回到歷史的現場，只是什麼是「歷史的現場」？作者若僅憑據著記憶本身回溯於歷史現場，那麼記憶是否等同於

---

[33] 《南國故鄉》，頁 110。

歷史現場？答案當然是否定的。因為歷史與記憶兩者皆極為不可靠，不可靠的原因在於歷史與記憶是不斷地流變與被解釋。

歷史與記憶皆與時間發生關係，但時間一旦離開它本來的位置，真相便無法保留，存在的僅剩於詮釋權，換句話說，關於歷史與記憶主體本身是不會因為離開時間點而改變，改變的是主體的意義。然而所謂的詮釋權，更無主體性可言。詮釋權的存在，與權力有絕對關係。

於是我們看待監獄文學中關於回憶錄的書寫，不免發現作者因重獲言論權之後，便大量著書為自己受難的過往自行平反。所以臺灣監獄文學中關於回憶錄這一文類大量的生成，多發生於解嚴之後。政治解嚴，意指言論自由的解嚴。

《臺灣監獄島》回憶錄是柯旗化先以日語書寫出版，爾後因臺灣政局環境的改變，才再以中文出版。回憶錄書寫的意義，一如李維史陀（Claude Levi-Strauess，1908-1973）所說的：

> 歷史的儀式和追悼的儀式正對應著不同的程序。歷史的儀式，使神話英雄從過去到現在得到人格的意義；而追悼的儀式，則使逝者由現在帶入過去的時空，成為歷史的遺跡。[34]

柯旗化便是經由回憶錄的書寫，重返他所面臨的歷史現場，重返歷史現場對於個人生命的意義在於救贖與重生。救贖與重生，是為保有自己一直以來想維繫的知識份子的風骨。我們在其作品當中，亦沉重地看見一介知識份子不惜以生命來換取對自身風骨的維繫與平反。

《臺灣監獄島》一書中，當然是柯旗化自述了一生以來入獄兩次原因的始末，但此書還有一個是他所要強調的議題，就是關於他的政治立場問題。以下兩小節，便就其他回憶錄裏的政治立場，做一分析與探討。

---

[34] 李維史陀（Claude Levi-Strauess，1908-1973）：《野性的呼喚》，聯經出版社，頁270。

（一）國族的認同與歸向

　　柯旗化《臺灣監獄島》，也是屬於回憶錄中的一部著作。當初他書寫之時，先以日文書寫，在日本發行，爾後才翻譯成中文，進入到臺灣書市。可以想見，他是視日本為他情感上的「母／祖國」。

　　《臺灣監獄島》一書中，反映了在日本軍國主義殖民下的臺灣知識份子，對於日本殖民國在情感上，是得到肯定與認同。他曾說：

> 反日的中華民國政府，直到二十年前都禁止臺灣人唱日本歌。他們嫉恨臺灣人懷念日治時代，害怕臺灣人和日本人聯合起來，對抗中國人的國民黨政權，臺灣人抗拒國民黨政權的禁令，用臺語歌詞來唱日本歌。……要禁止那樣令人懷念的歌曲到底是不可能的，只會招來臺灣人的反感，讓臺灣人變得更加親日而已。[35]

他繼而續談到：

> 曾經作為日本人長大的臺灣人和日本人之間的心靈連帶強韌，並不容易切斷。……厚顏無恥的國民黨政權自居為臺灣經濟發展的催生者。有良心的臺灣人經濟學者卻對日本殖民統治做出客觀評價，承認日治時代交通、電力、自來水、水利等建設進步，學校教育普及，臺灣的經濟才能像今天這樣發展起來。
>
> 也就是說，臺灣人的勤勉和日治時代的基本建設，促進了臺灣的經濟發展，只知貪汙和剝削的中國人是沒有經濟建設能力的。[36]

柯旗化對「中國人」的態度，顯然是極為強硬的排斥。

---

[35] 《臺灣監獄島》，頁210。
[36] 《臺灣監獄島》，頁211。

「中國人」不等於「臺灣人」的政治立場，是相當明確的；然，也許是整個臺灣政治大環境的改變，抑或是「民族主義」與「臺灣意識」在柯旗化出獄之後的身上也發生了影響，《臺灣監獄島》最末章，最後一段話，說明了他的心聲：

> 一直到臺灣獨立，我們要不斷地奮鬥。一直到我們自己的國家、自己的政府和國會誕生的日子到來。不管付出多大的犧牲，我們都要戰鬥下去。
>
> 臺灣一定會獨立。為了要迎接臺灣獨立的日子，我才活著。[37]

（二）對國民黨與共產黨的憎惡：

在綠島監獄的柯旗化，對於自己被國民政府視為「共產黨」一事，顯得異常悲憤。他說：「我對共產主義心生反感，希望臺灣能變成像日本一樣的民主國家。若被冠上臺灣共產黨之名槍斃，真是啼笑皆非、死不瞑目。」在獄中，所有的政治犯，還是有分派別，柯旗化詳述了監獄裡有哪些政治立場迥異的派別：

> 義監裡總共收容一百七、八十個受刑人，各牢房的本省人和外省人數目大致相同。農耕隊等外役則以本省人為多。
>
> 本省人政治犯為臺獨民主派和共產黨派相互對立，我們叫做「紅芋」的共產黨派臺灣人，雖為本省人，卻和共產黨的外省人勾結在一起。外省人分為國民黨派和共產黨派，但卻合夥對付臺灣民

---

[37] 《臺灣監獄島》，頁219。

　　主派。國民黨軍官出身的外省人和臺獨民主派一打架，就肆無忌
　　憚地說：「如果臺灣要獨立，我們寧可把臺灣交給中共。」[38]

柯旗化對於國民黨「接收」臺灣的事實，其實無法認同，他認為這些軍
官大都保守又自大，士官兵則多為軍中流氓。

　　同是政治犯入獄的柏楊和陳映真，在情感上，也有親疏遠近之分，
他說：

　　我不曾和柏楊、陳映真兩人關在同室，但散步時卻一起走過。柏
　　楊個性強硬，有時會和同室的人吵架。他是民主派，和我的立場
　　相同。

　　共產黨派的陳映真和我談話時，用日語和臺語。他說，共產派和
　　臺獨派應該聯合起來對抗國民黨。

　　我回答他：「既生為臺灣人，就應該愛臺灣甚於中國。反抗國民
　　黨反動政權的中產階級臺獨民主派帶有革命性格，所以不該敵視
　　他們。欠缺民主是共產黨的致命缺點。我認為民主化是共產黨最
　　大的課題。[39]

顯見，柯旗化對於「共產黨」的厭惡與「國民黨」屬同等級。雖然兩個
政體的問題點不同，但它們都是「中國人」，臺灣的命運該由「臺灣
人」自決，而非操縱於「中國人」之手。

---

[38] 《臺灣監獄島》，頁184。
[39] 《臺灣監獄島》，頁194。

柏楊論

　　柏楊，本名郭衣洞，河南輝縣人，一九二〇年生。其文學作品歷來被關注的焦點，泰半在其雜文、小說與歷史等著述，一九八二年出版的《柏楊詩抄》（後改名為《柏楊詩》），在一九九一年獲國際桂冠詩人獎後，柏楊的詩人身份與詩作，才真正地與其他寫作身份一樣地被重視。《柏楊說故事》一書，則是柏楊入獄時以家書模式書寫下的兒童故事書，期以此書，與家中二幼女在親情上能夠相續連。

　　柏楊因文字入獄事件，在整個臺灣民主發展過程，是個指標性人物與事件。而《柏楊詩》真實地記錄與反映了入獄九年間各種複雜情緒，包括希望與絕望，溫暖與恐懼等等人性真實面。

　　臺灣監獄文學發生的原因，從日據時代至國民政府戒嚴時期，無不是與政治因素發生絕對關係。於是，監獄文學的這一次文類的生成，剛好紀錄與反映了當代政治權力與獄中作家生命力，相互碰撞後所印記下的時代圖騰。《柏楊詩》一書，不但是日據時期以來臺灣監獄文學中一部經典作品，也是探討柏楊文學作品的一個重要文本。

　　空間場域的行使與結構關係，往往是政治權力行使的結果。監獄的形成，一開始就是一種負有附加教養任務的「合法拘留」形式，或者說是一種在法律體系中剝奪自由以改造人的機構。[1]歷來古今執政者，皆迷信於這種強悍的量化懲罰力量，以此改造或威嚇社會異議份子的思想與行為。但面對一個意志極為堅定、信奉自由人權的柏楊來說，或是對

---

[1]　《規訓與懲罰──監獄的誕生》，頁233。

待其他政治思想犯，是否能造成當權者以為的預設結果，絕對是可以被討論的。

　　獄中，柏楊完成《中國歷史年表》、《中國帝王皇后親王公主世系錄》及《中國人史綱》等歷史相關著述。雖然歷史著述消解了面對獄中時空狹隘的壓迫感，並進一步地轉化內在精神成為對歷史使命感的力量，但夾藏在《辭海》和《領袖訓詞》內的獄中詩[2]，才是柏楊九年獄中生涯內在世界的真實映現，也是柏楊所有文學創作中，一個重要觀察文本對象。

　　《柏楊詩》在一九九一年獲頒國際桂冠詩人獎，其獲獎重要原因，便是「一個天賦作家根據真實經驗的監獄文學，其中充滿堅定的指控和歷史研究。」[3]我們可以說《柏楊詩》內緣與外緣，都為臺灣文學發展史提供一異質美學的視野與討論的文本。此外，本書除了探討柏楊以自身經驗為臺灣監獄文學寫下了的經典，同時也期望透過「監獄」這一闇暗甬道，讓臺灣不同時期的獄中文學，闢一相互對話的時空場域。

一、獄中詩詞的創作動機

　　一九四九至一九八七年，國民政府正式宣布實施戒嚴令，「懲治叛亂條例」、「動員勘亂時期匪諜肅清條例」及「妨害軍機治罪條例」三項條例一併實行。三十八年其間以來，即是熟知的臺灣政治「白色恐怖」時期，整個臺灣陷入幾近是個大型監牢的政治封閉狀態。人民沒有組黨、辦報、集會、結社等自由與權力。以「醬缸文化」[4]概念強烈批

---

[2] 柏楊口述，周碧瑟執筆：《柏楊回憶錄》，遠流出版社，民國八十五年年七月，頁345。
[3] 轉引《柏楊詩》〈詩人的祈福〉，遠流出版社，民國九十年七月，頁5。
[4] 醬缸定義，柏楊：「夫醬缸者，侵蝕力極強的渾沌而封建的社會也。也就是一種奴才政治，畸形道德，個體人生觀，和勢利眼主義，長期斲喪，使中國

判封建政府腦細胞的柏楊，自然無法置身於這場全島式的政治審判期，並且深陷其中。

　　一九六八年三月七日，柏楊入獄，原判刑十二年，後改刑期為八年，但實際上入獄滿九年，一九七七年始出獄。無論是九年或是十二年，柏楊在《柏楊詩》中第一首〈冤氣歌〉，則敘述了入獄原因及獄中所受的煎熬情緒：

> 天地有冤氣／雜然賦流形／在下為石板／在上為石頂／門則為鐵鎖／窗則為鐵櫺／於人曰儼然／斗室拷口供／他白即自白／栽贓復心證／時窮苦乃見／一一服上刑……大力水手畫／動搖國本情／專案設小組／全力撲孤蓬／水手難相助／七番查生平／二十年前事／當時已曚矓／清算復鍛鍊／現出新內容／……蒼天曷有極／悠悠我自清／冤魂日已遠／生魂憐典型／囚室空對壁／相看兩無聲[5]

雖然是在調查局獄，無紙無筆，用指甲刻在剝蝕了的石灰牆上，甲盡血出，和灰成字的狀況寫出的血淚[6]。牢獄空間是掌權者行使權力具體映現的場域，其目的無非在於馴服政治思想犯（受刑者）的意志力。其剝奪基本人權的行使方式，則是以監禁的懲罰模式進行人格改造。「在下為石板／在上為石頂／門則為鐵鎖／窗則為鐵櫺」這種有形的高壓緊迫性監控，造成獄中政治思想犯在精神心生恐慌與苦悶；這現象是權力行使者所要及預知的結果，並期望迫使囚犯思想上的順從或改造。

　　人的靈性僵化，和國民品質墮落的社會。」見《死不認錯集》，遠流出版社，民國八十九年七月，頁35。
[5]　《柏楊詩》，頁27。
[6]　《柏楊詩》，頁16。

　　身處囹圄的柏楊，面對生命突發且已無可避免的生命終極情境，在詩作最後頓時出現「蒼天曷有極／悠悠我自清」的了覺生命境界。這種了覺的生命境界，其實是柏楊內在主體生命在囚牢中，自我體現了他對生命的意義的存在與追求。

　　其實這種精神上的體悟，在閉鎖囚室時空裏，是極需要且必要被即時體現。若沒有體現出自我個體存在的意義，囚犯的精神狀況將會陷入艱難地步。這也激發凸顯了柏楊個人內在堅毅與積極的人格特質，一如他自言的「我們要活得尊嚴，也要死得有尊嚴。」[7]般地鏗鏘有力。

　　但這些迫害所造成個人精神壓力，是從不曾離去，那樣的暴力侵入感一如幽魅般地在囚禁中，是日夜不斷出現。如〈聞判十二年〉：

> 刀筆如削氣如虹／群官肅然坐公庭／昔日曾驚鹿為馬／而今忽地
> 白變紅／兀魎有權製冤獄／書生空恨無強弓／自憐一紙十二年
> ／迎窗冷冷聽秋風[8]

顯然地，柏楊面對生命大劫，只能以一介書生身份漠然地接受判刑十二年的事實。同樣是以書生知識份子判刑入獄的柯旗化（1929～2002），在〈遙望綠島〉中亦描繪了書生在綠島囚禁生涯中，那份沒有尊嚴的無奈：

> ……非自願的苦行僧／日復一日／無可奈何地／面壁而坐／度日
> 如年的歲月／在盼望與絕望中逝去／白面書生／被剝奪了僅存的

7　柏楊：《我們要活得有尊嚴》，遠流出版社，民國九十一年十二月，頁100。
8　《柏楊詩》，頁48。

　　　一點尊／烈日下／像工蟻般／在山邊挖土／在海邊往返挑沙石／
　　　在路旁清掃臭水溝／個個滿身大汗／把熱淚吞下肚子裏……[9]

「日復一日／無可奈何地／面壁而坐／度日如年的歲月／在盼望與絕望
中逝去」，這種在獄中出現消磨人性的刑罰而產生自我存在空虛感，無
疑地，是獄中對待政治思想犯施以精神折磨，所要達到某個層面的效
果。「白面書生」柯旗化和「無強弓」的柏楊，這兩個臺灣歷史上用苦
難書寫生命的書生進入獄所，面對生命極限情境，有形壓力與無形苦悶
隨時無可避免地與意志暴發衝突。柏楊〈囚房〉中，則對獄中外在景象
與內在情緒壓力，做更細微的描寫與對照：

　　　重鎖密封日夜長／曚曨四季對燈光／天低降火類爐灶／板浮積水
　　　似蒸湯／起居坐臥皆委地／呻吟宛轉都骨殖／臭溢馬桶堆屎尿／
　　　擁擠並肩揮汗漿／身如殘屍爬黃蟻／人同蛆肉聚蟑螂／群蚊叮後
　　　掌染血／巨鼠噬罷指留傷／暮聽狂徒肆叫苦／晨驚死囚號曲廊／
　　　欲求一刹展眉際／相與扶持背倚牆[10]

生命的價值與意義，在黑牢中，不見人性及人權基本尊嚴。所有的政治
犯只剩一只軀殼存在於囚牢，與蟑螂、群蚊及巨鼠等等動物一樣，只能
求取生命底線的殘存苟安。生命的意義，一如蚊叮後掌染血般，不過是
政治巨大手掌下的一片殷紅。政治思想犯，成了政治體制下的活體祭
品；而整個臺灣社會在威權把持下，也成為一個無高牆的監牢。
　　極權政治對政治思想犯的處置，往往是嚴厲而無人性地對待，一方
面可控制消磨其反政府意識，一方面亦可完全控制與消磨其心智能力。

9　　《鄉土的呼喚──明哲詩集》，頁82。
10　《柏楊詩》，頁47。

因文字入獄的柏楊，成為一名政治思想犯，生命在政治黑手運作下，已無人性尊嚴存在，只剩動物性的生存條件；生命意義及人性尊嚴，完全被一組冷漠數字碼給完全取代，〈我在綠島〉：

> 我在綠島時／改服黑衣裳／編號二九七／一一剃髮光／重犯十數人／獨鎖六區房／囚室僅容身／旋轉苦徬徨／鹹風刺肌骨／海雨透鐵窗／偶聞浪聲急／百折斷迴腸／寂寥日復日／日日對砦牆／不知人間事／唯懷父母邦[11]

監獄生涯是一段人道不存的漫長時空甬道。柏楊說：「監獄生涯就是艱辛，在那燠熱擁擠的柙房裏，囚犯們的生命被片片撕碎。[12]」有的，不再是屬於人道主義的世界，而是一組數字編碼世界。獄中生活，僅剩「改服黑衣裳／編號二九七」編號生活。鬥志與信仰，一併消失。於是「生固渺茫無以料，死更倉皇未可知。」[13]的孤獨慨嘆，不免隨之而生。

　　然，牢獄創傷的壓力與苦悶，終究是要被抒發，但又要如何宣洩其心靈苦悶與肉體壓力？「書寫」這個歷程，便是自我精神治療的重要歷程。《尚書‧堯典》說：「詩言志」，《論語‧陽貨》：「興、觀、群、怨。」都說明了詩之於詩人創作的歷程，擴大地來看，書寫之於獄中人而言，自有不可言喻的情感內化與外顯的抒解效用。

　　書寫，常被視為精神自我救贖的方式之一。積極地書寫、辯證、重塑內在世界，進一步地證明自己精神是能超越其外在限制，以建立自己與所處當下與鐵窗外的世界，還是與其能夠發生關聯性而不致斷裂或疏

---

[11]　《柏楊詩》，頁71。
[12]　《柏楊回憶錄》，頁277。
[13]　《柏楊詩》，頁78。

離。《柏楊詩》所凸顯的就是柏楊獄中九年內心世界的真實情感，而心中對於自由的嚮往，也正是臺灣整個時局暗潮洶湧的投射。

「中國人苦，中國女人更苦，中國囚犯尤其悲慘。」[14]獄中生活是極需精神上支持，宗教原該是最好的投射對象。自身有宗教信仰的柏楊，意外地未在這場人生苦難向信仰發出求救訊號；他自言：「我愧保羅往昔事」。精神支柱未向宗教信仰求得解脫，而轉向了對中國歷史時空探索與家中幼女這兩個精神力量所能企及的世界，來求得內心世界的超脫。

我們可以進一步地說，柏楊獄中情感向歷史向度探索，是一種文化上的血緣追尋及認同；對於家書書寫，則是親情血緣的追尋與寄託。前者當寄情於其獄中歷史三著作與多首詠史詩作；而後者，在〈出獄前夕寄女佳佳〉提道：

……當父離家日／兒已二年級／坐地看電視／尚對差人嘻／一去即八載／一思一心戚／夢中仍呼兒／醒後頻頻起……[15]

〈囑女〉
……重見尚無期／念兒平安否……[16]

〈家書〉
伏地修家書／字字報平安／字是平安字／執筆重如山／人逢苦刑際／方知一死難／凝目不思量／且信天地寬[17]

---

[14] 柏楊：《柏楊曰》，第四冊，遠流出版社，民國八十七年十月，頁1017。
[15] 《柏楊詩》，頁86。
[16] 《柏楊詩》，頁92。
[17] 《柏楊詩》，頁40。

女兒一如杵立在黑獄中的精神支柱，柏楊在獄中黑暗國度，不斷地向幼女發出純淨想念的念力。又如：〈幾番〉、〈有感〉、〈夢回〉、〈秋雨〉等詩篇，都述及對女兒牽掛與相思情。另外，出獄後的柏楊把獄中家書往返搜錄編輯成《柏楊在火燒島》，獄中對女兒佳佳說些兒童故事，集結成的《柏楊說故事》內容，都可窺知女兒的力量，對身繫囹圄的柏楊之重要性可見一般。兩書皆顯露他對家庭的重視，透過家書書寫，傳遞身為父親對女兒的愛，以家書代慈父訓勉，讓柏楊還是能夠積極參與家庭生活，傳遞這份親情未曾遠離。

　　我們在《柏楊詩》裏可見柏楊與自己心靈做了深度對話交談外，更經由與女兒書信對話，使柔情的柏楊性格立顯；剛毅性格的柏楊選擇在歷史情境往返地對話，在歷史中找尋知音與使命。[18]無論是哪一種書寫，都是一種血緣的追尋；我們可知柏楊透過書寫歷程，一方面確立了獄中精神方向和存在的態度，另一方面，亦讓心靈與肉體同時得到抒發與鎮靜效果。

二、苦悶的正視與描繪

　　傅科認為監獄雖然是一個行政管理機構，但同時也是一個改造思想的機器。[19]在國民政府三十八年開始實施戒嚴令至美麗島發生事件間，黨外運動領袖遭遇逮捕，多半送進獄所拘禁進行思想改造工程。之後隨著戒嚴時期結束，臺灣社會進入政治民主化時代部份成因，一如雅斯培所說的：

---

[18] 柏楊把政治犯的遭遇分成三個階段：偵訊期、軍法期和火燒島。⋯⋯柏楊熬過了第一期，在軍法處看守所把自己所有的心思放在隨身帶來的小本《二十六史》及《資治通鑑》上，全心投注在編史書上。見《聯合文學》第十二卷第六期，頁15。

[19] 《規訓與懲罰》，頁123。

> 國家否定了個人在工作、職業、心智創造上的種種可能發展時，
> 那麼具有自我的個人，必然會在內心中來反對國家。事實上透過
> 國家力量而建立的生活秩序，是不能拋棄的，因為如此一來，一
> 切都會毀滅；但是生活秩序一旦全面干預個人存在的發展時，一
> 種極端的反對國家的情緒就會產生。[20]

知識份子的發聲管道縱使全面被控鎖，但一有發聲機會，是絕對不放
棄。柏楊六〇年代的雜文寫作，無疑地是屬於知識份子對當權者的一種
進諫方式，柏楊對功能性強的雜文，有其看法：

> 雜文富於社會批判功能，像一把匕首或一條鞭子……它更是對抗
> 暴政的利器，因為它每一次出擊，都直接擊中要害。在那個威權
> 至上而肅殺之氣很重的年代，文化像一片沙漠，社會如一潭死
> 水。……雜文固然是打擊專制暴政的利器，但也是一種兩頭尖的
> 利器，會傷害到自己。……《自由中國》這道牆崩塌之後，我的
> 咽喉完全暴露在情治單位的利劍之下。[21]

　　柏楊雖藉雜文促使當局走向開放改革之路，並發表雜文於當時報
刊，形成知識份子關心及參與國家改革的一種文化性指標。但同時，發
表的言論，也往往易曝露內在價值中心座標，給立場相反的當權政府一
個致命藉口，柏楊便因文字而入獄。監獄，是一種有形的界限，它透過

---

[20] 雅斯培(Karl Jaspers)著，黃藿譯：《當代的精神處境》，聯經出版社，民國七
　　十四年，頁99。
[21] 《柏楊回憶錄》，頁235-236。而柏楊於《新城對》中亦談及其書寫雜文的意
　　義：「選擇雜文這一文學形式，是因為現代時空觀念，對速度的要求很高，
　　而在文學領域中，雜文是最能符合這個要求的。它距離近，面對面，接觸
　　快，直截了當的提出問題，解決問題。」見《新城對》，遠流出版社，民國
　　九十二年三月，頁36。

權力行使的力量來決定受刑者的行為與思想。獄中柏楊，亦曾幾度完全放棄重獲自由的希望，情緒在等待與焦慮中渡過。[22]但它的影響絕非是至高無上。

人有形的肉體雖可受到完全控制，但心靈精神世界，卻可以進行自我超越。精神的超越力量，可驅使創造力在閉鎖空間，找到轉換的創造歷程。換句話說，人性的尊嚴被逼近到生命極限黑暗與閉鎖的苦難後，所有感官、感受與思考力，未必能夠完全地被馴服及駕馭，反而激起更多想像與創作力。感官與思想，經過極大擠壓後常變為極為敏銳，心靈成為一頭感官靈敏的獸，四處奔竄。所以，在柏楊獄詩中，便出現強烈對比色彩與劇烈聲響的描述，直接地重塑了內心世界。在〈金縷曲〉中：

> 問夢迷何處，恁孤魂繞室遍斗室，欲飛無路，一霎數驚不成寐，……[23]

徹夜失眠，其實什麼聲音也沒有，意識猶如一縷幽魂般地在斗室間輾轉難眠，整夜內心數個驚嚇四處湧起，無法成眠。而獄中內外聲音，則不斷干擾欲清靜的內在心情。〈懷孫觀漢〉：「萬籟都從耳底收／孤鳥長啼山更幽」，〈巫山一段雲〉：「急雨穿空泡，斜風掠草坪。可憐都是斷腸聲。起坐不堪聽。」所描述的無論是孤鳥聲鳴，或是急雨斜風，穿入耳際，都幻化成干擾精神的鬼魅不斷地在黑夜裏竄進獄中，〈中秋〉：「孤魂歷歷身在地，斗室幽幽影倚牆」，對未來的恐懼與精神壓力幻化成鬼魅般，在心頭盈繞不去。

---

22 《新城對》，頁 22。
23 《柏楊詩》，頁 131。

　　因美麗島事件入獄的施明正（1935-1988），其著名獄中短篇小說〈渴死者〉中，描寫牢間冰冷如鬼魅般地聲響，當是最經典的書寫：

> 鐫刻在獄卒手裏一大串巨大鑰匙的碰擊聲、開鎖聲，以及劃過鐵柵欄，那個跳躍，奔騰一如尖銳的彈頭破空擊向鐵柵欄處，碎發的哀鳴聲，給人恐懼和不安。這種聲音的恐怖，深沉在我的內心，久久無法消失。……雖然如此，如今，我在睡前，還要捏兩丸衛生紙塞住耳孔，以過濾、阻擋尖銳的聲響。[24]

　　長期被箝制的肉體，對於任何來自於鐵窗外任何聲音，都是一種被放大的刺激。長時間地被壓抑的心靈深處，已成另一座鐵窗，對外界已無法輕啟。這些情緒反應，都因為人的價值觀發生了動搖，受到了懷疑，在一個不承認人生價值和人的尊嚴的世界裏，人的自我最終將失去了自我價值。[25]但這種負面情緒書寫力量，其實也正是精神超脫力量的外顯，也是監獄文學之所以異質於一般文學創作歷程的最大不同處。監獄對於一個政治思想犯而言，在某個創作時空，確實是一個思想的天堂國度。

　　獄中這種存在的負面情緒空虛感，未必全是來自於外在有形的肉體控制，或是自身無形的精神壓力所帶來的結果，負面情緒由來的因素當是多元的，其中又源自於對於臺灣高壓政權的失望所帶來的影響最大。〈鄰室有女〉一詩中，描述的雖是獄中女性慘烈狀況，但卻也是面對了自由被殘害景象後所生成沉痛情感的投射：

憶君初來時／屋角正斜陽／忽聞鶯聲囀／蹇地起徬徨／
翌日尚聞語／云購廣柑嚐／之後便寂然／唯有門鎖響／

24　《施明正集》，頁 169-170。
25　《尋找生命的意義——弗蘭克的意義治療學說》，頁 38。

> 初響是提訊／細步過走廊／再響是歸來／泣聲動心房／
>
> 君似患喉疾／咳嗽日夜揚／日嗽還可忍／夜嗽最淒涼／
>
> 暗室幽魂靜／一嗽一斷腸／我本不識君／今後亦不望／
>
> 唯曾睹君背／亦曾繫君裳／同病應相憐／人海兩渺茫／
>
> 我來因弄筆／君來緣何殃／君或未曾嫁／眼淚遺爺娘／
>
> 君或已成婚／兒女哭母床／今日君黑髮／來日恐變蒼／
>
> 欲寄祝福意／咫尺似高牆／君應多保重／第一是安康／
>
> 願君出獄日／依然舊容光[26]

「自由」於臺灣當時政治氛圍是被全面監控中，「自由」一如詩中鄰女般地僅能在獄中泣於一隅，終日不見天日。但柏楊心中依舊企盼有日與「鄰女」／「自由」皆可安康出獄。同樣地我們可以將「自由」與「鄰女」做一連結的臺灣監獄詩作，則在曹開[27]〈歌詠一位獄女〉作品中找到對話身影：

> 我歌詠一位獄女／她貞烈無匹／獄中之花／她被喻為崇高的罪后
> 她落得如此潦倒／把枷鎖銬鐐當首飾／來到鬼哭神號的地方／將
> 刑罰作嫁粧
>
> 苦難與貞烈／是世上唯一的匹配／只有這樣一位獄女／才稱得上
> 至尊的罪后[28]

---

[26] 《柏楊詩》，頁 35。

[27] 曹開，自號「小數點」，1929-1997，彰化人，白色恐怖入獄，判刑十年，在綠島與楊逵同監，獄中大量書寫獄中詩。死後詩作由呂興昌教授編輯，彰化縣立文化中心出版其詩作《獄中幻思錄——曹開新詩作品集》。

[28] 《獄中幻思錄》，頁 35。

同樣在綠島監獄裏，柏楊的「鄰女」與曹開的「獄女」，兩人恰好都藉助女性面對苦難的韌性，表示心中對自由的信念是無比地堅定。那份堅定的意志，就是他們獄中生命困頓的超越意義，超越了自身生命存在的意義。

歷來臺灣獄中詩文裏，既能一面表達內心強烈高漲情緒，另一面又能具體明確地描繪反高壓體制那股幽深力量者，日據時期詩人楊華作品當是其中翹楚，詩作《黑潮集》[29]的「黑潮」意象，可說是詩人所爆發出的情緒與心靈力量結合得最淋漓透徹。如《黑潮集》〈1〉：

> 黑潮！
> 掀起浪濤，顛簸氾濫，
> 搖撼著宇宙。[30]

又如《黑潮集》〈2〉：

> 洶湧的黑潮有時把長堤沖潰。
> 點滴的流泉有時把磐石滴穿。[31]

「黑潮」一如知識份子心中那份暴烈堅韌的生命力與使命感，是既溫潤而又具生命爆發力。「黑潮」與「鄰女」及「獄女」同樣表達了知識份子對臺灣這塊土堅韌精神，共同地描繪了因臺灣政治入獄詩人內心軟性與剛毅的兩面性格。

---

[29] 楊華（1906-1936），其《黑潮集》為獄中詩作，共五十三首，現存四十六首。
[30] 《黑潮集》，頁24。
[31] 《黑潮集》，頁25。

　　政治思想犯在獄中煩鬱之心，一方面來自鐵窗有形的壓迫感，另一方面也是來自於理想責任未能實踐，產生的不安感。1923 年因治警事件入獄的櫟社成員蔡惠如（1881-1929），入獄作一〈意難忘〉詞，便將入獄的苦難，化為豪情詩作：

> 芳草連空，又千絲萬縷，一路垂楊，千愁離故里。壯氣入樊
> 籠，清水驛，滿人叢，握別至臺中。老輩青年齊見送，感慰無
> 窮。山高水遠情長，喜民心漸醒，痛苦何妨？松筠堅節操，鐵
> 石鑄心腸，居虎口，自雍容，眠食亦如常。記得當年文信國，
> 千古名揚。[32]

　　我們從柏楊上看柯旗化，再溯源日據時期蔡惠如的獄中詩作，皆不難發現，他們都把持住屬於知識份子的人格入獄，其詩作充滿這種知識份子精神的風骨。

　　傅科認為最嚴厲的刑罰不在施加於肉體，那麼是施加於什麼呢？答案似乎也就包含在問題中：既然對象不再是肉體，那必然是心靈。曾經降臨在肉體的死亡應該被代之深入心靈、思想、意志和欲求的懲罰。馬布利（Mable）明確徹底地總結了這個原則：「如果我來施加懲罰的話，懲罰應該打擊靈魂而非肉體。」[33]在《柏楊詩》中，我們可以看見柏楊在刑囚其間，心靈是不斷地遭逢挫折，而情緒的死亡，則不斷地在獄中每個時期忽然湧現。如〈軟禁〉：

---

[32] 此詞小標為〈下獄之日清水臺中人士見送途將為塞賦此鳴謝〉，見葉鐘榮
　　著，李南衡編《臺灣人物群像》，帕米爾書店，民國七十四年年八月，頁
　　87。
[33] 《規訓與懲罰——監獄的誕生》，頁 15-16。

> 濃雲壓壓壓殘苔／獨倚欄杆一眼開／ 我慚千鈞無氣力／ 萬籟無
> 聲待雨來[34]

〈軟禁〉下註明了「一九七六年三月七日，刑期屆滿出獄，踏出獄門，
立即再被臺灣警備總司令部收押，因於綠島兵營。」說明了警總勢力一
如整片烏雲般四面湧來，已經無力逃離其魔掌，任憑生命這一場暴風到
來，不再有對抗之心。「濃雲壓壓」的暴風將至景象，亦一如臺灣當時
整個政治氣候，柏楊現實生命瀕臨獨自面對風滿樓的嚴峻狀況，內在無
力情緒在詩作中不斷地流露了出來。

　　感官的遲鈍與想像，在獄中顯然已無太大差距。若說有差距，一種
是苦難引起了情緒死亡的表現，另一種則是苦難對生命起了精神上的意
義。但囚禁日子的情緒一旦活絡起來，鐵窗內外的自然景物，亦依舊地
能喚起更多的期待。〈感奮〉：

> 龍蟠虎踞彩霞生／八方仰首望雲旌／百年睡獅終開眼／
> 巍然眾志化長城／……乾坤洗淨舊顏色／天際人間兩太平[35]

鐵窗外彩霞顯影，生龍活虎地開啟了長久的黑暗心靈世界，對於自由空
氣嚮往，又燃起眾志雄心。這種對於鐵窗外景觀的眺望與描述，是期待
「自由」情感的一種情緒投射。1986 年諾貝爾文學獎得主索因卡，獄中
兩年所創作的詩歌中，黑暗世界的存活經驗是其創作主體。但在黑獄
中，猶見鐵窗外活生生的世界景象，如〈琥珀的牆壁〉中的太陽、藤
蔓、星光、芒果等熾熱生命體，在獄窗外不斷釋放正面生命能量：

> 太陽的呼吸／灌溉綠藤和珀珠／有童聲自遠方之門響起

---

[34] 《柏楊詩》，頁91。
[35] 《柏楊詩》，頁63。

你隨著太陽來狩獵／向昏沉的大地揚眉／在甦醒的湖散播硫磺火焰

太陽的手停頓在獵物／在最高的樹枝，眼神游漫著慾望／質疑這個隔絕的人之謎

比焚燒的芒果更豐饒的幻想，／閃過太陽尊貴的心／開放的正午懸高封鎖的大門

願你近午時不太痛苦／這男囚監獄／內在的損失裡是一堵牆的收穫

你黃昏的笛音，你喚醒種籽之舞／給黑夜以生機，我聽見／星光閃閃的歌中在太陽哀愁的伴唱[36]

渥雷‧索因卡如此，我們在陳列（1946- ）的〈無怨〉中，也看見感官的敏感所帶來等同哀傷的筆觸：

如果有陽光，從西邊牆壁上方的花磚間射入的幾塊菱形光線，現在應該落在第七條地板橫木上了。那也就是老林右腿附近的位置。等到陽光移到第八條地板時，有時就會聽到獄吏的鐵底皮鞋走在長廊上的聲音，而後是某個鐵門開啟和關閉的轟然撞擊。我們知道，下午的審訊和工作又開始了。在陽光移動中，有人將要為個人的自由或於生命和法律爭執幾個鐘頭，有人則將在工廠區為某個團體縫製一定數量的筆挺制服。[37]

---

[36] 《獄中詩抄──索因卡詩選》，頁84。
[37] 《地上歲月》，頁9。

落在囚室內的陽光，硬是被區塊化，一如生命被生硬地切割出一段黑色
記憶來。但無論如何，「陽光」這一光明與溫暖的符號，是生命與自由
的圖騰代表，這樣的圖騰對於照映在柏楊〈斜倚〉詩中：「孤島渾沌將
破曉／旭日冉冉看八方」，在黑暗潮流撞擊當下的精神，起了某種微小
希望的力量，雖小但珍貴。

三、歷史場域自由奔馳與書寫

　　「現在」性的時間存在與否，在監禁過程中，在政治思想犯中普遍
地出現精神上的不確定感。不確定因素與原因，在於個人生命面對未來
性的不可知，當下的自我又瀕臨於精神困頓，於是囚犯往往會將其視野
注入於過往的歷史中，無論個人成長歷程或是國族歷史。

　　人類完全具有精神上的自由，即便在幾乎無能為力的狀態下，人也
能透過自己的選擇戰勝環境給人的限制，實現自己理想和心願。[38]牢獄
對於受刑者的影響，雖對肉體及精神造成相當程度的壓迫，也逼使囚犯
更冷靜地凝視與冷笑著存在並且再創生存在。[39]他們能夠無視於周遭的
恐怖，潛入豐富且無罣礙的內在生活中。[40]姚嘉文（1938-　）即言：

> 深牢孤絕，與世隔離，專心寫稿，常常分不清虛幻與真實。
> 牢中的生活與外面社會不同，比較不受外務干擾，所以寫稿時容
> 易「入戲」，以至幻實不分。[41]

[38] 《尋找生命的意義》，頁 69。
[39] 葉永文：《排除理論》，揚智出版社，民國八十七年 11 月，頁 146。
[40] 弗蘭克著，趙可式、沈錦惠合譯：《活出意義來》，原名：《從集中營到存
在主義》，光啟出版社，民國七十九年五月，頁 40。
[41] 姚嘉文：《臺灣七色記‧前記》，自立晚報文化出版部，1987 年 5 月，頁
137。

而柏楊的牢獄生活中，情緒不斷在真實與虛幻擺盪，一如經歷一場九年的惡夢，〈黃昏〉：「黃昏最是相思際／獄門似海更艱難／倚枕迷茫畏入夢／攀窗惆悵羨高山」，〈有感〉：「人生飄渺半如夢／乍驚我夢偏沉淪／此情都已隨風去／依牆寂寞待黃昏」，都透露了精神壓抑下的生活就是失去所有希望，生命一如一場黃粱夢，期望能夠是一覺夢醒。坐監於龜山監獄的王拓（1944-），在其獄中創作的長篇小說《牛肚港的故事》序言裏，亦揭示了獄中創作，是為了逃避精神與肉體上的苦悶：

> 為了逃避這種肉體和心靈的痛苦，每天在做完監獄所分配的苦役之後，我開始努力地創作了起來。[42]

柏楊與王拓一樣，坐監時受迫於肉體陷於時空的不自主，心神情緒全都反映在詩詞之中。如〈少年遊〉：「可憐只此方寸地／起坐不堪徊」，〈窗下〉：「斗室空寂寞／海浪聽酣呼」，都描寫了空間在獄中對精神造成的壓力；而〈自詠〉：「辛苦艱難雪夜時／一寸光陰一寸老」，〈我在綠島〉：「寂寥日復日／日日對磬牆」，時間在獄中的推移，是一種漫長而寂寞地等待。

前面已先提及柏楊獄中精神領域的開合，多半藉助中國歷史的時空來轉化那份苦悶，在歷史場域找到生命歸屬感。所以我們可以看見柏楊在獄中論述《中國人史綱》等三部歷史著作，及其質量皆可觀的獄中詠史詩；寄情於歷史場景寫作者，又有如姚嘉文創作百萬字長篇歷史小說《臺灣七色記》等等的監獄歷史文學著作出現，其實就是自我在面對生命絕境中，透過穿越歷史時空另闢一自由國度。通過對於過往歷史的詮釋與再詮釋，讓生命的自由場域有絕對及超越性的生命高度，來消解面對死亡或是絕望的牢獄生涯。

---

[42] 王拓：《牛肚港的故事》，前衛出版社，1998 年 5 月，頁 2。

　　歷史發展進程，是以人為主體。但同時我們又不得不承認歷史的虛構性；所以，啟開詮釋歷史書寫的洪流，即是開啟文學創作的想像歷程。歷史與文學在此，找到一個夢境與實在並存的想像書寫空間。歷史也創造了另一個廣大的書寫心靈場域，讓柏楊在囚室之內所產生的外境死亡感受與內在情緒擺盪，憑藉歷史與文學創作自身穿越時空的特性而得以自由奔馳。

　　柏楊嘗言歷史的魅力：「歷史讓我們分享前人沙場上激烈的戰鬥，搏命的撕殺，也讓我們分享閨房內兒女情長的悱惻纏綿。」[43]遁入迷人的中國歷史時空，消解了獄中狹隘空間感，與女兒親情的兩種力量，可說是柏楊在獄中兩大精神力量的來源動力處。

　　獄中，柏楊努力地在歷史找尋精神烏托邦，以滿足現實世界的匱乏；經由對歷代諸君名臣做一評比，既對當時政局進行間接影射批判，又可不觸怒在上位者。所以過往歷史英雄圖騰，在《柏楊詩》中以一種宗教聖者出現，柏楊披上歷史傳教士身份，讓這些歷史名臣以宗教聖者身份出現或殉教於當時政治體制。在監禁過程中，這些命運相同的歷史人物，常投以宗教式的信仰高度暢談，穿越歷史而與歷史人物做精神對話。一如我們在〈冤氣歌〉中，完全可看受柏楊精神穿越歷史的過往，與文天祥形神交往。無論在詩歌內容與形式，完全藉〈正氣歌〉內容與形式來形神賦於文天祥的高風亮節。

　　政治犯監獄，是出懦夫的地方，也是出勇士的地方；是出呆子的地方，也是出智者的地方；是出瘋人的地方，也是出英雄的地方；是出廢鐵的地方，也是出金鋼的地方。一個人的內在品質和基本教養，坐牢的時候，會毫無遮攔地呈現出來。[44]獄所成為了考驗人格意志力的場域，

---

[43]　《柏楊曰》第一冊，頁 1。
[44]　《柏楊回憶錄》，頁 295。

柏楊歷數了歷史上幾次著名冤獄事件，在這些冤獄主角身上，找尋其精神向度的模範人格，如〈讀史〉中不斷地向歷史忠臣，訴說自己丹心：

> 每一冊史／觸目自心驚／所謂禮義邦／更誇最文明／
> 有記四千載／冤獄染血腥／俠義若郭解／豪邁若李陵／
> 精忠若岳飛／諍諫若田豐／大勇若李牧／大智若文種／
> 大識若于謙／大名若孔融／功如周亞夫／親如司馬宗／
> 財如士孫奮／學如王陽明／才如蘇東坡／史如莊廷瓏／
> 文如司馬遷／詩如薛道衡／赤心伍子胥／割肉楊繼盛……
> 一讀一落淚／一哭一撫胸／獻身繫囹圄／愛國罹刀鋒／
> 中華好兒女／幾人有善終／不如懵懂人／扶搖到公卿／
> 此中緣何故／欲言又無從[45]

《柏楊詩》這種以歷史人物來相對應於自己所處的生命處境，或是藉歷史情境與歷史人物，來傳達自己內在邏輯思維，雅斯培說明得極為透徹：

> 獨立的知識只不過是一種「虔誠的願望」：它是我所願遵循的路子；就是怨恨才在這種捏造的知識意圖中，找到宣洩的出口；它是因為證明合理的默契；它是我從自己想像中的華麗景象，得到的審美愉悅；他是可以藉之得到滿足自我肯定驅力的表情。[46]

「歷史知識」一方面提供了獄中精神場域宣洩管道，一方面又能找尋到自我肯定的支持力量。這就是為什麼柏楊在獄中對於「歷史知識」的閱讀與詮釋，產生這麼大興趣的重要因素。

---

[45] 《柏楊詩》，頁 50。
[46] 《當代精神處境》，頁 24。

　　弗蘭克[47]以自身經驗提出生活在集中營裏，身心方面雖然不得不退化成原始狀態，精神生活還是有可能往深處發展。他們能夠無視周遭的恐怖，潛入豐富且無罣礙的內在生活當中。所以我們可以瞭解看來弱不禁風的俘虜，反而比健碩粗壯的漢子還耐得住集中營的煎熬。[48]這就是知識份子責任與風骨使然的結果。

　　雖然，柏楊認為知識份子的無奈和無力感，是國家治亂、強弱，甚至興亡的溫度計。[49]知識份子有其該背負的道德責任力量，讀史就是為了訓練我們面對真相。[50]但事實上，柏楊是悲觀地看待中國知識界的社會責任，因為中國歷朝御用史學家筆下的中國人歷史，根本是一部奴役史；他們以幫凶的身份，維護統治者的權力和利益，一味斥責「刁民」，歷史真相，遂一直被隱瞞、被扭曲。[51]《柏楊回憶錄》中提及：「我用早上吃剩的稀飯塗在報紙上，一張一張的黏成一個紙板，凝乾之後就像鋼板一樣堅硬。每天背靠牆壁坐在地下，把紙板放在雙膝上，在那狹小的天地中構思。我建立我自己最基本的史觀，就是我為小民寫史，⋯⋯」[52]憂國的柏楊在獄中這個封閉場域，獨自來回翻閱千百年來中國歷史場景，並對特定歷史人物符號進行詮釋與定位，〈感舊〉中「英雄豪情千秋事／恭理衣冠拜上京」的情緒，表達了在歷史的閱讀與書寫，找到心靈對話與豪情奔馳自由的場域。

---

[47] 弗蘭克（Viktor E.Frankl 1905-1997）奧地利人，意義治療學創立者。二次世界大戰期間，被囚禁於納粹集中營三年。

[48] 《活出意義來》，頁40。

[49] 《柏楊曰》第六集，頁1552。

[50] 《新城對》，頁250。

[51] 《柏楊曰》第三集，頁611。

[52] 《柏楊回憶錄》，頁312。

四、童言童話繫親情

「獄中家書」的書寫，可以說是政治犯與受難者家屬及其整個家族，面對白色恐怖時代所留下的傷痕時，彼此療傷的最好方式。《柏楊說故事》是柏楊入獄後，寫給他的兩個小兒女的書信，信中以「童言童語」的童話書寫方式呈現離家入獄的父親對女兒的關懷。

而《柏楊說故事》這一童書，其實是成人世界的兒童版，故情情節充滿人性的醜陋，及對人性的不信任感。

首先，信件當然包裹了獄中父親對於女兒的思念：

> 佳佳，我的小女：
> 兒啊！我們父女，身懸兩地，妳可知道，爸爸是多麼想念妳啊！爸爸離家之前，每天晚上，妳爬上小床睡覺，總要爸爸給妳說故事，爸爸就跪在床邊，把手伸進被窩裡，握著妳的小手，講給妳聽，妳聽呀聽的，有時候還忽然張開眼睛，問說：「怎麼會這樣呢？」然後就逐漸睡著了，這時，爸爸才躡手躡足走開。現在，爸爸不能再跪在床前說給妳聽了，因此就在信上寫故事，每星期寫一封，請媽媽唸給妳聽，好不好呢？[53]

為女兒說故事，本是柏楊與女兒互相建立父女感情的方式。柏楊入獄後，為繼續維繫「家」的模式，「家書」成為維繫此一模式的方式之一。以家書寫下童話，成為柏楊為女兒說故事的方式。在書信裡頭，柏楊還是會透露些許現實的情緒給女兒知道，如：

> 還向把爸爸帶走的差人努努嘴呢，媽媽憂愁不安的在走廊上站著，他們保證爸爸十二點鐘以前一定回來，所以爸爸倒很安心的

---

[53] 《柏楊說故事》，頁 10。

> 走了，誰想到一去就是一年，而又回家無期？不要談過去吧，也
> 不要想過去，這會使爸爸哭，也會使女兒哭，更會使媽媽哭，人
> 生有盡，愛無盡，還是讓爸爸繼續說小白兔的故事吧。[54]

對於童稚的女而言，父親被捕入獄的事情對她們而言，那是難以理解的世界。但柏楊在有意無意之間還是透露給女兒們知道。只是透露的對象，當不止於女兒，因為獄中家書的內容，閱讀者不只一方。信，一方面當然是寫給家人的看的；但另一方面，也是寫給獄方思想檢查官看的。

　　童話世界裡，一切都是二分法。柏楊講述故事，也依循著二分法則建構出一個善惡分明的世界。而良善者，如小白兔、米老鼠等，壞人代表則有雙頭蛇、雙尾狼。對於長得像棉花糖的小白兔及小個子的米老鼠而言，他們代表了善良的百姓，而雙頭蛇、雙尾狼，則代表了「面善心惡」的壞人。

　　故事中，柏楊會將現實與虛構相互串連，如：

> 那個網呀！說它是鋼絲吧？它比鋼絲要軟得多了；說它是棉線的
> 吧？它比棉線要堅牢得多了。爸爸兔被罩在裡面，怎麼掙扎都掙
> 扎不脫。想鑽出去呢？那網洞太小，鑽不出去；想把網繩咬斷？
> 網繩是那麼結實，又咬不斷，他就像瘋了一樣拼命往外撞，可是
> 呀，他不撞還好，越撞呀，那網越往裡頭縮。到了最後，就把爸
> 爸兔緊緊的纏起來，連動都不能動呢。[55]

爸爸兔，事實上就是柏楊，而那像棉線的網，就是政府當局對於百姓的監控所設下的陷阱，一旦落入陷阱，絕無脫逃的可能。以童話來諷喻成

---

[54] 《柏楊說故事》，頁 58。
[55] 《柏楊說故事》，頁 116。

人世界中的最壞的惡人,是兩面人,兩面人充滿了陰險、兇殘、邪惡。
這是柏楊對於政府當局的影射。

　　這樣的影射,後來被思想檢查官察覺,最後停止了柏楊與女兒的通
信權益。在往返通信四十三封之後,這個童話便無法持續下去,成為一
個沒有結局的童話故事。而柏楊的入獄,也沒有終結臺灣政治犯的命
運,那個如棉線的陷阱不斷織羅罪名,逮捕下個獵物。

　　即使,柏楊認為在獄中實在不是創作抒情文學的地方。[56]但面對生命
極限所湧起的內在情感,《柏楊詩》反成了柏楊過往較少用文字敘述內
在真實情感的世界,詩作未見情緒鑿痕與文字雕琢,只見作品傳遞一個率
真且真摯詩人所特有的細膩情感,並娓娓道來一個時代悲劇的發生。

　　同樣勇於對中國傳統儒家傳統提出猛烈批判,爾後死於獄中的明代
文人李卓吾,在《焚書》:「言出至情,自然刺心,自然動人,自然令
人痛哭。」[57]又於《續焚書》:「蓋言語真切至到,文詞驚天動地,人
自愛而傳,哀而憐我,惜其稿在彼處耳。」[58]剛好都可藉此來說明《柏
楊詩》獄中獨白作品,離我們現實生活經驗是如此遙遠,但內容為何讀
來感受能如此驚心動魄?其原因都是「真摯」為《柏楊詩》詩中的重要
創作表現精神,展現柏楊率性人格且直抒胸臆寫作風格,其詩亦如李卓
吾說的「言出於至情,自然刺心,自然動人,自然令人痛哭。」所述的
詩風況味。

　　我們綜觀《柏楊詩》裏中的上輯詩四十首與下輯詞十二首,共五十
二首的詩詞內容題材看來,約略可以分為五大類,一類為獄中景物客觀
描述,一類為獄中當下心情描述,一類為懷念親朋好友之作,一類則是
對歷史情感的投射,另一類則是對生命未來的企盼與期待。無論內容是

---

[56]　《柏楊回憶錄》,頁 313。

[57]　李贄:《焚書》卷三〈讀若無母寄書〉,北京中華書局,1975 年 1 月,頁
　　　140。

[58]　《續焚書》卷一〈與周友山書〉,頁 14。

哪一類的詩詞創作，作品全都圍繞在一個抒情系統主題上。悲劇的生命歷程，也可以找到生存的意義與價值。整體分析《柏楊詩》藝術價值，則貴在其真誠地表達鐵窗內各種情緒的真實呈現。

　　向來以「醬缸文化」批判社會文化界的柏楊，《柏楊詩》反倒逆行「五四文學」以來的白話文學主流，排除以現代詩體進行創作形式，選擇古典詩歌表現獄中精神苦悶及對自由的期待，其原因為何？這是柏楊主觀地認為，真實而深切的情感，似乎還是得藉由古典詩詞形式，才經得起一再地吟詠。這也反映了柏楊對中國傳統文化雖深深地提出嚴厲批判的背後，卻也同時尊重中國文化裏所蘊含的特有美感，服膺於中國文化裏集體潛意識的美學觀，並使其生命情境貼近於中國古典文學的血緣，可說是詩人內在感性的藝術創作品性超越了主流價值觀。

　　詩作〈何年何月〉中述及：

何年何月桃花開／地涯天外久徘徊／也嘗賦詩預志喜／
無奈雲深緩緩來／艱難又是重陽到／臥聽山呼下草臺／
飛舞夢魂都在此／一日一番教人猜[59]

「何年何月桃花開」未來情境不可知，且教人「一日一番」地難以揣測自由花朵何時到來，但柏楊的詩作，卻也已預示當代臺灣民主人權即將到來。柏楊因文字入獄，在獄中又寫下獄中詩。柏楊曾如此期許臺灣民主到來：「千斤冤酷出海底，一片丹心爭日光！感謝面前這個民主自由時代，祝福所有為爭尊嚴、爭人權，而奮鬥不懈的人！」[60]我們看見一個民主鬥士留下《柏楊詩》真摯文字身影，這個身影是「人權、法治、民主、自由」的時代註腳。

---

[59] 《柏楊詩》，頁85。
[60] 《我們要活得有尊嚴》，頁138。

「白色恐怖」下的集體記憶

　　「歷史」一詞，似乎非常容易解釋，然而「歷史」與「歷史事件」之間，卻往往存在著根本性詮釋／記錄等等的歧異現象。於是「歷史事件」的全貌一旦離開當下，全貌便已難找回。臺灣「白色恐怖」發生的年代已漸遠去，「白色恐怖」引發的政治事件及後續效應，在當時的國民政府有意識地掩蓋與時間的流轉下，原貌實難重現。但透過文字影像記錄與當事人的回溯，「歷史」待被解碼的實相，還是有被解碼的可能性。需被解碼的除了歷史之外，還有受刑人內心世界的記憶，也有待彼身自己除魅解咒。本文，透過蔡德本、陳映真、呂昱、吳新榮等人監獄文學作品所共構出的集體記憶，來解歷史的密碼，來解受刑人內心世界裡幽暗的密碼。

一、蔡德本論

　　蔡德本，嘉義朴子人，一九二五年生。原就讀於臺灣省立師範學院（現為臺灣師範大學英文系），與柯旗化為同班同學。在學期間，先後組織學生社團——臺語戲劇社及龍安文藝社，並擔任學生自治會康樂部長。一九五四年十月三日，任教東石中學期間被捕，判處「無罪感訓」，一九五五年十一月二日釋放。

　　因為思想檢查的關係，在監獄中任何形式的書寫，必然有一定的困難度，當中包括了書寫的內容、形式、數量以及如何被保存下來進而帶出監獄。尤其是思想犯的書寫內容監控，比一般的「雜犯」更為地嚴厲。

　　部份的思想受刑人在出獄之後，對於入獄原因及獄中種種情況，礙於現實環境的限制，是極不利於書寫，於是於在其出獄後，始著書以明志，蔡德本《蕃薯仔哀歌》便是其中一例。

　　米其（Gerog Mish）在其《古代自傳史》（A history of autobiography in antiquity）中為自傳下定為「個體本身對其個人生平的描述」。法國學者羅梭（Philippe Lejeune）則認為自傳是「一種回顧的散文體敘事文，由真人所創作，關係其個人的存在，並注重其個人生命，特別是其人格的發展。」[1]李祥年在《傳記文學概論》中則指出：

> 自傳是活動在一定時期中的人物對其自身所經歷的歷史的再現，而這一人物又常常曾在這一段時期的歷史舞臺上扮演過重要的角色或是對這一段歷史有著更直接、更深刻的感受；在作者的描述過程中，往往還會披露一些鮮為人知的史料及當事人的真實思想。[2]

他又說到：

> 「自傳」作為一種帶有極強的個人性質的寫作，在享有其傳記創作方面的諸種便利的同時，也必定伴有它所特有的困難。其中自傳作者所面臨的最大難題，便是如何準確地認識與把握自己並真實而全面地展示自己。[3]

---

[1]　轉引自李有成：〈論自傳〉，《當代》，一九九○年十一月，頁 24-25。
[2]　李祥年：《傳記文學概論》，頁 61-62。
[3]　李祥年：《傳記文學概論》，頁 62-63。

張瑞德在《中國現代自傳叢書》一書的自序中提到，自傳的寫作動機，將自傳歸納為告解型、自我辯護型、自剖個人行為模式及好為人師等四種類型。[4]

　　而監獄文學的書寫若是在獄中書寫完成，其實是極不容易表達作者真正的思想，因礙於實際寫作條件，於是臺灣現存的監獄文學若是在獄中完成，於一九七○以前，大約以詩歌形式的短小輕薄文本為創作主力。所以在一九七○以前的臺灣文學，若非詩歌型式出現，便大多是在出獄後，再行創作的作品。蔡德本所著《蕃薯仔哀歌》當是像上述所說的，為出獄之後的創作；但還有一點，亦是蔡德本著書的動機，即是為自己入獄做一平反，為自己青春歲月被陷構入獄找出一原因。

　　重返與重組過往的經歷，在小說當中闡述自己的立場，是自傳性小說作者最大的企圖點。我們在柯旗化《南國的故鄉》看到這一點，在《蕃薯仔哀歌》更是看到蔡德本嘶聲力竭地想完整說明他被捕入獄的原因，並從書寫過程中找尋到自我救贖的機會，讓自己永遠遠離被汙名化的罪名。

　　蔡德本所處的年代，是跨越來臺灣政治發展史上三個重要時期，他經歷日治時期，經過國民黨撤退來臺後所引發的二二八事件，以及國民黨統治臺灣時期的戒嚴與白色恐怖時代，歷經這三個時期，蔡德本以冷靜態度，運用自傳性小說方式，重新進入了他曾以生命的親身經歷，用文字剝去歷史層層迷霧，以筆端重新開啟被歷史閉鎖的時空。

（一）四六事件的歷史的回溯

　　《蕃薯仔哀歌》對於白色恐怖年代中的「四六事件」著墨甚深，這與蔡德本本人歷經「四六事件」有絕對關係。小說中的主角「蔡佑德」即是因為「四六事件」的牽連入獄。蔡德本在《蕃薯仔哀歌》中的男主

---

[4]　張瑞德：《中國現代自傳叢書・自序》，臺北：龍文出版社，一九八九年。

角為「蔡佑德」，顯然地，這是他有意識地使用「自傳體小說」的方
式，重返白色恐怖與入獄時的時空。運用自傳體小說的目的，一如李祥
年所言的，是為辯駁自己的清白。小說中的「蕃薯仔」指的便是臺灣
人，臺灣人在這場白色恐怖中，只有悲歌，沒有未來。

　　《蕃薯仔哀歌》小說，同時也在探討國民黨撤退來臺以來，整個臺
灣知識份子對於臺灣未來的政治立場，做了部分的詮釋。蔡德本在小說
中，對於知識份子的左傾思想與對日本天皇統治，相較於國民黨政府而
言，是充滿了同情的了解，甚至於是接受的態度。

　　小說中對於獄中死囚被憲兵帶至刑場時，整個監獄囚犯以「大合
唱」來送死囚一程，充滿生命的悲歌，但這生命的悲歌，卻都是社會主
義所流行的歌曲，如「曼卡灣梭羅　利娃亞慕伊倪」。[5]

　　「四六事件」是處於「二二八事件」及「白色恐怖」兩個政治事
件時期中間發生的校園事件。事件起因於一九四九年三月二十七日晚
間九時，臺大法學院學生何景岳和師範學院博物系學生李元勳共乘腳
踏車，經過大安橋，被警員謝延長以違反交通規則取締，並毆打之。
之後更押送至臺北第四警察分局拘押，周慎源、鄭鴻溪、莊輝彰、方
啟明、趙制陽、朱商彝六位是「四六事件的主角」，而臺大學生涉案
名單包括：曹潛、陳實、許華江、周自強、朱光全、盧秀如、孫達人、
王惠民、林火鍊、許翼陽、王耀華、簡文宣、陳琴、宋承治等十四名學
生。《蕃薯仔哀歌》的背景，就是在這段歷史所衍生出一系列逮捕人事
過程的故事。

　　蔡德本因「四六事件」入獄，於是他在小說中，也極力為「四六事
件」還原他認知的事實。身為在「四六事件」歷史現場的蔡德本，以小
說模式來回穿梭在歷史現場，在敘述過程中，他不斷地在為自己做一次

5　蔡德本：《蕃薯仔哀歌》，遠景出版社，民國八十四年十一月初版，頁
　　314。

自我的辯證。顯然地，雖然蔡德本雖說在小說中盡量將真實的人名給虛構化，但事實上我們在小說文本當中，還是可以還原小說中幾個主角真實身份為何。例如，現實中將蔡德本捲入牢獄之災的「張璧坤」，即是小說中的「張玉坤」；而「楊城松」就是「葉城松」的代稱。[6]所有的起因，全是因為「讀書會」。臺灣各地的讀書會，以研讀「馬克思主義」、「社會主義」思想為主。於是「讀書會」成了「四六事件」逮捕異議學生潮的主要原因。

　　而當時的知識青年對於社會主義充滿了理想性的想像。其中的理由當然不外乎以下幾點：第一，是對國民政府的失望，原本臺灣人民對於要脫離日本殖民而回歸所謂的「祖國」是相當的期待，但臺灣人民迎接到的是一支沒有軍紀的軍隊來接收，叫人無法接受。第二，當時整個世界潮流被資本主義給掌控，於是以對抗資本主義為號召的社會主義，充分地被第三世界人民所接受與感動。

　　在小說中，我們看到作者面對這一場生命的苦難時，他其實以充滿人道主義的角度，來對同樣入獄的囚犯們平反。

---

[6]　以下關於葉城松及張坤璧兩二人背景資料，係據藍博洲《天未亮》頁 279 所輯錄之資料引用之：

　　葉城松和張坤璧，在「安全局機密文件」的檔案裡頭稱作「匪臺灣省工委會臺大法學院支部葉城松等叛亂案」。文件指稱：

　　葉城松於一九四七年十月間，由「奸匪」李登輝介紹參加「匪幫」，受楊「匪」廷椅領導，擔任「臺大法學院支部書記」。一九四九年十月間，因同黨分子被捕，即「畏罪潛逃」。在逃亡期間，直接與「匪幹」陳水木聯絡。迄一九五〇年四月間，因聯絡中斷，停止活動。

　　張璧坤係一九四八年十月間由鄭文峰介紹參加。先後受鄭文峰葉城松領導。當葉城松逃亡時，繼任「臺大法學院支部書記」。一九五〇年五月李水井被捕，他也開始逃亡。

　　一九五四年二月八日，嘉義縣警察局根據女線民張敏子的報告，在嘉義市東市場內逮捕張璧坤，並循供陸續逮捕葉城松等人，一九五五年四月二十九日，葉城松張璧坤及同案，一共五人，槍決。

（二）社會主義信徒的悲歌

《蕃薯仔哀歌》小說中的人物在監禁後的人性，是處於一種貧弱的精神狀態。現實的事物已然是扭曲的世界，包括人性的扭曲也一再出現。但蔡德本對於此一現象不予以批判，反而以同情的理解來化解歷史的仇恨。

不過蔡德本對於自己在政治上的信仰或是態度的傾向上，則有相當的堅持，如對於共產主義是採取較為寬容，甚或是接受的態度，我們從他對楊城松（葉城松）描述即可略之一二：

> 城松長的眉清目秀，走在街上會引人回首再看一眼。玉坤曾給他取了個綽號「鶴田浩一」，因為他比日本有名的電影明星，英俊瀟灑的「鶴田浩二」還要勝一籌。他的性格純直，富於同情心和正義感，與世間所謂的「惡」完全絕緣。一言以蔽之，楊城松幾乎是世間最完美的青年的化身。[7]

蔡德本所謂「楊城松的幾乎是世間最完全的青年的化身」，其實正是言說了當時臺灣青年知識份子對於共產主義的想像，富同情心與正義感，正是當時知青對於共產主義的認知。如果楊城松是蔡德本認知下的共產主義形象，那麼他筆下描寫的鄭文邦，便是當時共產主義在臺灣知識份子之間才要萌發壯大的一股力量：

> 幾乎可以斷言，他是這世上最純潔，最正直的一個人。他似乎不知道這世間有「惡」的存在。[8]

---

[7]　《蕃薯仔哀歌》，頁 439。
[8]　《蕃薯仔哀歌》，頁 62。

既然楊城松與鄭文邦是與世間的「惡」絕緣體，那誰是「惡」的化身及實踐者？

那自然是國民政府霸權主義下的爪牙。長期在日本殖民統治下的臺灣人，對於臺灣能於戰後回歸祖國這一重大變化，起初亦是抱著極大的希望看待，知識青年、學生兵團紛紛回鄉同組「三民主義青年團」，他們自動願意地成為政府建設的基石。蔡德本描述知青投入的情況：

> 首先，他們學習唱國歌，然後一遍又一遍地教別人唱。他們捲著
> 舌頭學習全然陌生的北京話，卻不得不在漢字旁邊，用日本平假
> 名注音。[9]

顯然，這一段的畫面是歷史錯謬的結果。一個文化失勢不代表另一個文化可斷然地取而代之，於是文化與文化之間出現錯謬的歷史，發生在臺灣人民、土地與人性間。

而作者以「自傳性小說」的方式，將時光拉回到從前，剖析被歷史掩蓋的事實；例如，蔡德本對於國民政府將傾向社會主義知識青年給汙名化，十分不以為然。如：

> 佑德確時不是共產黨，但也不是反共主義者。因為對現政府抱有
> 反感，毋寧說是個親共者，如同當時絕大多數的大學生一樣。佑
> 德自認絕不是那些迎合政府而主張「共產黨是萬惡之源，應該趕
> 盡殺絕」之類的反共論者。[10]

---

[9] 《蕃薯仔哀歌》，頁 38。
[10] 《蕃薯仔哀歌》，頁 236。

對於國民政府一味地要把臺灣從殖民地的位階接收，但臺灣百姓在情感認同上，未做充足準備，即禁止一切日語的使用，提出嚴厲批判：

> 這是從小接受日本教育的結果，本是理所當然，不能怪臺灣人。可是政府特別敵視日語，禁止在公共場所使用，有時還會罵說日語的人是「奴隸根性」、「中了奴化教育之毒」等等不合理的指責。所以蕃薯仔囝，被迫在公共場所，用半生不熟的語言發表意見。這不也是一種人權的踐躪嗎？[11]

（三）傅科監獄理論的實現

另外，蔡德本對於當時監獄的描述，其實呼應了傅科的監獄理論，我們先看蔡德本對監獄硬體的描述：

> 此處是要暫時收容嫌疑犯的所謂「看守所」。全棟就是一座扇形的建築物，分隔為七間囚房。扇形的扇軸兒有高出一層的看守臺，上置一個大桌子。坐在那桌子，就可以同時監視七間房。每間囚房的門面寬度約有一公尺半，後面有差不多三倍寬。因為建築物是扇形，所以門面也成弧線。從後面的高窗子，可以看見天空。房間光線良好，通風也滿不錯。在房間的角落，有沖水式便器和盥洗臺的設備，也有自來水的水龍頭。整個囚房能讓十二、三人並排躺下睡覺。[12]

---

11 《蕃薯仔哀歌》，頁199。
12 《蕃薯仔哀歌》，頁115。

關於監獄的描述，當時也因「四六事件」入獄的臺大學生陳錢潮[13]的回憶中，也曾如此的描述，他說：

> 臺北市地方法看守所和臺北監獄相鄰。它是一幢像一只張開的手掌的平房。掌心是看守長的辦公室和值班高臺。坐在高臺上可以看見每個牢舍裡的動靜。每個牢舍有一條三米寬的過道，兩側是兩排六平方公尺的牢房。每間牢房有一個厚木製成、供犯人彎著腰出入的小門。門的上部開有一個小小的欄柵，供看守所窺探牢房裡的動靜。小門的下部有個遞送開水飯菜用小洞。門上裝有可以上鎖的鐵栓。對著小門，牢房裡的牆上開有一個離地一人多高的，裝著欄柵的鐵窗——踮起腳尖，勉強可以看見外頭的一角天空，一塊三角形空地和一排相鄰的牢舍。除木門、鐵窗以外，牢房周圍是磚牆，地上是木板。小鐵窗下面的地板上，有一塊二公尺見方、可以掀起的木板，下面放著一只供犯人大小使用的馬桶，這馬桶從牆外的一個鐵製的、外加鐵鎖的小柵門放進去和拿出，每天早晨六時左右，有值班的勞工犯（服刑中的犯人）來清洗馬桶。每間牢房關著三、四個犯人。」[14]

無論是蔡德本或是陳錢潮對監獄的描述，都一致地將當時臺灣監獄的形式與樣貌清楚地給描繪出來。

而這種以扇形建築監控囚犯的硬體形式，充滿了權力支配的心理學，傅科在《規訓與懲罰》一書中論述的極為清楚，傅科認為此種全景敞視的意義對於權位者是行使與支配權力的表徵，他說：

---

[13] 陳錢潮，浙江溫州人，一九二六年生，一九四六年十月來臺，就讀於臺大機械系，擔任「麥浪歌詠隊」隊長。是「四六事件」第一個被捕的臺大學生，以「妨礙秩序罪」判刑十個月。

[14] 《麥浪歌詠隊》，頁219。

這種封閉的、被割裂的空間,處處受到監視。在這一空間中,每人都被鑲嵌在一個固定的位置,任何一個微小的活動都受到監視,任何情況都被記錄下來,權力根據一種連續的等級體制統一地運作著,每一個人都被不斷地探找、檢查和分類,劃入活人、病人或死人的範疇。[15]

傅科進一步地說,全景敞視建築的主要後果:

在被囚禁者身上造成一種有意識的和持續的可見狀態,從而確保權力自動地發揮作用。這樣安排的後果是,監視成為權力的一個持續效應,即便權力在行動上是斷斷續續的,這種權力的完善趨向於使其實運用不再必要,這種建築應該成為一個創造和維繫一種獨立於運用者的權力關係的機制。總之,被囚者應該被一種權力局勢(power situation)所制約,而他們本身就是這種權力局勢的載體。[16]

於是監獄的建築形式即是將人的存在價值,以一個單位的被計算,人性在鐵窗之內,沒有普世的價值與人權。思想犯像是病人般地被以團體醫療方式加以洗腦,在不斷強迫性「改良」的人性,活著的人沒有尊嚴,死去的人從此被歷史淹沒。

(四)溫情主義下的悲劇性人物

在這一場因學生引起的臺灣政治史上的風暴被勾勒了出來。蔡德本筆下的人物全是悲劇性的人物,縱使是統治者,也是因為恐懼與害怕,才會瘋狂地逮捕、構陷毫無反抗能力的人民。國民政府白色恐怖時期,

---

[15] 《規訓與懲罰》,頁 197。
[16] 《規訓與懲罰》,頁 201。

呈現一種失序的瘋狂狀態，這種失序而瘋狂狀態，非僅行為上的，更是
以精神來擠壓與迫害群眾。良善百姓，無論省籍、年紀、教育背景，無
一倖免。

　　但蔡德本面對赤裸的人性時，並沒有恐懼，反而以正面與積極的態
度去面對。就像他面對構陷罪狀於他的張玉坤，也是放棄了以仇恨來處
理這場人性面對恐懼所帶來災難。

　　善／惡，在蔡德本眼中這場政治風暴中，沒有灰色地帶；若是有，
那也是因為人性的脆弱所帶來的恐懼。他了解人性在黑暗的壓迫過程
中，不免使人的內心也失去了自由意識，就像最後蔡佑德透過張坤玉遺
書，看見了他內心恐懼的根源：

> 佑德打開黏封，展開了白紙，從裡面飄出了一張薄紙落到大腿
> 上，佑德撿起來，在淡薄的光線裡仔細地看著。一共只有三行。
> 沒有稱謂，也沒有署名，可能是出於預防萬一的顧慮。但那些字
> 毫無疑問是玉坤的親筆。
> 佑德睜大眼睛，看第一行：
> 「請原諒。你的友情使我痛哭。」
> 佑德繼續唸第二行和第三行：
> 「我感覺真可恥，在我體內流著漢民族的血。」
> 短短的一句話，閃電般地震動了佑德的全神經。那是羞憤國家，
> 羞憤民族、羞憤自己的心聲。曾經那麼歌頌漢民族，以漢民族的
> 後裔為榮的玉坤，臨死竟吐露出如此慘痛的心聲。[17]

即使是張玉坤讓蔡佑德被捕入獄，但蔡佑德終究還是護衛著存在張玉坤
心中那份屬於同胞血緣上同理心的諒解。

---

[17]　《蕃薯仔哀歌》，頁437。

　　蔡佑德與張玉坤其實是一樣的人，在情感上他們認同自己血液中的
「中國」，雖然在日本軍國主義殖民下的臺灣，一切基礎建設優於祖
國。但文化情感上的認同，卻是：

> 中國和日本不一樣，我們不是軍國主義的國家。日本是軍隊優先
> 於一切，民間缺乏糧食，軍隊卻很充足。人民衣衫襤褸，軍人卻
> 穿著筆挺的軍服。軍隊缺乏物資時，可以隨時徵用。可是我們中
> 國不同，中國不是軍國主義，軍人必須情願接受粗劣的供給。軍
> 人沒有不對，不能給他們充分的供給的國民才該是覺得慚愧。我
> 們的軍人以這麼差勁的裝備，竟能和日本兵打了八年的仗，……
> 被日軍猛打再猛打，仍然不屈地抗戰再抗戰。最後呢？日軍跪下
> 來投降，不是嗎？到底哪邊偉大？裝備不錯的日本軍，或是帶著
> 茶壺大鍋打戰的中國軍？[18]

此時，張玉坤其實就是蔡佑德，蔡佑德就是張玉坤。蔡德本藉張玉坤口
中對於「祖國」孺慕之情，表露無遺。只是蔡佑德對於國民政府處理臺
灣人民的態度，無法苟同：

> 腦海裡，總是擺脫不了玉坤和城松被槍斃的陰影。蔣總統不是數
> 天前，才在他們的死刑執行書上簽過名嗎？以德報怨的仁愛精
> 神，怎麼變成了「寧可誤殺一百人，也不要放過一個真犯呢？」[19]

蔣中正對於整個臺灣人，似一個劊子手在百姓的人性上施以極刑，臺灣
百姓在白色恐怖下的記憶，儼然是全體的記憶／潛意識，對於這段歷

---

[18] 《蕃薯仔哀歌》，頁 443。
[19] 《蕃薯仔哀歌》，頁 445。

史，全是一片的蒼白。舉發、株連、構陷、偵訊、審判、執行到刑滿出
獄，對叛亂案的一貫處理方式，再配合執拗煽情的群眾宣傳，確實使整
個社會陷於慢性的恐懼心態中。對政府反對者，甚至被認為是「潛在」
的反對者的語言的、心理的、肉體的、社會的層層暴壓措施，頗能產生
當局所企圖的大眾生活中的恐怖效果。[20]

二、陳映真論

為了世上無數的，在遭人湮滅的角落裡，為著不肯釋手的，生命
中的一盞燈火，而正在受盡囚錮，拷問之苦的，被全世界遺忘的
人們而活著，而寫作⋯⋯。」
　　　　　　　　　　　——陳映真〈被湮滅的歷史的寂寞〉[21]

只有在生命面臨這樣真實的歷史現場，才會喚醒彼身靈魂的的驅動力，
將筆觸進入被湮滅的歷史角落，以文字喚醒與救贖著那些被湮滅的靈
魂。陳映真，一個進出歷史現場，而又創造自己歷史現場的臺灣重要小
說家。一九八三年陳映真在復刊的《文季》上發表了〈鈴璫花〉、〈山
路〉及〈趙南棟〉三篇政治小說[22]，此三篇小說相對於其較早的系列小說
（華盛頓大樓等系列）而言，在題材上是種突破，就本書對「監獄文學」
之定義，〈鈴璫花〉、〈山路〉、〈趙南棟〉及二〇〇〇年創作的〈夜
霧〉等四篇作品，則屬於筆者對「監獄文學」定義下的第二類型——作家

---

[20] 藍博洲：《白色恐怖》，頁48。
[21] 引自陳映真：〈被湮滅的歷史的寂寞〉，《聯合文學》第四卷，第十期，頁
10。
[22] 雖然陳映真本人認為：他是從來不曾、將來也無心去寫這些所謂的政治小
說。見陳映真：〈企業下人的異化——《雲》自序〉，《鞭子和提燈》，人
間出版社，一九八八年四月，頁29。

個人有入獄之經驗，爾後創作作品中，以此為背景者，亦為本書「監獄文學」之定義。

陳映真，苗栗縣竹南中港人，一九三七年生，現為「人間出版社」主持人；原名為陳映善，過繼給三伯後，名改為「陳永善」（陳映真二歲時，因父親的三哥，即陳映真的三伯父，沒有生兒子，所以過繼給三伯父當養子，為了要和原來的生家有所區別，所以改名為「永善」），「映真」則是他的筆名，取自當他九歲時即過世的雙胞兄弟之名。

一九六八年五月，陳映真因「民主臺灣同盟案」被判刑十七年，一九七〇年被送至臺東泰源監獄。一九七五年因蔣中正去逝百日，獲得特赦；然，於一九七九年三月，再度被捕，但這次僅被拘留三十六小時，即被釋放。

我們回溯陳映真的個人成長歷程，可以發現兩件重大事件，深深影響著他的信念。首先是臺灣政治環境使然。根據親北京政權的一份臺灣刊物《遠望》雜誌（第二十五期，一九八九年十二月，臺北）的透露，從一九四九年的四六事件到一九六〇年的雷震案；短短十年間臺灣一共發生了上百件的政治案件，總共約有兩千人遭到處決，八千人被判重刑，而其中除了不到九百人是真正的共產黨員（地下黨員）外，其餘有九千多人成為冤獄、錯案、假案的無辜犧牲者。[23]這樣的臺灣政治背景，深深地影響著陳映真面對所處的世界。第二是，不可否認地，大學時代的陳映真，「閱讀」改變了他的一生。這些禁書，使他張開了眼睛，看穿生活和歷史中被剝奪者的虛構、掩飾和欺騙的部份。這些禁書也使他耳聰，讓他隔著被禁的歷史，聽見了二十世紀初年俄國的誕生以

---

[23] 李筱峰：《臺灣史一〇〇件大事（下）》，臺北：玉山社出版社，一九九九年十月，頁 38-43。

來，被壓抑的人民在日本、在中國，在日據時期的臺灣，驚天動地的怒吼與吶喊。[24]

之後，陳映真意識到唯有寫作，才能與大時代的國家機器對抗。一九八三年連續發表了〈鈴璫花〉、〈山路〉兩篇，〈山路〉更獲得當年《中國時報》文學類推薦小說獎。一九八七年，發表了〈趙南棟〉。這三篇是他出獄之後重要的小說創作，內容與入獄之前所著重的焦點，完全不同。

如果我們說陳映真早期一系列的小說，如《第一件差事》、《將軍族》，具有強烈浪漫主義、人道關懷的作品中，充滿「憂悒、感傷、蒼白且苦悶」[25]的精神向度，就像他化名為「許南村」時對自己作品做了一番自我剖析：

> 基本上，陳映真是市鎮小知識份子作家。在現代社會的階層結構中，一個市鎮小知識份子是處於一種中間的地位。當景氣良好出路很多的時候，這些小知識份子很容易向上爬昇，從社會的上層得到不薄的利益。但是當社會的景氣阻滯，出路很少的時候，他們不得不向著社會的下層沉淪。……而當其下淪落，則又往往顯得沮喪、悲憤和徬徨。陳映真早期的作品，便表現出這種悶局中市鎮小知識份子的濃厚的感傷的情緒。[26]

一九七五年出獄後的陳映真，持續小說的創作。八〇年代，整個臺灣政治氣氛，相較已往，已不再緊繃。他在完成一系列以資本主義內容的

---

[24] 陳映真（化名許南村）：〈後街──陳映真的創作歷程〉，收入於《從四〇到九〇年代──兩岸三邊華文小說研討會論文集》時報文化，一九九四年。

[25] 陳映真（化名為許南村）：〈試論陳映真──《第一件差事》、《將軍族》自序〉，《文學思考者》，頁3，人間出版社，一九八八年五月。

[26] 〈試論陳映真〉，頁14。

「華盛頓大樓」小說作品後，結合過去個人白色恐怖及入獄經驗，他便將小說創作的觸角，犀利地往白色恐怖的年代剖去。

「憂悒、感傷、蒼白且苦悶」的創作精神，在後來，還是被保留了下來。〈鈴璫花〉、〈山路〉及〈趙南棟〉三篇作品，是陳映真進入「自我空白生命」精神向度座標的作品，三篇作品呈現了一致的「主題」，而這主題，是依續著時間的座標前行。

本段「憂悒、感傷、蒼白且苦悶」的主題，來論陳映真的「監獄小說」。首先是陳映真頗具自傳體小說的〈鈴璫花〉，其敘述角色，以童真孩童眼光來詮釋白色恐怖時代的一切，這當中包括那個年代種種隱諱的話題，如人物的失縱，對白色恐怖年代的記憶。〈山路〉則是一篇對於「歷史」與「現實」相互撞擊出的，歷史現場與現實情境相互交疊時，人實在無法置身於歷史之外，於是蔡千惠的肉體與心靈，開始衰敗，同時也是時代的衰敗。〈趙南棟〉小說中對於歷史情境的處理，遠比〈鈴璫花〉、〈山路〉還來得艱險，前兩者，還是處於「歷史記憶」的追尋，〈趙南棟〉則是在確認「信仰」主觀價值在歷史遷移之中、之後，是否還存有它的本真。如果信仰主觀價值一旦遭遇挑戰，那麼人性的陷落，將是全面的崩毀。

此外，〈夜霧〉則是他觀照了「白色恐怖」時代人性與社會內在氛圍，身為當局「鷹爪」角色，在時代變異裡的心理層面變化，進一步地將「監獄文學」書寫的視角，從個人經驗、時代觀察，再往人性層面裡剖析出一個時代性的悲劇性格。

（一）憂悒的知識份子／感傷的年代

獄中多少個不能成眠的夜晚，他反反覆覆地想著，面對無法迴避的生死抉擇、每天清晨不確定地等候絕命的點呼時，對於生，懷抱著最渴

切的眷戀，對於因義就死，表現了至大至剛的勇氣的一代人。[27]儘管入獄，陳映真對於他所崇敬的政治烏托邦世界，依舊懷抱著無盡希望，即使是犧牲生命，也是果決而勇敢地赴義就死，宋蓉萱／林慎哲／許月雲等人，在面對死亡前，「不要被打垮呀！」的力量猶存在心底，這樣的情操，彷彿是以生命來編寫史詩，個人鮮血染紅理想成一片赤紅：

> 人民的旗幟
> 紅色的旗幟
> 包裹著戰士的屍體
> 東雲未曉戰鬥早已開始
> ……[28]

葉春美在出了獄回到故里，發出極深的感慨：

> 在她長期監禁中，時間、歷史、社會的變化，已經使回到故里的
> 她，在她的故鄉中，成了異國之人……，[29]

葉春美的嘆息，無非就是陳映真出獄時的感嘆。那麼我們其實已窺見，作者的視野，其實一直都攀附在葉春美的角色裡頭。

另外，趙南棟生命存有與存在，是獄中所有人努力企盼下所保留下來的一絲希望。理想／完美／希望／未來，是他先天被賦予的特質。只

---

[27] 許南村：〈後街——陳映真的創作歷程〉，收入《從四〇年代到九〇年代——兩岸三邊華文小說研討會論文集》，頁 158。

[28] 陳映真：《鈴璫花・趙南棟》，洪範出版社，民國九十年十月初版，頁 128。

[29] 《鈴璫花・趙南棟》，頁 112。

是先天的性格，在現實生活衝擊下，不免墮落在八〇年代裡的物質慾望之中。

　　陳映真認為物質欲望對於理想侵蝕的力量，是種龐大浪潮，於是以小說體來載負他的思想。而呂正惠認為，陳映真最大的錯誤並不在於他的意識型態，而在於過早的以他歷史架構去「模鑄」他的題材，使他的題材喪失了自主性。假如歷史有一股流動的趨勢，很明顯，那趨勢不是小說家「創造」出來的。小說家只能「感受」然後再把它表現出來。……作為一個藝術家，陳映真最大的錯誤並不在於他所固持的意識型態，而在於，他沒有為他的意識型態尋求「藝術上的證明」，而反過來以意識型態去「僵化」了他的題材，因而淪為藝術上的大失敗。[30]藝術是否大失敗？其實還是可以再討論，但可以確定的是，陳映真藉小說人物來演說自己意念的企圖心，是相當明顯的。

（二）蒼白的記憶／苦悶的情感

　　〈鈴璫花〉是以回憶的方式回到童年時光，重新檢視孩提時面對白色恐怖年代的記憶，那樣的記憶所滲流出來的，全是蒼白的記憶。最後小男孩曾順益面對整個空洞的山洞時說：「這山洞除了亂石和一些沿著洞壁的岩石汩汩地滲落的水滴，在晨光中，卻空無一物。」至此的往後，陳映真童年面對二二八事件的真實體驗，除了「空洞」之外，別無它物，唯有再次回到生命的底層，逼視它，空洞的記憶才又被喚醒。一株鈴鐺花，開在被自我遺忘的記憶／斷層歷史經驗之中。

　　那麼，〈鈴璫花〉中兒童視野下的逃亡的高東茂，則是白色恐怖時代裡的受難者，陳映真以充滿著人道主義的敘事手法敘述之。

---

[30] 呂正惠：《歷史的夢魘》，聯經出版社，一九八八年五月出版，頁 203-205。

　　只是埋封得了歷史的流動嗎？蔡千惠以身體／青春想對歷史做出最大的補償，但終究還是無法達成，歷史的流動是到底還是帶出了苦悶的記憶。她自新聞中看見黃貞柏從歷史的記憶鮮活地走出，也翻出了蔡千惠蒼白的記憶與苦悶的情感。她說：

> 我感到絕望性的、廢然的心懷。長時間以來，自以為棄絕了自己的家人，刻意自苦，去為他人而活的一生，到了在黃泉之下的一日，能討得您和國坤大哥的讚賞。有時候，我甚至幻想著穿著白衣，戴著紅花的自己，站在您和國坤大哥中間，彷彿要一道去接受像神明一般的勤勞者的褒賞。[31]

　　這份「感到絕望、廢然的心懷」，無疑地是陳映真心底真正的想法，面對自己心中的信仰，似乎無法同它「一道去接受像神明一般的勤勞者的褒賞」，顯然，陳映真在寫〈山路〉之時，對自己的信仰，有著一股莫名的「慚愧」之慨。

　　為何有此感受？唯有陳映真知道對於矗立在心中的信仰，發生了什麼樣的變化。就像高東茂、黃貞柏、許月雲等知識份子的逃亡、入獄、死亡，不就是為了追隨信仰、實踐信仰。這樣的信念集合在「趙南棟」這一形象上。

　　「趙南棟」這一本是大家所疼愛的小孩，擁有一副極美的外表，卻淪落至物質享樂主義、肉慾橫流的糜爛生活。「趙南棟」其實是葉春美／趙慶雲／宋蓉萱／陳映真等人心中的最純真的信念，無論發生何事，就是要將心中的信念，傳達出去，並予以實踐之。只是事與願違，我們看見趙南棟從一個被眾人疼愛、呵護下的小孩長大成人，具有極美外表後墮入一個物質慾望充斥的世界，那是一個「他們是讓身體帶著過活

---

[31] 《鈴璫花・山路》，頁89。

的。身體要吃，他們要吃；要穿，他們就穿；要高興、快樂，不要憂愁，他們就去高興，去找樂子，就不要憂愁身體要……make love，and they make love……」[32]這種信仰的破裂／沉淪，是否意味著陳映真的內在世界，也意識到破裂／淪陷，而藉由書寫，再次向自己的信仰懺悔、請求救贖？

小說〈趙南棟〉一文的場景與其個人真實的生命情境，完全地疊合。陳映真對於其「左派思想／社會主義」的思想，自獄中出來，是否曾經有過懷疑，抑或是更真實地面對？這答案，在小說中人物的神情上，似乎存著弔詭的表情。

首先是，千惠面對黃貞柏出獄的新聞，開始呈現靈魂式的懺悔。她自覺得這幾十年來在監牢外的她，物質生活讓她漸感「理想」的消退，她說：

> 貞柏桑：這樣的一想，我竟也有七、八年間，完全遺忘了您和國坤大哥。我對於不知不覺深深地墮落了自己，感到五體震顫的驚愕。就這幾天，我突然對於國木一寸寸建立起來的房子、地氈、冷暖氣、沙發、彩色電視機、音響和汽車，感到刺心的羞恥。那不是我不斷地教育和督促國木「避開政治」、「力求出世」的忠實的結果嗎？自苦、折磨自己、不敢輕死以贖回我的可恥的罪愆的我的初心，在最後七年中，竟完全地被我遺忘了。[33]

蔡千惠的懺悔，是否就是陳映真對於政治信仰上的懺悔，或是陳映真認為這整個只追求物質世界的臺灣社會，該為自己良心做一次徹底的懺悔？也許，兩者都是陳映真心底所想的。

---

[32] 《鈴璫花·趙南棟》，頁 177。
[33] 《鈴璫花·山路》，頁 89。

　　趙爾平，身為白色恐怖受難者家族的一份子，但他面對過去那段無法記憶與參與的歷史，他選擇物質生活。以物質生活感來沖淡生命裡的荒涼：

> 就這樣，趙爾平步步為營，滑進一個富裕、貪嗜、腐敗的世界。他對金錢、器用、服飾和各種財貨的嗜慾，像一個活物一樣，寄住他的心中，不斷地肥大。趙爾平忽然感覺到，男人一旦有了預知其可以源源而來的金錢，他最容易滿足的慾望，竟是女人。[34]

　　「趙爾平」是實上是臺灣社會從白色恐怖年代走出來的一個縮影。整個臺灣社會無法面對過去歷史的真實與蒼白，只好選擇走向「資本主義」，徹底地將理想與慾望，做一切割。這是陳映真對於整個臺灣社會的一項指控，認為失去理想的社會，將會不斷淪喪在物質主義所建構下的迷思，這樣的議題，其實也同樣地回應了陳映真早期，如「萬商帝君」系列小說的主題。

　　呂昱在《獄中日記》中提及他對陳映真〈山路〉的看法並提出個人質疑，他說：

> 在〈山路〉裡，蔡千惠之所以失去了活命的意念，而終於「在醫學所無法解釋的緩慢的衰竭中死去」，在小說中，我們能找到的答案是：
> 一、他捨己贖罪的意念已在時光中推移中失去了原來的意義。他的「自苦折磨自己，不敢輕死以贖回家族的罪衍的初衷」，到頭來變得異常可笑，因為她所過的生活正是資本主義化了的套式生活。而這種生活竟也使她遺忘了當初自我摧折的動機和心願。

34　《鈴璫花‧趙南棟》，頁156。

二、她深信自苦贖罪後，將在黃泉之下去和她敬愛的人共聚。並
「一道去接受像神明一般的勤勞者的褒賞。」[35]

呂昱雖專對〈山路〉一文所發的意見，但事實上，〈鈴璫花〉、〈山
路〉、〈趙南棟〉在創作的意念與動機上，全然是陳映真出獄後十年，
在面對自己信仰／心靈／創作時，有著連貫式的思考模式。

（三）時代的夜霧／人性的迷霧

　　臺灣監獄文學書寫的內容，多與作者自身經驗相關，陳映真於二〇
〇〇年發表的〈夜霧〉，內容則以更人道關懷角度詮釋了臺灣「白色恐
怖」時代的受難者，不僅僅只有被統治者階級，統治者階級的組成份
子，其實也是時代下被「隱性犧牲」的對象。如小說中的李清皓即是這
一族群的具體代表。

　　就像丁士魁憶及李清皓時，心裡是這樣描述著李清皓這個人：「天
生的正直，但絕不是拿自己正直處處去判斷別人，不肯饒人的那種正
直。」[36]本是正直的性格，在「邪惡」政體中變成傷害人的爪牙。李清
皓本是年輕的生命對社會具有強烈使命感，但他成為一名調查局幹員
後，生命的意義全然失去了本來的熱情與方向感：

　　該是陽光燦爛，鳥語花香。如今卻一日日沉落於陰冷的憂悒，有
　　時鋪天蓋地的黑暗的絕望，若大海汪洋，直要人窒息滅頂。往日
　　難再的幸福，多麼叫人羨慕和嚮往。[37]

---

[35] 呂昱：《獄中日記》，頁 276。
[36] 陳映真：《忠孝公園‧夜霧》，洪範出版社，民國九十年十月初版，頁 73。
[37] 《忠孝公園‧夜霧》，頁 90。

而李清皓身體與精神上的日漸虛弱，所代表的正是當局對於以邪惡力量
掌控臺灣的心神，是日益失去力量與理性的表徵，在他身上不斷出現的
病徵，就是執政者心神敗壞的具體映現。如：

> 幾年來頭部悶痛，近來則轉為突發性劇痛。發痛的時候，竟可以
> 痛到嘔吐，眼內壓力升高以至於覺得眼球要爆了出去。一個多月
> 來，我曾到 N 大學醫院看病，檢查腦波，做了腦部的核磁共振造
> 影，但醫生卻只會苦惱地說沒病。明明發作時頭痛欲裂，怎麼就
> 能睜著眼說沒有病。我很疑心長了腦癌，醫生不肯說破罷了。[38]

長期身為執政當局偵查員，成為時代下殺人者的共犯結構，李清皓的精
神面對自己良知審判，顯然首先身體開始受到懲罰，爾後選擇自縊，以
肉身的殉難來自我救贖。人性面對時代所帶來劇烈的撕裂傷口，往往是
無法自我自癒心中傷口，於是所有價值觀在重新定位之際的同時，也帶
來人性價值觀的錯置。丁士魁身為李清皓的長輩／上位者，他洞悉到時
局的轉變：

> 丁士魁想寫的是，時代劇變，調查工作的三大支柱——領袖、國
> 家、主義——已經全面遭到變動的世局極其強烈的挑戰。他想起
> 了民國三十九年後隨著幾年強烈的肅共鬥爭，他把成千上萬的共
> 產黨在風風火火的肅共行動中經過百般拷訊，送上了刑場、送進
> 了監牢，終竟把住了國民黨的江山，當時靠的正是對領袖、國家

---

[38] 《忠孝公園・夜霧》，頁 90。

和主義的不搖的信仰。今天的挑戰，對調查工作的衝擊，李清皓
內心的嚴重糾葛，就是生動的說明。[39]

丁士魁／陳映真窺視到了這一場時代苦難中的價值感消除之際，人性也
必然地被扭曲，即使是信奉著「領袖、國家、主義」思想，不免都成為
歷史罪人的事實。李清皓無法躲過自我良心的責難，試圖以死來走出自
己生命裡的迷霧，只是這夜霧環繞的不僅是個人生命，而是霧鎖了整個
時代的記憶。歷史迷霧的解碼，時間將是最後的仲裁者，丁士魁／陳映
真站在人道主義的這一邊，對這七〇年代的臺灣，道出了個人與時代雙
重苦難的圖騰。

三、呂昱論

　　呂昱，臺南市人，一九四九年生，教職退休後，現居於南投縣。一
九六九年因參與「統中會」相關的學生運動[40]，被捕入獄判處無期徒
刑。一九七五年減刑為十五年，一九八四年二月獲釋。

　　以知識份子自居的呂昱，即使入了政治獄，他對於時事及臺灣文學
的發展，還是極為地關注，並於獄中進行著述。《獄中日記》是他入獄
最後一年時間，所寫下的日記，內容對於獄中人性的描述及對時事的批
判，都有很深入的剖析，而《在分裂的年代裏》，則是一部對臺灣當代
文學評論，評論的作品，包括有同為入政治獄的陳映真，以及宋澤萊、

---

[39] 《忠孝公園・夜霧》，頁122。
[40] 一九六六年，「中國青年自覺活動」所發起的，大多是關於交通秩序勸導、
環境衛生服務、貧民仁愛救濟、你丟我撿等的運動。但隨著參加者日眾，活
動範圍擴張到講演訓練，成立各地分會與基金會。終於碰觸到戒嚴時期國民
黨政府的禁忌。一九六九年二月被羅織以「意圖顛覆政府」的罪名，將包括
許席圖在內的主要幹部全數逮捕，這就是日後被稱為「統中會案」的政治冤
獄。

鍾肇政、鍾鐵民與蕭颯等人的小說。本文，將先討論呂昱《監獄文學》是為「日記體」文學，還是「日記體」為其創作的文學類型。接著，則將討論呂昱《獄中日記》中的文學精神世界及知識份子之性格。

（一）「日記體」紀實乎？創作乎？

1、虛構與真實的對話

臺灣監獄文學的創作作品中，不乏以「日記體」方式書寫，如賴和、雷震、楊逵等人。但他們的日記作品，都因在獄中的書寫有極大的限制，並且需面臨思想檢查等等的困難，所以作品是完全地「紀實」，文字毫無個人隱私的可能，於是這一類的監獄文學，相對而言是在於他們個人在歷史／史料的重整上，具有相當地珍貴性，而非文學上的成就。

「日記體文學」向來是作者尋求個人與個人私密對話的空間文類。而呂昱《獄中日記》對於個人私密的情緒，事實上在獄中嚴密監控的現實條件，以及在「有意識的創作理念」下，呂昱的獄中日記，其實與《雷震獄中日記》在寫作內容與企圖心上，相去甚遠，相較之下，與阿圖《監獄十書》的監獄報導文學，在書寫的性質上，或許更為契合。

舉個例，呂昱對於獄中的人事物，先是對事件、人物由來始末做一清楚交代，至文末便會再給予個人的評述或註腳，如在〈被出賣的一代〉（七月二十六日）日記中寫到：

> 今晨五時，東方滿天通紅，是火燒天的壯觀景象。
> 每天下午四點半是我慢跑與運動時間，在這段時間裏，經常碰到從圖書室走回四班寢室的梁女士，當我揮手向她打招呼時，她也會親切地同我點頭。

梁女士判無期,是 70 年前後入獄的,罪名是被控在大陸淪陷時參加共黨,自港來臺潛伏伺機顛覆。
梁女士未婚,在臺只有親戚。
無期就是終身監禁(政治犯的假釋機會是絕無僅有)。
在仁愛莊裏她是資格最老的囚犯。
……

她已經六十好幾,過去的生命歷經抗戰、內戰、大陸變色後又千辛萬苦來到臺灣弄個教書工作過活,結果却仍逃不過另一場劫難!
她的過去成了毫無意義的空白,而她的未來呢?不,更重要的是她的今天,她這樣的日子不是只在於苟活麼?

整個中國的苦難全投影在她身上,每次看到她,我就不禁要想到她那一代中國人的種種不幸遭遇,多少的悲劇,於今都被淡忘了麼?

齊耳的學生式髮型已成花白,瘦弱嬌小的身軀也佝僂地扭曲著,每天來回地走在圖書館和第四班寢室的路上,她的青春曾在抗日和內戰的紛亂中被磨失了,而其老年也註定要耗在這仁愛莊裏了麼?

我願意記得她,永遠地記得她,可能的話,我更應該努力於讓她安然走出仁愛莊,至少在她的有生之年應該出去看看我們的社會,這社會是好是壞,她都應該有權利出去看看。
被犧牲的一代,被出賣的一代,她們莫是生下來串演如此的悲劇角色麼?[41]

---

[41] 《獄中日記‧被出賣的一代》,頁 227-228。

對於獄中「梁女士」入獄前後經過的描寫，然後再給予作者個人價值的判斷與註腳，這是呂昱《獄中日記》對於獄友描述的標準模式，這樣書寫內容／模式，事實上，是傾向於報導文學的書寫。

「日記體」文學，本來書寫重點是在於作者自我內心的剖析與記錄，但呂昱《獄中日記》完全失去／背離「日記體」文學的特質。在呂昱〈自序〉中清楚地陳述，他的「日記」是在虛構與真實之間找尋一個對話空間，他說：「《獄中日記》寫於第十五個受難年度。作為個人第一部監獄文學的荒謬作品，我嚴厲地堅持自己每天至少要誠實地紀錄一千字。如今回顧實不免暗笑當時的膽大與野心。」[42]。

從上述文句可以看出，這部獄中日記非回憶錄的書寫模式，而是有意識地進行年度書寫。他進一步地確認此日記是一部虛構性的「虛構小說」，他說「如果我從決心要寫這部日紀之最原始動機，就是要立意完成一部荒謬小說，我就不可能讓真正的人物走到我的小說之中。……正因為我自期於《獄中日記》是一部道地虛構的實驗性荒謬小說，講究結構完整、縝密或文字洗煉精確之類的新舊式文學批評也都不會適用於這部作品。因為那虛構到最後殘酷的完全真實地步；這個時代，這塊島嶼有一群人因為政治事件而被關押在一個讓人無法置信的環境下。真實的生活原就是非結構性的。」[43]原來，當時的臺灣政治氛圍就像一部恐怖小說，充滿了虛構的真實感。所以呂昱便以「日記體」的紀實來凸顯真實世界「荒謬的真實」。

2、距離感／疏離感的流洩

呂氏在書寫《獄中日記》時，已告知作者自己，這將會是一本年度的「獄中日記」，但事實上，它更趨近於「獄中報導文學」的性質。我們在此《獄中日記》當中看到了作者，站在一個制高點上鳥瞰他所能觀

---

[42] 《獄中日記‧自序》，頁9。
[43] 《獄中日記‧摒棄國家神話吧》，頁10。

察的面向，對於本是「日記體」的書寫主角上的「我」，變成一個客觀的評論者，作者對於獄中他所能觀察到事件，總會給予一個個人的評價，這樣的書寫模式，與「日記體」的書寫概念，在本質上，是有極大的差異。

於是，呂昱在日記中，對於自己當下內心世界的描述或陳述，都不是他書寫之重點，即使是小標為「囚徒的告白」，但文中，還是避談當下的自己，而是「形塑一個完人／理想」的自己。我們看看他這一篇日記的內容：

> 太熱了，實在難以安然入眠，只好在寢室前的走廊乘涼，卻藉此冷靜著自己的思維。
>
> 我是勤勉的，因為我知道自己除了勤勉，必將會一無所有。
> ……
>
> 空白的理想，因為苦難的輸入而繪出了美麗的藍圖。這張圖是逐步顯現的，愈多的苦難，這圖就愈加清晰。
>
> 低微的慾求，使我在困頓受挫的監獄中得以安然地生活下去，而無所怨無所恨，如果我曾經要求過分，那麼即使我一無所得，我也不會有太多的失望吧！這種平淡的生活條件是受難者們所少有的！於是在獄中，我生活得比一般人更自在，更活潑！
>
> 大概這就是可塑性太小，富有的人們因為失去了一切而崩潰瓦解；貧窮的人們因為再沒有可失去的了，卻反而能在苦難中撿拾到更為可貴的情操。[44]

---

[44] 呂昱：《獄中日記・囚徒的自白》，頁193-194。

這種「告白」，顯然是個人的超越性的精神理念的陳述，而非囚徒當下「人性真實告白」。但有趣的是，呂昱對於其他獄友的心理描述，則完全紀實並以顯現「人性真實」面。

這種「自我疏離感」在呂昱的獄中日記，可普遍地觀察到，「日記」該當是作者以自我剖析為主，呂昱《獄中日記》則非如此，於是我們可以進一步地推論出，「日記」這一文類形式的借用，是他在獄中文學創作的一個手法，不過此一創作精神與日記書寫，兩者並沒有存在著太大的公約數。但值得慶幸的是，呂昱十五年的獄中生活，並未關閉他心中突破現狀的力量，反而在日記之中，見到他對於鐵窗外的政局因為距離，而產生客觀的理念與想法。

3、大監獄裡的小社會

（1）人性的醜陋

《獄中日記》反映了一群在監獄之中真實的人性，雖然呂昱對於個別人的性格無法用小說方式完整說明，但在日記裡卻慣以長鏡頭對獄友做了極多的描述。例如人性在黑暗的牢獄之中，並沒有顯得特別珍貴，反而是讓人性更容易曝露醜陋的真實面。

像呂昱謂告密者為「蟑螂」；他說：告密者的另一個代名詞是「蟑螂」。蟑螂介乎管理者與囚犯之間的一種邊緣人。或是一種工具，管理者可以用之，囚犯亦可用之。[45]這封閉的小社會裡，有告密者，騙徒亦是充斥其中，如〈獄中的詐欺案〉，則是記錄了有人假藉施明德大名拉關係。

真實的獄中生活，有時像是虛構的夢境或是小說情節，這群身為政治犯的犯人見到國外特赦政治犯新聞時，每人都像是陷入夢境中的想像，也許靠著想像力，才是讓真實生命中的日子持續下去的動力。

---

[45]　《獄中日記・蟑螂是怕見光的》，頁203。

（2）病態身體與真實生活

　　他對於獄友的描述，是極盡地真實，而這真實往往是傾向於「病態」真實的描寫，如對政治犯的「洪老」描述：

> 洪老受的是舊制教育，對新學可謂所知有限，是滯留在「半部論語治天下」的年代裡的人，他整個觀念可以說完全是皇權與民權的混淆產物，兩頭迴盪而不知所止。
>
> 他喜歡講話，但儘講些叫人煩膩的話。
>
> 他喜歡引用閩南土語（俚語），可是常常用得牛頭不對馬嘴。
>
> 他喜歡先否定別人的話，再侃侃道出自己的道理，或者當別人對談時他喜歡無故插進來替人家補充意見。
>
> 他最大的消遣是看報紙、抄報紙、剪報紙，甚至是背報紙。他在報紙裡找到他最大的滿足。他可以幻想自己是政壇要人，軍政首長，或是政論家，或是國家最高決策者，然後對國是、對世界上發生的大事件評頭論足。
>
> 他生活顯得毫無秩序和邋遢，幾乎到了又髒又亂的地步，他自奉儉約，儉約到吝嗇苛薄的程度。[46]

對於政治犯外在的描述同時反射的是政治犯內在精神世界的紛亂。「病態」的精神壓抑，同時也引起肉體上的病態：

> 晨起，腹部有點不舒服，我以為是饑餓引起的，也就不在意，仍沖了杯咖啡，繼續早讀。

---

[46]　《獄中日記・兩老的獄中對照》，頁168。

　　不料，腹痛不但未止息，反而加劇，書是無力讀下去了！[47]

這篇文章寫於八月二十九日，說明他身體的病痛，顯然是有其原因；在八月二十四日，〈閱讀查禁雜誌的省思〉中提的內容，則寫出了引發他身體不適的主因，文章內容是：

> 高呼文學參與民主化運動和誘導作家去寫反共式文章是同等顢頇。作家可以或有權參與政治活動，但不是以文章去參與，更不是以文學作品去參與，而是以其個人人格或身體去參與。而說參與的「何懼之有」是因為高天生沒有坐過牢，不知道被捕、審訊、服刑的苦滋味，在臺灣的作家有站在獨立自主的機會嗎？

文學的雋永全在於高瞻遠矚，是走在群眾之前，走在現實之前的，怎可以混跡群眾之中，迷失於現實中呢？[48]

　　「病」在獄中，顯然是一種本是精神上的狀態引起肉體具體的疼痛反應。而其中「胃痛」與「精神病」，更是各種病症中最常出現的兩種徵兆。

　　另外，對於作家向當權者低頭的醜態，呂昱是十分地不恥。對於文學的期待，呂昱是相當期待。但對於出身政治犯的呂昱，在某個程度上來說，他亦不信任同樣是淪為政治犯的夥伴。這是人性處在一個對立、相互懷疑與不信任下的環境所造成的一個現象與人際關係，這些並非是用來指控呂昱人格出現分裂，而是在集中營的囚犯容易出現的一種人際關係。

47　《獄中日記・難得生病》，頁 269。
48　《獄中日記・閱讀查禁雜誌的省思》，頁 265。

　　就像他對於姚嘉文、張俊宏等人的態度，就是傾向於不信任[49]。他的立場表明得很清楚：也許，由於我一直堅持自己是個文學人，以致使我不肯相信政治人會有所謂的真正的「人道」思想。甚至，我可能是對「權力」根深蒂固的嫉惡，而產生對「人權擁有人者」的不信任，何況文學又從來和政治是相對存在的，文學人永遠都必須和政治權利處於對立的立場來說話。[50]他說：「牢坐久了，即使有人情味也被磨光了！」呂昱遍閱這大監獄裡的小社會各式人心百態，對於人性，他不再相信。

（二）知識份子與文學良知的追尋

1、知識份子的良知

　　在封閉的監獄空間，對於個人生命情境的影響，有時也是積綻的時刻。日記體這一文類的特色，常反映了作者個人思想的直接投射與接收，那麼《獄中日記》則處處顯示了呂昱作者知識體系的深淺度。

　　我們可以發現呂昱對於知識的喜好程度保留在理性的層次，對於感性的知識，因為現實狀態，讓他欲發不可為之。於是他對於時局的變化是相當注意，如對蔣經國政局的演變、王昇貶謫中南美、美麗島事件發展等等臺灣政治重大事件，都一一記錄並寫下他個人的評論。就像他已身便是一個「理想主義者」，他對於理想主義的看法是：

　　　　「理想主義」是個良性名詞，但一落實到現實層面上，則往往和
　　　　「現實主義」一詞產生碰撞衝突，其結果又總是「理想主義」敗
　　　　得不可收拾。於是有兩種可能的極端傾向會發生：一是逃避——
　　　　看破紅塵，產生厭世人生觀，二是更積極地抗爭，甚至不惜成為

---

[49] 《獄中日記·張姚林之比較》，頁24。
[50] 《獄中日記·政治犯需要誰來肯定》，頁103。

殉道者——悲劇英雄。從這層意義上看，理想主義者是注定要受
苦到底的。[51]

顯然地，呂昱已視為自己為臺灣獨立運動的殉道／悲劇的英雄人物。但
對於「自由」，獄中的呂昱還是充滿了理性的嚮往，他在回覆周清玉的
信件當中提到：「自由真義應該是個人具備抉擇自己理念的一種權利。
為了堅持這樣一種權利，我將會勇於赴之，但是如果我的智慧不足而選
擇了錯誤，亦必甘之如飴，錯誤因我而來，也必由我受之。長期以來，
我一直奉行著：當犧牲已屬必要時，那麼讓我做為第一個犧牲者。」[52]
由上述這一段話，我們可以看見一個為理想而殉道的呂昱。成為一個殉
道者，在獄中的政治犯，常會以此超越現實的困境，也讓自己找出一條
出路。

　　即使在獄中私密地進行文字書寫，呂昱還是甘冒思想檢查風險，還
是一一寫下了對當局不滿情緒，且是針對國民政府政治上的不民主，一
再地提出抨擊：

　　國民黨式的民主也是虛幻的空中樓閣。最上位者的權力，永遠由
　　少數人把持，而且遞換過程也在私相授受的方式下進行，所以這
　　不是真正的民主。

　　臺灣要對抗北京政權的強大軍事壓力和政治鬥爭，唯一自救之
　　道，就是民主。[53]

同時，呂昱在獄中的文學評論集《在分裂的年代裏》：「歷史上確有不
少不為五斗米折腰、和皇權政治的強大磁力絕了緣的清高之士。只是，

---

[51]　《獄中日記・被冷落的滋味》，頁97。
[52]　《獄中日記・井中蛙的呱叫聲》，頁100。
[53]　《獄中日記・「反共義士」的話》，頁391。

這些人大都以老莊自命，捨身於江湖，怡情養性，修身成德，鮮見其本知識人的良知勇氣，為被壓迫的勞苦大眾盡一份言責，甚至甘願以自己的生命和自由去按住歷史苦難的脈搏，勾勒出百姓悲怨無助的歎息與哀泣。」[54]呂昱對於知識份子的道德要求，是甚於其他人，他說：

> 權力使人腐化，知識如果就是權力，則知識也必然會使人腐化。知識份子的獨裁和非知識份子的獨裁，共同為人類之公害是一樣的。有了這樣的認知，便能對知識份子的真正人格有所防範。[55]

所以，呂昱對於知識份子的道德感，是充滿偏執的潔癖感。

2、文學良知對抗政治黑暗力量

呂昱對於自身身為一位文學人的角色，是十分地重視；而他的文學觀，是傾向於「鄉土文學」的寫實主義流派，並且尊崇臺灣鄉土文學的重視，鄙視當時臺灣所流行的「宮闈文學」、「反共文學」及「現實主義」所引發的具現實性、功利性、腐蝕性的商業文學之流的作品[56]，視自日據時期以來臺灣文學中的「反抗精神」為臺灣文學的創作精神典範。

何者為他觀念中「臺灣文學」？他說：

> 臺灣文學，只要是根植於臺灣人民而成長，其乖舛與悲慘的歷史演進，從日據時期的弱小文學、抗議文學，到光復一再形變的鄉土文學，就一定和整個臺灣島的歷史脈流，及臺灣三百多年來不斷受挫的憂鬱性格，存在著不可分割的糾纏。因此，臺灣歷史性

---

[54] 《在分裂的年代裏》，蘭亭書店，民國七十三年十月出版，頁13。

[55] 《獄中日記·文人政府不必然是民主政治》，頁182。

[56] 《在分裂的年代裏》，頁15。

的苦難質素一日不曾變異，臺灣人民的泣訴一日不曾止息，臺灣
文學的命運就不可能鬆去悲冷的鐐銬；臺灣文學的內容就不可能
找到歡樂的笑聲。作家們果然應當抱怨的，毋寧是這塊多災多難
的島嶼上棲息的廣大民眾的心聲吧！[57]

臺灣文學的命運與臺灣這塊土地的命運，是牽連在一起，而作家群筆下
的世界，即是臺灣人民精神的集體投射。這種文學精神與政治環境立場
的緊密結合，是呂昱文學立場基本態度。這當與他個人書寫／閱讀經
驗，與其所受的政治獄經驗有著必然的關係。

　　在獄中的他，也對臺灣「鄉土文學」提出他個人見解與批判，他對
當時的知識份子一味地擁抱土地，感到困惑，他認為那是知識份子以
「知」的態度理解，而非以「行」的態度實踐：

　　設若作家們不肯先從歷史延續的生命中去尋找大地之母忍受的動
　　亂與悲苦，而光是用知識份子獨享的現代文明價值觀，光是用士
　　族階級姿態的驕傲感，狂歌著「歸去來兮」，伸張雙臂瀟洒地要
　　擁抱這塊歷經劫難的泥土，只怕除了難堪的困窘外，更高尚
　　的，也只會是換取同情的一種憐憫罷了！而同情是一種尊貴的
　　情愫嗎？[58]

上述中的「作家」是否等同於「知識份子」，又是否可直接解釋為「士
族階級」，這觀念上建構，其實是存在著相當多需待劃分的灰色地
帶。但呂昱這種「文學直觀解釋」，某個層面，是針對當時的統治階
級而來。

---

[57] 《在分裂的年代裏》，頁 24。
[58] 《在分裂的年代裏》，頁 53-54。

　　另外，臺灣土地的悲苦引發了臺灣文學底層「悲苦意識」的這一基調，是呂昱的觀念裡一個極為重要的文學觀。我們可以意識到這種的文學觀與自己的遭遇有著絕對的關係。

　　個人經驗對的文學創作與歷史的解讀有著深不可分的因果觀，但文學創作，是否真的無法超脫於時代枷鎖，甚而超越現實一切元素，進行為藝術而藝術的創作呢？在他的答案裡，似乎是否定這樣的可能。呂昱：「談到文學的命運，就萬不該脫離其孕育的時空而單獨加以論斷。」[59]他對於文學內在的力量，寄予厚望，甚而希望能以文學抵抗強權的力量，他說：「五四啟蒙的新文學，作家們開始以深具人道精神的寫實筆觸，懷抱著感時憂國的熱血情操，廣肆揭露積弱疲弊的社會瘡疤，攻擊舊禮教，挖苦舊風俗，諷刺舊制度，反抗舊社會裡所有的不合理。無疑的，三〇年代的作家們擁有強烈社會的淑世熱情，也極力在描繪中國人民的悲苦血淚。」

　　本是無期徒刑，後減刑為十五年，呂昱很哀傷地說：「年輕正是坐牢的本錢。那十五年裡，沒有月亮，沒有星星，我朝烏漆的天空拋去最深的美意。」[60]這種淡然的哀傷，非一般人所能理解與體會。但他自己也體認到：「在人類歷史所反射的，那裡有壓迫，有暴政，那裡就會開出荷蓮般高潔的文學之花。」[61]。顯然，《獄中日記》及《在分裂的年代裏》兩部文學相關作品，是呂昱自獄中所開出的兩朵文學之花。

四、吳新榮論

　　吳新榮，一九〇六～一九六七年，字史民，號震瀛、兆行，晚年號鱠琅山房主人，臺灣臺南縣將軍鄉人。吳新榮本姓謝，七歲時過繼給

---

[59] 《在分裂的年代裏》，頁 24。

[60] 《獄中日記・年輕正是坐牢的本錢》，頁 147。

[61] 《在分裂的年代裏》，頁 45。

將軍庄富豪吳玉瓚為養子，於是後來姓氏便從吳氏。一九二五年到日本求學，在岡山金川中學，作插班四年級生。一九二七年畢業返臺，一九二八年考取東京醫專，辦《蒼海》、《南瀛會誌》、《里門會誌》等雜誌。

　　國民政府來臺之後爆發了「二二八事件」，這事件也波及到了吳新榮。身為「三民主義青年團」幹部的吳新榮，對於事件的發生，認為有責任出面調解，於是與友人積極參與「臺南縣二二八事件處理委員會」，無奈本是出於好意，最後卻被捕入獄。

　　《震瀛詩集》中收錄他多首獄中詩，如〈家夢〉：

　　　醒來又覺是囚身，家夢模糊更苦人；
　　　窗外寒雨滴滴淚，滿監難友盡喪神。[62]

〈獄中過生誕〉：
　　　四八年華風雨間，半事無成又遭難；
　　　光頭素食不成佛，瘦皮露骨志愈堅。[63]

〈獄中作〉五首：
　　　眠夢雙親醒思兒，春夜無心何遲遲！
　　　我有滿腔鮮紅血，染換青史固不辭。

　　　三世因緣同一監，一朝別離最難堪；
　　　婆娑世界漂漂去，勸君勿忘共甘苦！

---

[62] 《吳新榮選集（一）》，頁 201。
[63] 《吳新榮選集（一）》，頁 201。

霪雨連綿兮夏已深，妻兒千里兮獨沉吟；
望故鄉兮何處在？倚鐵窗兮涕沾襟！

草虱一跳起，三尺高有餘；
吸盡人間血，滿腹而不歌。

二八事變起，三臺意氣高；
流盡青年血，滿監革命歌。[64]

本身是左派思想的吳新榮面對國民政府來臺，還是不改其志，詩作中充
滿「左派革命」行動主義；但即使是「我有滿腔鮮紅血，染換青史固不
辭」及「流盡青年血，滿監革命歌」的豪情壯志，然另一方面，詩中流
洩出的還有個人生命在幽暗時光中的真實情緒，「眠中雙親醒思兒，
春夜無心何遲遲」、「望故鄉兮何處在？倚鐵窗兮淚沾襟」訴說了吳
新榮在獄中思念家人之情。而這樣情緒是蔓延在每個政治犯心裡的最
深處。

另外，吳新榮在《南瀛回憶錄中》以「夢鶴」之名寫下他歷經國
民政府來臺後，他所經歷的「二二八事件」。在「二二八事件」吳新榮
及其父親吳穆堂雙雙入獄，他在回憶錄中描述獄中的生活：

在憲兵第四團部夢鶴住過四日，在這裡他嚐到中國牢屋的醍醐
味，犯人大略是二二八事變的關係者，牢屋不過十坪之闊，收容
百餘名之多。在這裡自然發生階級，弱肉強食之風盛行，強者起
居總舖（床位）上，弱者橫倒在地板下，一日不過二餐，一共四

---

64 吳新榮原著，葉迪、張良澤漢譯，呂興昌編定：《吳新榮選集（一）》臺南
縣文化局出版，民國九十二年初版二刷，頁 210-212。

碗的白粥，營養不良，陰濕臭氣，尋而發病者一半以上。這真正
是活地獄，但地獄裡還有人情道德，有些難友看到夢鶴進來，就
讓他一條長凳做坐位，這就是他在這數日間寢食的居城。[65]

吳新榮就在這樣的活地獄過了百日，也寫下多首獄中詩，除上述的詩作
外，在《南瀛回憶錄》中，亦有多首〈獄中吟〉，其詩如下：

夢家忽驚起，鐵窗固不聞；莫笑多情淚，孤鳥遠天哀。
知過悔不及，自此一路新；寄望天地外，待我逸世人。
坐獄如乘船，暫且別家園；此去風波路，但願早日還。
可惡你蚊虫！不知我何人？黃帝子孫血！何能肥你身？[66]

吳新榮本熱衷於臺灣政治的發展，但經過此事之後，他的人生觀有
了極大的轉變，他說：

二二八事變本身也許是歷史上的一個小潮流，洪水時代的一個小
波浪，這樣小潮流小波浪，可以用德政的方式來從寬處理。但夢
鶴自出獄後，通觀整個的臺灣社會愈離了「上下」的兩層，整個
中國社會也愈形成了「南北」的對立，整個的國際社會也愈分裂
了「東西」的雙邊。夢鶴想：假使歷史是由「神」所支配的，他
固不敢預料；但假使歷史是由「人」所創造的，他就確信，一定
有較大的「洪水」來平這樣「上下」、「南北」、「東西」的矛
盾，才能結束這「洪水時代」。至於夢鶴本身是一個潮流的小泡
沫，一個波浪的小飛沫，他知道這個小泡沫小飛沫，已不能支配

---

[65] 《吳新榮選集（三）‧南瀛回憶錄》，頁 220-221。
[66] 《吳新榮選集（三）‧南瀛回憶錄》，頁 218-219。

歷史的大勢，又不能左右洪流的方向。尤其自出獄以來，感覺他
自己受事變的瘡痍意外深刻，時常痛定思痛，切實味到（體會）
了人生當有冒九死一生之險，但這絕不可常臨之道。[67]

人生有幾次的「九死一生」？其實，吳新榮在日本東京留學時，參加了左
派領導的「臺灣青年會」與日共領導的「臺灣學術研究會」時，也短暫被
捕入獄二十九天過，那次是他第一次入獄經驗，他在回憶錄中提到：

當時日本帝國主義者，眼看日本社會運動的發展這麼厲害，而且
為要實現對華侵略起見，他們竟造成三一五及四一六兩大事件，
徹底地掃清一切的反政府份子。臺灣青年會也受這四一六事件的
打擊，重要的幹部都被警視廳拘了去。夢鶴也不免受這大虧，而
被提到淀橋警察署，初次嚐到監禁的滋味，經過二十九工（天）
的受苦，才釋放出來。[68]

在異國第一次入獄的經驗，反而造就了吳新榮參與臺灣政治、文化的觀
念與行動力；但第二次在自己土地上入獄的經驗，則折損了吳新榮這方
面的參與意願；從此，他對於臺灣文化轉向了文化研究的工作，不再向
政治傾斜。

---

[67]　《吳新榮選集（三）‧震瀛回憶錄》，頁 237。
[68]　《吳新榮選集（三）‧震瀛回憶錄》，頁 80。

威權統治下的案例紛陳

　　「戒嚴」時代的臺灣社會，完全像是一座龐大的監獄。不論是早已落根於臺灣的唐山人，還是隨國民政府遷臺的各省百姓，全是在高壓統治階層的控制之下。高壓控制的最終目的，是為改造整個國家社會百姓的思想，而改造的第一波對象，當是以社會中堅份子、知識份子及具社會影響力之人等為首要目標。於是臺灣在威權統治下的政治思想犯，作家、政治家、文學家、歷史學家的比例異常地高。

　　本文文本討論的對象，則以五○至六○年代戒嚴時期的監獄文學為考察對象，文本包括了葉石濤、雷震、施明正、李敖、陳列等人之作品。

一、葉石濤論

　　葉石濤，臺灣臺南縣人，一九二五年生，現為國立成功大學臺灣文學研究所客座作家。一九五一年葉石濤以「檢肅匪諜條例」罪名被判刑五年入獄，至一九五四年，才因蔣介石就任總統，特別頒布「減刑條例」，得以提前出獄。

　　相較於其他因白色恐怖事件判刑入獄的作家或受刑人而言，葉石濤刑期較為短暫，但也許是因為入獄時間的短暫，使得他在獄中並無文學作品留下，但其出獄之後，則寫下了《臺灣男子簡阿淘》一書，記錄了當時整個白色恐怖下的臺灣政治肅殺之氛圍。

　　另外，《一個臺灣老朽作家的五○年代》一書，則是他以回憶錄的方式記載了當時他入獄時的前因後果及其過程。這兩本作品，多以自傳

性手法書寫，為自己在被捕入獄、被執政當局汙名化後，發出個人不平之鳴，書中交代了許多葉石濤個人的內在思維，以及當時某些觀念易為混淆的議題，他提出自己的意見及看法。前者可以說是他個人的前傳，後者則是後傳。

　　首先我們先從其自傳性小說《臺灣男子簡阿淘》談起。書中主角「簡阿淘」事實上就是葉石濤在「白色恐怖」時代的自己，〈紅鞋子〉一文中，葉石濤講述了他被特務構陷入獄荒謬的始末。文中，他為自己的命運、為一心嚮往因國民政府來到臺灣的「新世界」的理想與事實的衝突及落差，感到十分荒謬，他說：

> 簡阿淘聲淚俱下地抗辯。他是光復以後才接觸祖國文物的一個臺灣青年。對大陸的政治狀況一無所知。為了早點能駕馭祖國語文，成為一個正正當當的中國人，日以繼夜地學習祖國語文，因此到處借祖國來的漢書研讀，他費了很多力量終於讀懂了　國父的《三民主義》。在　國父《三民主義》裡似乎讀到這麼一句話：「民生主義就是共產主義」，所以借來毛澤東的《新民主主義》時誤以為這本就是《三民主義》的解說；因為　國父的民生主義和新民主主義很多地方是似乎來自同一個理論的。[1]

《臺灣男子簡阿淘》中對於在「高砂鐵工廠」改造而成的保密局監獄有深刻的描寫。在獄中的心情，〈鐵檻裡的慕情〉描寫是十分細膩：

> 秋天過去，冬天接著而來，臺北的冬天鉛色天空低垂，陰雨連綿，寒氣襲人。半年的囚禁生活已經把他的反抗意念削弱，他已沒有半年前的那種軒昂意志了。他整天枯坐在囚房裡的面，兩隻

---

[1]　《臺灣男子簡阿淘》，頁 65。

> 手抓著牢門的木條，眼睛望向走廊上方的一方窗，只是渴望看到
> 天氣放晴，燦爛的陽光透進來，讓他的身子淋浴在這陽光中，使
> 他打從心底深處獲得一絲絲溫暖。[2]

入獄時的場景不堪回首，出獄後的人情冷暖，更是強烈，〈邂逅〉一文
把身為政治犯的處境，赤裸地展現：

> 五○年代閉塞而恐懼的社會，對簡阿淘這樣一個從軍人監獄回來
> 的前政治犯是十分殘酷的。府城是他長大成人的故鄉，熟人非常
> 多，可以說半個府城人都認識他。可是他剛回來的那個月，他走
> 在府城街頭，簡直如入無人之境，所有熟人都消失不見了。以
> 前，他要走完一條街，起碼得跟十多個人打招呼，有時候不得不
> 停下來跟熟人愉快的聊天片刻。如今這些熟人遠遠的看見他來
> 了，像見了鬼似的趕忙躲開側著臉拐進岔路去，有人則是瞪著白
> 眼定定的直視他，不發一言地大步走過去；這好比他是個瘟神會
> 給他們帶來疫病似的。[3]

小說主角／作者是否後悔曾經因對「祖國」的社會主義懷抱理想而遭陷
入獄？答案可能是肯定的。葉石濤不論是在《臺灣男子簡阿淘》或是在
《一個臺灣老朽作家的五○年代》中，一再地說明自己是一位社會主義
傾向的新自由主義者[4]，他說：

2　《臺灣男子簡阿淘》，頁 79。
3　《臺灣男子簡阿淘》，頁 108。
4　葉石濤：《一個臺灣老朽作家的五○年代》，前衛出版社，一九九二年六月
　　二版，頁 49。

　　因為我在日據時代末期也曾受過馬克思主義的洗禮，深知臺灣前
　　進的知識分子都富於同樣的思想。在這一點上，馬克思主義的信
　　仰把戰前的臺灣知識分子和戰後的知識分子連繫起來。同時，幾
　　乎我周遭的所有朋友都傾向於這種政治主張。[5]

除「新自由主義」者之外，他對於「祖國」亦懷抱者相當強烈的認同
感，小說中對於「辜雅琴」及「本順哥」有深刻的描寫，他們是他心中
的偶像，葉石濤這樣描述：

　　「雖然內地的國共雙方談談打打，但是我相信最後的勝利是屬於
　　偉大窮苦的人民的。我願意為苦難的中國人民犧牲。」她堅決地
　　說：「唯有窮苦的臺灣民眾和苦難的祖國廣大的群眾團結在一
　　起，群策群力推翻腐敗而落後的舊軍閥，中國才能走向富強康樂
　　之路，建立人間天堂的烏托邦。」[6]

描述的「本順哥」：

　　他好像對知識分子，特別是學校的老師有很大的期望，他也好像
　　相信唯有知識的力量才能改造世界、改造窮人家的處境似的。我
　　一輩子中很少看到像他那樣，真正相信知識就是力量的人。他本
　　身也非常努力求上進，日據時代他沒機會唸書，但光復後他靠自
　　修已經能輕易地讀懂從祖國大陸來的書，不過只限於歷史或社會
　　運動史一類的書，他不瞭解文學，但他知道文學也是改造民眾心
　　靈結構上有極重要功能的事實。[7]

---

[5]　《一個臺灣老朽作家的五〇年代》，頁 61。
[6]　《臺灣男子簡阿淘》，頁 46。
[7]　《臺灣男子簡阿淘》，頁 49。

葉石濤藉「辜雅琴」、「本順哥」表達對社會主義的烏托邦理想的嚮
往，只是葉石濤對於「馬克思唯物主義」還是有疑義，尤其是在於創作
部份，他說：「但我更企求的是作家的寫作自由不被政權所控馭，能隨
心所欲地表現的民主社會。」[8]。

　　《一個臺灣老朽作家的五〇年代》書中對於他入獄的經歷，有極細
部的敘述。他這樣地描寫囚牢生活狀態：

> 在牢獄裏的生活是無所事事而苦悶難捱的。囚犯一如被關在動物
> 園鐵檻裡的牲畜，在有限而侷促的範圍內，踱步、拉屎、嗑閒
> 牙，而又不得不提防牢裏難友中的抓耙仔秘密打小報告。所以談
> 話只繞著食物、女人，以及身還在俗世時的回憶來打發。[9]

在獄中，葉石濤反而有更多機會接觸到當時的「臺灣共產黨」，葉對於
這群有著自己信仰的囚犯，有著以往未曾了解的部份：

> 我被捕之後，在漫長的牢獄生活裏，倒解決了我心裏長久未能釋
> 懷的許多問題：同時統合了所有難友提供的訊息，我也能逐漸理
> 出有關於隱藏在戰後臺灣史背面的推動歷史的那隻看不見的手。
> 我大略能夠勾勒出戰後臺共的活動情況，而後，把它和個別臺灣
> 知識分子的命運連繫起來。我要特別聲明的是，戰後的臺共和戰
> 前的臺共一樣，充滿了統一陣線的色彩，它的外圍組織所吸收的
> 知識分子及工農群眾，不一定都是堅定的馬克思主義者。裏面包
> 括了後來主張分離主義的一些自決主義者。[10]

8　《一個臺灣老朽作家的五〇年代》，頁62。
9　《一個臺灣老朽作家的五〇年代》，頁67。
10　《一個臺灣老朽作家的五〇年代》，頁66。

葉石濤在獄中也見到接觸了謝雪紅所創建的「臺灣民主自治同盟」成員，對其「武裝叛亂」的行為，事實上是採取認同的態度。

　　但葉石濤同樣地對於當局想以高壓方式，對政治犯進行思想改造的作法，不以為然，他舉了楊逵為例子，他說經過思想改造十二年，只不過加強了楊逵「學習與實踐」的堅強念頭，葉石濤進一步地揶揄了當時國民政府囚禁犯人的行為，本是在思想改造，但實際上卻製造另一批「反動的知識份子」：

> 我曾看見本來目不識丁的勞工和農民，在牢裏孜孜不倦地學語文、認知社會變遷的歷史，終於熬成知識分子的過程。在帝國主義殖民統治下被壓迫、被欺凌的這些農工終於得到翻身的機會，變成有知識、有世界觀的讀書人，但是夠諷刺的是，他們的教育都完成於暗不見天日的戰後牢獄裏。[11]

只是葉石濤對於五○年代臺灣的知識份子大量被捕入獄，甚至判死刑的這段歷史，是無法接受的事實：

> 五○年代的白色恐怖對臺灣前進的知識分子而言，是史無前例了一場大浩劫。眾多的臺灣 elite（秀異分子）因而喪命或在牢裏度過大半人生，無聲無息地與草木同朽。[12]

獄中渡過四年時光的葉石濤，出獄之時也處處不順遂，任事到處碰壁，這反映了當時白色恐怖對整個臺灣社會具有強烈深刻的影響，他說：「當然，這種情況的確叫我的自尊蕩然無存，也增加了我心裏的淒涼。

---

[11]　《一個臺灣老朽作家的五○年代》，頁 68。
[12]　《一個臺灣老朽作家的五○年代》，頁 72。

但是我不怪這世態炎涼。我知道，進了五〇年代以後，那本來純樸的臺灣民眾的心都整個兒給扭歪了。謀生不易加上日夜纏繞的莫名恐怖，如揮不去的巨大陰影，覆蓋在整個美麗島上。人與人之間充滿猜疑，人人自危而沮喪。五〇年代白色恐怖的摧殘，一直是臺灣民眾內心裡淌血的傷口，至今那殘痕和後遺症仍然主宰及控異了老一輩臺灣民眾的心靈，且禍延子孫。」即使是五〇年代白色恐怖事件已然過去，時序跨越至六〇、七〇、八〇年代，整個臺灣還是籠罩在秘密警察環境之下，人心整個被扭曲，於是整個社會價值被物質給取代，人性失落的部份遠遠落後於整體的物質生活。

　　葉石濤藉「簡阿淘」角色為那個年代，寫下了令人無比沉痛的歷史註腳，但是充滿極肯切的期待，他說：「總之，簡阿淘永遠也搞不清晚上夜襲失敗的原因。然而，他卻很明白，他們的行動失敗正象徵著黑暗的統治力量將永遠籠罩在這島嶼上，不知什麼時候，才會有一道燦爛的曙光再度劃開黑幕，帶給島民自由與民主。」[13]

　　入獄經驗對於作家的創作元素，是否有正面的存在意義？葉石濤〈獄中記〉一文，雖然非在獄中書寫，亦非自傳性的小說創作作品，但文中描寫日據時期臺灣百姓抗拒日本軍閥情節，而有監獄情況的書寫，可以說是作家個人情境與創作精神發生了光合作用，如他所描述的：

> 這四個塌塌米大小的囚房，經年累月地點著五燭光的小燈泡，李淳任終日坐在那潮溼的塌塌米上；偶而也有小訪客來打破這凝結的寂靜，那是幾隻小老鼠，像小妖精似的打破塵封呆滯的空氣；一愰而過，留給他些生命的氣息。[14]

---

[13] 《臺灣男子簡阿淘》，頁 12。
[14] 葉石濤：《葉石濤自選集・獄中記》，黎明文化出版社，民國六十四年一月初版，頁 8。

囚獄生命裡的寂靜感在封閉的時空間，偶然地碰觸到鮮活地生命，囚犯
的生命也產生生命的悸動。葉石濤以自身的獄中經驗寫出的〈獄中
記〉，對於監獄場景及囚犯內在心靈的描述，是迥異於他任何寫實主義
的創作手法。

二、雷震論

　　雷震，浙江人，一八九六年生，二十歲入國民黨，他本身是反共主
義者，但同時也是憲政主義者，他認為，如果在「反攻大陸」這個空洞
的口號下進行踐踏憲法的獨裁政治，不用說國民黨，連中華民國都會滅
亡，由衷地感到憂慮，為了挽狂瀾於世局，挺身而出，因此在一九五四
年被國民黨開除黨籍，後來就一直受到公開或暗中的迫害。雷震所主持
的《自由中國》，在一九四九年創刊，最初的發行人是胡適，一九五三
年一月，改由雷震主持。以往《自由中國》是以分析國際局勢和批判中
共為主，一九五六年十月，利用出版所謂為蔣介石七十歲生日的「祝壽
專號」，對國民政府展開批判。他的悲壯志氣，和胡適後來入主國民政
府的中央研究院院長的發展看來，形成強烈的對比。[15]

　　他在一九六○年發起「中國民主黨」組黨運動，奔走各地召開組黨
說明會，以實際行動貫徹其政治理念。同年九月四日當局以「知匪不
報」罪名起訴雷震，並處以十年徒刑，此即轟動一時的「雷震案」。雷
震於獄中撰寫回憶錄，批評執政當局，回憶錄於刑滿出獄時遭扣留。史
學家唐德剛在〈紀念雷震先生逝世十週年〉的文章中提到，雷震自己說
明在獄中如何渡過苦難的日子，兩人在臺北「中泰賓館」會晤時，問及
他的「坐牢秘訣」為何？雷震答以「欣賞坐牢」。他說：

---

[15] 王育德：《臺灣的苦悶》，頁 185。

　　這次我與雷先生談了兩個多鐘頭，甚為投契。他告訴我一個人做
　　人要有骨頭，也要有修養。坐牢就要有修養；他說他坐牢十載，
　　左右隔壁的難友都死了，只有他一人活了下來。
　　「有什麼祕訣呢？」我問。
　　「要欣賞坐牢嘛！」雷說時微笑。
　　他說他左右鄰難友都煩燥不堪，一個不斷傻笑，另一個終日唧唧
　　咕咕，大小便都不能控制，結果一個一個死掉。
　　「我想我如不拿出點修養來『欣賞坐牢』，我一定跟他們一樣死
　　掉……」雷說他用修養克制自己，終於神經還能維持不錯亂，而
　　終於「活著出來」。
　　雷微寰這種「欣賞坐牢」的哲學，事實上就是「阿Ｑ精神」，而
　　阿Ｑ精神在這種情況下卻可大派用場。[16]

本文專以《雷震家書》為分析文本。關於臺灣監獄文學各種文學類型
中，以「家書」形式書寫的作品，在質量上其實頗多，而雷震在獄中
所有關於文字稿部份，則以「家書」最具文學質地。本節便就其家書
探討之。

　　雷震能寄出且被保存下來的家書中，收信者當是以其家人為主，寄給
妻子向筠的數量最多，約有七十一封，署名給兒女的則有五十五封之
多。不論是給妻子亦或是給子女，我們在書信中都可以見到身陷獄中的
雷震，是希望透過書信與家人保持情感上的聯繫，維持「家」的感覺。

（一）對妻兒子女的思念

　　本是一介書生卻被構陷成一名「政治犯」的雷震，在一封封家書的
「字句表面」上，嗅不到一絲對當局的不滿，透過家書傳遞出鐵窗內最

---

[16] 馬之驌：《雷震與蔣介石》，自立晚報文化出版部，民國八十二年十一月初
　　版，頁 415。

多的訊息，便是對妻兒子女的關懷。在七十多封給妻子向筠書信裡，雷震必然地會以「報平安」來給妻子在精神上最大的安慰。〈五四、四、十七〉：

> 筠：
> 別來好吧！我寢食俱佳，希釋錦念。[17]

> 〈五五、十一、四〉
> 筠：
> 我一切很好，希勿念。寄上剪報一則請你看看，希望你每天要有相當的運動，最好早晚各做徒手體操二十分鐘，這樣繼續不斷下去，你的心臟病不會復發。[18]

> 〈五七、七、二十〉
> 筠：
> 你好吧，我的風濕又吃了很多藥及何大夫打針藥的片子，暫時不必打針。[19]

我們從上述幾段雷震信中簡短的文字裡，可看出，每封信便開門見山地向妻子「報平安」，讓無法時時探監的妻子，在心靈上能獲得某種程度的抒解。

另外，身為政治犯的雷震，對於子女在教育上的問題，特別地關注，他在信件往返之中，無一不對四個子女的教育諄諄告誡著，且不厭其煩地以嚴厲口吻，希望他們能以知識的力量，來為國家社會謀福。換

---

[17] 雷震著：《雷震家書》，遠流出版社，民國九十二年九月出版，頁 123。
[18] 《雷震家書》，頁 130。
[19] 《雷震家書》，頁 142。

句話說，雷震雖以此告誡子女「知識就是力量」，事實上則是告訴國民政府當局，知識份子的人格與力量，是不容抹殺也封鎖控制不了。

（二）胃／味蕾的溫情抵禦鐵窗的冰冷

「吃食」這件事，在《雷震家書》中，呈現一種傾斜的重要。透過胃／味蕾的牽連，讓鐵窗之內的雷震與鐵窗之外的家人，在情感上有共同的味覺感受，雷震所要營造出的，正是在情感與思想上並未離「家」遠去的親情。

當然，獄所的飲食必然只提供基本上的溫飽，對於不重人權的當局，對受刑人的對待自然不給禮遇，即使他是貴為「政治犯／思想犯」亦然。《雷震家書》裡，雷震細瑣地交代向筠探監要帶何種食物，顯然是在暖彼此之間情感。諸如雷震在探監之時，便會交代家人他所要的食物，如在〈五十一、三、三一〉：

> 下週來，請帶粉蒸肉一碗，另外熟疏菜兩樣，白菜百葉外，另炒一碟藤藤菜好麼？莧菜太老。今年何以沒有給我油菜苔子吃？雞蛋四個、蕃茄、香蕉六根和木瓜兩個。……。[20]

> 〈五十一、四、一四〉
> 下週請做一罐湯，肚子或肺頭均可，不要肉湯。因為本週一直是醃魚鮮湯。此外，熟蔬菜二樣，一樣加白菜，另一樣莧菜或豌豆角均可。餃子你把餡調好，另買乾麵一斤，拿來我自己包。……。[21]

---

[20] 《雷震家書》，頁 67。
[21] 《雷震家書》，頁 68。

〈五十一、四、二一〉

> 下週二，不要湯，積寬送了一大罐子牛肉湯。不要麵包，紹唐太
> 太送了許多包子。只要熟蔬兩樣，一為莧菜，一為青菜加干絲。
> 另外回鍋肉一碟……。[22]

給妻子的信件，交代「吃食」這件事，儼然是最重要的事件，透過細瑣
地交代「吃食」事件，讓「夫妻／家庭」間的角色不斷地被喚醒，人倫
之間的情感，不因鐵窗而有所阻隔。

（三）表面傳遞「知識」的重要，內裡批判當局「恐知症」

　　雷震當知其書信，必然會受到思想檢查，雖書信對於時局不再用批
判的語句來批判當局，但在字裡之間，充份地透露了屬於雷震式的知識
份子的傲骨。信中對於兒女訓勉，其實也是寫給當局看的。藉由家書，
同時也傳達了自己不變的立場：

> 「知識是成功之母」，你要記住這一句話，多一點知識就多一份
> 用處，我們今天太吃虧的，是所有知識都不如人，所以變成一個
> 「落後國家」，給人家處處看不起，今後只有大家努力求知。[23]

毫無疑問地，「知識是成功之母」是雷震給其女美梅的鼓勵，然「我們
今天太吃虧，是所有知識都不如人，所以變成一個落後國家，給人處處
看不起。」中的「落後國家、給人處處看不起」字眼，是批判當局礙於
無知、對知識份子存在著恐懼感，所下的批判。

---

[22]　《雷震家書》，頁 69。
[23]　《雷震家書》，頁 169。

雷震對子女不斷傳輸「知識即是權力」的觀念，這正也是雷震認為政治要改革，改革的責任必然地需由知識份子先發難。如在「五十一年三月三十一日」：

> 「知識即權力」（Knowledge is right.），有知識的人，總比沒有知識的人有辦法。知識高的人，總比知識低的人有辦法。請你們切記此點。中國人一般多是不讀書，這是一個悲觀的現象。我這樣要你們多讀書，是為你們自己，是為你們將來，是為國家求知識總和的增加。我老了，是到死上的邊緣了，也可能死在牢內，但並不悲感。[24]

此文前面「知識即權力」是給兒女勸勉的話語，「我老了，是到死上的邊緣，也可能死在牢裡，但並不悲感。」則是寫給思想特務官看的。以此表明自己身為知識份子，為知識殉道，並不悲觀。

一封信，藏著兩種用意，一為勸勉子女對於知識的追求，另一方面則偷渡了雷震對當局「恐知症」所產生的無知，進行批判。

三、施明正論

無疑地，站在時間的洪流裏，我們正在重構所謂的「歷史」，但何謂「真實的歷史」？不得不透過親臨歷史現場人士的經驗與想像，來重建另一種真實與虛構相互依存與記憶的歷史情境，尤其經歷過歷史現場的真實後創作下的文學，特別具有意義。於是我們在監獄文學的底層裏，看見政治時代推移的痕跡；這一張牙舞爪的痕跡，使得施家兄弟的生命軌跡朝向兩端發展——「靈魂的自由」與「理性思辨」來證明生命

---

[24] 《雷震家書》，頁190。

存在的價值。而對於獄中文學心靈地圖描繪，施明正[25]顯然是用五官來拼湊一個在黑暗國度「魔鬼自畫像」的靈魂圖騰。

施明正，臺灣高雄人，一九三五～一九八八，一九八八年因支援施明德絕食而死。施明正是臺灣政治發展史上，以絕食對抗政權致死的第一人。一九六一年因「亞細亞聯盟」案被關入獄的施明正，先是關在臺北青島東路，後轉往臺東泰源監獄；在獄中開始嘗試寫作，並投稿於《臺灣文藝》，一九六五年出獄。在獄中從事創作的〈渴死者〉與〈喝尿者〉兩篇小說作品，可說是臺灣監獄文學史上的經典作品。

（一）魔性的現身與神性的獻身

茨維坦·托多洛夫（Tzvetan Todorov）在《失卻家園的人》談到：知識份子是一個科學家或藝術家（包括作家），他們不僅僅從事科學或藝術創作活動，進而為真理的探索與進步做出貢獻，而且關心公共利益，關心社會價值準則的演變，因此積極參與有關價值準則的討論。[26]他又進一步地指出美國哲人、社會學家克利斯朵夫·拉什（Christopher Lash）理論，說明知識份子有三種職能與歷史上的三個歷史階段大致對應：良知的代言人、理性的代言人、想像力的代言人。第一種情況下，知識份子是道德家，他們以傳統與宗教為依據；這是最古老的知識份子類型。第二種情況與第一種情況相反，它出現在啟蒙運動時期，這裡，科學家成了最理想的人選。第三種情況是與後啟蒙主義的浪漫主義運動

---

[25] 施明正是美麗島事件最後遭到逮捕者，一九八〇年被處無期徒刑。一九八八年國民黨公布減刑條例，施明德刑期減為十五年。但施認為美麗島事件是政治而非司法案件，必須重新審判，因此開始絕食抗議。他當時已在臺北三軍總醫院戒護就醫，數日後因體力衰竭，被強行灌食。四月二十日施明正獲知施明德絕食情形，乃開始跟進聲援。見黃娟〈政治與文學之間——論施明正《島上愛與死》〉，林瑞明、陳萬益主編，《施明正集》，臺北前衛出版社，一九九三年，頁 317-325。

[26] 茨維坦·托多洛夫 Tzvetan Todorov 著，許鈞、侯永勝譯：《失卻家園的人·知識份子政治》，桂冠出版社，民國九十三年出版，頁 119。

對應的，其代表是社會邊緣人、可詛咒的詩人和藝術家。每一類知識份子的旗幟都與眾不同，它們分別是：真、善、美。拉什並不掩飾他對第一種類型的偏愛，並且勸說我們在經歷啟蒙運動與浪漫主義徘徊期後回歸從前；他希望「恢復已半被遺忘的在公共場所進行道德演講的傳統，知識份子在演講中呼喚的是良知，而不是科學理性或解放自我的浪漫主義夢想。」[27]那麼，身為知識份子的施明正在這場政治恐怖歷史現場中，留下的文學作品，所扮演的角色，施明正顯然正是克利斯朵夫‧拉什所言的「想像力的代言人」。

　　而施明正的文學／獄中作品，自白的屬性甚是強烈；透過文本，讓作者的情緒完全地表露在讀者眼前，這種恐懼的真實，無所遁逃，〈渴死者〉第一段小標──金屬哀鳴下的白鼠，寫盡這份在生命記憶底層無盡的無奈與難堪：

　　　〈金屬哀鳴〉，鐫刻獄卒手裏一大串巨大鑰匙的碰擊聲、開鎖聲，以及劃過鐵柵欄，那跳躍，奔騰一如尖銳的彈頭破空擊空向鐵柵欄，碎發的哀鳴，給人的恐懼和不安。這種聲音的恐怖，深沉在我的內心，久久無發消失。………雖然如此，如今，我在睡前，還要捏兩丸衛生紙塞住耳孔，以過濾、阻擋尖銳的聲響。[28]

求死，是為成就自己肉體的不堪及精神被虐的極緻，換句話說，就是瘋狂的境地，魔性的出現展現了瘋狂的一面：

　　　忽然，一陣奔過木頭地板的腳步聲，和頭蓋骨撞上鐵柵欄的悶響傳了過來。我跟同房，還有對面柵欄裏的人，幾乎同時抬頭，尋

---

[27] 《失卻家人的人‧知識份子政治》，頁 120。
[28] 《島上愛與死──施明正小說集》，頁 242。

　　找，而且馬上看到用腦袋當鼓，藉鐵柵敲鼓的他，正站在鐵柵前
　　發楞，在他確定沒有把脖子上的鼓給敲破以後，頗為懊惱似地，
　　雙手緊抓住鐵柵，像拉單槓，又像鬥牛場的牛猛烈地撞了起來。[29]

就像鬥牛一般撞向鐵柵，人至此精神徹底瘋狂；再來，便是步向死亡；
而死亡的境地竟與涅盤精神狀態一般：

　　聽說，他的死法，非常離奇，……結在常人肚臍那麼高的鐵門把
　　手中，如蹲如坐，雙腿伸直，屁股離地幾寸，執著而堅毅地把自
　　己吊死。[30]

生命的終極處，竟以選擇渴望追求一死為唯一的嚮往。而這樣求死的勇
氣，就是經過祈禱、經過恐懼後所產生的人性終極體現。自體的魔性現
身，無疑地是為步向神性獻身的第一個步驟。
　　文學藝術之所以以悲為美，主要原因在於：悲能夠深入到自我心靈
的最深層次，能夠使人意識到自己生命的真實存在。[31]施明正獄中小
說，不斷召喚出時代下的悲劇英雄，以悲劇英雄的肉身來不斷喚醒其內
在的神性。此歷程就像克莉斯蒂娃所說的，渴望在書寫中尋找話語網眼
的填補物，然而書寫同時亦是指出昇華之短暫、及生命之無情終結──
人之死──的黑暗的魔力。[32]
　　文字中的瘋狂與惡魔，正是人性中被壓抑的恐懼對象之復出，一種
真實的面貌。這是主體永遠畏懼的自身內在陰性成份，此陰性成份隨時
可能會滿溢、氾濫而致失控。無意識中騷動而無名的欲力只有符號之

---

[29]　《島上愛與死──施明正小說集》，頁245。
[30]　《島上愛與死──施明正小說集》，頁250。
[31]　彭鋒：《美學的意蘊》，中國人民大學出版社，二○○○年一月一版，頁86。
[32]　《恐怖的力量》，頁210。

後，才可能進入意識，被正面對待。因此，透過文字與藝術的昇華，此無名欲力符號化而成為所謂的「陰性書寫」，我們便因此而能夠窺見主體所恐懼排斥的對象何在。[33]透過悲劇的書寫，進行靈魂的超越；透過一個悲劇的誕生，來終結生命困頓的命運。筆下的人物如此，現實情境的主角也是如此，渴死者／喝尿者／魔鬼／施明正，全是歷史運作下的受難悲劇性人物。施明正於〈指導官與我〉如此描繪這塊土地的受難圖：

> 當飛機在微雨豔日中，升上美麗寶島的上空，我邊畫著聖十字聖號，並以默禱沖散沖淡打從進入偵訊室至此一直緊箍著我全身的恐懼。並首次從空中俯瞰我的祖先受苦受難從幾百年前的荒蠻開拓得這麼漂亮，遠看很像我當時畫過的現代抽象表現主義帶著幾何構成的綠色系統完成過的油畫，卻還不得不讓祂們的子孫活受烤爐煎熬獵人追捕的疆土。[34]

施明正以一個黨外政治受難者角度，看著臺灣這塊先民以鮮血生命掙來的土地，悲憫地藉宗教力量及方式進行禱告。大多數黨外人事都將臺灣獨立這個政治立場，視為是宗教信仰般的神聖。

（二）魔性與神性的辯證

對於處在監獄的感受是怎樣情境？人的肉體在被禁錮過久，感官知覺似乎變得遲緩；但那僅止於肉體感官上的感受，精神的敏感性卻是越趨緊繃，施明正如此地描述獄中精神狀態：

---

[33] 《恐怖的力量》〈導讀：文化主體的「賤斥」〉。
[34] 《島上愛與死——施明正小說集》，頁 301。

當你生活在一個絕對無法由你主宰的空間時，你會從逐漸學乖的
體驗裏，形成某種樣品。由於人類異於其他生物，於是乎人類在
多方思想、回憶，以適應生存的過程中，便自然地塑成了各種各
樣的典型人格。[35]

心靈自由與現實的困頓，施明正他自言：

這不能說不是命運在主宰人的航程？或是人的航程被暴風雨似的
驚濤駭浪所干擾，因而被折騰、被試煉；假如每個人是一條船，
那麼在完成其成為一條船的造船、試航中，豈能不把汪洋大海，
那多變的季候、氣象，預先列入承受巨變震盪的力學結構之內。
雖然人類承受巨變的能力，也像船隻一樣有其先天壽命的極限，
這也許就是人類和船隻共同的脆弱性所呈現的悲劇，和無可奈
何。然而歷史和史詩往往在記載並歌頌這些人在被折騰和試煉
中，所表現的無比淒美、宏壯、堅毅、苦澀的悲劇性甘甜；就像
苦瓜湯的去火，好茶的醒腦，和醇酒的振奮人心。[36]

施明正以極超越的人生觀轉化其生命的苦難處。歷史就像史詩般的壯
闊，自己的生命一如一篇史詩，其中的磨難對自身而言，就像悲劇的主
角上演他的角色，全心投入，一如苦瓜湯、好茶、醇酒，細細品嚐，沒
有怨懟，只有堅持自身一路走來的道路。他也曾寫下這樣的文字：「我
不喜歡政治，我從未就文學作品與政治的因果，做過任何比較。我的一
生，是注定要成為一個最純粹的文學藝術家。」但施明正的生命與獄中

---

[35] 《島上愛與死——施明正小說集》，頁 242。
[36] 《島上愛與死——施明正小說集》，頁 202。

文學作品，卻演繹出臺灣監獄文學史中重要的一個主角。無論光影變化或是對生命中苦難的喂嘆，無處不是經典之作。

　　顯然地，以渴死與或喝尿的方式求死，在精神上是求取一種生命的救贖，拋棄舊有的生命載體，因為人性在這場鬥爭當中已無法從真實的生活中尋求解脫。

　　施明正〈渴死者〉、〈喝尿者〉等篇的監獄小說，反映在獄中因現實生成的荒謬感，哈維爾對這樣的荒謬感，有極深刻的分析。他認為：「荒謬感絕不是對生命的意義失信仰的表現。恰恰相反，只有那些渴求存在意義的人，那些把意義當作自己存在不可分割的維度的人，才能夠體驗到缺乏意義的痛苦，更準確地說，只有他們才能透徹地感受到這份情感。在它的令人痛苦的缺失狀態中，意義反而獲得了更加逼人的存在──比不加質疑的簡單接受的存在更富於力度，就如同一位重病纏身的人比健康人更能體會到健康的意味是什麼一樣。我相信，純粹的意義缺失與純粹的無信仰在面貌上是截然不同。冷漠、麻木不仁和自我放棄會把存在降低到植物水平上。換句話說：荒謬體驗與意義體驗密不可分，只不過它是意義的正面，就像意義是荒謬的反面一樣。」[37]〈喝尿者〉等監獄小說，亦透顯出施明正處在悲觀的客體環境還保有樂觀浪漫性格，如：「當然這種由直腸與肛門所發出的歌唱似的聲音，也像人們的喉嚨那樣，一聞其聲，便知其人了。」。

　　生命若失去意義、目標、價值或理想，結果將引發極大的痛苦，嚴重的時候會使人決定結束自己的生命。於是，我們可以認同施明正小說中所透顯出來的某些精神上的錯置感，其實是向現實索取精神自由的所有權。

　　王德威認為施明正的這種精神向度創作觀，是凸出了色相的極緻追求、主體的焦慮探索、文字美學的不斷試驗；一方面也透露了肉身孤絕

---

[37] 《獄中書簡》，頁 122。

的試煉，政教空間的壓抑、還有歷史逆境中種種不可思議的淚水和笑話。歷經了一生的顛撲，施明正彷彿終於要以自己決定的死亡完成他對現代主義的詮釋。[38]

四、李敖論

　　一九三五年生，吉林省扶餘縣人，二〇〇〇年曾為新黨籍候選人參選中華民國總統，二〇〇四年以無黨籍身份當選立法委員。一九七一年，因「叛亂罪」被判十年罪刑，一九七六年獲特赦；一九八一年又因言論觸怒當局，再度繫獄一年。然其入獄原因始末，在於《文星》雜誌的言論觸怒當局。

　　《文星》雜誌是一九六〇年代前半期一本頗具思想啟蒙作用的雜誌，對於傳播民主、法治、人權觀念，亦有其不可磨滅的功勞。早期的《文星》，標榜「文學的、藝術的、生活的」，到了《文星》的第五年──一九六一年十一月第四十九期（九卷一期）開始，李敖等青年加入《文星》之後，《文星》又有了新貌，編輯重心一轉而至思想的論戰上，全面對中國傳統文化攻訐，大力提倡現代化、西化，極力宣揚西方的科學與民主。嚴重違背當時正在強調中華文化復興運動的國民黨當局的政策，開始受到國內保守勢力的壓力。自五十八期（十卷四期，一九六二年八月一日）以後，《文星》又邁入新的階段，除了繼續前期的思想啟蒙之外，編輯的重心又涵蓋對社會現狀的檢討，開始將思想觀念的反省與批判，與日常生活世界中的事件制度的思索，扣連在一起。因此，這一階段的《文星》雜誌，以現實的政治社會問題，諸如民主法治、自由人權的鼓吹、法律檢討、教育、社會倫理道德……，為其論述的主題。《文星》雜誌所遭受的困擾和打擊，到了第九十期以後，益加

---

[38] 王德威：〈島上愛與死──現代主義，臺灣，與施明正〉，收入於《島上愛與死──施明正小說集》，頁14。

明顯。第九十期遭當局查禁。九十八期時，主編李敖寫了一篇〈我們對「國法黨限」的嚴正表示〉，嚴厲指責當時負國民黨宣傳之責的國民黨中央委員會第四組主任謝然之違反了國民黨總裁「不應憑藉權力、壓制他人」的指示。那一期的雜誌出刊後，《文星》雜誌遭到停刊。[39]

　　李敖於一九七一年三月被捕，但當局並非直接以文字內容為理由，而是假借他案。一九七一年二月，美國商銀臺北分行發生定時炸彈爆炸案，四個月前臺南的美國新聞處也發生爆炸案，警總保安處由於已經跟蹤李敖、魏廷朝、謝聰敏三人長達一年，希望藉口三人與爆炸案有關而逮捕。恰好大約同時友人在臺北散發大批傳單，內容包括「歡迎外省人參加臺獨，歡迎李敖參加臺獨」，於是二月謝、魏被捕，李敖則於三月被捕。李敖最後以替彭明敏傳遞密函、參加彭明敏為首的叛亂團體，提供泰源監獄政治犯名單給國際特赦組織，被科以預備顛覆政府罪，判處十年徒刑。案件拖延三年五個月後，經國防部判決發回更審，李敖仍被科以預備顛覆政府罪，但刑期改為八年半。[40]

　　李敖著述甚豐，但若去除與文學質地相去甚遠的評論文章作品，純粹為文學創作的作品，《北京法源寺》大底是李敖最為著名的文學作品。《北京法源寺》內容雖有一章節與「監獄經驗」相關，他也確實自己說《北京法源寺》寫作動機與當時坐國民黨牢獄相關，他說：

> 「北京法源寺」做為書名，是十七年前我第一次做政治犯在國民
> 黨黑獄中決定的。……由於在黑獄裡禁止寫作，我只好粗略的構
> 想書中情節，以備出獄時追寫。[41]

---

[39] 參見李筱峰個人網站：http://www.jimlee.idv.tw。

[40] 魏廷朝：《臺灣人權報告書 1949-1995》，文英堂出版社，民國八十六年四月出版，頁 97。

[41] 李敖：《北京法源寺》，李敖出版社，民國八十九年二月修訂一版，頁 361-362。

然終究此書創作內容與經驗看來,不在本書所設定「臺灣監獄文學」定義區塊之內,故不在本書討論之。而李敖在他的《回憶錄》中多次提及獄中見聞,可以說是他獄中的生活自白,然因此部份亦因文學質素不高,在書不予討論。而《坐牢家爸爸給女兒的八十封信》一書,則是李敖於第一次入獄時寫給在美國的女兒李文的家書,本節專就李敖家書析論之。

「家書」事實上是治療整個家族史的記憶傷痕的最佳良方。這八十封信,是寫於一九七三年一月二十四日到一九七五年十一月一日兩年間。[42]八十封信,所涉及的內容,除親情之外,李敖大量地引用中外歷史知識,企圖以「家書」形式來進行家庭教育。也因為李敖的「歷史研究者」背景,這八十封信,充滿了歷史知識,對於當時八歲的李文,在閱讀與吸收上本是困難的。但李敖還是想盡辦法以圖示方式,來讓女兒能了解他書信裡的內容。他說:

> 在我寫的信中,為了增加趣味和理解,我儘量酌配插圖,這些插圖都是從書上割下來的。牢中沒有剪刀或刀片,我把破皮鞋中的鋼墊片抽出來,在水泥臺上磨出鋒口,用來切割,與刀片無異。[43]

李敖家書,除中文字、圖片之外,也大量地使用英語的附註及解說,如:

> 五十分叫五毛,就是半塊錢 half dollar, half—dollar, half—buck,一塊錢(dollar)俗稱很多,buck 最常用,buck 是雄鹿,雄鹿的

---

[42] 《坐牢家爸爸給女兒的八十封信》,頁 2。
[43] 《坐牢家爸爸給女兒的八十封信》,頁 2。

眼睛叫 buckeye，「橡樹」的果像這眼睛，所以橡樹就叫
buckeye[44]

英文與中文互為解釋，讓李文在異地，對於自己中國文化、語言也能同
步學習。

　　換句話說，家書的書寫，是李敖履行父親職責的方式。書信往返，
既然是李敖在牢裡對子女的家庭教育，於是書信內容便顯得隔外重要。
李敖所談的內容，多方述及中國歷朝以來的歷史、人物、文學。如〈水
肉‧水月‧影子戲〉中對於李白的故事、中國成語都有生動的描述：

> 寓言裏頭狗偷了一塊肉，在水邊看到水裏有另一條狗嘴裏有肉，
> 牠很貪心，想去搶肉，結果跳到水裏連自己嘴裏那塊肉也丟
> 了。——這是寫一個又笨又貪心的故事。
>
> 中國古代的大詩人李白，聽說喝醉了酒到水裏去撈月亮淹死的，
> 後來有句成語，叫「水中撈月」；還有句詩，叫「鏡花水總成
> 空」。
>
> 為什麼成空呢？因為水裏的只是一種倒影，鏡裏的只是一種投
> 影，影子不是真實的。[45]

雖然女兒在美國，但李敖堅持給她屬於中國文化的家庭教育，於是我們
也看到了家書對於受刑人的意義，在於個人生命與家族生命史起了積極
的縫合作用。

---

[44] 《坐牢家爸爸給女兒的八十封信》，頁 12。
[45] 《坐牢家爸爸給女兒的八十封信》，頁 183。

五、陳列論

> 一生當中的確有若干讓人無言以對的時候。
>
> ——陳列

　　陳列，本名陳瑞麟，嘉義縣人，一九四六年生，曾代表民進黨籍任中華民國國大代表，現居花蓮市。

　　面對失去自由的靈魂，對於自由的嚮往則是更加的強烈。只是陳列在作品中那份強烈的感性，以極為溫柔而冷靜的筆觸，深深地刻畫他人生當中無言以對的時候。一九七二年一月分，陳列被以「為匪宣傳」等罪名被判處七年徒刑，在綠島監獄渡過四年囹圄時光。他於獄中寫下原名為〈獄中書〉後改為〈無怨〉一文，並在一九八〇獲得時報文獎散文首獎；〈無怨〉一文的文筆與書寫內容，在眾多臺灣監獄文學中，是值得被討論的文本。

　　文學是思想的投射，而〈無怨〉則是陳列個人在獄中情感抒發的一個美麗結晶體。本文從〈無怨〉中先分析陳列寫作的視角，再看其溫暖與希望的書寫，最後與他同關於一房的獄友。從主觀到客觀的敘述，來探討陳列當時在書寫〈無怨〉時的創作精神。

（一）微觀生命裡的微光

　　作家的觀察力是極為細微，並常運用意象手法，來表現其心靈活動。作者進入一個「微型世界」，意象立刻開始充盈周遭，變大，脫逸。巨大源於微小，並非透過相反事物之間辯證關係的邏輯法則，而是歸功於從所有的空間向度上必然關係的解放。極小的事物，無異於窄狹的大門，開啟整個世界。一件事物的細節可以是一個新世界的信號，這

個世界就像所有的世界一樣，含納著巨大感（grandeur）的質素。[46]成為國民政府六〇年代時期政治犯的陳列，在〈無怨〉第一段這麼描述著：

> 午睡在雷聲中醒來，脆急沉厚的聲音響在囚房外。一場大雨應該就會接著而來的；我聞得出雨的味道。[47]

整個六〇年代臺灣政治時局，充滿一場山雨欲來的緊張情勢，陳列的生命停格在那一場暴雨之中，然後凝視；他說「可是現在，我只能從氣窗的花磚間望見幾格不成其為天空的割裂的昏暗的色澤。」在文章末尾，他寫到：

> 雨繼續下著，室友也繼續睡著。外面散步場邊的草地必已滿是潮濕，今夜將是雷馬克所說屬於根與芽之夜。生機只要沒有完全死去，終究會萌芽茁長出的。[48]

黑暗的勢力，在明天，也許成為另一種生命的契機。陳列一如一名「文學先知者」，預言了後來臺灣的民主體制，就是在極權統治之下的政治氛圍之中，萌發而出成一片綠林。但陳列也對自己初入囹圄的心情，有著深刻的描繪：

> 剛來的時候是冬天，散步場四週水泥牆上的藤蔓只空留著皺瘦蕪雜的枝條，灰底黑紋，那股蒼涼已不只是版畫般的典麗而已

---

[46] 巴舍拉（Bachelard ,Gaston）著，王靜慧、龔卓軍譯：《空間詩學》，張老師出版社，民國九十二年出版，頁 246-248。
[47] 陳列：《地上歲月・無怨》，聯合文學出版社，民國八十三年十一月，頁9。
[48] 《地上歲月・無怨》，頁 18。

了；……經過一個春天，那片老邁的藤蔓才逐漸長出澀紅的新
葉。等到這場雷雨之後，整面牆也許不久就會蓋滿一層在風裡招
搖的綠色了。[49]

陳列將自己初入獄中驚惶之情，以文學意象手法表現，使閱讀者雖在時
空與經驗的遠距離之下，還是可深刻感受到監獄裡迷漫出皺瘦蕪雜／灰
底的氛圍。他是如此地希望臺灣政治的春天能早日到來，雷雨／極權政
治能早日過去。

面對生命裡的苦難與政治的黑暗力量，陳列以文字的力量來舒緩引
爆在心中的這場生命雷陣雨。

（二）溫暖與希望的書寫

冰冷的鐵窗，尤需溫暖地觀照。〈無怨〉一文完全以「溫暖」與
「自由」兩個向度為其書寫主軸。我們觀其「溫暖」之符碼，計有陽
光、植物；「自由」意象，則有書本、海洋。以下便就此四種意象符碼
分析之：

1、陽光

本來是生命元素的陽光，是充滿著溫暖與生命力，但在面對獄中生
涯，無疑的，就是生命的停格，他說：「可是現在，我只能從氣窗的花
磚間望見幾格不成其為天空的割裂的昏暗色澤。」停格後的生命與外界
的關連——真實與虛構的界線，開始模糊：

如果有陽光，從西邊牆壁上方的花磚間射入的幾塊菱形光線，現
在應該落在第七條地板橫木上了。那也就是老林右腿附近的位

---

[49] 《地上歲月・無怨》，頁 15-16。

置。等到陽光移到第八條地板時，有時就會聽到獄吏的鐵底皮鞋
走在長廊上的聲音。[50]

獄中敘述者的觀察下，整個牢獄間的空間與外界真實世界時空觀已呈現
部份剝離現象，如「陽光共有十二塊，成三行排列。」「我從沒想到，
陽光移動的腳步竟會那般令人怦然心動。」陳列自己也說，只要不去想
及外面的人和事，獄中生活是平靜的，也因此人變得敏感而脆弱。再細
微的聲音和氣味都會引起我們的注意力，任何人事物的變動也必然使心
情震盪不已。

　　只不過「焦慮」情緒在本文當中，還是被緩慢書寫出來了，然而我
們無法真正推測到作者是否也意識到自身所處的精神世界，是焦慮而非
注意力的集中。

　　2、植物
　　除陽光散出的溫暖對於在監獄裡的陳列而言，是種可貴的感受；綠
色植物帶出來的希望，對於陳列或是同為獄中受刑人，都是一種生命上
的感動：

> 幾個月前的一段時期，我也往往在每天二十分鐘的散步時，蹲在
> 水泥散步場邊，撫摸著外圍草地上尖稜的草葉。手心所感受到的
> 那種刺人的微癢迅速傳遍全身，幾乎令人掉淚和暈眩。那些綠意
> 使我想起我生命中永遠不再回來的一些熱情和狂傲。[51]

---

[50] 《地上歲月・無怨》，頁 12。
[51] 《地上歲月・無怨》，頁 15。

這一段是在描寫作者觸碰到植物／生命時的真實感受，失去生命力的生命與充滿陽光希望的生命交織在一起，「手心所感受到的那種刺人的微癢迅速傳遍全身，幾乎令人掉淚和暈眩」是種對生命的感動與悸動。

3、海洋

失去自由的人，才知道自由真正的樣貌。陳列以獄友的海上經驗來寫自由的寬廣、自由的身影：

> 其實他沒當過船長，他只是一隻近海漁船的一位射魚手。他不識字；大家在看書時，他那副一八二公分高和約八十五公斤重的身軀就伏在地板上，用原子筆在白報紙上畫魚，一邊哼著無言的歌調，聚精會神的模樣恰似小孩作畫的虔誠神情。他仔細地一筆一筆勾勒，反覆地畫著各種旗魚與鯊魚，並且添上起伏的波浪。[52]

至於——「他」，已非黑笛仔，而是獄中每個嚮往自由國度的受刑人。失去自由，對於自由的想像力絕對遠比擁有自由的人來得更具體，更富想像。海洋，是他們自由的原鄉／想像的原鄉。

4、書本

面對精神上的壓力與焦慮，陳列的以文字所建構出的世界來抵抗囹圄中的現實感受。他說：「至於我而言，書中滋味之一是能夠超越時間，與古人對坐交談。他們一生起伏、得意和悔悟，原原本本展開在我眼前。我似乎把握到了虛榮與進取之間，眼淚與歡笑之間的微妙關係，以及永恆的意義。」惟有文字穿透力，才能讓人的精神隨心所欲地穿越時空場域的限制，陳列在獄中，深深體驗到閱讀文字所帶來的喜悅與功能。有黑道背景的黑笛仔，失去馳騁江湖時光而落入獄裡，他重拾起書

---

[52] 《地上歲月‧無怨》，頁 13。

本唸起《海天遊蹤》，游於文字海，讓自己的想像不受鐵窗有形的限制，生命也有了延展的可能。

（三）獄友的描述

〈無怨〉文章末尾出寫著：「因此，我開始自覺得如此溫柔，如此強健，如此地神。」陳列的溫柔／強健／神都是他在獄中的生活哲學。陳萬益教授形容陳列的散文，就是溫柔，他說：「陳列『內斂沉思』的特質」，使其文竟在低吟緩唱中，逐漸達致『平和溫柔』」[53]。對於黑笛仔、對於老林，陳列筆下的獄友們，全是慈眉善目的人，他說：「塗佈著浪漫理想色彩的心，希望集酸甜苦辣於一身，且羨慕豪邁卻落魄的英雄，盼望死得淒美或悲壯。」淒美與悲壯的人生，還是無損於自己視己身成就一名英雄的本質。長期監禁在獄中，對於人格影響是極為劇烈。陳列以很溫和的筆法，描寫獄友們的神情：

> 心情愉快的時候，譬如說，收到女兒的來信時，他會把手伸出廁所壁上的鐵條外，開玩笑地對大家說：「來啊！摸一下社會」。[54]

「來！摸一下社會。」這種直逼生命底層的無力感而併發出來的樂觀人生觀，反映出的是時代悲劇的蒼涼感。另一個層面，失去自由的恐懼感，也游走在獄中的行為之中，陳列拿起尚在午睡獄友枕邊的書本，書名是《海天遊蹤》。對於自由企求，在書裡，在夢中，無一不是。陳列引卡繆的說法：

> 「幸福不是一切，人還有責任。」這是一個人道主義者的莊嚴宣言。在此，私己性的享樂追求為更高的某個理想層次或所謂的社

---

[53] 《于無聲處聽驚雷》，頁 58。
[54] 《地上歲月·無怨》，頁 14。

> 會良心而犧牲。於是，歷史上有了臉色蒼白或赤紅的聖哲與烈
> 士，後代也有了仰望的對象。[55]

對於自己因政治因素入獄，陳列期許自己，可以成為後代子孫緬懷的對象。但值得緬懷的，將不只陳列本人，還有他這篇臺灣監獄文學的經典──〈無怨〉。

---

[55] 《地上歲月·無怨》，頁 16。

「美麗島事件」至
解嚴以後（1979-2005）

姚嘉文論

如果「美麗島事件」是臺灣黨外運動／臺灣獨立發展史的一個重要時間點，那麼姚嘉文以七部歷史小說近三百萬字刻畫出的《臺灣七色記》歷史小說大著，則是記錄與論述清代以來臺灣獨立發展史的歷史大河小說。整部《臺灣七色記》可謂是部臺灣獨立運動史的歷史演義小說。本節專論姚嘉文獄中書寫場域及其個人生命場域的光彩結晶《臺灣七色記》。

一、歷史與歷史小說的對話

歷史小說的特點，是在史實背景之下，進行小說虛構的書寫，《臺灣七色記》便是在史實與虛構之間，進行一場臺灣演義小說的書寫，而國族認同的辯證與確認，是整部《臺灣七色記》的主軸；《臺灣七色記》七部小說的時間背景，多設定在對臺灣有重大事件與影響的時空下。而作者自己對於歷史的認知是，記得有歷史學家曾經講歷史不會重演，講『千古無同局』，英文講『History never repeats itself』。這話是不錯的，但歷史事件雖不會重演，卻有許多類似的本質存在。如果我們只就其中某個觀點去看，只就某種地理、政治、文化的特殊原則去看，我們卻可以發現歷史不斷在重演。[1]

重演何種歷史？在姚嘉文的認知裡，便是「臺灣建國」這一軸心。例如《臺灣七色記》中的《黃虎印》，內容便是追溯關於臺灣民主國建國的短暫歷史。即使在整個臺灣政治發展史上，一度想獨立於滿清與對

---

[1]　《紫帽寺》，頁 126。

抗日本帝國侵略所走出的建國路，是條篳路藍縷路，但臺灣這段的建國歷史，卻是姚嘉文歷史小說所要談及與重建的歷史。

　　而《黃虎印》在《臺灣七色記》小說中篇幅最為浩大。雖然小說所跨越的年代僅僅是中日甲午戰爭，清廷割讓臺灣事件爾後造成臺灣士紳眾志所建立的「臺灣民主國」那段時間，但姚嘉文對於此一臺灣政治發展史上的重要事件，相當的重視，其重視原因在於「臺灣民主國」是第一個以「民主」口號為號召的政治事件，相對於姚嘉文所處的一九七九年「美麗島事件」發生的原因，有其相呼應之處。

　　另外，我們再度地發現宗教信仰在獄中的姚嘉文身上發揮了力量。《黃虎印》小說中，有兩種宗教力量支撐著姚嘉文在漫長的獄中寫作工作。其一是，他所信仰的基督信仰；其二則是關於臺灣獨立的信仰。

　　關於前者，小說的基督信仰扮演著上帝的角色，雖然小說出現角色屬於中國傳統式的命理師周甙師，但此命理師的功能，更像臺灣義民中的智者、軍師角色，為北臺灣的反動力量獻策，並獲得尊敬。

　　而臺灣獨立信仰的情節，則附著在一個夢想模糊、小說情節發展脈絡之中，說是模糊的理想，是因為如《黃虎印》中的長短腳建廟理由，居然是在一場混亂下所許的願望：

> 清軍逐一查看死屍，如有活口一概砍殺，我自認必死，忽然想到那幾年毀廟殺僧，必並犯了神怒——以前我既信耶穌，就不會再信神佛，可是面臨死亡關口，忽然對耶穌失去信心，改信神佛，眼看清軍臨近，便在死人堆中許下大願，答應若逃得活口，求得活命，必起造一間廟寺還願。

建寺廟還願與臺灣獨立的夢想聯結在一起，可謂是當時整個臺灣政經局勢對於獨立這一概念，其實充滿神聖性的使命感。

對於基督信仰，在《青山路》、《黃虎印》中皆可看見。耶穌受難的印記與臺灣苦難的連結，無疑地，在姚嘉文筆下，兩者皆是生命中信仰的必然路程：

> 逝去的歲月裏耶穌的血跡未乾涸，嶄新的年代中該有再也沒有人流淚吧？[2]

《臺灣七色記》小說中的女主角，無論是《黃虎印》許白露、《青山路》蔡秀、《藍海夢》何海芳，則可探析出姚嘉文對於女性特質的認知，整部小說看不出各女主角人格特質的區別與差異性，而落入是屬於刻板認知下的女性形象，無外乎是受難者／被保護／追求愛情／性格堅毅等形象。

陽剛的歷史小說，總將女主角的位置／配置淪於烘托男主角的性格之下。女性的存在與犧牲，總是為成就與協助男主角理想的實踐與發展而犧牲。

《臺灣七色記》中的各部小說，自有其故事背景，但都環繞在「臺灣建國史」這一主題上。《白版戶》設定地理中心大陸江南安徽省繁昌縣；《黑水溝》之地理位置中心在今臺南市；《洪豆劫》之地理中心為彰化縣；《黃虎印》之地理中心在臺北城；《藍海夢》地理中心則在花蓮；《青山路》小說重心則以海外為場景；《紫帽寺》故事，則以南中國海四周四個城市為地理中心──臺北、泉州、馬尼拉及汶萊。

鳥瞰臺灣歷來歷史的發展，即是一部臺灣先民移民史，歷史的浪潮在因緣際會下將中國各個朝代百姓，一波波地推向臺灣。只是，臺灣的命運組成因素，雖來自中國歷朝的結果，但因地域環境的關係，讓臺灣在某個時期，便有脫離母體的自然發展。

---

[2] 《青山路》，頁41。

　　歷史小說的書寫，對於姚嘉文而言，是對臺灣命運未來的一種探求。他自言歷史小說的功能有三方面：

　　（1）重現民族回憶，理清先人過去的經驗。

　　（2）尋找歷史根源及歷史教訓，以便理解我們今日的處境，解決我們今日的問題。

　　（3）提供思考我們未來前途的參考資料。[3]

　　顯然地，姚嘉文鑽研歷史與書寫歷史，是為從已發生的歷史規則中，找尋到臺灣未來的去處。

　　當時對於歷史小說書寫尚是生手的姚嘉文而言，《臺灣七色記》的完成，必然是件辛苦的事，而其對於「歷史小說」的美學觀念，手法事實上還是稍嫌生澀；例如七部小說中對於臺灣歷史的交代上，往往安排一位「說故事者」。說故事的人對於歷史的詮釋，也絕對偏向「臺灣主體意識」的獨立性。小說的敘事者與小說中的說故事者，合而為一。研究歷史、書寫歷史，無論是真實的歷史還是虛幻出來的歷史，這樣的經驗，即使在獄中的囚犯，也等同地感受真實與虛幻之間相互滲透。

　　姚嘉文《七色記》七部小說，無疑地是在找尋臺灣過去、現在及未來的，他創作軸心明顯地圍繞著「臺灣意識」而來，而姚嘉文試圖地從臺灣過往的歷史經驗中，試圖地強化臺灣人的「臺灣意識」是早已實存的事實，而非外省族群來臺才被激化出的一種思潮。

二、以歷史來話臺灣

　　臺灣的自有紀錄以來的開發史，其實就是一部東亞地區帝國的殖民史。身為東亞地區重要樞紐的臺灣，在歷史洪流中除命運更迭外，也充傳奇色彩，因此臺灣的歷史，因詮釋觀點不同，所呈現出的歷史意義便

---

[3]　《臺灣七色記》，頁128。

有極大的不同。而姚嘉文便利用這種臺灣歷史發展上的弔詭性，進行一次又一次的立場之爭。

（一）臺灣意識／獨立／問題的探討

國民黨撤退來臺之後，所造成的政治議題並沒有因時間流轉而有所消化，反而因為時間積累，讓問題核心益加地複雜化，其中便是族群問題的產生。族群的對立化，造成島內各族群之間的不信任感越趨嚴重。

姚嘉文非常清楚地意識到臺灣島內政治問題的核心點，在於族群之間的融合問題上，於是他在《白版戶》中藉中原河洛人遷居南方後，還是不肯落籍的心態，來諷喻外省族群已客居臺灣多年，不肯接受與認同臺灣這塊土地者，嘲諷國民政府愚弄與其從大陸撤退來臺的各省民眾心態，是極為可議。不論是國民政府抑或是從中國大陸來臺的人士，某些人的心態還是對於在大陸時的貴族／階級身分無法忘懷，委身至臺灣除感憤憤不平，還處處享特權，而無視於整個時局已物換星移。整個臺灣一如朝士族南遷般，不肯土斷於南方，一方面偏安於臺灣，一方面又將臺灣視為客居之地。

而所謂的「土斷」即：東晉、南朝廢除僑置郡縣，使僑寓戶口編入所在郡縣的辦法。當時僑州、郡、縣無一定境界，不徵租稅徭役，士族廣占田園，兼併激烈，影響朝廷財政收入。咸康七年（341 年），晉成帝命僑寓的王公以下都以土著為斷，把戶口編入所在郡縣的戶籍。桓溫執政時，又於興寧二年（364 年）三月庚戌日（初一日）行土斷法，史稱「庚戌土斷」。義熙九年（413 年），劉裕再行「土斷」，諸僑置郡縣多被裁併。此後南朝各代，又曾數次土斷，整頓戶籍，搜出不少士族挾藏戶口，增加了國家財政收入。

《白版戶》中的幾個主角，各有所指。例如醉雅公，就是個典型的中原貴族人士，這群本來享有權貴權力的勢族，對一旦落籍，便成為平民身分的政策，是極度的排斥。姚嘉文以「醉雅公」來調侃某些得勢的

外省權貴族群／分子，認不清也不願承認臺灣與中國大陸已是兩個政治
分子的事實；醉生夢死附會風雅的日子，已遷居江南，卻以擁抱品等才
有安全感，他說：「我們乃中原士族，竟要我們落戶揚州宣城郡，而且
不再有白版戶，不准挾注北籍，一律要和南人同籍，這庚戌制是為何而
立的？為何這次縣令嚴厲如此？」[4]醉雅公顯然是中原士族心態的代
表。這也象徵國民政府某些外省權貴子弟，來臺已近三十年，對於臺灣
的一切，毫無情感可言。

　　與醉雅公相對的人物，便是吳老公；他非常贊成土斷政策，並且以
天體運行來闡釋人世變化的變與常，他說：

　　　　其實我講了半天，不過是一句話，講天上日月星辰，時時移動，
　　　　沒有定處。天上星宿尚無定著，吾人豈能永久定著呢？你們遷到
　　　　江南來，就要住在江南，那能永久是洛陽人呢？醉雅公是聰明
　　　　人，他當然並無回洛陽定居之意，但他時時刻刻以中原人士自
　　　　居，不肯落籍此地，這是不對的。日月星宿尚有遷移，人類為何
　　　　不遷移？[5]

姚嘉文的歷史小說，其實是有極嚴謹的脈絡可循。他首先點出中原士族
南遷之後，還是得面對「土斷」的現實，且「土斷」政策的施行，對於
國家整體而言，確實是一件好事。之後，他又以鄭成功來臺，明朝遺民
進入臺灣之後，在「認同臺灣」這一本是異鄉，然後變成故鄉的歷程。

　　臺灣近代史上，中原人士大舉進入臺灣，以鄭成功渡海來臺為最重
要的一件歷史事件。《黑水溝》描述的正是鄭經東寧國的建立，小說的
內容，主要陳述的是大陸漢人入主臺灣之後的心情調適與落葉歸根的故

4　《白版戶》，頁214。
5　《白版戶》，頁310-311。

事。《黑水溝》小說的書寫,其實也是姚嘉文試圖地想映照出國民政府撤退來臺之後,各省民眾的心情該像《黑水溝》中的人物一樣,需要接受現實的狀況。

　　撤退來臺的軍政府與臺灣百姓在思想與政治立場上,因為不了解而漸漸發生隔閡,不信任感與衝突便在日常生活中積累開來。於是姚嘉文試圖地在臺灣各朝歷史中找尋到一條關於臺灣本不屬於中國的史料。後來在鄭經的「東寧國」中找到他要的證據,在《黑水溝》一開始便置入一段「東寧國」所謂「建國」的歷史:

　　　　明鄭永曆十五年(西元一六六一年),國姓爺鄭成功在唐山為清
　　　　兵所逼,率軍入臺,分鎮安平、赤崁,以臺灣為「東都」,建立
　　　　「延平王國」,開立國家,驅逐據臺三十八年之荷蘭人。第二
　　　　年,國姓爺鄭成功不幸病逝,由其子鄭經在廈門嗣繼王位。不
　　　　久,金門、廈門為清兵攻佔,鄭經被逐,進入臺灣,改臺灣東都
　　　　為「東寧國」,分設天興、萬年二州,專務退守,不再留意唐
　　　　山。清人亦行禁海之策,不復以臺灣為意,雙方隔海對峙十年,
　　　　相安無事。[6]

姚嘉文暗指國姓爺渡海來臺,在之初便已建立了「延平王國」,並且「開立國家」,鄭經更立「東寧國」。之外,對於姚嘉文東寧國三個重要人物——陳永華、馮錫範與劉國軒的評價與描述當中可知道,姚嘉文對於陳永華留守、建設臺灣,欲完全脫離大清的態度是相當肯定,但對於馮錫範及劉國軒想西征,甚至是歸順大清,則視其為奸臣之流:

---

[6]　《黑水溝》,頁21。

可是，劉國軒和馮侍衛勾結，奪了總制爺的兵權，早就不該。鄭
經王爺要死以前，叫他和馮侍衛要輔助監國爺，馮侍衛奸謀得
權，劉國軒不阻止他，違背了鄭經王爺臨死的交代。這不該殺
嗎？當日董國太召他到安平去議事，他藉病不去，容許馮侍衛
他們殺了監國爺──這些事你都知道，馮某可惡，劉國軒不也可
惡嗎？[7]

以小說敘述者的角度，如李望山的角色說出作者對於這段史實的評價，
姚嘉文也以全知觀點寫出了當時東寧國兩派勢力：

如今東寧兵將亦分兩派，一派西征，一派留守。侍衛馮錫範和將
軍劉國軒等人都是隨鄭經西征的，總制陳永華和監國鄭克𡒊則為
留守派。兩派利害不同，時有爭執，陳總制已被迫辭官，憂鬱以
終，而今⋯⋯[8]

從上述對於留守派與西征派的評價與觀點，便可以知道姚嘉文是傾向於
留守派的鄭克𡒊，換句話說，姚嘉文其實也視「東寧國」為曾經在臺灣
獨立的國家之一。

　　姚嘉文其實也知道，臺灣島內對於臺灣主權的看法是極為分歧，
於是他藉《南海夢》中三個男人追求何海芳的角度，來述說存在在臺
灣島內不同的政治立場，三者之一的胡魚顯然是親日派，他說：「臺
灣是仍是日本領土」；而賴双全，則是傾向大中國主義者，他認為「臺
灣，是中國的領土。」；另外，游西門人雖四海飄泊，卻是認同臺灣為
其故土。

7　《黑水溝》，頁 200。
8　《黑水溝》，頁 80-81。

（二）歷史／逆史──當下才是真實的歷史

「誰控制你的歷史，誰就控制你的前途。」[9]這是姚嘉文對於書寫臺灣歷史小說，並且從其中找尋出屬於「臺灣主體意識」主軸的主要態度。所以姚嘉文在獄中大量閱讀關於臺灣的文史資料，並有了對臺灣歷史重新詮釋與檢視的機會，畢竟族群的共同意識，有可能是當權者決定與操作下的一個歷史錯誤。

一九四九年國民政府撤退來臺，整個黨國統治臺灣百姓時，不斷灌以「反共復國」、「三民主義統一中國」等大中國思想意識的教育，外省族群的統治階級與臺灣本省籍百姓對於臺灣的未來，在立場上，有極嚴重的落差與衝突點。姚嘉文從黨外運動出身，他自然對於臺灣的政治立場，有其明確的選擇，透過《臺灣七色記》試圖傳遞「當下就是歷史」的概念，來反對國民政府一心掛念曾經在大陸地區所擁有的「法統」地位。

《白版戶》與《紫帽寺》的軸心便在討論「中國歷史」或是「過去正統的歷史」已然過去，但當下的生命才是歷史的開端。若耽溺於過去的歷史皇朝，無非是逆史而行。《白版戶》講述的是中原河洛人第一次南遷的故事，姚所要揭示的就是這樣的觀念，《紫帽寺》則是強化了「當下就是歷史」的觀念。

姚嘉文是十分關注於臺灣先民的民族運動，而他認為臺灣先民的民族運動，事實上就是後來的臺灣獨立運動的先鋒。他以「林爽文事件」為背景寫下的《洪豆劫》，且將「林爽文事件」視為臺灣獨立運動史上重要的歷史事件。

「林爽文事件」其中一項重要的轉變，便是將鄭氏以來存在在臺灣社會裡「反清復明」的觀念，一轉成為支持以「天地會」對抗大清帝國保臺灣的態度。渡海來臺的漢人，首先有了「根留臺灣」的觀念。

---

[9]　《紫帽寺》，頁458。

對於這樣觀念的轉變，姚嘉文透過陶在先這位師塾先生，傳遞「天地會」的思想，「天地會」會造反，起因是臺灣被大清視為外蕃，引起臺灣本地人的不滿：

> 這幾十年來，情勢變化太大。移民越來越多，人口激增，土地不足，流民充斥，而官府不惟無力安頓，反而一味貪汙擾民——怪不得有人說，臺灣之亂，不在民，而在官，不在官，而在兵，官兵整頓，則臺灣無亂。臺灣駐軍用班兵制度，不用本地土兵，是把臺灣比作外蕃，一如苗、回之例。那內地班兵調臺，除了語言相同以外，其他鄉談習俗均有不同，對臺灣的路途方向，又全不識，平時無法捕盜，剿亂更無作用。[10]

除說滿清帝國官兵的腐敗之外，「語言相同以外，其他鄉俗習慣均有不同」，已標舉出臺灣與中原地區在文化上的區別。這給了「天地會」一個起義的理由，且與「反清復明」再回中原的想法，已然畫清界線。

在《黃虎印》中，姚嘉文更直接地指出，臺灣意識的核心價值，便是「民主」：

> 黃虎印留下來是好的，使大家記住臺灣人反抗日本侵臺的這件事。不過，若只這樣是不夠的，留下黃虎印目的是要讓大家記住「民主」兩字的意義——臺灣未來要和日本人對抗，要靠百姓思想。[11]

---

10 《洪豆劫》，頁 194-195。
11 《黃虎印》，頁 1157。

《紫帽寺》則是講馬來西亞華僑王氏家族面對自己家族的歷史，充滿無可自拔的迷戀與自卑，唯有證明自己血統是來自於古老中國中一個王朝，才能使自己血統得到一種認可。

在認證過程中，人性也喪失其間。法統／血統觀念，正是臺灣外省族群真正無法將臺灣視為生命歸依的所在。姚嘉文以馬來西亞華僑族裔之間的精神象徵，原來是一場歷史的錯謬，來帶出族群的集體意識，是極有可能被決定與操弄出來。《紫帽寺》小說的背景，鎖定在一九七○年代，馬來西亞華裔尋根的故事，只是他們耽溺下的歷史，竟是全然由商人虛構出來的一場荒謬劇。

對於歷史的迷戀，一如對宗教一樣，歷史／宗教是威權體制下的產物，挑戰他們，就如同挑戰威權。《紫帽寺》講述的是海外華人，面對宗族血緣的歷史／信仰，便一味地附和與盲目尋找，認為現在的發跡，全是過去宗族血緣的歷史／信仰帶來的福分，那紫帽寺所在的地緣會變成他們膜拜的聖地，會發生一股無法割斷的神秘歷史和地理鏈鎖，緊緊地纏繞住泉州王氏的脖子，使他們一生一世，世世代代，受到這地緣、地理、山、寺、府、縣的不必要的束縛。

祖先們不斷地自唐山奔向海洋，奔向南洋，他們藉著南海的恩賜，藉著南洋的庇護，始蔚成今日南洋王姓族人的生機及前途，他們對紫帽山紫帽寺沒有向心力，只有離心力，他們的生命，他們的前途，是奔離那山那寺，不是奔向那山那寺。汶萊的三龍王廟，確實紀念一千年前建立大閩王國帝國的祖先，可是他們所紀念的不是祖先當年偶然的從河南光州投奔福建的事實，而是他們那種四處求生，不守舊土的勇氣，以及那種「招寶海中」、「貿易蠻夷」，以及「蹈海遠行」的傳統。[12]

---

[12] 《紫帽寺》，頁 463。

　　姚嘉文化身成同是因政治因素入獄為「政治犯」的賀大，賀大為劉佛國分析王氏宗族，對於昧於／耽溺於宗族歷史的過往，無疑是走向歷史的古蹟，而非對族人開創未來。

三、以人物來話臺灣

　　《臺灣七色記》中的人物，部分人物為真實的歷史人物，然這樣的人物角色，通常僅是「歷史背景」，而非小說角色；但姚嘉文所創造出的小說人，則有幾項典型法則可尋，而這小說虛構的人物，都承載了相當的意義，以下便就《臺灣七色記》中的類型人物，一一分析之。

（一）智者／預言者

　　智者的出現是行一種預言；這樣的預言先行者，主要是透過經驗法則來進行預言與預測。《臺灣七色記》的寫作主軸，在於找尋臺灣歷史定位的可能性，臺灣在歷來的年代裡，總充滿一種對於體制內的衝撞力量，這種衝撞力量，讓臺灣在每個年代總有一種異於體制內的思維產生。

　　而這種體制外思維的出現，其實是一種傳承。姚嘉文讓這種傳承，以具體的人物來訴說這樣的思維。

　　《臺灣七色記》中的每部小說，都有這樣的典型智者／長者出現，並且擔負著衝撞體制思維的角色，例如《白版戶》的吳老公、《黑水溝》的沈國公、《洪豆劫》的陶先生、《黃虎印》吳先生及他死後出現的周屘公、《紫帽寺》的賀大等人，幾乎是姚嘉文在敘述臺灣歷史時的分身。

　　每一個智者／長者都扮演著洞悉與掌握著歷史的來龍去脈，並且成為姚嘉文在小說中敘述／詮釋歷史吃重的角色。

　　就像《黑水溝》的沈國公對於鄭經欲脫離鄭成功「反清復明」的理想，另外建立東寧國，永居臺灣的決定，基本上是採取贊成的理由；他

贊成的理由，是站在歷史的現實與演變法則來分析，但他也點出東寧國文武各鎮的態度也有待改進：

> 反清復明要靠誰去做呢？吾大明朝局，自高皇帝罷丞相以後，善政少，民怨多，北人入關以後，國人不願見異族入主，故藉吾大明相號召，並非思念吾朝恩澤。欲以大明為號召，只有多修善政，吸引民心──南明各朝當政者不明此理，誤以天下民心仍屬明朝所有。名器淪為私物，上下爭相搜括。自福王以次，君臣急私而畏國難，自無法抵擋北人。國姓爺有心匡正，極力反清復明，卻不幸天不假年。如今東寧各鎮文武，只知恃勢侵民，爭相斂求私財，早不知反清復明為何物，咱那反清復明的話，如今靠誰去做成呢？

> 鄭克塽有乃祖之風，頗知國姓爺恢復心意，然他雖繼承祖志，努力國事，實無補於東寧之敗，而他執政嚴明，遭諸鎮及馮族所忌，權貴欲去而後快，所以我講監國爺危矣，……劉國軒說安平是是非之地，看來他是欲置身局外──我看，安平不是『是非之地』，安平實在是『陰謀之地』。你不去是好的。[13]

而《洪豆劫》的陶先生，一脈相承鄭經想法，並對「反清復明」說法，給予重新詮釋：

> 因先民不堪官虐，才想到要反清復明，欲借明朝之望，推翻滿清而已，其實滿清入關之先，中國已是流寇遍野，盜賊處處，那時對明朝不但無所喜愛，正因明朝賦重官貪，才造成盜賊流寇。若

---

[13]　《黑水溝》，頁82-83。

> 不是以後滿人統治中國,殘殺漢人,怎麼會用「反清復明」為
> 號召?[14]

陶在先先生的意涵,則是代表了臺灣士紳／知識份子是這塊土的立場與
最後仲裁者。《紫帽寺》的賀大,同樣是扮演著歷史的仲裁者。《青山
路》中那位中華民國國會議員的胡代表,代表了在臺灣政治圈裡的「臺
灣獨立」立場者;另一個長者,一位已過逝的沈老,擁有龐大遺產,顯
然就是固守「臺灣為中國一部份」舊思維的人。胡代表口中的沈老是這
樣的一個人物:

> 他自己既是臺灣出生的,他很喜歡臺灣人,他可以講是臺灣人,
> 可是他是大陸籍的,他認為臺灣人及大陸人不應該有分,不應該
> 有爭。臺灣是中國的一部份,大家都是中國人,臺灣人不應該自
> 外於中國,大陸人也不應該排斥臺灣人。[15]

胡老口中的沈老,顯然是一個相互對應的一組政治立場迥異的代表。

姚嘉文安排智者／長者的出現,無非是為證明「臺灣主體意識」是
有其歷史依據,且是一股無法拒絕的時代趨勢,同時也是證明臺灣當時
黨外運動精神與目的,絕非「內亂外患」份子,而是身為臺灣人長期以
來對於這塊土地理想與理念的實踐運動。

只是,智者／長者的命運,總在傳遞著堅實信仰之後隱沒／歿人
間,他們的出現,代表著「臺灣意識」在歷代以來全是無所不在的使
者,他們為臺灣這塊土地的未來前途殉道,無疑是種光榮的選擇。

---

[14] 《洪豆劫》,頁 175。
[15] 《青山路》,頁 86。

（二）有為的青年

　　追尋與實踐「臺灣主體意識」，是姚嘉文在獄中書寫臺灣歷史小說的主要動機之一。如果「臺灣主體意識」的追尋，是透過智者／長者傳遞與建構出的價值觀，那麼小說中的青年，便是臺灣主意識價值觀的實踐者，換句話說，實踐臺灣主體意識者，往往由年輕人負擔這樣的重責。以青年傳承和實踐「臺灣主體意識」，象徵了「臺灣主體意識」是充滿了生命的活力。

　　就像《洪豆劫》中的陶先生之於陳新秀；《青山路》胡代表之於賴稻光；《紫帽寺》中賀大之於劉佛國；《黃虎印》中的許大印、長短腳之於太平洋等人的關係。

　　臺灣青年繼承智者／長老的想法／遺志，然後繼續實踐與開創未來。如長短腳、許大印以生命來保護「臺灣民主國」的國璽，最終，這樣的行動由太平洋承接了下來，且一樣因為此一建國理念而殉身，最後葬身於荒郊野外：

> 那個「三陽虎穴」，有人改稱為「三雄虎穴」。他們這樣叫是有原因的。據說以前有兩位了不起的英雄好漢，為了爭奪那個黃虎寶印，葬身在這山嶺之下，以後這個臺灣青年，為了不肯說出藏印地點，也死在這裡。[16]

那三雄，指的就是長短腳、日本軍官志野，以及太平洋。長短腳為「黃虎印」殉身，太平洋亦步許大印、長短腳之志，為「那顆泡屎、掩土、浸水、燒火、染血、入坑的黃虎印」[17]殉道。

---

[16] 《黃虎印》，頁 1293。
[17] 《黃虎印》，頁 1284。

（三）命運多舛的女性

史學家對於歷史的建構，往往是以男性世界的觀點來進行歷史論述。史學家是如此，從史學跨越近小說創作的姚嘉文，他的小說作品，儼然是父權社會下的典型產物，對於臺灣發展史的描述，完全採取男性觀點的歷史觀。整個臺灣的歷史，全由男性決定走向，而女性顯然地在這樣的時空場域當中，受到極大的壓抑。

但將女性角色賦以壓抑的角色，是有其邏輯與書寫核心的目的。姚嘉文小說中對於女性命運的安排與認知，是與臺灣這塊土地的命運繫連一起，無論是女性命運或是臺灣的命運，總在多次災難之後，又找尋到得以安生立命的地方。

女性的存在，有兩個目的，一是維護男性所建構下的體制，二是找尋自己的愛情。前者以《黑水溝》許素面、《黃虎印》許白露、《紫帽寺》李姐為代表，後者則有《藍海夢》何海芳、《洪豆劫》的洪豆等人。

1、悲劇型的女性

《黑水溝》中的許素面，就是一個悲劇性的女性。她的母親許姑，顯然是父權下的共犯結構，許姑不顧許素面心有所屬而強行要她嫁入豪門，導至許素面最後投海自盡。

但事實上，許素面為了不讓自己感情被迫出賣，寧可在還能支配自己生命的時刻，選擇自我了斷。這種不願向父權／強權低頭的精神，也反映出臺灣這塊在地的百姓面對強權時的基本態度，是寧願保持人格也不願出賣靈魂。許素面的角色，同樣地也反映出臺灣無論是在大清帝國抑或是中國共產黨政權壓迫之下，其實可以選擇自己生命的出路，雖然她最後選擇投海自盡，了結一生的悲苦。

《黃虎印》裡的許白露，在紛亂的時代裡，先是父親為保有「黃虎印」而喪生，接著她的丈夫太平洋亦為民族圖騰死於非命。本是貴族世家的許白露，連番遭遇折生死折磨，最後她還是為太平洋保留了後代。

這種悲慘的命運，反映出的是臺灣這塊土地，在朝代更迭之際，總會犧牲了百姓性命，只是這樣的生命力，一如《洪豆劫》裡洪豆說：「臺灣蕃薯太多了，只要肯種就吃不完，不怕餓死的。」臺灣的生命力在朝代更迭間，有絕對的能力再生、再萌發。

2、堅強的女性

姚嘉文《臺灣七色記》中的每一部小說，除環繞在歷史場景之中，也為每個小說虛構了愛情故事，以愛情來穿透素材較為剛性的歷史小說，讓歷史與虛構之間產生閱讀上的平衡。姚嘉文亦對他所虛構的女性，都賦予了意義，其中一部份的女性，象徵臺灣這塊土地的堅韌與自主性，另一部份的女性，則是凸顯性別在歷史的演進當中，有極大的壓抑性。

首先我們看女性與臺灣這塊土地相關的人物，有《藍海夢》的何海芳。何海芳第一次婚姻的丈夫，因政治事件入獄，使何海芳被迫改嫁，第二任丈夫又因二次世界大戰，被日本徵召入伍，戰死他鄉；何海芳後來在地主賴臨算及浪人游西門之間，才開始正視她不斷流浪的情感，且情感全都是在族人支配之下，而非出於自己的意願。

但何海芳最後終究還是選擇了她的最愛——巴豆，何海芳的命運就像臺灣的去向，好像女子事人一般，只能選擇一方，然那是女子天性必須的三從四德，無自擇之理？而臺灣這塊土地的命運竟也與女子般，無能力選擇自己未來的餘地嗎？

《黃虎印》中的許白露，則象徵了臺灣這塊土地，為了建國的理想，即使犧牲了性命也毫無所懼，她象徵了「臺灣精神」，碰見任何政治壓迫也要試途找尋出路，終究是為保存臺灣精神／黃虎印／臺灣民主國。

而《紫帽寺》的李姐及王南芬則是兩個外在條件不同，但在自我命運的掌握上，有著異於許素面傳統女性悲情的選擇。

王南芬貴為王海師的長女，被三龍會人尊為「千年公主」，她背負家族的歷史，卻毅然到臺灣與李姐共同經營臺灣泉龍公司。而李姐本是王海師情婦，但在王海師過世後，一肩扛起泉龍公司在臺灣的債務，重新地讓百年事業，在臺灣這塊土地再綻光茫。

《臺灣七色記》中「悲劇性的女性」，已然成為臺灣這塊多難土地的象徵；而「堅毅的女性」，則又反映了臺灣這塊土地在追求自己民主／自由／獨立的精神。在姚嘉文筆下，悲劇性的女性早在「民主國」即已消逝，取而代之的是有著獨立／堅毅性格的女性。

四、律師性格及基督信仰

非史學家出身的姚嘉文，在處理龐大而繁瑣的歷史事件時，僅能盡責地描述理歷史事件的輪廓，而無法進一步地提出自己對於臺灣史的見解。非文學出身的姚嘉文，對於處理人物型塑，人性的複雜性無法多層次表現，於是他選擇以二元對立法來描寫。不過因為是律師背景出身，姚嘉文對於小說的處理，則傾向於偵探小說模式引出出人意表的情節發展。

所謂的偵探小說模式，是說故事情節以剝洋蔥方式，經由事件與事件之間的推移與發展，帶出情節的高潮。姚嘉文擅於描述的便是以這種偵探小說方式來建構他的臺灣大河歷史小說。

（一）良善的面貌與惡質的人性的雙面人

惡人的面貌總是經過偽裝後，有著被人信任的外表，而這種偽裝的技巧，總在事件發展的最高處被拆穿。《黃虎印》中的東洋和尚悟野法師、《紫帽寺》的朱清源經理、《藍海夢》日本人古川先生（Furukawa San）等角色為代表。

　　我們從《臺灣七色記》與姚嘉文因政治案而成為良心犯來看律師出身的姚嘉文，對於人性的信任感，顯然是存著較高的質疑，也許也因為受到當時國家社會氛圍的影響，特務／雙面人的角色便處處出現在《臺灣七色記》裡頭。

　　《藍海夢》的胡魚是名日本軍閥走狗，仗其他與日本軍官的關係，走在鄉里之間，顯露階級意識，並且偷偷地監控搜集臺灣百姓不利於日軍的言論。《黃虎印》裡的富島志野是名日本軍官，他偽裝成「野悟法師」，來到基隆以和尚面貌來親近臺灣人，騙取臺灣人的信任，事實上，他是來此勘察臺灣北部各地要塞。

　　不論是特務或是雙面人，都是擅於利用人性的溫暖及光明面，於是小說中有這樣的角色出現，便使得《臺灣七色記》沾染了部份「偵探小說／推理小說」的懸疑感，故事不到最後壞人是不會現身。

　　小說的書寫策略方面，姚嘉文都試圖在情節上留下伏筆與線索，尤其是在特務／雙面人的設計上，讓小說的情節往往有大翻轉的意圖。其實，也反映出當時整個臺灣在戒嚴時代的恐怖感，是暗藏在日常生活之中；言行與思想在某種程度上是被監控，對於未來充滿未知的恐懼。

（二）律師的擅辯性格與小說人物的擅辯

　　《臺灣七色記》中的人物主角與情節發展上，有一個共通特色，那就是擅辯的性格與辯論場景的情節設計。這又與姚嘉文入獄之前的律師背景，有絕對的關係。

　　七部小說中，直接有法庭場面的激辯情節，是在《青山路》中。整部《青山路》可以看出姚嘉文對於這類小說內容的擅長之處。如賴稻光與劉律師辯證柯密龍是否為告密者的辯論過程，現場感十足。這些在法庭上的辯證，本就是姚嘉文的專業領域。

另外一種辯論場景，則是所鎖定議題，完全是在探討「臺灣主體意識」這一核心課題。幾個來自來臺灣的華人聚在舊金山，彼此辯論著「中華民國」在聯合國席位的問題。如：

「你們年輕人想事情太簡單了。你們雖然書的比我多，但你們並無政治經驗——我且問你們，聯合國就是通過什麼雙重代表權制，中共會接受嗎？」

胡代表逼問史坦因教授，史坦因一時不敢多答，只是楞著。史坦因教授楞著不敢言，傑克王卻冒冒失失的說：「當然，這誰都知道，北京不會接受的，他們不會接受什麼雙重代表制，他們不獨佔中國代表權席位是不會滿足的。所以我講史坦因教授的國際政治學問在臺灣不會有人有興趣了。聯合國的問題太簡單了，不是在這個在，就是那個入。太簡單了。」

史坦教授不敢頂胡代表的嘴，卻不怕商人傑克王，他改向傑克說：「這你不懂的。你懂什麼？」
……

白姐姐抬頭，用眼睛瞪著傑克王，傑克王大概怕那濃濃睫毛下的嗔怒眼光，就改口說：「當然，不是所有臺灣人都贊成雙重代表制的。只是……有部份的人——有部份的人沒有弄清楚臺灣是怎樣回歸到中國懷抱的。臺灣，若不是我們八年抗戰爭回來的，他們還是在日本帝國主義下當殖民地順民呢……以前，我在讀臺大時，我常常對同學說，你們今日能讀中國書，應該感謝我們。我們救了你們，我的同學都說是是是。是是是？他們來美國後，就不是是了，他們現在講的是 NO，NO，NO（不，不，不）了！真是忘恩……。」
……

稻光不能不回答，他說：

> 「我記得小時候，祖父，父親曾經對我們講——那時還是日據時
> 代，他們講，臺灣是鄭成功國姓爺和我們祖先從荷蘭人手中救出
> 來的。是中國清朝政府把我們送給了日本的。」[18]

聚集在海外舊金山政治觀點完全不同的臺灣人，代表了臺灣內部幾股對
於臺灣政治前途的幾股暗流；這種立場的辯證，在整部《青山路》佔了
極重比例，顯見姚嘉文對於此一議題，是有其所要表達的強烈意圖。

　　姚嘉文自己也認為《青山路》是《臺灣七色記》創作中最為順利、
最滿意的一部：「青山路」是七部小說中我最滿意的一部小說。其主角
是一位律師，地理中心定在美國舊金山市，年代和我逗留在舊金山市
（公元一九七二年）只差一年（小說時間是公元一九七一年），故事的
人、地、時、物、事，我都很熟悉，寫來得心應手，作品自然滿
意。……我採單一觀點，自頭至尾，都跟著男主角（賴稻光律師）之眼
看事想事。這種角色的心態我不陌生，讀者讀來自省事明瞭，並且親
切。情節上的設計也頗用心。我最滿意的還是那幾場辯論，喜歡聽辯論
的讀者，必能欣賞。[19]

（三）基督信仰的慕道

　　臺灣歷代以來，總逃離不了戰亂與疫疾，人心在這塊極不穩定與極
待開發的狀態下，是需要精神的慰藉；自唐山來臺的庶民，對於中原文
化如風俗、衣食等方面，無一不尊崇母體的體制，《臺灣七色記》所反
映出的臺灣社會風貌也是如此。但姚嘉文獨獨對於宗教的描繪，重心則
是落在「基督教」上。顯然這與臺灣甚至是中原文化的宗教信仰基調，
有所差異。

---

[18] 《青山路》，頁 221-225。
[19] 《臺灣七色記》，頁 103。

《黃虎印》第八章〈深坑口〉整個章節完全是對基督教教義加以闡釋的內容；姚嘉文藉神父講述《聖經》內容，讓自己的精神世界，有所依靠。因美麗島入獄的姚嘉文，必然地對於自己身陷牢獄之災的事感到憤恨不平，心中的這股怒火，他試圖以宗教的力量給予轉化，以基督的信仰來解釋人世間的一切：

> 逼迫你們的，要給他們祝福，只要祝福，不可咒詛。與喜樂的人同樂，與哀哭的人要同哭。要彼此同心，不要志氣高大，倒要俯就卑微的人，不要自以為聰明，不要自以為聰明。不要以惡報惡，眾人以為美的事，要留心去作，若是能行，總要儘力與眾人和睦——親愛的弟兄，不要為自己伸冤，寧可讓步，聽憑主怒，因為經上記著：主說，伸冤在我，我必報應。所以，你的仇敵若餓了，就給他喫，若渴了，就給他喝，因為你這樣行，就是把炭火堆在他的頭上。你不可為惡所勝，反而要以善勝惡。[20]

姚嘉文引《聖經》上的話語，讓自己雖面對現實生活的不如意，還是要以感恩的心情去對待視他為仇寇的人；又如，姚嘉文藉神父為太平洋及許白露等人開示為何蕃教叔的失蹤，都是神的安排，人生即使充滿不如意，也要依神的指示行事；同時，姚嘉文也以此來告戒自己入獄的始末，一切都是神的安排：

> 他所要求的是四件事：
> 一、要你行公義，
> 二、要你好憐憫，

---

[20] 《黃虎印》，頁 1244。

　　三、要你存謙卑的心，

　　四、要你與你的神同行。

最後，神父再以《聖經·賽亞書·四十二章》內容，來傳遞真理終有實行的一天：

> 看啊！我的僕人，我所扶持、所揀選，心裡我喜悅的，我已將我的靈賜給他，他必然將公理傳給外邦，他不喧嚷，不聲揚，也不使街上聽見他的聲音。壓傷的蘆葦，他不折斷，將殘的燈火，他不吹滅，他憑真實將公理傳開。他不灰心，也不喪膽，直到他在地上設立公理——海島都等候他的訓誨……。[21]

姚嘉文對於世間／政治間不公不義之事，還是抱持著樂觀的看法：

> 天道確實存在，而且有一套複雜的程式及規章。在凡世人間，他用不同的面目出現，有時他叫做「法律」，有時他叫做「因果報應」，有時他叫做「鬼神」。[22]

「天道」，以各種面目出現，有時叫「法律」，有時是「因果報應」，有時是「鬼神」，姚嘉文所言的是，當時蔣氏政權對於臺灣民主自由的壓抑，所製造的各件冤事，必有昭雪一天。

　　非基督子民，獄中的姚嘉文，在精神層面上，則一再地選擇基督信仰當為後盾，於是他也自己告訴自己，需寬恕敵人，他以正義的游西門嘴說出：「不要以惡報惡，眾人以為美的事，要留心去作，若是能行，

---

[21] 《黃虎印》，頁 1246-1247。
[22] 《紫帽寺》，頁 652。

總要盡力與眾人和睦。親愛的兄弟，不要自己伸冤，寧可讓步，聽憑主怒。因為經上記著：主說，伸冤在我，我必報應。我以你的仇敵若餓了，就給他喫，若渴了，就給他喝，因為你這樣行，就是把炭火堆在他的頭上。你不可為惡所勝，反要以善勝惡……」[23]

　　除《黃虎印》、《紫帽寺》、《藍海夢》外，《青山路》中亦出現了基督信仰的角色，朱香芋留下的一封遺書之中，便是對著基督深深地懺悔及禱告著，求上帝的寬恕及仁慈。所以我們非常地能確定，姚嘉文在獄中的兩個堅實的信仰，一是臺灣主體意識的確立，另一個則是基督信仰的追求與信任。

---

[23]　《藍海夢》，頁 272。

呂秀蓮與紀萬生

　　一九七九年八月二十五日，〈美麗島〉雜誌創刊，這個雜誌的創刊結合了當時黨外異議份子的力量，同為臺灣政治發展史翻開新頁。但也因為如此，〈美麗島〉引發了後來的「高雄事件」，或稱之為「美麗島事件」。

　　「高雄事件」引發當時政府以「涉嫌叛亂罪名」逮捕十六人，名單如下：黃信介、張俊宏、姚嘉文、施明德、王拓、陳菊、周平德、蘇秋鎮、呂秀蓮、紀萬生、林義雄、陳忠信、楊青矗、邱奕彬、魏朝廷與張富忠。「高雄事件」是臺灣民主政治發展史的重要大事紀之一，卻也意外地造就了臺灣監獄文學的一個創作高峰點。本文，討論呂秀蓮與紀萬生的監獄書寫文學。

一、意外的人生、意外的文學創作成就

　　被逮捕的這些臺灣當時的黨外異議人士，多屬知識份子，其中多人早已從事文學創作，例如楊青矗與王拓兩人的小說，在七〇年代已顯露光芒。而這群入獄的知識份子在獄中並不安於室，在有條件的狀況之下，他們得以從事創作或寫作。

　　雖然，像楊青矗與王拓本身就是小說家外，呂秀蓮在《中國時報》主筆過婦女專欄，有些人入獄之前並不是創作者，例如紀萬生與張俊宏即是例子。但也因為時空場域諸種原因使然，讓入獄的這群知識份子執筆疾書。其中姚嘉文《台灣七色記》、呂秀蓮《情》與《這三個女人》、紀萬生《獄中詩選》、張俊宏《獄中家書》、楊青矗《連雲

夢》、《心標》及王拓的《臺北，臺北！》等不同文類的文學作品，為
臺灣監獄文學寫下一個驚奇的年代。

呂秀蓮，桃園縣人，一九四四年生，曾任桃園縣縣長、民進黨代理
主席，現為中華民國副總統；一九七九年因「美麗島事件」擔任雜誌副
社長被處以有期徒刑二十年，褫奪公權二十年；之後被送入土城監獄
（仁愛教育實驗所）。一九八五年三月二十八日以「保外就醫」名義提
早出獄。[1]

總地來說，監獄的現實條件及狀況，囚犯是無法在當下得到任何的
成就感；所以，為找尋個人存在的價值與意義，思想便會往前回溯，去
找尋個人生命的最高點。這樣的心理存在狀況，便支配了獄中寫作的創
作方向。柯旗化是一個例子，楊青矗是一個例子，呂秀蓮又是個例子。

因「高雄事件」入獄的呂秀蓮，入獄之前，她所關注的議題，在於
女性議題。其對抗生命的黑暗處，便以曾經出現的烏托邦來抵抗。個人
曾經的青春與理想在黑暗而痛苦的當下，形成一座精神烏托邦。我們看
見呂秀蓮隱忍這眼疾的痛苦，在文字與文字之間穿梭進入她精神世界裡
的烏托邦，來忘卻當下存在於肉體與精神的痛苦。

在獄中，呂秀蓮共寫了《這三個女人》及《情》兩部小說。在《這
三個女人》的序中提到：「在構思時首先就撇開一切敏感問題，因而決
定以兩性之間的關係作為取材的對象，藉以呼應十年來我所倡導的『新
女性主義』思想，而以《這三個女人》、〈拾穗〉、〈小鎮餘暉〉、
〈貞節牌坊〉、《情》等篇差堪我意。」[2]

---

[1] 呂秀蓮得以以「保外救醫」理由出獄的原因，實際是為其哈佛指導教授孔傑
　榮（Jerome A.Cohen）出任江南案被害人劉宜良遺孀崔蓉芝的訴訟代理人，
　來臺出席臺北地院和軍事法庭審理江南案涉嫌兇手陳啟禮、吳敦、汪希苓等
　人的案件，國民黨希望孔傑榮「高抬貴手」，才將呂秀蓮釋放。參見呂秀
　蓮：《重審美麗島》，自立晚報社，民國八十一年二月初版二刷，頁 395。

[2] 《這三個女人》，頁 13。

　　其在回憶提及《情》於獄中寫作條件，是在極其惡劣的情景下始能完成。她說：「這篇全長六萬多字的小說，始於六十九年五月間，軍法大審結束，十二年判刑定讞之後，剛獲准使用紙筆時，心境與環境的惡劣可想而知，當時只寫好〈有朋自遠方來〉，用十行紙，自然是趴在棉被上面完成的。三年之後的七十二年九月十一日上午，我因專注於看書，眼睛極感不適，順手抓來眼藥水往左眼一點，頓覺鉅痛無比，淚如雨下，原來我胡亂間點下的是用眼藥瓶改裝的明星花露水（有止癢效用），酒精成分極高，差點沒把我眼角膜給燒壞掉。經過一陣沖洗，下午三時獲准到外就醫，眼科大夫於是把我的雙眼通包紮住，我因此充當兩日夜的瞎子，平日忙碌慣了，我即使坐牢也坐得分秒必爭，忽然間靈魂之窗被罩上幃幕，一切便都百般無聊賴起來，忍無可忍之下，我首先想到摸索著繡花，繡了一半，因常要陳菊幫我穿針太麻煩，索性躺在床舖上構思小說，〈今夕何夕〉就是這兩天眼盲心不盲所打點的腹稿。」[3]

　　《這三個女人》則可以說她對於「愛情／人生理想」的一種追尋與探索。《情》這部小說，充滿呂秀蓮女性主義運動及學者性格，小說對於理想的追尋，寄託於小說人名之中。小說利用三個獨立的場景，相互牽連與牽制彼此內心世界，誰也無法置身於己所從出的這塊土地的血液。

　　《情》講述的是臺灣這塊土地上各階層女性面對父權主義的支配時，所呈現的反抗與挑戰的新局面。而男性在小說中的角色，已非智慧／能力／權力的代表，起而代之的是被女性自主／掌控世界的到來。

---

[3]　《這三個女人》，頁18。

二、第二性／女人乎？──《情》與《這三個女人》的女性意識

（一）呂秀蓮「新女性主義」及其小說中的女性觀

　　呂秀蓮對於己身投入與倡導的「新女性主義」有相當地自信與堅持，她個人為「新女性主義」的見解是「才女運動」而非「女權運動」[4]。所以她小說中的女性角色的形塑，全是在詮釋她推行與建構的「新女性主義」。

　　首先，她小說中的女性角色全與傳統父權社會價值建構下的社會制度有關，當中包括了婚姻與社會制度。〈這三個女人〉中的許玉芝、高秀如、汪雲三個高知識份子的女性，面對父權下的社會制度，都全然有所犧牲。然而，小說敘述過程當中，「婚姻」制度，顯然地對於女性的生命歷程有極大的限制。例如許玉芝嫁給了何秉坤，為了家庭她放棄了自己在大學擔任講師的職位。她看見高秀如在學術界發展，於是為自己走入婚姻輕嘆了這一段話：

> 秉坤在我任教了兩年後得到 N 大獎學金，為著嫁雞隨雞，我忍痛
> 辭去講師之職，跟他飄洋過海。獨立的工作與獨立的收入對於人
> 格的獨立原是很重要的事，我卻因為一嫁一隨而同時失去了兩
> 者，頓時而淪為「依賴人口」的眷屬身分。除了徹徹底底當上家
> 庭主婦外，其餘的都不實在，也不可能了，我整個人投注在秉坤
> 和孩子們的身上，漸漸地忘掉了自己，甚至於忘掉了自己姓甚名

---

[4] 《新女性何去何從》，頁 95。呂秀蓮在《新女性主義》一書中標舉了「新女性主義」該有三個方面探討；它是一種思想：它順應時代潮流，也基於社會需要；它是種信仰：他主張兩性社會的繁榮與和諧應以男女的實質平等為基礎；三它是種力量：它要消除傳統對女子的偏見，重建現代合理的價值觀念，以再造女子獨立自主的人格，並促進男女真平等社會的實現。見《新女性主義》，頁 150。

誰啦。新婚時，朋友喊我「何太太」，我陌生得反應不來，現在嘛，除了秉坤，有誰會叫我許玉芝呢？[5]

顯然地，許玉芝只不過是個半個「新女性」，即使她擁有了高學歷，一旦進入婚姻，她又變成了一個傳統的女性，知識的力量並未帶給她脫離傳統父權建構下的女性角色。

呂秀蓮認為婚姻是對女性最大的一個阻礙，她在小說中藉高秀如的角色說出自己對於婚姻的看法：

> 每個人都該為自己而活，悲哀的是，我們卻很難痛快地只為自己而活，當我們懷揣著與生俱來的基本權力時，我們其實已被許許多多的義務和責任所羈絆，尤以婚姻為然。你可以不結婚而避開婚姻所不可免的愛和怨，既然結婚了，便似烏龜馱著硬殼，雖有安全保障，卻也要同時馱負著沉重的負擔，要甩掉它，談何容易呢？因此，與其勸導離婚，我寧可鼓勵他們面對現實，重建自我，使自己學會在婚姻的硬殼中伸縮自如，進退有據。因為，就像結婚不是人生的避風港，離婚，也非煩惱的止痛丹。[6]

呂秀蓮認為，「新女性主義」是一種思想，它順應時代潮流，也基於社會需要；它是一種信仰：主張兩性社會的繁榮與和諧，應以男女的實質平等為基礎；更是一種力量：它要消除傳統對女子的偏見，重建現代合理的價值觀念，以再造女子獨立自主的人格與尊嚴，並促進男女平等社會的實現。因此她強調三個基本理念：一、先作人，再作男人或女人；二、是什麼，像什麼，無論男女，都應扮演好自己的角色；三、人盡其

---

[5]　《這三個女人》，頁41。
[6]　《這三個女人》，頁87。

才，女性的才華與智慧應該有所發揮，貢獻社會。為了建立新人性社會以便落實新女性主義的主張，呂秀蓮提出呼籲，希望：一、實施按時計酬的兼差制度，二、實施彈性的工作制度，三、推行合作家政，四、簡化、美化家務處理，五、立法保障婦女免於生育失業、減薪的恐懼。她真心期許，每位臺灣女性能夠自覺、自愛、自強、自立。女性不該以走向「婚姻」為人生的終極目標或終點而活。

（二）對「婚姻」制度的攻堅

無疑地，呂秀蓮所有的女性小說內容與主角，都指向同一個標的物攻堅而去，攻堅過程，有人陣亡，有人逃兵，有人變節，即使達陣，心情已非當時的狀態。女性心理對於婚姻態度的探尋，是呂秀蓮小說所透顯出來的一個極重要面相。

而女性的春天，絕非走入婚姻制度，婚姻不必然地帶來女性永久的幸福，汪雲是呂秀蓮印證她對女權理論的一個例子。西蒙・波娃為結了婚的女人掀開了一個悲觀的事實。她說：

> 在結婚的頭幾年，妻子常為假相所欺騙，真心實意地佩服丈夫，毫無保留地愛他，自以為她對丈夫和孩子是不可缺少的。後來她逐漸明白了，丈夫缺她也能過得很好，孩子總有一天會離開她，而且他們或多或少都是忘恩負義的。這個家不再能讓她逃避空洞的自由；她發覺自己是個孤獨而絕望的人，任何事都與她本人無關。[7]

這樣悲觀的事實，發生在汪雲這一外界眼光「充滿完美女人」的角色上。她所深愛的白馬王子戀人，繼而共組一美好家庭生活。她每日以泡

---

[7]　西蒙波娃著，陶鐵柱譯：《第二性》，貓頭鷹出版社，民國八十九年十月初版，頁 445。

沫浴、上三溫暖、買花等等生活來過著屬於少奶奶的日子，只要外表光鮮亮麗等待先生回家，便是她一天中最重要的日子，她自知是屬於男人裝飾品且以滿足先生的慾望為其唯一工作。只是滿足了男人，但同時自己卻日漸空洞。西蒙‧波娃且為這種婚姻悲劇下的女性，甚為地憐惜：婚姻的悲劇性並不在於它無法保障向女人許諾過的幸福（保障這種事本來就不存在），而在於它摧殘了她；它使她注定要過著周而復始的千篇一律的生活。[8]而汪雲的命運就像西蒙波娃下的詛咒般，應驗了。

　　汪雲一如其名般地天生麗質，且為愛與家庭決裂，嫁給相戀多年的白馬王子溫亦宏。當年汪雲的母親耳提面命地告訴她，女人最大的幸福在於嫁一個好丈夫，而女孩子上大學最重要的成就莫過於釣到一個金龜婿。只是汪雲用七年的癡情換得的八年婚姻，終究先生溫亦宏還是提出離婚要求。

　　汪雲是這樣地認為她的婚姻：「我認為婚姻本來就是屏障夫妻的城垛，經由婚姻而結合的夫妻，彼此互相負有忠誠的義務，誰也不許背叛誰！第三者更休想侵越婚姻的城垛而入。任何超越此一城垛的感情，都是罪惡的，該死的。」只是汪雲並沒有想到她婚姻的第三者，是與她相貌全然不同的女性，一個被火紋身過的女孩——林欣婉。

　　汪雲的外形一如她的名字，美麗如一片倒映在水汪汪上的白雲，充滿女性柔媚。林欣婉則與汪雲外形恰恰相反。

　　呂秀蓮用一個外表醜陋的女人與汪雲做一對比。她的外形是——左邊臉頰裸露著一灘灼燒過的疤痕，臉上在高中實驗課時被化學藥品爆炸灼傷。燒得她臉上一道道如乾涸的泥淖顯現出來的裂隙，又粗糙又歪七扭八；左眼角也被波及，因而形成三角眼，且露出一大片眼白來。[9]這

8　《第二性》，頁445。
9　《這三個女人》，頁123-124。

樣的林欣婉竟然搶走了溫亦宏。呂秀蓮透過汪雲的命運傳遞一個訊息——
——女性的外在，是無助於她人生美滿的保證。

（三）女性議題的關注

呂秀蓮本來就對於女性議題極為的關注，在獄中她化身為宋嬡，透
過小說人物再次進入她個人在年輕時那段輝煌的歲月。

宋嬡除了在小說中是捍衛勞工階級的權力外，無疑地，她更是個女
性主義的捍衛者。工廠女工阿月被朱學斌強暴，面對強勢資方，宋嬡挺
身而出，以法律為阿月討回公道。宋嬡其實是呂秀蓮現實生活化身，對
於社會將女性物化的現象，提出嚴厲批判。她說：

> 有一些自認美麗性感的女子，喜歡穿暴露的服裝，喜歡在大庭廣
> 眾間搔首弄姿，而自我陶醉在一些醉翁之意不在酒的奉承中。其
> 實她們忘了胴體的美是上帝對每個人的恩賜，並不以女性為限，
> 唯有在最親密的人面前展現才有其價值，當著不相干的眾人裸
> 裎，那非但是物化了自己的人格，也是對上帝恩賜的一大褻瀆！
> 我覺得慣於賣弄胴體的人，跟櫥窗裏卸下裝的身裁姣好，卻無靈
> 魂的塑膠模特兒沒什麼兩樣，除了她們能吃會動以外。有識之士
> 登高一呼，喚醒女性的尊嚴意識，我想是值得喝彩的。[10]

對於臺灣傳統女性地位的被歧視與不公平待遇，呂秀蓮往往透過宋嬡的
角度，進行個人理念的闡發：

> 我個人對於復健方面特別重視，我覺得在社會上普遍確立性騷擾
> 的被擾人「無辜」與「無恙」的觀念是很必要的。傳統片面貞操

---

10 《情》，頁215。

的觀念使得不幸的人受擾人除了騷擾本身所已承受的身心傷害外，還得忍受禮教的奚落、輿情的非難，彷彿她罪有應得，萬劫不復似的。其實她是無辜的，也沒有一失足成千古恨那樣嚴重——如果社會能給她適當的復健協助的話。事實上，她所受到的事後傷害往往大過騷擾事件本身。[11]

兩部小說重點，全在女性形象的重新形塑，小說裡直接點出「何謂新女性」？呂秀蓮提出這樣看法：

> 所謂新女性，是指一個以生為女人自傲，能充分發揮志趣，適度保持自我，負責任盡本份，有獨立的人格思想而與男女兩性均維持和睦真摯關係的女人。她在享受愛情的甜蜜同時，也體味到事業發展的樂趣，她在施展才華之際，也流露出她做為女性特有的嫵媚氣息。她比傳統的女人過得更快樂，因為她是她自己的主人，她比傳統的母親更高明，因為她有迎合時代變遷的知識，她也比傳統的妻子更可愛，因為除了香水脂粉，她有見識與抱負，除了流淚撒嬌，她肯流汗苦幹，更重要的，她比傳統的女人更光彩，因她不但是政策的遵守者，而且是決策者，不但是科學成果的享受者，而且是研究發明者——她不再是歷史的影子，而是創造歷史的人。[12]

我們從她上述對於「新女性」的看法來檢視她小說中的女性角色，何者始符合她的定義？當然，《這三個女人》與《情》這兩部小說中，若以

---

[11] 《情》，頁216。

[12] 呂秀蓮：《新女性主義》，前衛出版社，民國八十四年四月四版二刷，頁161-162。

條件來論，所有女性角色，最能符合她觀念的新女性中自然以宋嬡最是她心中的人選。

　　首先，宋嬡不因婚姻制度而置自己才華與能力於度外；她勇於突破父權制度下的箝制，並與社會底層的勞工階級對抗資方的不公不義。

　　再者，呂秀蓮的小說如同她的女性主義觀點一樣，是同情女性性工作者。對於阿彩這一悲苦女性的著墨，一如她曾經這樣論述了娼妓存在的事實：

> 然而反對娼妓不等於鄙視娼妓，站在同是女性的立場，我們與其
> 非難她們，無寧同情；畢竟，她們只是男性中心社會制度之下無
> 辜也無助的產物。

> 對於被迫為娼的妓女來說，我們應給與人道支援，並對逼良為娼的
> 行為予以嚴厲的譴責。對於因家庭環境及生活負擔不得已淪落風塵
> 的，我們與其詬責她們，不如檢討我們的社會結構與經濟制度。[13]

另一個女性角色「汪雲」，則是一個迷途知返的羔羊。她本是一味地甘願接受男性物化的觀念，且內化成為她之所以為女人的動力，但最後，她在婚姻消失之後，發現自己原來可以活得比過去更為寬廣與自在。

（四）性別重性定位與檢視

1、對男子形象的顛覆

　　呂秀蓮獄中小說可謂是她女性主義的再延伸。而這些獄中作品反而因為小說情節的拉扯，讓呂秀蓮的女性主義理論得以更具體地展現。例如她認為的男性，絕非是父權體制建構下的那般形象：

---

[13]　《新女性主義》，頁 179-180。

> 我太了解自己了——也了解男人，在男性中心社會呵育之下成長
> 的男人。他們其實也是一群未必成熟長大的孩子，意識上他們是
> 男的，雄糾糾氣昂昂的男性氣慨，「讓我做你生命的舵手。」他
> 會既愛憐也勇敢地對女的說：是否他真需要他做舵手，或者真正
> 需要舵手的究竟是誰，那且另當別論吧。[14]

這樣的理論對照其小說中的主角，我們會發現，她小說中的男性角色，反而充斥了傳統女性被壓抑／無能力／猶疑不決……等等負面思維角色的人格特質。如《情》中的男主角李正宗，即是呂秀蓮詮釋男性的最佳例子。呂秀蓮小說對父權社會「男尊女卑」的社會價值觀，提出相當的批判。

2、男性角色為小說中的附庸

男性在呂秀蓮的小說中，幾乎成為「第二性」；這當與她自己的背景有絕對的關係。即使男性在呂秀蓮小說中，若不是變身成為一個傳統定義下「女人」的性格，他也是一個附庸，毫無主體性可言。如〈貞節牌坊〉裡的葉明，聽見藍玉青在闡述女作家在論述「女性貞操」觀念時，藍玉青期待能與葉明有段精彩的辯論，但事實上葉明立即成為「第二性」角色，他是完全認同女作家的看法，甚而提出自己意見來說明女作家是對的。另外，〈情〉中的黃彥田也是女主角的附庸品。黃彥田見到宋嬡的能力，即失去傳統男性形態，一轉而成為傳統觀念下的「第二性」。

呂秀蓮獄中小說中的女主角，都出現了她現實世界的影子及思想，就像〈拾穗〉這篇文章以舟子來喻男女關係，在她早期的議論性集子《數一數拓荒的腳步》中即已出現，而〈拾穗〉一文中的末段與《數一數拓荒的腳步·拓荒的心路歷程》中則是幾近相同。如〈拾穗〉：

---

[14] 《數一數拓荒的腳步》，頁12。

她一邊默禱著，一邊加快步履，往辦公室走去。身子已覺疲累，心智卻倏地十分澄明。在晚風的拂襲下，她想起大四上哲學課程時聽到的一則「拾穗」的故事：

有一天蘇格拉底帶他的門徒到田野散步，他指著一片麥田對學生說：「你們從這裡走去，每個人給我摘一串麥穗回來。記住，要摘最大最好的，每個人只許摘一串，而且不許回頭。」

當所以學生紛紛拾穗而歸時，蘇格拉底發現他最疼愛的門徒卻是兩手空空而回。[15]

〈拓荒的心路歷程〉：

也許我註定要做自我的舟子。許久許久之前，另一個W說，妳是隻浪中的孤舟。

那麼，這隻浪中的孤舟有她的故事，蘇格拉底的故事：
蘇格拉底對他的學生說：「你一直往前走去給我摘一串最大的麥穗回來，但只許摘一串，而且不許回頭。」

那個學生，一直往前走去，看到一串大的不敢去摘，怕前面還有更大串的，結果他走完了麥田，空手而回。[16]

我們從這兩則文章段落可以這樣地推論，呂秀蓮的獄中小說，事實上是其現實生活的變形，亦或是小說是她現實生活的補遺。

---

[15] 《這三個女人・拾穗》，頁162。
[16] 《數一數拓荒的腳步》，頁13。

三、呂秀蓮獄中小說的藝術特色

（一）人名的擅用與意念的傳遞

　　《情》的情節約有兩條線各自發展，呂秀蓮在創作時利用小說角色的人名賦予背後意義。如女主角宋嬡──「送愛」，意及是對臺灣勞工界人權送出愛。男主角李正宗──則是正宗臺灣人應有的骨氣與人格；來自香港的留學生「趙可欽」──則是中國共產黨與大英帝國的「走狗精」。（案語：以臺語發音。）

　　劉雪生──則寓意當時在海外的一群「留學生」，這群留學生對於臺灣（中國華民）這個國家觀念的價值不斷在重組與改變，最後是往中國版塊依附了過去。

　　劉雪生與李正宗兩位男性，在呂秀蓮的筆下其實是一體兩面的人。身為高級知識份子的男性，在性格上都出現極為軟弱的一面。而韋大華則是諷刺著「偉／偽大中華」。朱學文──「豬學文」，意指衣冠禽獸。另一個則是王海芬──海分，海峽兩岸的分離。

　　海外的李正宗、劉雪生、趙可欽等男性，全對於國族意識出現極大的認同／認知危機感。面對原鄉（母性）的態度更是十分軟弱，一個外在事物的撞擊或是一個物質金錢上的誘因，即可對於這群海外男性性格全部被抹煞。在某個層面來說，這與作者本身對於性別不信任感的精神投射有關。

　　此外，運用諧音，小說的創作手法是將意念灌注於小說人物之名，明確地表達人物的性格，是呂秀蓮在創作策略上傳遞其思想的手法，這樣的手法，我們在下一節，有更多的討論。

（二）小說藝術特色

1、意念先行的創作手法

呂秀蓮的獄中小說與陳映真小說有共同一特色，那就是小說文本為作者個人強烈思想性格的載體，這種「意念先行」的創作概念，有時是會削弱了文學藝術性。關於這一點，我們在呂秀蓮小說中可以看到幾項特點：

第一：所有的女性主角，全是高級知識份子，如許玉芝、高秀如、汪雲、宋嬡，甚至是〈貞節牌坊〉下海陪舞的藍玉青等女性都是如此。創作最方便的一條途徑，便是從生活周遭的人事物觀察而來，於是呂秀蓮這些寫實小說，大抵是從她所觀察的經驗而來。

她所要傳遞的「新女性主義」觀念，不管是在入獄之前的理論建構，或是在獄中所完成的小說，她筆下的對象都是鎖定在「女性」知識份子／「女性」中產階級，呂秀蓮似乎沒有意識到社會較為底層的婦女，才是最需被教育的一環。或許，這樣的盲點，在她看來不是最為迫切需解決的問題，只要「女性知識份子／女性中產階級」的思想改造完成，她們自然成為「新女性主義種籽」，可以利用她們的優勢，進行社會底層的改造，如宋嬡之於李玉蘭的影響，就是一個最好的例子。

第二：每個女性角色不免都是呂秀蓮自己的分身。無論是《情》或是《這三個女人》中的女性思想，都過於一致，包括她們內心世界，似乎都像同一人——柔弱的外表包裹著一顆強悍的內心。

這樣典型化的人物，一再地出現，其實是讓我們看見呂秀蓮影子的重疊／剝離的過程罷了。人物成為意念的傳遞工具，是有其功用之處，但手法一再使用，又容易使小說閱讀的懸疑性大大降低，影響了讀者的閱讀樂趣。

第三：對海外知識份子提出強烈的批判。呂秀蓮留學美國哈佛大學，對於同個時期的海外留學生的價值觀，呂秀蓮藉劉雪生的角色進行

反省及批判。認為這群海外的知識份子，是沒有勇氣對臺灣這塊土地奉
獻力量，並且對於國族認同的角色混淆，呂秀蓮一一提出批判。如：

> 迨至美麗島事件，許多臺灣的反對派菁英被捕入獄，他做為知識
> 份子的良知良能便告萎頓下去，他對現實政治感到惻然，對反共
> 愛聯的活動自然拂袖而去。逐漸地，他把臺灣當做中國三十五行
> 省之一來看待，他覺得自己身上流著四川與山東人的血液，七歲
> 隨父母撤退到臺灣，二十七歲負笈美國來，如今娶了臺灣老婆為
> 妻，腳踩的卻是美利堅合眾國的土地。這一切於他，恰似蘇東坡
> 的〈雪泥〉詩：
>
> 人生到處知何似，應似飛鴻踏雪泥。
> 泥上偶然留趾爪，鴻飛哪復計東西。
>
> 「應似飛鴻踏雪泥……鴻飛哪復計東西。」
> 劉雪生莊漠地吟喂著詩句，莊漠地伸回攬在梅映紅腰際的右手。[17]

2、文字語言的擅用

如果我們以刻板印象揣測呂秀蓮的文字，是完全屬於理性且偏議論
性屬性的文筆及文體，將失去發現呂秀蓮文學成就的機會；我們檢視呂
秀蓮小說的藝術性，才發現，她的文字也有繽紛炫目的手法，如在〈貞
節牌坊〉中藍玉青的一場夢境的描寫，便是十分具有文學性：

> 黑色的天空。
> 寒冷的冬夜，忽然間——
> 是誰的潑墨畫大手筆，是誰把黑的夜，冷的天潑染成赤紅與亮黃
> 交相奔騰的一幅油彩畫？火光脫韁野馬似地爭向寂黯的長空竄

---

[17] 《情》，頁238。

升，熾熱使沉睡的人們攪嚷成一團。

爸爸赤著足，兩手高高地捐起那只他最心愛的柚木雕錢櫃，像迎神賽會上扛抬神轎的乩童，乩童踩過熊熊的炭火，踩向難以喻解的神力。爸爸一腳高，一腳低地，直在祝融肆虐的斷垣殘壁間追逐嬉戲，錢櫃中的鈔票天女散花般，一張張，一把把，拋散開來。[18]

如此魔幻的夢境，在呂秀蓮的筆中油然而生，且文字間的畫面，充滿張力，讓讀者為之神眩迷茫。

我們也許可以這樣地來詮釋呂秀蓮在獄中的小說，是她小說化了的「新女性主義」理論，同時她也用說故事方式再度地詮釋她生命中最輝煌的一刻，將自己進入到入獄之前充滿理想的時刻，使自己能夠逃離當下的苦難，包括了精神與肉體的苦難。

另一方面，呂秀蓮亦嘗試使用本土語言入其小說之中。這樣的嘗試，獲得李喬的稱贊。李喬說：「《情》一書中的方言土語，顯然是作者苦心經營之作，而且成績可觀，筆者最驚奇的是，好多精彩的形容詞、副詞竟然和客語完全一樣。」[19]呂秀蓮善用方言的例子甚多，以下舉兩例以證之：

曾經遇到過幾個想要娶她做細姨（妾），也有做某的人客（客人），阿彩認為凡是會到茶店玩查某（女人）的查甫人（男人），攏總不是什麼好腳屑（好貨色），從來也從沒想有考慮過。[20]

18　《這三個女人・貞節牌坊》，頁209。
19　李喬：〈有情無情總是情〉，收入於《情》，頁310。
20　《情》，頁72。

又如：

> 阿彩呀，妳今天晚起了？怎麼沒把鴨蛋跟豆菜給我送過去？根仔
> 伯的甕菜跟高麗菜還有無？今仔日是月半，大家拜門口，生理會
> 卡好咧（生意會比較好）。[21]

嘗試用臺灣話入小說，以增加小說場景的真實性，在呂秀蓮「本土意識」強烈的政治立場上，是可以想見得到的寫作立場與傾向。

四、紀萬生論

> 我們的視力日漸模糊
> 鼻子嗅不出花香　耳朵的
> 聽覺也失去了作用
> 我們陷入幽暗的地洞
> 那邊是有光的出口？[22]

一旦所有的知覺都變成錯覺，那麼還能用什麼樣的能力來判斷生命中光的出口？濃稠的生命苦悶，化成詩句的控訴力道，盡是無盡的吶喊。

（一）紀萬生生平事略及入獄原因

紀萬生，臺中清水人，一九三九年出生，臺中師專畢業，歷任國小、國中歷史老師，現教職退休。也因「美麗島事件」[23]被判刑有期徒

---

21 《情》，頁 73。
22 紀萬生：《獄中詩選‧吶喊》，美國：臺灣出版社，一九八六年出版。頁 43。
23 紀萬生起訴書：紀萬生係「美麗島」雜誌社務委員，參加暴行事件，隨遊行隊伍再行至美麗島高雄服務處，當呂秀蓮作煽動性演講後，率先上臺響應作煽惑性講話，以鼓動暴徒情緒助勢。參見《重審美麗島》，頁 478-479。

刑五年，褫奪公權四年（一九八〇～一九八五）的紀萬生，從獄中帶出
他在獄中的文學作品──《獄中詩選》。《獄中詩選》所收錄的作品，
共有二十一首現代詩詩作。四年多的牢獄生涯所創作的二十一首現代
詩，作品其實並不多，但其中所蘊含的生命情境，卻是情感濃稠，且深
具時代性意義。

　　紀萬生獄中詩作風格，在客觀性寫實風格中透顯個人獨特的社會關
懷者的立場，常以藉景說情的兩段式表現手法來抒發內在深沉的情感。
所以紀萬生詩作中，對於獄中可觀察到的自然景物，皆有大量描寫，如
〈豌豆花〉、〈城牆〉、〈劍舞〉、〈蘆葦花〉、〈古井〉、〈雁〉、
〈鹽〉、〈蟬〉、〈蒲公英〉等，都是獄中所觀察到大自然事物後所寫
下的詩作。

（二）《獄中詩選》情景交融

1、以景托情

　　對於大量以描繪外在事物的詩作看來，我們可以了解作者是極力避
免在獄中觸及內在心靈深沉的部份，而援以外在景象來轉移內在交熾情
緒，讓被囚禁的生命藉由外在具生命力的人事物，來活化內心枯萎的現
實。例如紀萬生在獄中對於未來的方向，寄託於北飛的雁，〈雁〉：

　　　　一村村的流浪
　　　　一山山的翻越
　　　　藍晶晶的天空　　映現
　　　　步步相續的
　　　　腳印　不歇息的向前踩去
　　　　西風捲起纖纖雲浪
　　　　迅速沖刷後面的足跡
　　　　為了明日的憧憬　不管今宵

月冷星稀
顛沛流離[24]

人生一如北飛的雁般，無論未來有多大挑戰或是龐大的孤獨，都必需承
受無論是客觀環境或是內在情緒的孤獨。

　　但是再怎麼地轉移情緒，客觀地觀察與描寫外在事物後，情感不免
藉機宣洩。如〈古井〉：

炎炎日午
先民胼手胝足　汗泥俱下
一鏟一鍬　一箕一土
點啟湛湛眼眸
湧出盈盈不息的甘泉
⋯⋯⋯⋯
看盡世代的悲歡離合　滄海桑田
多少驛移的星辰和雲彩
曾來探首問候
⋯⋯⋯⋯
以前夜晚的流螢蛙鼓
現在已經消聲匿跡　我
向深邃的井底
汲取歷史的訊息
卻打起一桶滿溢的恨血[25]

---

24 《獄中詩選》，頁 46-47。
25 《獄中詩選》，頁 39-41。

古井一直以來皆靜臥在這塊土地，看著土地每個時代的更迭。而今，自己也因為政治因素入獄，竟也成為臺灣這塊土地的另一口枯井。困在狹小囚牢的作者，俯首面對這一如深井般的記憶，翻出不再只是清泉，而是歷歷在目的歷史畫面：

> 四百年來的時光隧道
> 一批批的野狼山豬接踵肆虐
> 一波波的揭竿抗暴壯闊展開
> 荷督　清官　日軍的馱馬
> 滿載刮搜來的金銀材貨
> 在此駐飲
> 郭懷一　林爽文　余清芳潰敗的部曲
> 愴惶在此掬飲[26]

是誰「在此掬飲」？飲下的又是什麼？飲下的是臺灣命運前途悲苦，而紀萬生於臺灣歷史政治事件百年後，在這一古井中，看見歷代先民血淚，於是以〈古井〉來向臺灣先民們致敬，亦對這塊先民流血流汗掙來的土地，表達屬於臺灣後人對此的尊重。

紀萬生的新詩，總能凝視畫面逼視著生命／人物／歷史的底層，且從中間抽取出屬於人道主義的關懷。

2、情於景中

獄中的紀萬生面對牢外親情思念的處理，他表達得極為節制而不濫情，往往寓情於景之中。在〈鹽〉一詩中可探究其面對自身血緣親情的想念：

---

[26] 《獄中詩選》，頁 40。

> 朦朧的水影逐漸消退
>
> 孵育出一枚細白雪花
>
> 嶙峋的站在沙丘上　翹首
>
> 茹飲著炙熱的陽光
>
> 閃閃發射輪轉的毫芒　熬煉中
>
> 昇華得更瑩澈　更精純
>
> 今後將踏上另一段征程
>
> 析骨還父　析肉還母
>
> 把一顆愛心
>
> 布施到每一個角落
>
> 使之有味　使之不腐[27]

我此身的肉體，雖在此時雖受烈日煎熬，但我終將以此為試煉我自身，將來將會再浴火重生，將對臺灣政治前途的這片愛，化為大愛。

　　藏於內在的情感在獄中囚禁歲月，是禁不起大量翻騰，否則於小小空間湧現的情感，將是一場精神折磨；於是感情的投射亟需轉移注意力。所以我們看見紀萬生的詩作中，以大量描繪外在客觀景物，進而展現對生命逆境的態度，以冷靜觀察之眼，化主觀情感於其中，儘管生命處在低潮黑暗處，卻從來不忘卻仰望未來的希望處。〈穿過黑夜〉：

> 現在我們心中牢牢一念
>
> 搶先登臨峰頭
>
> 看

---

[27] 《獄中詩選》，頁48。

> 旭日從海中
> 躍出[28]

面對自身生命的苦難，詩作內容卻也充滿對於社會底層社會的關心，詩作人道主義充滿其間，如在〈吶喊〉對當時的「多氯聯苯事件」多所關心，並以此喻其深刻譬喻：

> 向天空
> 呼喊些什麼？
> 向日子
> 呼喊些什麼？
> 我們體內的多氯聯苯
> 在血管奔竄喧囂　日夜
> 啃嚙我們的腑臟肌肉和神經
> 我們的臉上結滿黑色的疙疤[29]

在我們體內、血管奔竄喧囂、日夜不斷的是什麼？有形的是多氯聯苯，無形的，則是當時高壓體制下的政治黑手，不斷在社會伸出監控的黑爪。

只是紀萬生在獄中詩作充斥一種「冷漠」。這樣的「冷漠」並非將自己生命置身於這世界之外，而是生命底層透顯出對人性的「冷漠」。冷漠是一種奇特的狀態，它是人防衛打擊以免於實質損傷的一種方式。當然，它如果持續過久，人也會遭遇到時間的損傷。在我看來，冷漠似乎是人格遭受重大挫傷後藉以暫時棲身的一種自衛奇蹟。

---

[28] 《獄中詩選》，頁 53。
[29] 《獄中詩選》，頁 43。

　　這種狀態持續愈久，冷漠也就愈是遷延下去並最終發展為一種性格狀態。這種冷漠狀態意味著從旋風般的要求中退避出來，面對高強度刺激無動於衷；意味著由於深恐被激流淹沒而站在一邊而不予回應。[30]

　　而〈蟬〉則在冷漠之外，又顯現他革命份子及詩人狂熱的一面：

> 將生命獻給／燃燒的季節／在暗無天日的地底／煎熬了十七年／鍊成一季丹火／無視於／枝椏下　窺視的眼睛／把千古的幽憤／凝聚成一股／熾熱的火焰／源源地／傾噴而出／縱使／焚為／灰燼[31]

無視自己生命的短暫，也要將自己的生命熱力在這一夏，整個傾噴而出。這種力量，是屬於詩人的狂妄，也是屬於革命份子的熱情。

（三）獄中「心靈／心冷」的描摩

　　《紀萬生詩選》的詩句焦點，在於記錄整個生命底層，情感建構在畫面之下，寓情於景的創作手法，是其優點。但亦或因其在獄中受肉體折磨，聽覺能力失去功能，所以詩作中對於聲音的敏感度顯得匱乏，也因而從此失去描繪的能力。耳朵失聰，聽不見外在世界的真實，內在真實的世界，則是個「冷」世界，如〈妻子的叮嚀〉：

> 隔著鐵欄柵／妻子惶急的叮嚀／在陰黯的甬道／變成一串鐵鍊的叮噹

〈風雨之夜—給小女兒〉：
> 一陣勁風／一陣驟雨／撲面而來的／是冷雨？是浪花？

---

[30]　羅洛・梅《愛與意志》，頁 23。
[31]　《獄中詩選》，頁 50。

〈髮的風景〉：

　　雪花紛紛飄撲／抖落滿身霜雪　抖落／四年前韶光／繞室沈吟簷
　　下／二月苦雨寥落不盡　牆外

〈聲音〉：

　　整個寒冬　除了／牆壁　回應著自己

〈時間的脈動〉：

　　時間似乎被冰封在瓶底／除了有時親友來信

　　獄中生活充滿「陰冷」氣味，不論是〈給妻子的叮嚀〉：「妻子惶急的
叮嚀／在陰黯的甬道／變成一串鐵鍊的叮噹」；〈風雨之夜—給小女
兒〉：「這些年／經過冰雪摧打／蛇信舔噬／我曾輾轉地牢／奄奄一
息」；〈聲音〉：「整個寒冬　除了／牆壁　回應著自己／傷風咳嗽的
／聲音外／一片死寂」，這些如陰黯／冷雨／苦雨／寒冬等形容詞所描
繪而散發出的那股「陰冷」，我們透過詩句也能感同身受於他生命曾經
的苦難。

　　「生命」是紀萬生《獄中詩選》中的一個主題，無論是真實看待生命
的苦難所發出的怒吼，亦或是在黑暗之中所昇華出的生命力量，在獄中生
命力量，紀萬生很用力地以新詩的方式呈現。跨越當下的生命，以詩的
生命攬住未來的希望，以詩的能量跨越銅牆鐵壁，向親情呼喚。

　　對極權主義進行分析的 Dennis H.Wrong 曾努力堅持認為：無限制
地任意使用暴力，就會在公眾中間造成一種恐怖的氣氛，它可以渙散一
切抵抗，減少一些有政治權力慾的半自主性的服從。[32]然而我們在紀萬

32　Dennis H.Wrong 著，高湘澤、高全余譯：《權力——它的形式、基礎和作
　　用》，桂冠出版社，民國八十九年三月初版，頁147。

生的身上，看到的則是完全不同的答案與結果。他化生命的幽暗處成為一篇篇的動人詩歌。詩是生命的言說，是生命內驅力的詩化的過程。[33]紀萬生將生命的力道，化成一柄利劍：「劍出鞘　鋒刃／清越的錚鳴」。

（四）詩意的張力

國文老師出身的紀萬生，對於文字的掌握能力，在《獄中詩選》中表露無遺，他的詩作除了充滿古典詩歌的氣息外，也充滿新意。如〈蜘蛛網與月亮〉：

> 後花園的黃昏寂然離去
> 飛簷上的一隻蜘蛛
> 細針密縷的編織　把
> 冉冉浮出木犀花的
> 月亮
> 緊緊的織在網中[34]

從黃昏到月光，這是囚犯生命裡真實的時間推移，然而這樣真實的生命移轉，卻被一片蜘蛛網給緊實網住，而失去了生命的意義。

詞性的轉化，本是新詩創作手法之一，而紀萬生則擅於此一手法。如〈山中晚雨〉便用詞性的轉化，使整首詩露出一股古典的氣味外，還頗富閱讀樂趣：

> 三月　蕭索的雨絲
> 無邊無際的飄灑

---

[33] 沈奇：《臺灣詩人散論》，爾雅出版社，民國七十五年十一月，頁264。
[34] 《獄中詩選》，頁35。

> 禪院的鐘聲
> 從暮雲封鎖的山壑
> 沈悶的跌撞而來
> 撞得庭前
> 數朵茶花　次第綻開
> 朵朵皎潔的茶花
> 仰臉承雨[35]

詩中的鐘聲不但撞開了茶花，茶花更承接了三月飄下蕭索的雨，將本是名詞的「鐘聲」與「茶花」給動詞化。

《獄中詩選》內容，雖僅有二十一首，然每一首新詩就是革命家一篇對生命／土地／國家的宣誓，也是詩人狂熱的情感展現。紀萬生，一個在臺灣詩壇上未曾留下顯赫身影，但他卻能發出這樣鏗鏘之語，實在難得。

---

[35] 《獄中詩選》，頁 36。

楊青矗與王拓

　　日據時期之後，臺灣政治運動與藝文界兩者跨界大結合，試圖激起政治改革風潮，便以「美麗島」團體及事件，最為重要的指標與成果。蕭阿勤認為，美麗島事件激發了文學的政治化，如同它導致了政治反對運動的激進化。事實上在鄉土文學論戰停息後不久，王拓與楊青矗這兩位主要的鄉土小說家就放棄其文學生涯而投入政治反對運動。兩人都成為一九七八年底中央民意代表增補選舉的黨外候選人，但這次選舉因美國突然與臺灣斷交而停辦。王拓與楊青矗後來加入《美麗島》團體，並且因為涉及美麗島事件而入獄。[1]而兩人在獄中，也循著其本來的創作路線，在獄中繼續書寫，並於出獄後，為臺灣監獄文學這一區塊，貢獻出豐碩的成果。

　　楊青矗，本名楊和雄，臺南七股後港人，一九四〇年生，原任職於中油高雄煉油廠。一九七九年，因「美麗島事件」被逮捕，被捕原因為擔任「美麗島」雜誌高雄服務處主任，並煽動暴徒對憲警行兇。處以有期徒刑六年，褫奪公權五年。

　　一如呂秀蓮般，楊青矗的獄中文學創作主題，都是圍繞在入獄之前所關注的議題上，在獄中所創作的小說主旨，皆是延續入獄之前人生高峰的生命。

　　為何要延續生命的高峰？又為何在獄中思想控管極為嚴格的空間裏，能夠優游自我生命中高峰？這當然是因為呂秀蓮與楊青矗入獄因素，非因「文字」入獄，而是參與黨外活動，被鎖定而逮捕入獄。

---

[1]　http://w1.southnews.com.tw/snews/Taiwanese/0001/00/000302.htm

　　被判刑入獄坐牢的時光，對於本來就是小說家身分的楊青矗而言，反倒是寫作突破的一個契機。我們在他這兩部監獄小說中，看見他過往未曾觸及的長篇小說書寫，小說內容討論的層面，也越發地加深加大。柴松林說認為，《心標》與《連雲夢》兩書的男女主角即是那段期間白手起家的所謂企業家強人，反映臺灣經濟發展企業家赤手空拳打天下的創業歷程。以愛情貫串兩部書，故事延伸至八〇年代，歷經兩次石油危機，這是臺灣第一部以經濟發展為背景，寫白手創業，建築者搞房地產起落過程的企業長篇小說。[2]

　　是的，整個無論是國際抑或是臺灣在一九七〇年代兩次的石油危機，滲透到人性的危機上來。經濟的起飛與動盪轉而影響到人性的發展。本章首先就楊青矗這兩部獄中小說中的性別意識分析起八〇年代臺灣整個工商社會呈現的人性面；再者，分析小說藉由工廠各位階之人際關係，所投射出的政治恐怖氛圍。最後，我們回歸到小說創作者與小說人物心靈之間的繫連，試圖找尋楊青矗在獄中創作心靈原鄉，在何處。

一、心夢／心魔之辯

　　楊青矗進入文壇的創作主軸，一開始便是完全關注於勞工階層，但對於政治因素與勞工權益的兩者間關連性的探討，在實質上，並沒有太多描述，他完全以寫實手法，描寫工人階級及社會邊緣人的處境，相較於他在獄中之後寫下的《心標》及《連雲夢》宏觀視野，是有極大不同點。

　　兩部小說時空背景，設定在臺灣經濟起飛與碰到石油危機的年代。物質慾望對於人心穿透力的辯證，是楊青矗所要展現的一個企圖心。

---

[2]　柴松林：《心標・序》，敦理出版社，民國七十六年一月初版，頁1-2。

　　如小說中男女主角——宋經生與朱琪敏兩人性格，表面上是兩種完全不同典型的人，但命運還是讓他們的人生走向同一個結局。宋經生，一派溫文，被女主角拋棄之後，轉向以追求物質欲望來填補一生的不滿足；而朱琪敏則是選擇物質欲望之後，轉身走向找尋失落的心靈世界。兩人本是彼此的夢想，卻從此走向彼此所設下的魔障裡。

　　進一步地說，楊青矗的這兩部獄中小說，看到了他創作核心的轉變。他貫性地把小說人物設定在底層階級的觀察，再放大這些人物的性格，其中因果關係與整個社會乃至於整個現代化的歷程，是有絕對的關係。於是這些小人物，不再僅僅是限於勞工階級的投射，更是臺灣在八〇年代人性一個轉化的縮影。從小說這一情節的轉變，可視為七〇年代以後臺灣工商業的發展，發展成兩個面向，一是物質世界的追求，另一方面是精神／情感世界的失落。

　　但我們其實也同時地注意到，楊青矗在獄中的創作，幾乎與入獄之前的創作題材的主軸並無二致，只不過他將議題的層級與視角拉高到管理階層。小說中對當局者的態度，雖避免掉直接的批判，卻也偷渡了楊青矗對於政治議題上部分的影射。如，楊青矗勞工小說的書寫從來未涉及管理階級，但這兩部獄中小說的情節，朱琪敏以女性角色挑戰上一代由男性父權社會所奠基下的管理階級。女性與男性是相對概念，黨外與體制也是相對概念。楊青矗以小說中的女性，說明世代不同，能力已大大不同，封建或封閉的系統必將遭遇挑戰與瓦解。

　　一直以來，楊青矗的小說創作，雖未高舉女性主義，但他的小說對於女性議題，總帶著強烈的時代感及人道主義的關懷，《工廠女兒圈》便是一個明顯的例子。

　　呂秀蓮在七〇年代高舉著女性主義觀點進行社會現象的觀察，而楊青矗這兩部獄中小說，部分創作觀念則也向女性主義傾斜；例如其筆下的女性，才是小說真正的靈魂人物，男性所掌握建構下的世界，都是由女人取得了改變的契機。所以我們可視為這樣的現象，是楊青矗在獄中

偷渡了他批判當局封建思想的手法。而整個臺灣政治要脫胎換骨，絕對
須要脫離舊式思維。例如，洪家第一代的事業，本是家族式企業的規
模，但其發展受到極大限制，是與時代無法同時前進。然整個企業因朱
琪敏的加入，她整個企業脫離家族式的經營方法與觀念，讓洪氏家族的
紡織廠得以與整個臺灣經濟發展，有了極為黏密的關係，創造了與世界
整個經濟體系／民主思潮與時共進的契機。

　　只是人心，在這場經濟起飛／民主浪潮中，開始扭曲與變形。如男
主角宋經生本對於生命本是充滿熱情與想法，只因朱琪敏選擇了嫁給了
洪耀全，宋經生心性便完全地被徹底改造，物質欲望的追逐，成為他生
命主戰場。

　　小說男主角宋經事實上與朱琪敏一樣，在一個工商變動劇烈的年
代，兩人內心世界突然間進退失據，完全走入對物質世界的追求，所有
的價值觀都傾向以物質來填滿內心的空洞。而宋經生面對理想的失落，
淪喪在物質欲望漩渦之中，他只能為自己過往的青春敲下誦經聲，為自
己送葬。也因此，宋經生的事業，在過度膨脹之後一夕間倒塌：

　　　連雲大樓巍峨雄偉，如一蓋世巨人聳身入空，睥睨天下萬物。沒
　　　想到樓成之日竟是他破產之時。[3]

而宋經生一生的理想，卻是由朱琪敏的抽象畫給完成，朱琪敏筆下的十
幅「創造地靈」潑墨抽象畫，分別為：

　　　　創造的地靈　之一　　進福市場
　　　　創造的地靈　之二　　新映戲院，新秀歌廳
　　　　創造的地靈　之三　　天影戲院，天藝歌廳

---

[3]　《連雲夢》，頁185。

創造的地靈　之四　舒居高級別墅

創造的地靈　之五　神鳳大樓

創造的地靈　之六　經生大樓

創造的地靈　之七　舒居新村

創造的地靈　之八　舒居商城

創造的地靈　之九　舒居公寓

創造的地靈　之十　連雲大樓[4]

楊青矗不斷地以繪畫概念來與真實人生的情境，做一譬喻。他透過油畫的概念來陳述，一幅寫實的畫作未必能畫盡一幅真實的人生，反而是一幅抽象畫所傳遞出來的感受，才是這世界裡的真實。

　　以畫作來替代真實的人生，是楊青矗在這兩部小說的特色。面對未來的人生，該如何選擇，是以良心為優先，還是以現實為考量？朱琪敏在宋經生與洪耀全兩人之間，她選擇走向現實：

> 琪敏抽出一幅標籤寫「標」的畫：畫上面有一個女孩望著兩個高高的標箱，貫注全神思索；標箱上各有一個青年的人頭，脖子以下都在標箱裏，女孩思索著如何從這兩個男人中標下一個來做丈夫！她所看到的是露在標箱上的人頭，憑兩個人頭為取捨，其餘的都在標箱內看不見。至於哪個適當？何取何捨？需要靠謹慎的觀察力來下判斷，甚至要打聽藏在標箱內的各種情況及底細。[5]

人生的抉擇，是要憑藉著「良知」而行，還是依「機會主義」？楊青矗以自己站在黨外人士的經驗面對臺灣的未來，他選擇他認同的「良

4　《連雲夢》，頁 220。
5　《連雲夢》，頁 224。

知」，而唾棄「機會主義」的人。透過朱琪敏這一角色的敘述，我們可以知道楊青矗面對時代／自己未來時的一種態度：

> 事到如此，她需要在這兩個男人中選擇一個未來的伴侶，未來她
> 將走藝術的路或企業的路，就看她在兩個男人中標哪一個了。標
> 經生的話，可嫌他不務實際，不會賺大錢，只能跟他過窮畫家的
> 日子。標耀全的話，他只有高中畢業，不懂藝術，跟他過日子將
> 缺乏她所追求的藝術情趣的生活。[6]

朱琪敏／楊青矗所面對的未來人生，其實不僅是表面上對精神世界或物質欲望兩者之間需做一選擇，更重要的是，楊青矗所要傳遞的是，藝術精神世界是屬於個人的世界，若選擇耀全，那將是一個入世的生活，朱琪敏所面臨的問題，一如作者自己也需在小說文字世界與群眾生活之間，做一個價值判斷上的選擇。

二、性別／體制的超越

楊青矗的小說，一直以來是同情女性的，如在他對於《在室男》的大目仔，便充滿人道主義觀點看待煙花女純潔的理想。《心標》及《連雲夢》中對於女性也充滿同情，小說中的女性全然都是付出者或被害者的角色，即使是身為商業間諜的林逸芬或是將宋經生仙人跳的玉黎青，也全都是被男人操控才變為「壞女人」。壞女人真的壞嗎？玉黎青是被黑道人物黑仙以強力膠控制其行為能力，才加入仙人跳行列。所以，壞女人的「壞」其實是壞男人控制下的產物。

---

[6] 《心標》，頁 105。

　　而命運的發展，也總是有太多的陰錯陽差，朱琪敏未替洪耀全生下後代，第三者的林逸芬則替洪家留了子嗣。朱琪敏的情敵馮華卿，也為宋經生生下了兒子後，自己隱然退出這一場紛亂的情感戰場。

　　新世紀的來臨，女人才是掌握了未來的情節／情感主軸的發展，宋經生因朱琪敏而生而活，朱琪敏卻可為自己的思想而做出她的行為。以下就父權、女性及故事所衍生出的權力結構，做一討論。

（一）父權／統治者形象的守舊

　　洪天榮／父權社會的地位，是政治實體的化身，朱琪敏／抬頭的女性意識，則是一股反政治極權的黨外力量，換句話說洪天榮（父權社會／執政當局）對於朱琪敏（女性意識／黨外）的態度。洪天榮面對女性強勢的領導作風，產生極大的危機意識，他對兒子洪耀全說：

> 這種話琪敏跟我說過好幾次了，大豐是我辛苦一輩子開創的，我寧願不要再發展這樣就好了，你們不要把它搞垮了。我們自己這樣經營絕對不輸給別人的，股東一多，到時甚至把我們都擠掉了。[7]

保守／獨佔與開放／兩代之間，對於經營的理念，有極大落差，洪家象徵了父權體制，容不得新的聲音與新的作法，這一傳統／守舊的家族事業體，就像父權體制掌控下的龐大國家社會體。而洪天榮的嘴臉反映出的也是父權體制下的嘴臉：

> 鼻樑高挺，方臉飽滿，身材高甲，右邊下巴有一個俗語說「有得吃，有得試」的嘴角痣，長一撮細長鬈曲的痣鬚；臉帶富相，商

---

[7] 《心標》，頁 205。

> 人氣息濃厚。說話鄉下腔調很重；儘管西裝革履，一副董事長派
> 頭，骨子裡一眼即能看出缺乏學識素養。[8]

楊青矗對父權醜陋的臉孔，是極為憎惡的，同時也是反映出他對於當時
國民政府統治臺灣百姓的態度，以「儘管西裝革履，一副董事長派頭，
骨子裡一眼即能看出缺乏學識素養。」指桑罵槐的方式，用文學的筆來
對於時局進行批判，即使是高高在位者，骨子裡也不過是穿草鞋的兵
伕，毫無知識份子該有的理念與宏觀視野境地。

（二）女性／女權意識的抬頭

　　女性──在父權體制下的女性，永遠只是配角，她的存在是為成就
男人的世界。朱琪敏是破除這種父權體制的優秀女性。她聰明與時並
進，傳統守舊年代已非工商業年代遵循的法則，性別已不是問題，能力
才是唯一考量。

　　而馮華卿這一角色，更具時代意義。她為喜愛的對象奉獻青春，主
動追求，令人刮目相看：

> 經生暗自佩服華卿的見解。華卿僅讀高商，而煥昇公司的職員及
> 眷屬在繪畫班學畫畫的，多是大學畢業；在課堂上討論藝術問題
> 時，華卿經常有令同學們折服的獨特見解。[9]

只要給機會，女人的表現，絕不輸給男性。華卿僅憑高商學歷，陪著宋
經生打拼天下，創造了宋經生一生中的高峰，建立了「舒展」商業帝
國，且無悔地為心愛的人生下一子，林逸芬也是另一個異數。她本來是
高展公司的商業間諜，來到大豐公司反而陰錯陽差地愛上洪耀全，最後

8　《心標》，頁 32。
9　《心標》，頁 139。

導致洪耀全被殺，但林逸芬卻也為洪家留下了後代。就連宋經生因生意失敗，資金週轉不靈被迫入獄，出獄後所見的第一人，也是女人，是女人助他早日脫離囚獄的生涯。朱琪敏的角色，可是說是楊青矗筆下時代女性典範的總和，她具有突破傳統體制，且帶來不同的思維行為：

> 朱琪敏這一系列作品，乃以國畫畫現代景物。國畫的技巧，國畫的丹青；為國畫開創了新的生命，新的境界，新的畫法。跳出了國畫山水、花鳥、竹石、仕女的窠臼；畫前人所未畫，賦予國畫時代感，畫出現代經濟繁榮的市景。[10]

一直以來，男人／父權掌控世界的發展，但現在，女人卻是握有重構與掌控未來脈動的主控權。楊青矗在獄中，對於現代男女角色給了重新定位的機會與表現。

三、抽象與真實人生的對話

一九八六年出版的《心標》及《連雲夢》創作的主題，從過往的底層勞工身份，進而地擴張至企業家內心世界，這與當時整個臺灣政經環境的變遷有絕對關係。七〇年代臺灣女性意識尚未抬頭，八〇年代以降，女性在社會所扮演的角色，則呈現大躍進的情況。

楊青矗試圖在男女主角的命運與作為上，對兩性之間本已定位的意義，再賦予時代更迭所帶來不同的意義之所在。

小說男主角——「宋經生」，無疑地，是在祭一段曾經走過輝煌人生路的「誦經聲」。楊青矗在獄中所創作的兩部小說《心標》及《連雲夢》所講述的主題，無非是圍繞在人若失去人生理想，便失去生命意義，於是斷送一生／聲。兩部小說，共同建構同一故事，情節圍繞在人

10　《連雲夢》，頁220。

性價值這一議題上，人若失去理想，即使是眼前幸福，也都將會樓起樓塌，煙滅一場空的境地。

　　以往以「藝術」或「創作」理念的澄清與闡述，在楊青矗其他部的小說中，提及機會甚少，但在這兩部小說中，卻一再地論述。他一再闡述藝術的創作理念，無疑地，也是在為自己的創作進行一種價值的判斷及論述。如在《連雲夢》中對於雕刻創作同樣是以寫實風格而聲名大噪的朱銘，他是極為推崇的：

> 朱銘的「同心協力」以粗糙的筆觸刻三隻牛合併拖一輛牛車，牛車上裝滿巨大的木材；雕刻圖面是三隻牛正在拖這輛牛車上坡，牛車夫在旁邊推車助力。木料重，上坡拖不動，三隻牛和牛車夫都屈彎前腳，伸直後腳，拼命使出混身解數，「同心協力」要把滿載巨木的笨重牛車拖上坡。這幅雕刻很感動人。他表現了「力」的美象徵人類艱苦奮鬥奮發向上的精神；有生活、有生命、有思想、有創造性，把藝術的真、善、美發揮出來了。[11]

朱銘「同心協力」中的牛隻與車夫，象徵了臺灣這塊土地的子民們，須共同團結奮鬥，才能邁向未來。而朱銘的雕刻手法都為抽象法，楊青矗意圖以藝術的「抽象」來表現現實的「具象」世界，他說：

> 抽象畫是畫家接受外面景象及生活經驗產生的心象投射；抽掉景物的具象，探求剎那的感受及景物內在的美和事物的本質。[12]

化名為許南村曾指出：「楊青矗是三十年來臺灣第一個以現代產業工人為主人翁；以工廠為背景，以工廠中的葛藤為內容的小說家」、「意味

---

[11] 《連雲夢》，頁140。
[12] 《連雲夢》，頁40。

臺灣的中國新文學民主化趨向——使小說的內容，從其一向反映中間城市市民的生活，擴大到反映大量集結於城市工廠的工人生活。」[13]《心標》及《連雲夢》所觸及的議題，便是都市人在物質與慾望之間崩解與救贖的歷程。

朱琪敏的人生，在於標單的擇取，那麼宋經生及其他人又是如何呢？楊青矗又以抽象畫的精髓來對人做一譬喻，他說：

> 在抽象畫的理論上，抽象畫可以不含意義；而在畫的質感、色彩、情調、線條探取美的韻律，尤其是探求構圖的情緒和境界。然而，這或許這是理論家一廂情願的說法。經過十三年多的封藏和時間的過濾，他的心智放棄了這些理論，也拋掉了畫筆；投身於時代和社會形成的浪濤中浮浮沉沉，經過人生實相的洗禮，這下子回頭看自己的畫，乃真正客觀的鑑賞，不摻雜一點母子連心的骨肉偏愛。[14]

而人生是一場又一場對於理想的堅持與奮鬥：

> 藝術這條路，多少人忍饑挨餓，為她全力以赴，走到半途倒下。而他是仆倒要再爬起來的人，他決心將堅持走到底。[15]

在小說的最後，作者楊青矗與他筆下的人物宋經生，無論是經歷抑或是理念，做一徹底的連結。這是作者在作品中表現出他自我意念的超越的認同。

---

[13] 許南村（陳映真）：〈楊青矗文學的道德基礎——讀「工廠人」的隨想〉，《臺灣文藝》第五十九期，一九七八年六月，頁215。

[14] 《連雲夢》，頁269。

[15] 《連雲夢》，頁270。

「他寫作的目的是希望他的作品能產生一種力量——從同情和悲憫中迸出的力量，促使那些不合理的制度能獲得改善。」[16]楊青矗的小說，顯然還是流露著濃厚的溫情主義。一九七〇年代的臺灣，面臨了石油危機與外交處境日益艱難的時刻，人性在這一人性崩毀與物質快速增長的年代，社會價值觀也不斷地在進行重組與新生。楊青矗在監獄之中，寫下臺灣經濟起飛下的人性扭曲與回歸的故事。只是我們不免懷疑，楊青矗本人隱身在小說中哪個角色？華卿對經生說：「你有藝術家特殊的脾氣；孤僻、不隨和、不合群、不隨便跟人打招呼，還帶有持才傲世的傲氣和酸腐氣」，然而宋經生面對過往的記憶與經驗，他體認到人生必需有一次浴火重生，才能獲得生存的契機：

> 他去稻草堆拖來一綑乾稻草，解開來，用報紙點上火，稻草一束一束放上去燃燒。然後將他認為沒有意義的抽象畫，一張一張從畫框裏取出來放進火焰中焚燒。
>
> 留著畫框以後裝有價值的新畫。
>
> 火焰在院子裏向上冒，熱氣烘得他全身燥熱。再來將畫些什麼呢？他在火焰中朦朧看到他未來要走的畫路。十幾年在商場的生命歷程對人生有太多的認識和體驗，這種經歷是生命燃燒的火焰，就以此火焰來照亮藝術。畫出世態的炎涼和對人類的瞭解；畫出人生的價值和對人生的批判；抓住時代的脈搏，反映時代劇變的精神面貌；畫出人類的思想、經驗、喜怒哀樂、生老病死、貧富愛恨；對空間與時間做一個探求，尋出人類生命的新生。[17]

---

[16] 何欣：〈七〇年代的使命文學—論楊青矗和王拓〉，收入李瑞騰編《中華現代文學評論大系——評論卷壹》，九歌出版社，一九八九年五月，頁368。
[17] 《連雲夢》，頁271。

抽象畫是如此，楊青矗獄中小說不也是幅對局世的抽象畫，意圖地想對時局「抓住脈搏，反映時代劇變的精神面貌」！

四、王拓論

　　王拓，原名王紘久，臺灣基隆人，一九四四年生。臺灣師範大學畢業，政治大學中文系研究所碩士。一九七〇年發表處女作《吊人樹》，一九七一年後在政治大學中文系任教，一九七五年發表其重要文學代表作品──《金水嬸》；為前中華民國民進黨籍立法委員。

　　七〇年代，臺灣在整個國際局勢及國內政經社會，出現極大動盪與不安。在國際外交上，中華民國政府在聯合國的席位被中國人民共和國給取代，聯合國代表席次的挫敗，讓青年學子面對臺灣於國際社會處境的問題，其中又以當時臺日之間所發生的「釣魚臺事件」國際性議題，造成臺灣社會運動極大的衝擊與捍衛臺灣在國際地位的實際行動。王拓的大學生涯正值這樣風雲際會的年代，入獄之後的王拓，將臺灣那段命運及其個人參與和見證的歷史，化成小說的時空背景。

　　一來這樣的寫作題材，即使被查到，也不妨礙國家安全及涉及國家叛亂罪，二來也可藉由臺灣與國際觀點的辯證，為臺灣的歷史留下屬於王拓自己的評述。

　　我們由此也可發現王拓獄中小說與呂秀蓮獄中小說，事實上是同一類型，一則是小說的自傳性色彩極為濃厚；二則兩人的獄中小說，都鎖定在自己曾經輝煌的年代，抑或是他們本身生命底層最重要的時刻。且都以生命的輝煌對抗生命的黑暗時光，這是他們在獄中以書寫來進行精神上的治療；小說中特定的時空感，可以將寫作當下現實的痛苦感與壓迫感降至最低的程度。王拓兩部獄中小說《牛肚港的故事》與《臺北，臺北！》時空背景，顯然是刻意地鎖定在王拓自身生命歷程中，重要的時刻。

　　另外，王拓在獄中亦有兩部童書的書寫，《咕咕精與小老頭》及
《小豆子歷險記》雖然王拓自言是寫給家中一對小兒女閱讀的，然而這
兩部童書，亦是王拓童年的再現，無論是寫作時空、特定地域及其書中
人物主角，皆是以王拓童年為底本所開展的故事情節。

　　以下，我們先分析王拓兩部獄中小說及獄中童話的形式與內容，再
來探討作者與文本之間交互牽引出的精神層面內容及幾個面向的問題。

（一）個人／群體記憶的勾勒

　　近百年來的臺灣，歷經幾個極為重要的政治事件，而這些事件也在
時間沉積之下，成為臺灣全體百姓的集體記憶。王拓年少時代歷經來臺
灣白色恐怖時期，大學時代則是參與了釣魚臺事件，爾後參與了臺灣黨
外活動，至美麗島事件後，被判入獄。王拓可以說是既身為歷史的見證
者，又是歷史的參與者。

　　或許這些事件，也許是屬於王拓個人親身經歷，但在精神層面上，
卻是臺灣這塊土地的共同記憶。如他著力於對釣魚臺事件的描述、臺大
學生發起的保釣運動、學運世代、白色恐怖年代的記述，全成為他小說
的場景。

　　然無論是個人抑或是屬於群體記憶，這些歷史的發生及成生，無非
是在對整個臺灣進行一種存在性的辯論行為，這種政治事件，最後終究
成為文化的一部分，換句話說，政治事件的影響力最後成為文化思維的
一種建構的力量。王拓的獄中小說，完全體現了這種以政治建構而成的
文化思維辯證觀。

　　我們首先來看王拓在監獄中的第一部小說《牛肚港的故事》小說內
容，是以白色恐怖時期為時代背景，場景設在八斗子魚港。整個八斗
子，事實上就是臺灣的縮影，知識份子言論被監控，精神也曾經被緊繃
到崩潰邊緣：

「是了，一定是這個人！」她突然領悟到與這個有關的整個制度的可怕陰狠，連講句批評的話都有人打你的小報告，並且都會使你因為這樣而被逮捕，這是怎樣的社會和制度呢？豈不是和傳說中的、他們也時常在報紙上大力反對攻擊的、控制嚴密的專制社會一樣了嗎？[18]

《牛肚港的故事》中的趙孝義，是個有理想有行動力的年輕人，可以說是臺灣在那個年代的一種精神典範，只是這樣的典範，卻一再地生病、消瘦。趙孝義的角色，剛好是反映了當時的知識份子在整個大環境之下有志難伸的處境。

　　黑暗的政治力量就像細菌般，不斷地吞噬著這塊土地的百姓，尤其是對於批判國家的年輕知識份子，更是嚴厲地入侵與破壞。《牛肚港的故事》中對於趙孝義構陷的罪名，其實就是當局對當時知識份子冠上的罪名：

一、趙老師常常在上課時間批評政府和社會，顯然意圖向學生灌輸反政府和反社會的思想。

二、趙老師常常假藉家庭訪問接近民眾，又對礦災海難等社會問題的資料，刻意搜集以著成文字，有惡意醜化政府形象，破壞人民對政府的向心力的嫌疑。

三、趙老師在大學時代曾經參加保衛釣魚臺學生運動，有紀錄在案。他自動申請到鄉下教書，用心何在？根據他平時的言行，是否幕後有秘密組織在指揮操縱？值得深入調查。

四、共匪對我方基地的滲透顛覆不遺餘力，學生運動和群眾運動是其破壞社會安定、擴大社會矛盾技倆，趙老師既有參與學

---

[18]　《牛肚港的故事》，頁360。

生運動的紀錄，到牛肚港後是否有製造不安、擴大矛盾的意圖？值得深入調查。

五、近年來共匪根據馬克思思想的「革命輸出」理論，以迂迴方式收買或偽裝海外歸國的僑生或僑生回到自由基地。秘密進行其滲透毒化的陰謀。李老師係越南僑生，而越南共產黨的活動又甚為活躍，目前越戰且如火如荼在擴大深入。她在僑居地與共黨組織或左派人士是否有過接觸？其思想內容如何？趙老師思想是否受她影響？都值得深入研究調查。[19]

以上五點，關於批評時局、批判政府、保釣運動、學運、左派思想等等，本就是政府逮捕知識份子的罪名。

但趙孝義／王拓入獄之後，還是對自我做了堅強的心理建設：

> 幾十年的苦難，他都能熬過去，我為什麼不能呢？在時間的大河裏，再深的痛苦、再大的不幸都會不留痕跡地過去。人的精神力量是堅韌的、偉大的！我為什麼要頹喪呢？為什麼要絕望呢？把這個苦難當成命運加給我的一種磨練吧！[20]

這群為臺灣言論自由、新聞自由、爭取社會運動權的知識份子，紛紛被捕入獄，無疑地是會在臺灣政治發展史上，留下他們奮鬥過的掌聲。

（二）黑暗力量下的人性道德與現實

1、理想人格／真實人性

王拓與呂秀蓮的獄中小說有一共通特性，就是小說主角都存在著作者的影子。從《牛肚港的故事》中的趙孝義及《臺北，臺北！》裡的孫

---

[19] 《牛肚港的故事》，頁 338-339。
[20] 《牛肚港的故事》，頁 380。

志豪角色，來論其年紀、思想、故事，可窺探出這兩個小說主角，在某個程度上是王拓自我情感上的投射。換句話說，王拓是藉小說主角來為自己陳述身為「思想犯」這一汙名化的回擊與辯證。所以小說中的主角對於人性常會出現自我剖析與辯證，其實同時就是作者自身在行自我辯證。如孫志豪自言自己是：

> 現在，當他回想起這件事情的始末時，他就更加赤裸裸地清了自己的自私的、骯髒的、卑鄙的人性了。而像他這樣的，竟然還時常以文字或語言發表了許多義正詞嚴的，關於真理、正義和善良人性的主張，這不禁使他更加感到自己的虛偽墮落，幾乎已到了完全不可救藥的地步了。[21]

「真理、正義、善良人性」是完美人格境地，是孫志豪一心想達成的，而趙孝義則是從現實生活學習地走向神聖之路，兩個年輕人同時懷抱著「理想」，且積極地參與社會運動。

　　根植於王拓思想上的「理想」，無疑地就是知識份子救國的邏輯不斷衝擊著他的人生觀與社會觀。於是趙孝義，從保釣運動的學運份子，回歸到臺灣基層地方上，到牛肚港執教鞭，為這塊土地奉獻一己之力。孫志豪則是無悔地為爭取臺灣言論自由、新聞自由，進而衝撞封閉的政府體系：

> 本來為了釣魚臺的事，他已經有了坐牢的心理準備和決心了。他認為，這是他拯救自己墮落的靈魂，重新肯定生命的意義所必要的、也是最後的手段。[22]

---

[21] 《臺北，臺北！》，頁 74。
[22] 《臺北，臺北！》，頁 510。

只是兩人在實踐理想過程中，皆遭逢生平以來無法預知的黑暗時光，兩人同時入獄。這樣的歷經與王拓現實人生，實無兩樣。

2、同情社會主義與自由主義的年代／王拓

　　人往往可以用死來表示他的自由意志，要在什麼時候死，要用什麼方式死，人是可以自由選擇的。尤其是在一個政治酷虐的時代，一個有良知、有正義感的知識分子，至少是可以用死來表達他的莊嚴的抗議，而替歷史留下一個偉大的見證。[23]

　　王拓藉由青年學子對大時代與個人生命意義間的討論、相互地辯證，說明他自己的生命價值：

> 真理和正義是必須靠生命來維護，沒有生命就沒有一切了！我是希望每一個人都應該為了使真理和正義實現，而忍受一切痛苦和黑暗！這才是人成為偉大的理由。為理想而受苦難，為等待光明而忍受黑暗，這才是最偉大最可敬的事！[24]

> 蕃薯的生命也很強韌，常常被太陽晒得乾癟癟地垂到地上，好像已經要乾死枯死了，但是，只要晚上再沾到一點露水，立刻又會活過來。隨便什麼樣的土地，即便是最貧瘠最粗糙的狗屎地，蕃薯也一樣能夠到處生長，到處蔓延，……[25]

> 我們都是中國人，當然要保護中國的領土。我還聽他們喊，一寸山河一寸血！打倒美日帝國主義！血債血還！還有去包圍日本領事館和銀行。[26]

---

[23] 《臺北，臺北！》，頁134。
[24] 《臺北，臺北！》，頁135。
[25] 《臺北，臺北！》，頁154。
[26] 《臺北，臺北！》，頁161。

　　身為當時知識份子魁首的胡適，王拓認為胡適失去了當知識份子的
風骨，對於胡適的批判，也不假辭色地給予嚴厲抨擊：

　　　胡先生在國際上被稱為自由中國境內自由的象徵，但是，以他在
　　自由中國知識界和思想界所具有的領導地位來說，他所做的貢獻
　　和努力是極為蒼白和貧血的。……尤其是胡適之先生，貴為自由
　　中國學術界最高研究機構的中央研究院的負責人，他為自由中國
　　的民主運動奉獻過什麼心血？做過什麼努力呢？他是《自由中
　　國》雜誌社的發行人，但是，當自由中國雜誌社的社長雷震先
　　生，以及許多為我們所知道或不知道的民主鬥士們，為了臺灣的
　　民主運動而被判刑坐牢，甚至被槍斃時，我們的知識分子到哪裏
　　去了呢？……不！中國知識分子在臺灣已經死了！沒有死的也
　　被閹割了！[27]

對胡適至美國後，對於雷震及《自由中國》深陷政治漩渦之間，沒有適
時伸出援手，這一點在臺灣當時青年知識份子裡，引發一股反胡勢力。
顯然，王拓也是其中一員。

　　在入獄之前便是小說創作者的王拓，在其獄中作品中，陳述了屬於
他「左派」的文藝觀點，他說：

　　　所謂文學的美，絕不應該只限於風花雪月。人為了追求幸福的生
　　活而掙扎奮鬥，為了克服人性的弱點而努力向上，為了愛而犧牲
　　奉獻，為了理想而受痛苦受迫害，這些題材都應該引起文學家更
　　大的關切和興趣，都可以成為文學偉大的主題，這不僅是一種文
　　學的美，也是一種人性的美。[28]

---

[27]　《臺北，臺北！》，頁 210。
[28]　《臺北，臺北！》，頁 158。

而本土傳統歌謠，一方面引出臺灣這塊土地的精神，另一方面也深深安
慰著臺灣百姓靈魂：

> 思想起——
> 恆春大路呀通溫泉
> 燈塔對面是馬鞍山噯唷喂[29]

除此，在小說其他的情節處，也提及他認為的音樂與文學該是何種
樣貌：

> 音樂和文學一樣，在一定的程度內都是社會生活和民族精神的反
> 映，沒有那樣的社會背景和客觀條件當然就不會產生那樣的音
> 樂，所以，我們還是要從激勵社會風氣開始做起，要提倡陽剛豪
> 壯，踔厲奮發的精神！……。[30]

上述的藝文觀，其實是屬於社會主義／左派主義的藝文觀。不論是社會
主義抑或是左派主義下的藝文觀，她們皆強調民族性、勞動性、及有關
於能鼓動人心的音樂性。由此，我們也許可以臆測出王拓個人的政治立
場，大抵是較傾向於社會主義，而在情感上也支持自由主義。

3、找尋乎？／割離乎？母體

　　尋找母親的歷程，成了無論是知識份子或是中下底層人民的共同願
景。杜武志從鄉下來到繁華的都市，目的不在於賺大錢，而是對於尋找
自己親身母親，懷有一絲的希望。孫志豪及高立民為杜武志寫了尋母的
篇章：

---

[29] 《臺北，臺北！》，頁 185。
[30] 《臺北，臺北！》，頁 230。

孫志豪根據杜武志的故事寫了一篇「母親，您在哪裡？」終於在
母親節前夕登在《中國時報》的人間副刊。……在同一天的副刊
的邊欄還有高立民寫的一篇文章「蕃薯仔尋母的啟示」，是根據
孫志豪所寫的那篇報導加以引申發揮的一篇思想性的文章，大意
是說，蕃薯仔尋母的故事是一件極具有啟發性的事，「母親」用
另一個名詞來說，就是「生命的根源」。高立民用「生命的根
源」這個觀念來說明社會上大多數的人，尤其是年輕一代，何以
會普遍存在著虛無思想與失落感的原因。他認為，這是由於整個
社會忘記了他們肉體和精神的「生命的根源」的緣故。[31]

上述文字表面上是為杜武志尋母而寫，但實際上是王拓藉由此故事，來
講述臺灣「生命的母體何在？」的命題。

　生命在母體裡的時候是最滿足、安全的，人離開母體後，仍然時常
有重回母體的願望。這個母體，從社會學的觀點來說，就是我們所生活
的社會，也就是我們所賴以為生的這塊土地，以及和我們共同在這塊土
地上互相依賴地生活著的人。而這種重新回到母體的願望，表現在社會
上，便是一種回饋社會的意願，這個意願若得不到滿足，就會覺得生命
失去意義。因此便容易產生虛無思想和失落感。[32]

　找尋母親──這一主題，凸顯的是七、八○年代的整個臺灣面對聯
合國席次被中國代表取代後，又面對中美斷交等國際問題，而島內本身
湧現找尋「鄉土」、找尋自我定位時，因國際地位的失落、鄉土文化的
失根所帶來虛無感，王拓以「杜武志尋母」的情節，來顯示當時對於臺
灣所面臨的內外議題。

---

[31] 《臺北，臺北！》，頁333。
[32] 《臺北，臺北！》，頁333。

　　不過，對於「母體」為何的辯證，在王拓思想裡，似乎存在著「大中國思想」的可能性。如孫志豪在《臺北，臺北！》中是被塑造成一種在理想與現實取得平衡的角色，孫志豪／王拓對於自己血液裡的「祖國」，存在著「大中國」的可能性：

> 你說我不肯認自己是個臺灣人，這是不對的！其實，我心理一直認為我是個臺灣人，不只因為我母親是個臺灣人，更重要的是，因為我一直生在這裏，長在這裏。我只是在承認自己是個臺灣人之外，也承認自己是個中國人。我覺得，我們不能劃地自限。而且，我身為一個中國人也不影響我對臺灣這個母鄉的感情和為她犧牲奮鬥的決心。[33]

「我是臺灣人與我是中國人」，在孫志豪／王拓的觀念裡，並沒存在著認知上的衝突處。他甚至是認為，這兩個地方百姓的命運，早就是共同體而不可割離：

> 如果要從歷史上來看，以近百年來，我的祖先在中國大陸的經驗和你的祖先在臺灣的經驗來比較，我認為，當時在臺灣的人的生活絕對比在中國大陸多數人的生活，無論在精神上和物質上都要好得多。當時的臺灣雖然受到日本帝國主義者的迫害壓榨，但是，那時在中國大陸的人也受到國內軍閥和西方帝國主義的欺負和壓迫，而且，由於年年內戰，使中國大陸缺乏像臺灣當時那種穩定發展的環境。所以，所謂被欺侮、被壓迫，生活痛苦、苦悶

---

[33]　《臺北，臺北！》，頁 228。

等等，並不是臺灣人的特殊經驗，而是絕大多數中國人民共同的
經驗。[34]

依孫志豪／王拓的說法，他是真的比較傾向於臺灣與中國命運是一個共
同體，而非兩個早已獨立的實體。又如：

像蕃薯那樣的命運並不是只限於我們臺灣人，絕大多數的中國人
都具有這種像蕃薯一樣的命運和特性，他們在惡劣的、貧困的環
境下都可以生長繁殖，他們都是不容易被消滅的！[35]

由這一點，可推測出王拓在學生時代／入獄之時關於國家的立場為何。

（三）重返童年說童話

　　在基隆八斗子長大的王拓，在他的創作中，「八斗子」幾乎成為他
書寫的歷史時空。如早期的作品《金水嬸》、獄中小說《牛肚港的故
事》以及兩部獄中童書《咕咕精與小老頭》及《小豆子歷險記》，都是
如此。小說與故事之間，彷彿因時空的連結，作者以寫實的手法，游走
在其不同年齡層／時代間，寫下他對生命故土的一片情感。顯然地，生
命的原鄉對於獄中囚犯而言，是一個純淨且無法被汙染的烏托邦，這種
生命原鄉的烏托邦在某個時候是明確的地域，有時則是生命裡某個曾經
的段落。

　　而獄中的兩部童書，便是王拓童幼時期的回溯，裡頭充滿成長的痕
跡，寫作動機除了作者自言的是寫給子女，事實上更傾向於寫給童年的
自己。

---

[34] 《臺北，臺北！》，頁 229。
[35] 《臺北，臺北！》，頁 155。

　　在獄中而身為父親的王拓，對於無法陪伴兩位兒女成長，是種精神上的煎熬，王拓則以童書的書寫，來代替父親對子女的關愛。於是王拓焉然寫下《咕咕精與小老頭》、《小豆子歷險紀》兩部獄中書。

　　兩部童書，可以說是王拓「童年」時光的回溯；雖然王拓明白地說這兩部書是寫給他的子女，但我們可以看見王拓以書寫「童年」美好時光來對抗監獄黑暗時光，以純真的「童年」對抗黑暗的年代，才是作者創作時的真正動機。

　　對於子女而言，身為入獄的父親，深怕子女的不諒解，於是童書中王立的父親亦是個入獄的父親，以書中的父親來自喻現實的作者，並期望子女能理解父親對他們的愛，是不因入獄與否而有改變。

　　另外，沒有父親的家庭，是否還能稱之為「家」？王拓在書裡，也不斷強調「家」的概念，「家鄉」與「故土」兩個概念在書中，有一場辯論，這一辯論立場可以說是王拓當時的鄉土文學論戰的立場，《小》書中主角王立能吹得一口好口琴，他吹奏〈甜蜜的家庭〉時的情緒是：

> 大地靜悄悄的，萬物都像是屏氣凝神地在傾聽這動人的琴聲，沈
> 醉在它優美的旋律裡。演奏的人好像也陶醉了，一遍又一遍地吹
> 奏著。而鳥和狗也一直靜靜地聽著，直到琴聲在最後一次的最後
> 一個音符停止時，牠們才熱烈地叫起來，像是在向吹奏的人鼓掌
> 歡呼一般。[36]

王立以自己對家的情感融入於〈甜蜜的家庭〉，可以完全感受到音符裡對於生命喜悅的律動，然而王立在面對學校老師要求吹奏起他陌生的〈我的家在大陸上〉之類曲目時，王立則無法體會到音符裡的情感；若

---

[36] 王拓：《小豆子歷險記》，人本文教基金會，民國八十七年三月，頁1。

是有，也僅是離鄉遊子想念家鄉的悲傷曲調，但不是王立生命中悲傷的
曲調。相對地王立在吹奏起〈臺灣好〉則又充分感受到：

> 輕快的節奏和歡樂的旋律，好像是在一個無比幸福美滿的樂園裡
> 一樣，連掛在青草和樹葉尖端被太陽照得閃閃發亮的露珠，也都
> 好像在這輕鬆的音樂裡快樂地顫動起來了。[37]

王拓在情節中，以曲目的感受，來凸顯臺灣人們對於「家鄉」與外省
族群的「家鄉」，在情感上是有極大的差異性；再者，王拓也以王立的
兩位老師外表，來論臺灣精神與自大陸淪陷地區來臺的政權，是兩種
無法比擬的狀態，如他在描寫隨國民政府撤退來臺的五十幾歲黃錦川
老師：

> 只見他的臉微微向上仰，張大嘴的嘴巴幾乎佔去了整個臉部一半
> 的面積，兩隻眼睛半睜半閉地睜著向前望，好像是在懷想著什
> 麼，或是在期盼著什麼，粗糙的、凹凸不平的紅褐色的臉上，因
> 而顯出一種發亮的光彩。[38]

一個人的光彩，竟是需靠著懷想、期盼而來，而這張粗糙、凹凸不平的
紅褐色臉孔，指的正是當時的國民政府；相對於這樣黃錦川這一「舊
派」老師，王立與其他六壯士成員，顯然是對「李愛華」老師，充滿無
盡的喜愛：

---

[37] 《小豆子歷險記》，頁 2。
[38] 《小豆子歷險記》，頁 18。

> 李老師還和以前一樣，高高瘦瘦的身材，直亭亭地站在同學面
> 前，美麗眼睛閃耀著愉快的、溫柔的亮光，臉頰上現出淡淡的紅
> 暈，微笑著，只有髮型和以前不一樣，以前是短短的頭髮，顯得
> 很有精神，現在卻是長髮披肩，使她顯得更美麗了。[39]

兩相對照，一個外省籍的老師與一位本省籍女老師，存在在孩子心目中，實是兩種完全絕然不同的情感；王拓對於「老師」的描寫，同時也投射出他對於從大陸撤退來臺的國民政府與臺灣當地百姓的兩種面貌：一個似在仰望著極大但卻已久遠老去的文化包袱；另一個，則是勇於面對未來。

「李愛華」老師溫馴的形象也在《臺北，臺北！》中出現，並以「凌愛華」出現。成長來自師長關愛的溫暖，一直延續到王拓往後成長歷程，另一方面，王拓也因受了教育，讓他能從社會底層階級走入臺灣知識份子之列，開啟他求學之路，並投入往後的社會運動，於是他對於教育體制也投以特別的關懷。

王拓這兩部童話創作中偷渡了一場國族的論述及其政治立場的意識型態；《小》與《咕》可以說是《臺北，臺北！》的兒童版，抑或是精簡版。《小豆子歷險記》與《咕咕精與小老頭》其實也反映了王拓黨外活動時的心理層面，如故事中的六位主角，便是「美麗島事件」的童話版，小主人翁服膺於他們的「正義」概念，無論遇見任何事，誰也沒有背叛誰、拋棄誰，群體活動造就一方國土的氣慨，在兩部童書中，顯露的是成人思考的世界體。

---

[39] 《小豆子歷險記》，頁 25。

（四）作者／主角的現身說法／說教

我們在王拓監獄小說中，幾乎可以找到哪個角色就是王拓本人的化身，這樣的寫作策略，是可以藉主角人物的視野來進行個人思想的傳遞，這樣的策略，與呂秀蓮的獄中小說《情》、《這三個的女人》是如出一轍；例如《牛肚港的故事》中的趙孝義顯然地就是作者的化身。王拓這麼描述趙孝義：

> 而趙孝義每天讀著報紙上有關「經濟起飛」、「社會繁榮」的各種樂觀而興奮的消息之餘，起初，對於他的鄉親們何以總是眉頭纏結，顯出一副傷愁憂悶的苦況，深感不悅。他想，為什麼別人的生活能夠越過越好，而他們的生活卻越過越壞呢？當時，他剛考進大學不久，心理上還被考場小小的勝利所陶醉，對於失敗者的傷愁是感到鄙夷的。何況，他在大學講堂所聽到的教授們的鴻論，又多是強調，在所謂自由的社會，一個人的生活過得好，或過得不好，完全要由人們自己來負責的。因為自由社會的可貴，就在於互相競爭。競爭使有能力的人成功了，富有了，爬到社會的上層；沒有能力的人失敗了，貧窮了，被擠到社會的下層。這是沒有什麼可以怨天尤人的，社會要進步，必然就要這樣。那些失敗者若不是太懶，便是太笨。一個有朝氣的、進步的社會，懶人和笨人應該被淘汰，因為他們是社會進步的絆腳石。[40]

我們看見趙孝義／王拓屬於「自由主義」思想觀念的來由，也看見趙孝義／王拓對於臺灣步入工商業社會後，屬於人性／人心失落的那一個部分，是極其令他憂慮。

---

[40]《牛肚港的故事》，頁41。

　　這樣的論點，在七〇年代的臺灣引起極大討論，臺灣的文化價值意義與臺灣商業化的利益走向，是否有和平共存的時刻？抑或是整個臺灣的舊有社會文化便將從此被擠壓，爾後消失？《臺北，臺北！》裡的陳富來，顯然在理想與現實當中，他選擇沉淪於金錢遊戲當中：

> 最近，他越來越覺得和志豪、大頭他們沒有話講了，甚至覺得和蕃薯仔也格格不入了。他覺得，他們都太天真了，太好高騖遠了，什麼改革社會、貢獻國家，這都是高調！……將來開個公司自己是老闆，這才是正途。這個社會就是要有錢才有憑藉，其餘都是假的。[41]

而相對於趙孝義／孫志豪面對理想與現實兩種思維的相互衝擊時，不免流露出一絲的猶豫；高立明，則是一種完美人格的體現。高立明提及《聖經》上的一段故事：

> 「我最近常常想起基督教新約裏的一段記載，耶穌快要蒙難以前，他的三個得意的門徒跟隨著他。耶穌面對信仰和死亡重大抉擇的考驗，內心仍然不免感到惶恐和軟弱，他就叫三個門徒在他向上帝禱告時，要和他一起保持警醒，結果，那三個門徒卻睡著了」。高立民手裏握著煙斗，兩眼望著屋外，臉上現出令孫志豪難於理解的冷肅的表情。但是，這些話卻像一支鋒利的劍，緩緩指向志豪的心窩，使他感到難以抗拒的巨大的不安。[42]

---

[41] 《臺北，臺北！》，頁 786。
[42] 《臺北，臺北！》，頁 637。

但無論如何，對理想殉道，本來就是人生困難的抉擇。為理想入獄的王拓在入獄後的生命，必然會有番昇華的境界，《牛肚港的故事》最後一段文字是這樣寫的：

> 迷迷糊糊地，只看見一小塊灰藍色的天空，一片大約三指幅寬的亮麗的陽光從窗戶篩進走廊，一分難以抑止的驚喜立刻攫住他的心，使他感到好像有一個新生的欣喜的生命輕輕扣擊著他的胸膛。他頭低著鐵門，感動得兩眼都濕熱了起來。[43]

希望，從未在鐵窗之內的王拓心中，消失。

---

[43] 《牛肚港的故事》，頁385。

施明德與溫瑞安

　　「美麗島事件」對於臺灣當代政治發生了根本性的影響，也因為其影響力甚劇，讓許多本非文學創作者入監之後，有了創作的空間與時間。就像施明德，他有一才情高傲的兄長自文藝界活躍，然在其入獄後，也開始以理性筆端，分析個人在監獄裡的所思所感。另一方面，「美麗島事件」引起了臺灣當局對於時局更加嚴密地監控，影響所及包括了個人及團體集會的自由與權力。以「神州社」之名聚眾的文學團體，自此受到了嚴密關注，其團體主持人溫瑞安也因此受波及，受罪入獄服刑。本文即以施明德及溫瑞安之監獄文學為討論對象。

一、施明德論

　　施明德，臺南縣人，一九四一年生，曾任中華民國立法委員、民進黨黨主席。一九六二年因臺灣獨立事件判無期徒刑，一九七七年獲「減刑」，此次囚滿十五年出獄；然兩年後，又因美麗島事件被捕，再度被判無期徒刑。二次入獄服刑時間長達二十五年。二十五年的牢獄生活，對個人生命的一切，無論是人生觀抑或是價值觀，都絕對地會造成根本上的改變。《囚室之春》散文作品，可謂是施明德二十五年牢獄生活的寫照，本節專論《囚室之春》文章中施明德的人生觀與價值觀。

　　但，也許施明德以生命來衝撞臺灣在六〇年代的極權統治制度，生命的底層對臺灣政局的未來，具有浪漫的嚮往，然我們就其文學作品來看，他的政治人性格與施明正的藝術家性格，還是兩種完全不同的類型。施明德有位藝術家性格的兄長，然我們從施明德的文學作品中，可

見其性格非其兄長的浪漫，而是傾向於理性思考下的風格。雖是親兄弟，然其對於入獄經驗的觀照，是兩種完全不同典型的類別。

（一）理性之內、感性之外的囚犯哲學

施明德自剖入獄以來的心境，自嘲十五年來囚犯經驗已能規範出一套生存哲學，以供參考。大抵他的「囚犯哲學」由三項觀點組成：

> 第一、囚禁只是一種失去空間，換來時間的生活狀態。自由人的空間是廣闊的，原則上是包括了人類活動的全部空間。自由人雖能享有遼闊的空間，卻不得不為名、為利、為世俗雜務奔波，以致匆忙和時間不足便成現代自由人的共同感受。囚犯的空間固然是有限的、侷促的，有時甚至要孤單單的生活於一個小小押房裏，相對的，卻能擁有更多的時間來研究或思想自己真正喜愛的東西。這一點，是自由人有遼闊的空間，卻失去了時間；囚犯失去了空間，卻換來了時間。囚犯和自由人最大的差異之一，便是擁有時間與空間的不同。
> 第二、不要求環境適應自己，應該要求自己適應環境。囚犯的環境總是被決定或被支配的。該往何處，該與何人相處，該接受什麼生活條件，都不是自己所能強求的。……一名囚犯應該採取的心態反應之一，便是收斂自己的企圖心，使自己適應客觀的環境。唯有如此，才能在極度惡劣的環境下，免於身心的自我碎裂。
> 第三、接受「絕望」的意識。……一個囚犯如果任由「絕望」控制心靈，它就會腐蝕其意志，割傷其身軀，最後還會墮落地廉售其操節。[1]

由上述三個觀點，施明德的「囚犯哲學」的生成，是為抗拒「絕望」所延伸出幾個重要理論，他進一步地述說：

---

[1] 《囚室之春‧我的囚犯哲學》，頁101-102。

根據第一點，我不把坐牢當做生命的休止或悲劇的延續。相反地，我認為這只是自己求知過程中的拉長與擴張，是強調時間萎縮空間的生活模式或生命的表現方式。根據第二點，我對自己以外的人、事、物、時、地等等，放棄任何改變的慾念，竭力要求自己去適應環境，以求得一個和諧的平衡狀態。根據第三點，我不因身受「終身監禁」的宣判而沮喪、迷失、墮落，反而唯恐「絕望」的構成情勢或條件驟然變遷，卒使計劃的課題無法完成。在這種心態下，「絕望」不僅不再是猙獰的腐蝕物，還是一股內在的催促力。[2]

顯然獄中的施明德對於生命是傾向於理性的思辨，而與其兄的感性抒發，極其不同。即使是〈囚室之春〉一文中，對於充滿生命力的花朵，也是以理性的態度來剖析：

坐牢，常常得靠追憶往事來確定自己曾經「活過」。但，回憶也像兩刃刀，解剖了「過去」，也把「現在」割得鮮血淋淋。[3]

客觀的環境，與主觀的生命情境，在凝固的時空裡，產生「鏡相」現象，主觀的情緒會投射在客觀的場域之中，這種主客情感的相互投射，其實就是「美的歷程」：

真理是存在的真理。美不出現在真理之外。當真理自行置入作品時，美就出現。顯然，作為藝術作品中真理的這種存在的顯現，作為作品的顯現，這就是美。[4]

---

[2] 《囚室之春・我的囚犯哲學》，頁103。
[3] 《囚室之春・囚室之春》，頁27。
[4] 《西方美學史教程》，頁573。

與其兄的獄中文學相較，兩兄弟的獄中文學，剛好呈現兩種完全不同典型的風格，施明德的「政治人的藝文性格」與施明正「藝文人的政治性格」都落實在他們的文字作品中。

（二）信仰的存有與信心存在的自我辯證

施明德在〈我的囚犯哲學〉中言及：

> 我曾經是一個被判處終身監禁的政治犯。套一句我家人的戲語；「是一個在圓圈裏奔跑，只有起點，永遠看不到終點的人」。[5]

二次入獄，皆獲判無期徒刑，因政治入獄的政治犯或良心犯，面對未來，只有苦難的等待。

面對未來的虛無，囚犯的精神世界，有著兩種不同力量的展現與趨向，一方面是精神上的昇華與超脫，另一方面同時也不可避免地流洩出人性的脆弱感，這兩種力量的拉扯，在施明德《囚室之春》中深刻且露骨地展現了出來。他說「沒有光，植物很難生存下去；沒有光，人會活得不像人。」[6]面對沒有未來的人生，施明德面對如同死亡的生命，他是不斷地向他的宗教信仰求救：

> 我的聲音已經哽咽了。最後，我雙手捧著聖經說：「這些年來，我一直承受種種病痛，但是，感謝上帝，沒有讓我死亡。我也面對了形形色色的苦難和誘惑，但是，感謝上帝，沒有讓我變節。」[7]

---

[5] 《囚室之春‧我的囚犯哲學》，頁 100。
[6] 《囚室之春‧囚室之春》，頁 24。
[7] 《囚室之春‧囚室之春》，頁 40。

基督的信仰，對施明德而言，是信心最後的依賴：

> 我想，基督徒，不，每一個人，如果不對「死亡」的看法有革命
> 性的改變，人就永遠是悲劇性的動物。基督徒深信，上帝創造一
> 切，主宰一切，也毫不懷疑上帝所做的一切安排，都有祂的旨意
> 在。生，有意義，死也有意義。[8]

宗教的現身，是施明德對抗黑暗力量的最後一道防火牆。

　　因為，他在現實的生活中，對抗黑暗的力量，是節節敗退。他不得
不回歸到他生命裡的信仰，找尋精神力量的支持。獄中的施明德極為信
服他的宗教信仰，因為祂帶給他生命中一切靈光。他說：

> 聖經上有不少地方提到光。「詩篇」第一一九篇一〇五節：「祢
> 的話是我腳前的燈，是我路上的光。」不錯，光是生命誕生的延
> 續所不可缺少的。[9]

在監獄生涯中，施明德面對生命中的「光」，亦即是面對信仰中的「聖
經」，生命中的「光」與信仰中的「聖經」，有了全面性的體現。

　　所以「光」不僅僅是陽光，更是上帝、信仰、臺灣以及我的總和：

> 我的光，不僅指太陽放射的紅、橙、黃、綠、藍、青、紫。
> 我的光，來自於對上帝的虔敬。
> 我的光，來自於對真理的信服。
> 我的光，來自於對人類普遍性追求民主、自由、人權及和平的信念。

---

[8]　《囚室之春・念保羅》，頁 95。
[9]　《囚室之春・囚室之春》，頁 66。

> 我的光，來自於深信臺灣人民終必會拒絕一切非法統治的信心。
> 我的光，來自於我知道有所愛、也被愛。
> 我的光，來自於自信，從心智成熟後到沒有犯過法律上的罪
> （Crime）和道德上的罪（Sin）。[10]

而具有魔性的施明正，面對生命黑暗時光，也是向宗教求索生命上的超越，他說：

> 我的右手又下意識地反射著劃聖十字聖號，並在心底默禱著，把
> 自己，這正陷於狂濤中的孤舟那樣無依的命運，交給造物主，以
> 減輕自覺的恐懼。我首次體會到宗教的實用價值，活生生最明確
> 的例證，產生在我身上。一如鎮靜劑之在精神病患者身上所產生
> 的效果。我變得不那麼可笑。那是我羞於看到人露出的狼狽。[11]

生命處在一個封閉的空間，虛無感是日漸壯大，存在的意義是日趨衰敗，施明德以「旋轉籠中的松鼠」為當下政治極權與自我生命情境做了一個極為精妙的譬喻：

> 在我研讀存在主義，看卡謬的「薛西佛思的神話」時，我不禁想
> 起那隻拼命的踩著旋轉籠中的松鼠。牠日夜不斷地在籠中做徒勞
> 無功、周而復始的奔跑，不正是活生生的薛西佛思？牠可能以為
> 快跑，便能逃出旋轉籠。但，當牠精疲力竭地停下來時，發現自
> 己仍然在原來的地方，牠的恐懼感和絕望感以及命運的徬徨、淒
> 涼與無助，可能更甚於薛西佛思。[12]

10　《囚室之春・囚室之春》，頁 66。
11　《島上愛與死──施明正小說集》，頁 309。
12　《囚室之春》，頁 79。

「旋轉籠」其實就是牢獄空間，就是政治極權下的大環境，周而復始地相信只要往前踩踏，那麼「松鼠」則是「童真的自我」。在童真的自我與現實情境的碰撞，施明德為自己生命情境提出了質問，這樣的質問，對自己而言是一件嚴峻的考驗，一旦未通過自我質問，精神層面將無所遁從而至崩潰並不無可能。但同樣地，這樣的省思，亦帶給他精神的超脫，他自言這樣的思考下，產生兩種力量：一是形成「拒絕絕望」的信念；二是補強其人道主義的信念。前者「拒絕絕望」的信念，是種積極面的啟發，後者是強化施明德對於自己走向人群的信念。

　　一如陳萬益教授所言：「施明德也就是在自述囚禁歲月中承受苦難，抗拒誘惑因而護持生命尊顏，旺盛自我生機的體驗中，得出哲理式的論點；囚室中的盆栽，沒有陽光難以生存，「囚室之春」則存在在於人的心靈，因為他心中另有「光」──無所不在的信仰的光。」[13]《囚室之春》一書的書寫，是施明德用生命向統治者的一項宣戰／宣揚，他說：「我可以失敗，但不可以失格。」[14]政治上懲戒的力量，在施明德身上，又看到一次失敗的例子。

二、溫瑞安論

（一）溫瑞安與「神州」

　　溫瑞安，馬來西亞人，筆名為溫涼玉、王山而、舒俠舞、溫子平等，一九五四年生；一九七六年於臺北創立「神州詩社」，於中後期易名為「神州社」，以發揚「民族精神，復興中華文化」為己任，共分八部六組，包括出版、發行、財務、編輯、山莊維持等部門和聯絡、舞蹈、武術、朗誦等小組。高峰期以溫氏為中心，約有核心內圍社員三、

---

[13]　《于無聲處聽驚雷‧囚禁的歲月》，頁 64。
[14]　《囚室之春》，頁 68。

四十人，社員遍布臺灣本島，略涉香港、新馬，全盛時期達三百餘人，儼然為最具規模的純民間發起、學生為主導的文藝性社團。[15]

　　一九七六到一九八〇年間，「神州社」在這三、四年裡，曾出版的刊物有：《神州詩刊》六期（七五～七七年）、《神州文集》七期（七八～八〇年）、《青年中國雜誌》三期（七八～八〇年）、《綠州期刊》十餘冊（七四～八〇年）、《長江文刊》四、五冊（七六～七九年）等等，還有《鳳舞集》、《龍飛集》手抄本刊物、社員個人著作及合著、詩社史《風起長城遠》、《坦蕩神州》等。[16]

　　何謂神州詩社？溫瑞安自曾嘗言：

> 神州詩社是一個培養浩然正氣、培養民族正氣，砥礪青年士氣的社團。它教你關愛這個社會，而不是唾棄它；它教你認識這個時代，以及你處身於這時代的意義。對國家民族，更需要有一分剛柔正氣，捨我其誰的責任感，也就是知識分子的士大夫精神，是江湖中的「俠義」情操。[17]

而救國與建國，是溫瑞安與「神州詩社」的終極目標：神州陸沉，萬民同哀，光復大陸要靠海隅的一角寶島挑燈。中原淪陷，椎心泣血，反攻

---

[15]　〈九辯〉一文中，溫瑞安提到：「神州詩社……其活動在臺北乃於一九七六年一月一日長江文學研究組成伊始。……神州詩社的活動俺在一九六七年我在馬來西亞霹靂州美羅埠創立「綠州社」時已開始……所以要算神州社正式成立，則是一九七六年一月一日；要算綠州詩社成為完全獨立之社團，則要從神州第五期的出版，也就是一九七六年十月十日為準。而我們的社慶，決定在一月一日。」。

[16]　參見溫瑞安：〈溫瑞安文學生涯歷程表〉，收錄於溫瑞安：《楚漢》，尚書出版社，民國七十九年七月一日初版，頁310-318。

[17]　神州詩社編：《滿座衣冠勝雪》，臺北：皇冠出版社，一九七八年出版，頁321。

建國要仗我們寶島上中華民族的力量。光復神州，有一天中國人還歸中
國人的世界，進而天下大同，也才是神州光采日射的時候。[18]

　　關於溫瑞安的作品，充滿「中國」式的想像與「借古典而還魂」的
評論，溫瑞安這樣地詮釋他的動機：「如果你說借古典而還魂，我說不
如借中國吧，事實覺得每個人都應該那麼一點，因為它是我們的傳統，
我們幾千年來的心血與智慧。」[19]

　　詩社組織精密，八〇年九月二十五日，情治單位以「涉嫌叛亂」罪
名，逮捕溫瑞安、方娥真二人。溫瑞安在〈溫瑞安文學生涯歷程表〉中
寫下被羅織罪狀下獄的經過：

　　詩社組織精密，分工合作，向心力強，鋒頭也勁，是以樹大招
風，人多招怨，加上詩社內外部份朋友兄弟居心叵測，誣陷加
害，終於八〇年九月二十五日深夜，為臺灣某單位強以「涉嫌叛
亂」的罪名，逮捕社內最得眾望的溫瑞安、方娥真二人，先行扣
押在調查局保安處，再轉押至軍法處監獄，經過一段相當時間的
監禁及相當可怕的遭遇，經洪業生、高信疆、余光中、朱炎、張
曉風、陳曉林、金庸、楊升橋等諸人為溫、方說項，卻仍任未經
公開審訊，溫、方二人即遭送出境。除溫、方在此次事件中首當
其衝外，因兩人堅不願連累牽涉任何人，是故全社未有一人因此
事而受累或入獄，不過，「神州」從此也給內部分化、一夕打
散、一蹶不振。[20]

18 《滿座衣冠勝雪》，頁 321。
19 溫瑞安：《龍哭千里》，臺北：楓城出版社，一九七七年出版，頁 199。
20 《楚漢》，頁 315-316。

所謂「經過一段相當時間的監禁」，是歷時三個月的監禁。他在入獄時、入獄中——出獄後，皆賦詩創作以記錄這一段個人及臺灣的共同歷史記憶。

溫瑞安的獄中詩作，他自己分為《獄前》、《獄中》、《獄後》三組，每組各有八首。按照本書研究文本範疇來論，《獄中》及《獄後》始為本書所要討論的文本。

（二）俠骨亦柔情的溫瑞安

在《楚漢》詩集中，其中一輯標示為《獄中八首》，其篇目各為〈錦瑟篇〉、〈霸王篇〉、〈白髮篇〉、〈繁霜篇〉、〈無門關〉、〈急急二七〉、〈機鋒〉、〈顧臨〉。寫愛情、寫愛情、寫未來、寫純真、寫豪情，就是不寫悲傷。八首新詩的組合，重組出一個擁有英雄氣魄的詩人在獄中，穿越時空，走向瑰麗的中國歷史之中。

我們在他的詩作中發現，「中國」是溫瑞安詩中國土的符號，中國的歷史時空場域，是溫瑞安情緒抒發的戰場，他的詩作充滿了「中國」的軀體。然而軀體是須要靈魂，他認為有了愛情的男人，才具有靈魂，才會是個俠骨柔情英雄。溫瑞安的獄中詩作，對於「她」有深深的愛戀與疼惜。〈錦瑟篇〉：

> 像鳥畫出了天空，妳／畫出了我感情的深。在天涯／那哀傷的漢子仍活著／因為你是我的再見，不死的／亡妻。在牢中那漢子仍活著／為了抹去那場不可或忍的別離／再次見面，天可憐見／寧可換去十年的命。像水／映出了碧空，妳燭照了我／感情的真空[21]

---

[21] 《楚漢》，頁 243。

詩中「亡妻」，在其〈獄前八首・亡妻〉組詩中，有更明確的描述：

> 我回來了，想念，鎮靜，帶冰涼的小手／拾級而上，在階梯間／
> 拖長長的幽暗的長影／風在寂靜的長廊／雨落遲了。[22]

「雨落遲了」，對於妻子的死去，溫瑞安遲歸返家，「雨落遲了／余來遲了」，字句間透顯一個為人夫面對妻子逝去無限哀戚之情。但曾經的記憶，還是如此清晰：

> 是你當日的書／你以詩贈我／說江南女子匆匆而過／笑容可以釣
> 起愛情的／魚。當日你不是愛為高手寫傳／要結交天下雄豪／當
> 眾讚我嬌小的嗎？[23]

　　〈亡妻〉是一首一百三十五行的長詩，而從〈亡妻〉再到〈錦瑟〉，顯然「亡妻」這一符碼，已形成一種情感的真實，那當是溫瑞安對於「中國」的最初衷，在獄中，對「中國」的熱情儼然熄滅，然而事實上，卻也是一次精神迴光返照。
　　在獄中，溫瑞安的俠骨柔情與中國情懷，則沾染了一層霜，且長出來白髮，流露一絲的驚恐之情，他說：

> 「我永不負妳。」車過大理石的花蓮／每一個轉彎都在南縱北橫
> 的山間／急閃美麗的弧線。這句要跟你說的話／我在南方搁霞谷

---

22 《楚漢》，頁 215。
23 《楚漢》，頁 217。

的路上想，那時繁霜初降……繁霜凌遲的兩個人／沾濕了衣襟／同時受難同時被捕[24]

黑牢的明天盡是沒有希望的明天，獄中文人的雄心壯志，只好馳騁在年少豪情想像之中。

向來，溫瑞安詩中人物、情節、布景，全像是一部極短的武俠小說，不斷噴灑瑰麗壯闊的陽剛性格，與現實的黑暗糾纏搏鬥，獄中這幾首詩作，更凸顯了他創作的這一特點。如在〈霸王篇〉：

世間沒有憂歡，只有我寫給妳的詩仍
激情，最狠毒的刀鋒也削不去
我的筆法。我們年輕時曾
奮鬭，為理想和正義，揮霍
我們驕恣的歲月和青春，沒有妥協。
結局時的一擊凌厲無儔，暗算外加
聯手狙殺一名江邊授首的霸王云云[25]

一場政治殺戮展開，溫瑞安以霸王自許；而監獄這一空間場域，何嘗不是另一處練功的場域，以心觀心，還復而來的是平靜。〈無門關〉：

陽光，窗外，火車正轟轟而過吧
當人世間的引擎隆隆待動
我仍在此間作無鐳鎖的入定：

24 《楚漢》，頁 249。
25 《楚漢》，頁 245。

　　前進三步後退三步都是吹毛劍。我
　　只好自刺一劍以獲平靜[26]

　　人性的溫暖──在冰冷的獄中極需人性一點溫暖，溫瑞安在詩中不斷將自己的內在，推向人性的溫暖面。霸氣的追尋，是溫瑞安一貫的豪情，不斷在詩句之間滲透出來。

　　境界的登臨──孤高的溫瑞安於獄中對於人生，自有一番深刻的體會。〈顧臨〉：

　　數日子的我以坐禪，以嬾殘的機鋒／以一指禪待法師一刀／破執。當晚霞在夜空剛剛滑落／指月在月，傳燈在燈／妳我猶牽絆在／顧臨在世事一場大夢中[27]

面對生命的黑暗，閉鎖的空間反成人生另一真實境界。溫瑞安來回游走在真實與歷史情境之中，有著深刻的描述。

　　只是出獄之後，「神州詩社」成員已尋不找當日蹤影，事情的演變，落寞感急速湧現，〈問〉：

　　不要問他們有沒有懷念
　　指著天際說他那朵孤獨的雲
　　誰在世間都是寂寞的星子
　　喧嘩而不互相近
　　不要問過去期待每一度過年的鞭炮
　　而今為何如烟花般終於沉寂

---

[26] 《楚漢》，頁252。
[27] 《楚漢》，頁260。

　　過去衝動而誠摯的詩篇：
　　現在的悔憾，將來的遺志。[28]

「不要問他們有沒懷念／指著天際說它是朵孤獨的雲／誰在世間都是寂寞的星子」，「神州」年代已過，每人都成為一顆天邊孤星。溫瑞安的豪情，至此方休。

---

[28]　《楚漢》，頁274。

解嚴以後：「政治」以外因素

　　無論是日據時期，抑或是國民政府撤退來臺，每個年代的臺灣監獄文學，無不與政治因素發生關係。本章則專題討論非因政治因素下臺灣監獄文學。

　　臺灣自一九八七年解除「戒嚴令」以來，整個臺灣政治走向開放與改革，這種政治的影響力其實也同時影響了臺灣監獄文學的風貌。一直以來，臺灣的監獄文學無不與政治事件發生絕對的關係，但自解嚴以後，臺灣監獄文學內容與書寫者身分產生基本上的改變，這當中當然是因為政治犯在臺灣監獄裡消失；一方面，也因為獄政人性化，讓囚犯有機會以筆書寫抒發內心情感，且各監獄所普遍成立「監獄寫作班」來鼓勵受刑人從事寫作，並且集結成書；再者，《新生月刊》也為臺灣解嚴後的監獄文學提供了一個對外窗口，讓臺灣監獄文學有屬於庶民式的「臺灣監獄文學」。

一、林建隆論

（一）林建隆生平事略及入獄原因

　　林建隆，臺灣基隆人，一九五六年生，現為東吳大學英文系副教授。民國六十七年時犯下殺人未遂罪，並移送管訓，管訓完再入獄。

　　他所有的文學創作作品，包括有新詩作品集，計有《林建隆詩集》、《菅芒花詩集》、《林建隆俳句集》、《動物詩集》、《鐵窗的眼睛》等書，小說作品集則有《刺蝟少年》。當中關於源自於他入獄服刑的經驗寫下的文學作品，有《林建隆俳句》中的「鐵窗俳句」、《鐵

窗的眼睛》以及自傳性小說《流氓教授》及《刺歸少年》等等。林建隆
的小說，充滿了勵志色彩，這樣的作品或許可以鼓勵人心，但內容過於
形式化，反而失去了文學藝術的獨特性。於是本書，則專文討論林建隆
以詩人身份寫下的「監獄俳句詩」。

其新詩作品，多以類似日本俳句方式，或是三行或是四行的短詩句
來進行創作，其中又以《鐵窗的眼睛》最具「監獄文學」的特色。《鐵
窗的眼睛》為何最具「監獄文學」的特色？是因為他的每首詩作當中，
定有「鐵窗」二字做一意象的安排。

何謂「俳句」？江文瑜認為林建隆的詩風就如同受傳統日本俳句影
響的美國意象詩派（The Imagist School）所宣稱的——對意象不做解釋
性（explanatory）的描述，他只是呈現（present）畫面。林建隆在經營
俳句時，已經完全掌握了俳句的精髓——呈現意象，而不解釋意象。[1]巫
永福認為無論是美國或是日本，都能非常地尊重靈感的直覺，哀愁、幽
玄、幽默、禪的悟性，而林建隆的俳句，則有現代意識的宏觀跳入靈性
的直覺，展現了人生宇宙的創作力；以其敏銳的洞察力加上雕刻性的造
句修辭，發揮禪的悟性，深具可讀性。[2]

（二）「鐵窗的眼睛」——空間的凝視與時間的迴旋

《鐵窗的眼睛》共有兩卷，卷一是「三度空間」，卷二是「歲月的
影痕」，前者是以監獄的空間鋪陳展開詩作的樑柱，後者則是以時間為
詩作的骨架。詩人的靈魂凝視與迴旋在此一時空場域中，呈現一種瑰麗
而詭譎的文字世界。

---

[1] 江文瑜：〈千面鐵窗・單純結局——讀林建隆《鐵窗的眼睛》〉。收錄在
《鐵窗的眼睛》，頁 199-201。
[2] 巫永福：〈禪的況味〉，收入於林建隆：《生活俳句》的序。

　　最先標示「鐵窗俳句」的詩作，是在《林建隆俳句》中的〈鐵窗俳句〉。這一俳句詩共有二十首。爾後的《鐵窗的眼睛》便以此概念再行創作成一本單獨詩集作品。

　　寫詩的靈感，在《鐵窗的眼睛》「60」中說到：

> 那年在鐵窗內
> 為自己撿骨時
> 發現了詩[3]

以詩心面對自己的內心，寫作便成為一種自我救贖的方式。

　　「鐵窗」是林建隆與這世界溝通的甬道，也是他「俳句詩」的詩眼所在，而「鐵窗」是什麼？他說鐵窗是：一把弦琴（36）／水壩（70）／竹筏（72）／一塊花格子的夏布（85）／電視臺（91）……。受刑人長時間地處在鐵窗之內，本該是人與鐵窗這主客體二元絕對分離的概念，在意念上重疊了。於是他說：鐵窗的耳朵／可以聽出九十九種／雨的聲音（34）；他的俳句創作，手法可謂非常純熟，一個斷句，便將一個畫面完全凝僵止住，戲劇化／意象化的張力十足。

　　我們可以這樣地說，生命時刻的靜止與鐵窗內時間的凝固，兩者相交集於林建隆的「鐵窗俳句」裡。

（三）囚犯心理圖騰的形塑

　　林建隆《鐵窗的眼睛》意象飛馳，以下就其特定意象分類討論之：

1、自由化成的飛鳥與走獸

　　鐵窗裡的囚犯，在此沒有自由的場域中，囚犯有時困頓，有時又見到生命的力量，那麼囚犯的身影，在林建隆俳句詩中幻化成各種體態的飛禽與走獸，如（17）：

---

[3]　林建隆：《鐵窗的眼睛》，月旦出版社，民國八十八年五月初版，頁132。

鐵窗上的金龜蟲
綠甲閃著
一顆粉紅的太陽[4]

（21）：
為何出現在鐵窗？
烏秋！你屬於
水田、牛背和紅瓦[5]

（38）：
鐵窗欣然笑了
從雁的翅膀飄落
一張郵票[6]

（70）：
鐵窗是水壩
回憶是片片紅葉
覆蓋的香魚[7]

飛禽與昆蟲振翅疾飛的影像，是具有生命的力量，飛行的鳥獸昆蟲相對
於鐵窗裡靜止的生命，是兩種截然不同的生命型態；林建隆以強烈的對
比意象，訴說失去自由的靈魂，而飛禽與昆蟲正是林建隆當時心情的
投射。

---

[4] 《鐵窗的眼睛》，頁 68。
[5] 《鐵窗的眼睛》，頁 72。
[6] 《鐵窗的眼睛》，頁 92。
[7] 《鐵窗的眼睛》，頁 112。

2、黑暗／未知的描述

受刑人的心情是什麼？林建隆的俳句詩，把生命底層的哀傷感，表現的極為透徹。（92）：

在鐵窗裏
等待回信
千年的木乃伊[8]

等待外界來信的受刑人，一如一具千年木乃伊，所有的一切，都被時間給塵封／折磨，只剩一具沒有生命的肉體。又如（82）及（29）首：

（82）：
清明的夜
雨滲入鐵窗
在墳墓裏思念墳墓[9]

（29）：
飄進來的野菊花
要找那一位？
鐵窗裡有許多的活鬼[10]

---

[8] 《鐵窗的眼睛》，頁181。
[9] 《鐵窗的眼睛》，頁171。
[10] 《鐵窗的眼睛》，頁83。

沒有青春的青春，等同於「死亡」的味道，於是「木乃伊／墳墓／活
鬼」等名詞，常化於他青春詩句裡。林建隆也常運用大量的「飛」來對
比失去自由的感受，如：

（43）：
嘴裡唧著甚麼？
掠過鐵窗
從海那邊飛來的燕子[11]

以及（39）的俳句：

鐵窗欣然笑了
從雁的翅膀飄落
一張郵票

3、幽默與寂寞的對話

現實生活的苦悶，只能在現實裡找尋出路。於是笑看人間是受刑人
不得不然的處世之道，自娛／愚而娛／愚人地在詩中表現了出來。如
（64）：

沒有新聞
能閱讀鐵窗
一大張日報的天空[12]

---

[11] 《鐵窗的眼睛》，頁 97。
[12] 《鐵窗的眼睛》，頁 140

（78）：

鐵窗是一臺電視機

天天轉播

雲的馬拉松[13]

（67）：

中秋月圓

鐵窗外的鐵窗

自由的文旦[14]

林建隆透過「鐵窗俳句」將物質給異質化，天空成為一張報紙／一臺電
視機，而受刑人對於自由的渴望，一如期待中秋月圓時節裡的文旦一
樣，極想品嚐一口。林建隆極盡表現了「詩的多重閱讀性」；透過他的
詩句，可以看見他「幽默」的一面，但「幽這世界一默」的背後，我們
看見的是他更寂寥的心情。這種寂寥的心情，是受刑人普遍性的現象，
而非詩人所獨有。

4、坐看雲起時的哲學觀

顯然在獄中的時空場域，總能發展出一套屬於囚犯個人的人生哲
學觀，對於林建隆而言，也不例外。他更試著用詩的語言來穿透人
生，如（59）：

何必勞駕法師？

鐵窗就是一本

現成的金剛經[15]

---

[13]　《鐵窗的眼睛》，頁 180。
[14]　《鐵窗的眼睛》，頁 146。
[15]　《鐵窗的眼睛》，頁 130。

鐵窗是一本《金剛經》，於是他對「鐵窗」放下嗔恨，改而與其合而為一地「自在生活」，林建隆在（57）說：「感謝鐵窗／我已學會欣賞／彩雲單純的結局」。

　　在監獄中，因時空的限制，卻也更易使人面對自己內在的真實世界與心靈。於是獄所就是一座人生修煉的道場。身心靈處在一個寂靜的頻率之中，感官的世界無盡地被放大，所以就出現了「鐵窗的耳朵／可以聽出九十九種／雨的聲音」的詩句。這詩句中「鐵窗的耳朵」，即為受刑人的感官，經受刑人感官凝視下的世界，是如此異質，如此繽紛，同時也成就了林建隆「鐵窗俳句」書寫靈感與背景，也促成了他成為臺灣現代詩的另一個異數。

二、許仁圖論

　　本名許仁圖的阿圖，苗栗後龍人，民國三十八年生，現為高雄市民政局局長。其因「票據法」於一九八三年被判刑入獄一年半，他歷遊了土城、龜山及臺東監獄等獄所。在五百多個獄中生活日子裡，阿圖振筆疾書地寫下了「監獄十書」，十書之書目為：《手扶鐵窗向外望》、《我不入監獄誰入監獄》、《手銬腳鐐臺東行》、《我是管訓隊員》、《九月鐵窗》、《我不服》、《苦窯吟》、《不再年少》、《坐牢手冊》、《再見！三六階下的兄弟》等書。

　　李喬評述阿圖《手扶鐵窗向外望》時，直說這才是「報導文學」：

> 「手扶鐵窗向外望」是報導文學而非「文學的報導」。就素材而
> 言：這本書寫的正是「作者自己」被捕入獄，服刑的色受想行；
> 是「事實」。但就形式而說：作者深知小說藝術之妙，在於「敘
> 事觀點」的應用，所以作品中的「我」，（敘述者），基本上是
> 阿圖本人，但已然參入小說中「觀點人物」的「我」在焉。這個

「我」已然是具有複合成份在、技巧性在──即已非「真正的作者阿圖自己」。筆者認為這是純文學作品的標界所在。[16]

完全自曝描寫自己在獄中的經驗，是否可以像是李喬解讀成為「小說」，把作者的敘述角度詮釋為「小說主角」，是值得商榷之事。踩在小說創作與報導文學之間的灰色地帶，其實也強化了阿圖「監獄十書」裡文學質素與閱讀性。

而此「監獄十書」裡每篇文章各自獨立，各篇皆有其主要描述的主人翁及其事件。綜觀此十書，可發現阿圖在書中傳遞了監獄裡兩個面向的軸心，可供討論，（一）是監獄團體裡次文化的描述；（二）社會邊緣人的道德／非道德邊緣探討。

（一）監獄團體裡的次文化

阿圖對於監獄裡的次文化，總是能透過書寫，傳遞到鐵窗外的世界。如流行在龜山監獄裡的一首打油詩〈三年〉：

> 想得我柔腸寸斷，望得我眼兒欲穿
> 好不容易盼你的歸來，算算已三年
> 想不到今夜才見面，別離又在明天
> 這一回你去了幾時歸來，難道又三年
> 左三年，右三年，這一生見面有幾天
> 橫三年，豎三年，還不如不見面

---

[16] 許仁圖：《手扶鐵窗向外望》，五千年出版社，民國七十五年一月初版，頁4。

> 冥冥彷彿無緣，偏偏要苦苦纏綿
>
> 為什麼放不下這一條心，情願受煎熬[17]

這是龜山監獄裡流傳的打油歌，是在獄中受刑人共通情感交集而成的歌謠，阿圖對於監獄裡次文化的觀察，是有其獨到之處。阿圖對於受刑人的心靈世界，有深刻的觀察。例如他在描寫死刑犯的身影上，是相當動人的：

> 在土城看守所中有一個很普遍的現象，就是手腕套唸珠的人犯特別多，尤其是死刑犯，唸珠特別大串。張老師在初審判無期徒刑時並沒有唸佛，等到經高院一二更審改判死刑後才開始唸佛吃素。他這種「半路出家」的唸佛方式，自然與佛理有難以契合之處。[18]

「死囚身帶佛珠」之類的監獄次文化書寫，是阿圖「鐵窗十書」的特點。監獄次文化，包括了獄所裡的黑話。「監獄十書」裡的黑話：

> 我現在哈鼓哈得要死，你也給我會面一次。
>
> 哈鼓？我又不打鼓！你為什麼不改掉？
>
> 我已經六十歲啦，你買一支武士給我會面，好麼？[19]

這對當中的「哈鼓」指的是「香菸」，而「武士」則是香菸的量詞語。而：

> 下回搞不好改判腳鏈仔或是大頭。

---

[17] 許仁圖：《我不入監獄誰入監獄》，五千年出版社，民國七十五年一月初版，頁92。

[18] 《手扶鐵窗向外望》，頁92。

[19] 《手扶鐵窗向外望》，頁156。

「腳鏈仔」，是死刑之意，「大頭」是無期徒刑行話。監獄內受刑人之間，彼此形成一個次文化團體，在次文化團體中也有一套屬於他們權力結構運轉的方式。〈刑逼大觀〉一文中，把獄中次級團體存在的模式，詳實地記錄下來：

> 龜山監獄「有容乃大」，收容標準很寬；重刑犯和輕刑犯兼容並蓄。管訓隊員來者不拒，殺人搶劫和易服勞役犯共聚一堂；在這龍蛇雜處、黑白共室的「大家庭」中……。「跪好聽訓，這裏就是魔鬼島，這裏就是閻王殿，我就是閻羅王，你們要日本坐還是馬達鞭！」

> 阿溪跟我談起，有些主管為了「立威」，或者處罰犯則的受刑人，開始便來個「見面禮」——日本坐或是馬達鞭，兩種任選一。

> 日本人的坐法和中國人的跪法差不多，一跪四小時，跪完後腰腿痠痛無法起身；「馬達鞭」則是指用轉動馬達的輪帶子，寬厚適度，響聲清脆，選擇馬達鞭就得挨足五十下，不能縮手，縮手還得重打。
> ……。

> 像武俠小說一樣，主管用刑的「怪招」層出不窮，除了日本坐和馬達鞭之外，最常見的是「苦窯三式」：圓月彎刀、神龍掌、吃軟痠丸，和「鐵窗三招」：灌唱片、騎摩駝車、全疊打。[20]

管訓隊員對於犯錯的受刑人，給予的懲戒是肉體上的痛楚，施以肉體痛楚是為矯正其犯罪行為，在行為矯正的學理上是可行的，只是這種對受刑人施虐的行為，在獄中似乎在合理的規則之下，行極不人道的管理。

---

[20]　《我不入監獄誰入監獄》，頁 141-143。

阿圖對於獄中無論是合理或是不合理的監獄次文化現象，都有深入的記錄與分析。「監獄十書」提供研究獄所次文化的一個重要參考依據。

（二）社會邊緣人的道德／非道德邊緣探討

「監獄十書」中的人物，皆有所依據，原是記者出身的許仁圖習於揭發不公不義之事，入獄時的記者性格，依舊強烈。於是他筆下的人物，皆非大奸大惡之人，被構陷入獄遭至司法不公的現象極為嚴重，所以阿圖反而倒是想為他所接觸到的受刑人平反味道甚為濃厚。

對於社會邊緣人的人性，是極為精準地傳遞，他以某少年犯的文字來訴說鐵窗內的邊緣人，絕非大奸大惡之人，有時甚至於還是比鐵窗之外的百姓，更加良善：

> 在牆邊下、鄰舍的大人總會指著牆說：孩子啊！那道高高的圍牆裏面關的全是壞人，以後你們長大，千萬不可以做壞，要不然是會被關進裏面的。

> 牆內的日子，是一層不變的索然無味。在夜以繼日之間，所面的是無窮的孤獨與寂寞，除非身歷其境，否則永遠無法體會出被囚禁的滋味是多麼地晦暗。

牆裏／牆外，顯然是兩樣情，一個少年犯在社會所要面臨的責難，將是全面性的指控，而牆內囚犯的心情，也只剩孤獨與寂寞兩種滋味在心中。阿圖在引這少年犯為其女友寫下的一首情詩，從內容上，我們看見的社會邊緣人內心比鐵窗之外的良民，心中充滿更多的「愛意」而非「恨意」，這詩內容是：

讓我們再次相逢／從道別的那一天開始，我的日子一直有妳。

妳的笑語盈繞耳畔，妳的倩影佇立心中。

雖然失去的日子不再重返，／雖然失去的笑聲不再響起，

雖然失去的青春不再年少，／雖然失去的情感不再停留。

我誠心地祈求，擁有我們的未來，／讓我們再次相逢，再不斷的

愛妳。[21]

整首詩圍繞在「愛」的主軸上，社會邊緣人的情感與道德世界裡，是否全然地處在惡質人性面上？阿圖給了一個強而有力的答案。

對於精準傳遞囚犯內在情緒的移動，是記者出身的阿圖，所擅長觀察的脈動。而其「監獄十書」無一不書此一社會邊緣人的實際心情。

三、監獄寫作班

因時代的改變，臺灣人權的高漲也落實到監獄受刑人的實質權益上，其中一個具體表現，便是在監獄裡成立寫作班，讓受刑人的情感得以用寫作來抒發與消解。

目前臺灣監獄成立寫作班的單位，計有澎湖鼎灣監獄、桃園、嘉義、臺南、花蓮、臺北及臺中女子監獄，都紛紛成立寫作班。而其中澎湖鼎灣、桃園、嘉義、臺南等處監獄寫作班的成立，皆因廖德富出任這些監獄典獄長時，所提倡的一項獄政改革。

因為寫作者特殊的身份，再者具有社會教化意義，這些監獄寫作班豐厚的寫作成果得到出版社極大的贊助，目前已出版的合集，超過十冊以上，當中包括了《來自邊緣的明信片》、《來自邊緣的故事》、《想念陽光的人》等冊，由探索文化出版社出版；《來自邊緣的陽光》、《時間的味道》、《2002——在愛的時光》、《2003——在愛的時光》、《2004

---

[21]　《我不入監獄誰入監獄》，頁183。

——在愛的時光》、《2005——在愛的時光》等冊，由躍昇文化事業出版社出版；花蓮受刑人共同書寫的《在月臺轉彎處》，則由平安文化出版社出版。澎湖鼎灣寫作班中成員之一的沈魚，更是出版了個人生平的第一本散文集《高牆裡的春天》，尤為難能可貴。

　　受刑人的教育，在獄政管理上是相當重要的一環，這當中包括人格與思想的改造與再教育。那麼在監獄開設寫作班對於受刑人而言，絕對具有正面的教育意義。署名「鐵牛」的受刑人在〈時光走廊〉對於在監獄寫作班寫作的樂趣，則有十分精彩的文字描寫：

> 當・莒哈絲把情人變成格子上的文字
> 旋轉木馬也不再踩著不變的步伐
> 貪婪的汲取
> 字典中黑色的汁液
> 學習傾聽　風和雨
> 學習觀察　四季變妝
> 潛航在文學海洋的繽紛世界
> 探勘現實與理想的源頭
> 讓回憶變成提款機
> 靈感就是提款卡
> 稿紙就是密碼
> 而我的心是
> 開取密碼的動力
> 深夜
> 左三轉
> 右三轉
> 打開
> 時光走廊

悄悄

漫步[22]

監獄的時空場域，是極其地有限，受刑人則藉由文字的穿透力，穿越現實時空的侷限，在心靈層面上，則有重獲自由的喜悅之感。

　　而受刑人也樂於與文字一同遊戲，「亭」認為寫作就像是與文字打架：

> 就這樣，每次開始寫作像是全套武裝上陣，和不同的詞、字打對擂；我左手一招剪刀手，右手一記龍爪手，把對手剪刀支解開來，再抓起來東拼西湊組合，有些對手既陰險又狡猾，常以迷蹤步令我抓不著、摸不透，再施展一招無影腳把我踹得頭昏眼花，趁這個空隙，對手早逃離我的腦袋，逸去無蹤了。[23]

初觸文字創作的新奇感，這群社會邊緣人絕大部分亦非文學科班出身，入獄原因各有不同的情況下，受刑人在寫作班的寫下的文學作品，充滿樸質的美感，情感的表達，單純而直接，但表達出來的，全是人性的主流價值。當然，寫作班老師的命題，也是引導與啟蒙著受刑人創作的內容原因之一，但我們先去除這個人為影響的因素，單純地來探討監獄寫作班所呈現的作品成果來討論之。

　　而這類的監獄文學作品內容，大約可歸類有以下幾類：一是思念親情／愛情的召喚，二是童年／心靈原鄉的追憶，三是囚牢當下心情的描寫，四則是悔恨／未來──過去與將來的追憶與追求。

---

[22] 澎湖鼎灣監獄寫作班：《來自邊緣的陽光》，躍昇文化出版社，民國八十九年六月初版，頁 90。

[23] 《來自邊緣的陽光》，頁 83。

（一）親情／愛情的召喚

　　鐵窗隔絕了人倫之間親近的時空，受刑人內心的孤獨，是可想而知的。而受刑人思念親人的感受，是深刻且泛著一股哀傷，就像蔣臻的〈秋夜〉：

> 月兒冷冷流下銀白，
> 思鄉的哀愁漫遊著，
> 整個屋子都是。
> 風被柵欄切成塊塊的粉碎，
> 愁怨踏破早已散亂的心。
> 幽深長廊，
> 非常暗，
> 是一個不可告人的心靈深處。[24]

　　思鄉情懷，一如覆上了一層秋月，那樣地清冷慘白。對於鐵窗內的囚犯而言，寫下這些文字，不見虛假與遮掩，於是這種思親的情感，便顯格外地沉重，尤其是在年節時刻，身置囹圄的受刑人，無疑地是種身心上的煎熬，大頭仔〈夢的出口〉寫的時間是端午，而〈禮物〉則是描述中秋節思親感受。

　　對於情人，也是受刑人心中牽掛一方的對象，守謙〈時空的情感物語〉寫下了與他無緣的情人，亞瑞〈雨的追憶〉寫在雨中因而相識的女友，進而在雨中結婚，一路走來成為他心中永遠最堅強的妻子。阿送〈失去你的消息〉則是一封未寄出的情書。「朝興」以非常感性筆觸，寫下了他的鄉愁：

---

[24] 桃園監獄寫作班：《想念陽光的人》，探索文化出版社，民國八十八年十二月初版，頁 115。

> 鄉愁壓迫著我的脊椎，那重量如同
>
> 久久未曾相見的童顏，飄洋過海的
>
> 回聲，側耳傾聽
>
> 「笑問客從何處來」，好奇的手指
>
> 呼吸著，牽絲扳藤的
>
> 額頭，湧起千層浪
>
> 這堵密實的牆壁描寫時間，而非拘禁
>
> 住在裡面的人，都知道[25]

鄉愁是一個抽象概念，但他用脊椎上的「重量」來具象化，顯見他在牢獄的時間，時間已久，時間有多久？童顏／千層浪，兩者的對舉，將生命的流轉清晰具體地刻畫出來。這童顏，是客體同時也是主體；千層浪是實相的我，也是鏡相的我；虛實之間，鄉愁無限。

（二）童年／心靈原鄉的追憶

　　這群寫作班成員的入獄原因，各有不同。於是他們的文學作品，較過往的政治思想犯的監獄文學作品多了一種自省的功夫，對於過往時光的描述也與因政治事件入獄的思想犯們在文學創作作品上，有極大的差異性。

　　政治思想犯面對未知的未來，是無能為力去抵抗與想像，於是他們藉由文字的力量穿越被限制的時空，重回他們往昔個人生命的最高峰期，透過文字的描述，重現過往的青春。柯旗化《南國故鄉》、呂秀蓮的《情》、《這三個女人》及王拓《臺北，臺北！》等人的作品，都是如此。但這群非政治犯的受刑人，面對過往，有太多的不堪回憶，尤其

---

[25] 《來自邊緣的陽光》，頁42。

經過筆端思考與沉澱下的作品，受刑人對於自己荒唐的歲月，無不抱以悔恨之心，詩文間盡是悔改之意。

而「童年」這一主題的書寫，顯然是監獄寫作班成員喜愛的題材。我們在他們書寫下的童年，但我們同時也發現，他們大都具有「成人化的童年」的傾向。反社會化的人格的傾向，顯然與原生家庭發生了絕對的關係。我們以「花蓮寫作班」陳明華〈圍牆裡的人〉作品為例：

> 因父母失和，使我幼小心靈受創而茫然，造成習慣性的逃學，只當是一種新奇的報復；導師的教鞭竟成為我的專利品，同學亦漸漸對我排斥疏遠，於是我對自己的求學方失去信心，就讀三年初中時，沉重的學雜開銷卻加重了雙親的負擔，基於分擔家計之心意半工半讀，詎料從此亦是我一生中最大的轉捩點。

> 一個懵懂的鄉下少年來到這充滿誘惑的繁華都市，五顏六色的霓虹燈令我眼花撩亂。……叛逆的我加上虛榮心與英雄主義的作祟，此刻只有金錢才能滿足自己的需求、在偶然的機會，認識了倆位老大「黑仔」及「詩兄」只因一句「少年仔你角不錯」。當時只以為叛逆是時髦、做浪子是瀟灑，於是就跳進這個黑色邪惡的深淵裡，且愈陷愈深。[26]

陳明華上段文字中敘述自己墮入黑社會的原因，是來自於原生家庭遭遇變故所致，讓他的心靈世界，有了反社會化的叛逆性格。

除「成人化的童年」外，在監獄寫作班的作品當中我們發現，「月亮」這一意象符碼，似乎是回到童年的一個共通管道。透過月光，受刑人的心靈便回溯到記憶的幽暗面，如大頭仔在「鼎灣寫作班」寫下：

---

[26] 《在月臺轉彎》，頁 171-172。

今天晚上又在天窗外面水泥柱的間隙中瞧見搔首弄姿的月亮。端午過十天，一種說不口的圓滿、極致。

記得初次與月兒相逢，是在去年酷夏暑夜，不經意的邂逅有些訝異，讓人惋惜的是那驚鴻一瞥的不捨。事隔多日，二度相見，滿身遍灑鵝黃的月光，甦醒角落塵封的記憶，一層一層的剝離——墮落。回想孩童啟蒙。……[27]

小曾則在「天人菊寫作班寫」下的〈一無所有〉，也是透過月光重返童年舊時光：

在平靜的夜裡，望著窗外的明月，心中湧起一股莫名卻按捺不住的思緒，一直在腦海中盤旋，想揮去卻如海浪般一波接一波地向我湧來，直逼得我硬生生地將已塵封的記憶，如走馬燈般一幕幕在眼前浮現。

童年時光是無憂無慮的，……[28]

「陽光」的希望與未來感，對於獄中受刑人而言，可能是沉重的想像；而「月光」的溫潤／圓缺／有常無常的變化，在受刑人有限的時空當中，顯然是一個更符合當下心境的傾訴對象。在夜晚，「月亮」像一面鏡子，反照出與現在成人完全不同的時空場景，童年的記憶便在這種心靈的投射下，將生命已邊緣化的記憶，再度歷歷於眼前，月光成為受刑人心中情感的一個出口。

　　另外，對於現實的困頓，這群寫作班的學員的作品，也試圖地在找尋生命的出口。海梨的〈劍鯊窟〉及〈船長的絕技〉兩篇作品，顯然是

27　《來自邊緣的陽光》，頁 24。
28　《想念陽光的人》，頁 117。

受刑人自身因失去自由後藉由文字的力量，回到寬闊海洋的世界裡。海洋是他精神向度的原鄉，是他書寫動機的原鄉，他對於過往行船捕魚的記憶，鉅細靡遺地以文字記錄與回憶著。

（三）囚牢當下的心情描寫

　　冰冷的監獄，對於受刑人來說，在精神上的折磨達到了懲戒的效果，而這樣的效果，也直接反映在受刑人的文學作品之中，如亞成在〈呼吸春天的空氣〉中這麼地形容在獄所的感受：

　　　　冷硬的水泥牢房是我憂愁的天地
　　　　層層的鐵門鎖住我的快樂
　　　　不屬於我的天地裡[29]

家庠則認為獄中的生命，就像：

　　　　撫在我頸上套著冰冷的鎖鏈；
　　　　促迫我蹣跚走進宇宙的黑洞。[30]

而小杰則認為：「監獄生活就像網際電腦，只要輸入密碼，受刑人就得按照公式（監規）一直走下去。然而受刑人與電腦些微的不同之處，是能擁有點屬於自己的空間和思緒。」[31]。所以，對於監獄生活與感受的實際描述上，我們可以探知到「冷」的意象，是他們在獄中所感受到最強烈的種溫度。

---

[29]　《來自邊緣的故事》，頁 87。
[30]　《想念陽光的人》，頁 69。
[31]　《來自邊緣的陽光》，頁 130。

（四）悔恨／未來——過去與將來的追憶與追求

這類的書寫，對於過去，有一份生命的蒼涼，對於未來，則散發著生命的光芒。如漁郎是位捕漁郎，從報導看到他過往在大海撈捕的「黑鮪魚」，現已成為高經濟漁種，他期待著自己：

> 真正是不能再耽擱了，在囹圄已耽擱了六個多年頭的青春歲月。還有好多事等我回去重新再做起。我與春天有約，明年的春天我約了我媽媽及教了我三年多的「歐老師」去看魚。春天呀，春天，我希望明年的妳能綻放出更迷人的笑容，和我一起去拜訪大海。[32]

以上四種主題類型的書寫，是獄中受刑人較常書寫的主題，顏崑陽教授認為這樣的書寫是緣於對「情」的匱乏與失落，是他們心靈漂泊的始站，而如今枷鎖在身，極端困頓之時，「人窮則反本」，他們的心靈便自然地渴望重回心靈的原鄉，故而父母、妻兒、兄弟，甚而故鄉便成為他們「自我書寫」的對象，重回原鄉，可視為「原樸型監獄文學」這一種次文類的特徵。[33]

長期做為監獄寫作班的指導老師歐銀釧，為這些作品下一個註腳：他們經歷生命的試探，穿越寒冷的冰谷，在文字裡捕捉曾經走過心裡的陽光，這些樸質的文字，帶著生命的痕跡，在書裡住了下來。[34]向陽則說這些作者是一群不小心仆倒者重又站起來的真實，是處在人生邊緣境地的心靈將再發散光亮的誓言。他們不需要社會的同情，卻有待社會的了解與接納。[35]

---

[32] 《來自邊緣的陽光》，頁135。

[33] 顏崑陽：〈重回心靈的原鄉：「原樸型監獄文學」的特徵〉，原刊載於《聯合報》，2000年十月八日，聯合報副刊第37版。

[34] 歐銀釧：〈一個溫暖的住所〉，收錄於《來自邊緣的故事》，頁11。

[35] 向陽：〈在困厄之中獲得解脫〉，收錄於《來自邊緣的陽光》，頁8。

四、《新生月刊》

　　臺灣獄政制度中，有一份專屬於受刑人的刊物。這份刊物本名為
《日新月刊》，由警大負責出刊，民國六〇年代後改為《新生月刊》，
由法務部矯正司負責接收出版相關業務；民國九十三年《新生月刊》再
度改為雙月刊形式。月刊雜誌裡文章的作者，為全臺各獄所受刑人創作
之作品，也因為如此，《新生月刊》所收錄文章的內容，有著極為統一
的屬性。

（一）《新生月刊》與監獄教化╱治療與書寫

　　監獄刑法第三十七條第一項：「對於受刑人，應施以教化。」可見
現行行刑政策為教育型式的思考邏輯，監獄之功能不只是消極的拘禁，
而是積極的激發受刑人的良知，誘導其向善，使其成為社會有用之人，
至於教化工作如何實施及內容為何？依同條例第二項規定：「前項施
教，應依據受刑人入監時所調查之性別、學歷、經歷等狀況，分別予以
集體、類別及個別之教誨，與初級、高級、補習之教育。」因此教化工
作，實包括教誨及教育二者，教誨者重於德育之培養，教育重於智育之
增進。且教化受刑人亦重個別化處理之技術，監獄行刑施行細則第四十
三條特別規定「教化受刑人，應本仁愛觀念與同情之心理，瞭解其個別
情況與需要，予以適當之矯正與輔導。」除了智育及德育之教化工作
外，同法施行細則第六十二條規定：「監獄得施受刑人作文、演講、歌
詠、壁報、書法、繪畫、體育及技藝競賽，並舉辦有益於受刑人身心之
康樂活動。」故教化工作同時並重視美育、體育及群育之推行。另依同
法第三十八條及其施行細則第六條，受刑人得依其所屬宗教禮拜、祈禱
或其他適當儀式，監獄亦得邀請宗教人士入監講解有助教化之教義或舉
行宗教儀式等，宗教宣導活動亦具教化受刑人改善向上之作用。除上述

外，舉凡受刑人累進處遇、假釋、受刑人集會指導及書刊閱讀、管理遺刊物編刊等事項，亦為教化工作之一環。[36]

寫作本身即敘說著每位參與者的改變心路歷程，進行了自我的心靈療程，因寫作治療具有重新檢閱過去生命歷程的經驗脈絡，找出生命中的盲點，進而形成一種自覺性改變。從這一層的意涵觀之，寫作治療具有故事敘說治療法的相同意涵，敘事治療（Narrative therapy）著重故事敘說與故事重寫的過程，視生涯為主觀經驗，視當事人為文本，諮商的目標在於個人生命故事的再造及生命意義的賦予，透過對話之間所蘊含的無窮知識及真理發現當事人的觀點，而非預設且僅有唯一的真相。

所以我們說寫作的過程，是一段心靈的回溯，於是受刑人在《新生月刊》（或是監獄寫作班）中的作品裡，發現有兩種寫作主軸，一是對其家庭感到極深的歉意，另一方面，對於自己所犯在的錯，感到懊悔不止。

（二）《新生月刊》內容之分析

大致上，受刑人在《新生月刊》上文章內容上具有一定的普遍性，包括了反省、懺悔、勵志等性質。文章性質的統一性，也肇始於《新生月刊》刊物本身的特性；如《新生月刊》收錄文章時即條列明定其標準：一、不得有危害監獄榮譽之言論；二、不得有危害監獄影射監獄內的人事物；三、不得有煽動情緒、影響囚情之言論；四、不得假借月刊為申訴或投訴之管道；五、不得有議論管教事宜之言論。

但比較《新生月刊》的內容走向，可以很清楚地看到，《新生月刊》至八〇年代已相當程度地修正其收文內容。首先，它廢除了國父遺教、先總統蔣公遺訓及法務部頒教材心得、對反共聖戰及世界大局之論述、儒家學說與固有道德的心得寫作。取而代之的是，較為藝文性的散

---

[36] 廖德富：《寫作治療對受刑人處育成效之研究》，國立中正大學犯罪防治研究所碩士論文，2003 年，頁 9。

文創作。但月刊上的作品，還是傾向於勵志性、懺悔、思親以及陳述誤入歧途原因始末的書寫。

《新生月刊》因刊物的特殊性，於是窄化了其受刑人與文學創作之間的書寫自由度。眾多分欄主題之中，「詩頁」這是一欄目的作品，或許是受刑人在創作精神上較能自由發揮，且看見受刑人內心真正的心靈世界。如戴晃玉〈黃昏的時刻〉：

> 黃昏的時刻／蝙蝠就展開鼠灰翅膀／翱翔在暮沉沉的晚空間
> 黃昏的時刻／鷺鷥鳥就振動乳白的雙翼／奔向幽暗暗的叢林間
> 我屹立在舍房的窗臺邊／眺望遠遠的原野／沉沒在夕陽西墜的黯光下
> 在蔚藍色蒼穹裡／呈現著勾形的月亮／閃爍地放射晶瑩之光
> 一顆顆的星斗／眨著眼兒／陣陣地微風吹過／顯得有幾分涼意／
> 這正是黃昏時刻[37]

〈黃昏時刻〉這首新詩，作者以黃昏為寫作時間點，囚犯從鐵窗內望向鐵窗之外，心情凝結在這「黃昏時刻」，此刻外在景致如此，內心世界亦是如此的，像鼠灰蝙蝠／歸巢鷺鷥鳥／西墜夕陽般，顯得有幾分的暮沉／幽暗／涼意的孤寂感。

我們對照了早期《新生月刊》與民國九十三年之後的《新生月刊》可以發現，月刊的所刊登及其向受刑人徵文的內容與形式上，有了極大的轉變。首先，月刊不再以閱讀國父遺囑、總理語錄及國家各種政策為必讀對象，改以聖嚴法師等宗教人士之語錄為閱讀文本。我們從此點，可以看見宗教力量隨著獄政矯正司注重人道主義、改善受刑權益的政策也進入《新生月刊》之中。月刊封面頁裡的內容，把蔣公遺訓改成了證

---

[37] 《新生月刊》，第五十卷第十期，頁九十七。

嚴法師的語錄。從人道的角度上來看，宗教的信仰的淨化力量終究還是
勝過了法條的規範。

　　在編輯內容上，也傾向於活潑化，除有大量的插圖或受刑人的畫作
刊於雜誌內，每一期的雜誌也有「開懷篇」，讓受刑人投稿「獄中情境
笑話」專用，同時也讓受刑人閱讀時獲得心靈的舒放。且笑話的場景多
設定為監獄之中，如「哪一系」：

> 在戒治班的上課中……
> 老師：「同學，不要妄自菲薄，要先看得起自己，別人才會看得
> 　　　　起我們。」
> 同學：「老師，您放心啦！我們都嘛跟人說我們是培德大學的高
> 　　　　材生呢！」
> 老師：「喔！那敢問閣下是念哪一系呀？」
> 同學：「見笑系」（請用臺語）[38]

這笑話，是經過受刑人潤飾改編過的，加入了「戒治班」的元素，讓笑
話更能貼近現實中，搏取同是受刑人的開心。

五、郭桂彬論

　　因臺灣民主政治時代的來臨，「政治犯／良心犯」也同時消失在關
重刑犯的綠島監獄之中。但起而代之的，如內政部於一九八一年實施
「一清專案」，以戒嚴時期「取締流氓辦法」的行政命令逮捕有重大事
件的犯罪人，入綠島監獄。

　　綠島一直以來就是關重刑犯的地方，從戒嚴時期到後來的一清、二
清專案，都是如此。於是在這樣特殊的環境下，它自然會在獄中形成一

---

[38] 《新生月刊》，第五十卷第八期，頁九十七。

種次文化，當中就包括了一再被犯人傳唱的歌曲。而廣為人知的〈綠島小夜曲〉，雖然不僅廣受綠島監獄受刑人的喜愛之外，同時也成為重要的臺語流行歌曲，但一般人容易將〈綠島小夜曲〉與受刑人畫上等號；事實上，〈綠島小夜曲〉填詞作曲人[39]，是另有其人與經歷。

歌詞中的「綠島」和位於臺東東南方位的綠島及綠島監獄，事實上是全然無關。

除〈綠島小夜曲〉因陰錯陽差地成為監獄裡最受歡迎的歌曲之外，目前流傳在獄中的幾首歌曲，現在也成為流行歌曲，如由郭桂彬創作的〈海波浪〉等臺語歌。

---

[39] 事實上，《綠島小夜曲》的確是周藍萍與潘英杰共同創作出來的；那是 1954 年一個仲夏夜的晚上，同在中廣音樂組共事，並住在中廣仁愛路單身宿舍的周、潘二人，閒聊時談到創作流行歌曲的話題，喜愛文學的潘英杰建議以「抒情優美取勝」的小夜曲來創作一首流行歌，得到周藍萍的和聲。第二天潘英杰就把抵臺數年的觀感融于歌詞中，交給周藍萍，正處熱戀的周藍萍看了相當滿意，有深獲我意之感，在愛情甜如蜜的企盼下，立刻譜成《綠島小夜曲》。這是一首以「綠意盎然」的臺灣景觀為背景，描寫戀愛中男女的患得患失、起伏不定的心情，並交由紫薇在中廣錄音室灌錄。《綠島小夜曲》在臺灣走紅後，給作曲及作詞人帶來不小的困擾。周藍萍、潘英杰經常被有關單位叫去查問。主要是當時臺海情勢緊張，任何風吹草動都會被有心人士拿來大作文章，弄不好當事人就身陷囹圄，這是聽歌者無法想像的事。所幸二人福人福相，並沒有發現有什麼密謀，可說是有驚無險。根據當年任職中國廣播公司的作家王大空，在一篇《想念紫薇》的文章中透露：《綠島小夜曲》是中廣的招牌歌，每次演唱會都有歌星演唱此曲；作詞的潘英杰、作曲的周藍萍和首唱的紫薇都是他可敬的中廣同事。這首歌剛出爐的時候，曾被安檢單位認為不妥，原因是歌詞裡一開頭這麼幾句：「這綠島像一只船，在月夜里搖呀搖。」當時的危機意識，熾熱又強烈，他們認為，歌中的「船」，指的就是「臺灣」，「在月夜里搖呀搖」，不是暗示就快翻覆了嗎？王大空最後又補充道：「人說中國人的聯想力，特別是對惡的聯想力，一向就很豐富，從這件事就可以充分証明了。」王大空還說：「其實《綠島小夜曲》真是一首百聽不厭，蕩氣回腸的好歌。」48 個年頭過去了，周藍萍過世也已 31 年，沒有想到，由她作曲、潘英杰填詞的《綠島小夜曲》，居然被謠傳是一名關在綠島監獄之人所作，且很多人都深信不疑。如今真相大白，謠傳從此可以休矣。詳見《聯合報》年 2002.09.18 影劇版。

　　郭桂彬出身音樂世家，父親為早年那卡西教父，寫出〈望你早歸〉等經典老歌的楊三郎曾向其拜師學藝。父母親當年相識於軍中，父親是義工隊小提琴手，母親為政戰學校木蘭隊，當年任職金門向大陸喊話播音員。郭桂彬有一位哥哥、兩個姊姊、一個弟弟，從小受父親薰陶亦對音樂有濃厚興趣，曾兩度就讀華岡藝校國樂科，後來父親因案被迫流亡，留下家中妻小，而當時郭桂彬的大哥必須照顧家裡，所以身為二哥的郭桂彬為了維護家中資源不被瓜分，只好棄學投身江湖，當年年僅十八歲的他，迫於無奈捨棄了他最愛的音樂路。

　　民國七十五年，郭桂彬被檢肅入獄管訓，當時為抒發抑鬱心情，就藉由握拳敲打牢房地板，一點一點地譜出「海波浪」一曲。[40]〈海波浪〉歌詞如下：

　　（男）：悲傷的心情　沉重的腳步　勉強來離開
　　　　　　滿腹的苦衷　滿腹的痛苦　不願來流浪
　　　　　　我親像海波浪　有起也有落　咱今日若分開　何時再相逢

　　（女）：哀怨的人生　坎坷的運命　逼咱來分開
　　　　　　這款的心酸　這款的苦楚　誰人來體諒　我隨著海波浪
　　　　　　浮沉在你心內　我夜夜在等待　等你來團圓

　　（女）：大聲叫　不願甲你來分開
　　（男）：大聲叫　我　愛故鄉　我愛你
　　（合）：若分開　已經　不知何時何日才會通　甲你來相逢

---

[40] 《民生報》，2001年十二月三日，影劇版。

郭桂彬他除了自己的臺語歌原創之外，也改編了其他歌詞本在獄中流傳的歌曲，如〈綠島嘆〉：

> 通緝令逼阮吶離鄉　管訓孤島中
> 軍令嚴　忍耐服從　時常唸家鄉
> 故鄉的雙親慈容　不時浮在腦海中
> 啊～這款的運命誰人抹悲傷
> 軍用港上岸了後　心情亂糟糟
> 不是做工　就是出操　拼甲汗若流
> 每暗暝就床了後　往事難忘目屎流
> 啊～忍耐適應　希望早出頭
> 錯踏岐途受克虧　今日來這位
> 男子漢流著慚淚　希望雁南飛
> 大海茫茫四面圍　慈母倚門望子歸
> 啊～綠島的碧水　難洗阮前非

〈綠島嘆〉本來是日本一首名為「湯島白梅」的著名演歌。傳唱至臺灣就被人改為中文歌詞的〈蘭嶼嘆〉，因為歌詞提及思鄉情緒，所以當時已在獄中傳唱開來，經過無法考究的歲月，〈蘭嶼嘆〉又被改稱為〈綠島嘆〉。曾經進出監獄多次的郭桂彬表示，這首歌當時因為每天唱，所以多年後不用看歌詞也可以輕易的唱出來，相信這首歌是可以成為一輩子的記憶。

民國七十幾年時，郭桂彬在獄中曾將〈綠島嘆〉稍稍改編，上書長官同意後經更多人的傳唱而成為獄中的「國歌」。後來他將「綠島嘆」這首歌收錄在其專輯中，實在是郭桂彬對這首歌有許多的回憶。

之後，郭桂彬亦有將舊有日本歌詞改編成的歌曲，計有〈江湖淚〉等首，其內容還是描述人在江湖的心酸事，歌曲蒼涼，以閩南語撰寫成〈江湖淚〉歌詞如下：

> 每一日　為你懺悔　你是我最愛的那個　你叫我
> 珍惜體面　不能到處徘徊　江湖淚　江湖淚
> 翻山過嶺為什麼　雖然是身插黑旗　我也期待光明日子
> 祝福也罷　啼笑也罷　這是我期待的生活

〈江湖淚〉歌詞一如〈世間情〉般地還是充滿江湖味；在出生入死、剛強性格之下，面對愛情，依舊流下江湖淚。從〈世間情〉到〈江湖淚〉，可以發現郭桂彬的性格是極為外顯，顯然「男兒有淚不輕彈」對於在江湖出生入死生活下的郭桂彬而言，是不適用的。

當然，獄政的革新，對於臺灣監獄文學的風貌有絕對的改變，但同時也發生了幾次的意外。這其中是因為人性在書寫的場域當中，有時還是有黑暗的力量隱沒出現。

受刑人在獄中的創作，是能引起外界的關注，並對於他們的作品多所肯定與鼓勵，只是有些受刑人處在自己人性上的弱點與運用他人人性的弱點，造成了抄襲風波，且事件也一再發生。例如臺南監獄受刑人陳周珍，他引爆了受刑人抄襲風波，首先他在南瀛文學獎第七屆的小說類及第八屆小說散文獎的三篇作品，引爆抄襲事件，爾後又被翻出更多他的抄襲之作。[41]二〇〇五年一月號的《皇冠雜誌》，也因收錄了臺北監

---

[41] 關於陳周珍參加文學獎得獎作品，涉及抄襲風波，共有四件：一、1999 第一屆臺灣省文學獎，散文佳作〈有情有義好兄弟〉，抄襲自九歌出版社《七十七年年度散文選》陳少聰作品〈春茶〉，頁 181；二是 1999 第七屆南瀛文學獎，小說第二名〈發齊齊豎齊齊〉作品，抄襲自爾雅出版社《七十七年度短篇小說選》羊恕〈刀瘟〉一文；三、2000 年第八屆南瀛文學獎小說第一名〈死亡市場〉抄襲自民國七十五年爾雅年度短篇小說選——諸螺〈梅天的輓

獄受刑人蕭國昌抄襲藤井樹作品，導致該雜誌發行五十年來首次全面回收下架當期雜誌，並且發表書面聲明：

> 受刑人蕭國昌先生雖然曾經犯錯，但如能努力自新，從事創作，值得嘉許及鼓勵，因此主編不但多次寫信鼓勵，並且決定採用後，預付全額稿費，更以特別推薦的方式刊登於 2005 年 1 月號的《皇冠雜誌》上。但是萬萬沒想到這樣一篇來自監獄的手稿，竟然是抄襲自名作家藤井樹先生之作！

當然，這樣的抄襲風不能算是監獄文學一個「另類特性」；這現象的出現，反倒是因為臺灣的獄政在近年來重視受刑人人權有直接關係，受刑人的身心靈受到更多的人道待遇，他們在獄中已能大量地閱讀書籍刊物。

　　或許受於名利的誘導，陳周珍、蕭國昌等人在獄中還是犯下了不當的行為。但為何啟開受刑人抄襲文學作品而又將其發表的心態，是值得再開發的一問題。但就事論事，他在《臺灣日報‧副刊》寫下〈獄中手記〉新詩，充滿了受刑人悔悟的典型心態：

> 大牢的鐵窗是一面鏡子
> 圍牆是一棵樹
> 圍牆長了葉
> 　　枯了葉
> 都照在鐵窗上

歌〉；四、2000 年第八屆南瀛文學獎散文第一名〈多桑的扁擔與繩子〉抄襲自民國九歌版《八十六年年散文選》蕭蕭〈扁擔與繩子的哲學〉。

> 我看著自己
> 鏡子本來沒有鐵窗
> 是塵埃懸浮在塵埃自己的眼中
> 樹也沒有圍牆
> 是葉子思念葉子的去處
>
> 我真的一直看著自己
> 直到重見天日
> 也是塵埃一物呀

只是他的悔悟之事，似乎還是不夠徹底。

　　我們在另一個獄中寫作者的身上也看見另一種難堪的事實。而本是監獄寫作班典範的受刑人沈魚，在出獄之後，卻又再度因吸毒入獄；顯然他並未因之前的入獄經驗矯正其偏離社會的思想與行為規範。從鼎灣監獄進入到社會大染缸後的他，才發現，原來真正的他還是被自己囚禁在社會欲望囚牢之中。

結語：從歷史回顧到文學史的建構

　　那麼，在我們這個後現代的時代中，「閹割的傷口」為什麼必須
再度將自己銘刻進身體，成為身體血肉上的傷口呢？

——斯拉維・紀傑克[1]

　　人可以使他自己成為認知的對象。他會把他在日常經驗中，認定是
他的生命及生命基礎的東西，當成他真正的存有。他在現象上表現的本
質，就是他的意識；而他的意識卻是靠另外一些東西、靠社會經驗、靠
潛意識、靠生命形式而形成的。這個「非我」對他而言是存有，其本質
對他而言在現象上則反映成為意識。[2]「監獄文學」的形成與存在意
義，就在於對於作者自身與歷史之間，便成兩種相互依存、意識與存有
的對象。

　　歷史中最不輝煌的一頁也是恰恰最有教育意義的一頁。歷史的價值
不在於喚起人的怨恨或自得，而在於他的苦澀滋味能推動我們改造自
我。[3]臺灣監獄文學剛好也反映出同樣的時代及個人生命與文學創作上
的意義。

　　「監獄文學」所展現出的存有美學觀，是囚犯意志力量與藝術結合
下的美學觀，黑暗的囚牢，在獄中文學中已轉現成一光澈透明樓閣。於
是監獄文學的生成，透顯出一個書寫的意義，那就是在於追尋生命的終
極意義，生命夾雜在政治理想與實際的衝突與困頓。

---

[1]　紀傑克（slavoẐiẑek）：《神經質主體》，頁 522。
[2]　《當代的精神處境》，頁 129。
[3]　《失卻家園》，頁 56。

　　獲一九八六年諾貝爾獎的索因卡[4]於一九六七年至一九六九年以政治犯身份入獄,一九六九年出版於獄中創作的文學作品——《獄中詩抄》[5]中,便演繹了監獄文學獨特的文學創作及其價值,其〈讚美詩〉云:

> 痛苦之獎將會實現
> 潺潺泉水湧來的明亮溪流
> 永遠連結的指環之線
> 你的隱居所封閉在土地裡
> 屈從於光;而脈搏和
> 陌生人的秘密
> 前來收獲和釋放
> 胚芽和生命的詮釋
> 你的創始的靈感。[6]

而臺灣監獄文學所呈現的面向,與中國古典文學中的「貶謫文學」裏中的一種主要基調「棄臣」,是絕然不同的;事實上,臺灣文學中的監獄書寫精神,反映出的是時代的大環境及創作者個人及創作空間三者的互為影響的文學作品。於是「臺灣監獄文學」,有三個面向值得討論,一是時代大環境,二是書寫場域,三是創作者與文本之間三大因素。所

---

[4]　Wole Soyinka 渥雷‧索因卡(一九三四～　　)奈及利亞人,為非洲民族的自由鬥士和政治領袖,二〇〇三年來臺灣訪問,並參加臺北國際書展。

[5]　諾貝爾文學獎頌辭這樣地描述索因卡《獄中詩抄》的價值與意義:「詩歌方面,出色的有以監獄為主題的詩集,其中有些是他在監禁期間作為精神上的鍛鍊,使自己得以保持人的尊嚴,得以堅韌不拔地生存下來而寫作的作品。這些詩中的意象艱澀而費解,儘管有時異常簡潔凝練。要想透徹領會,得花一番功夫,而一旦理解,你就會奇妙地感覺它們所產生的背景和它們在詩人生活中嚴酷的苦難時期所引起的作用。這些詩篇是詩人的勇氣和藝術力量的力證。」頁6。

[6]　索因卡:《獄中詩抄——索因卡詩選》,頁41。

以，「臺灣監獄文學」與在自由意志下創作的作品，有著完全被解讀的可能性，有相當的差異性，畢竟前者的創作困境是具體，且無法突圍。

身為獄中作家的呂昱這樣地描述臺灣文學精神，他說：「誠然，臺灣文學奠基於苦難泥土的悲劇性格，不斷的抗爭行動和挫敗壓制所輻射的堅韌意識、以及深植於殖民社會裡悲冷鋼熱交疊反映的鄉土戀情，其形構的多樣性、崢嶸性，唯賴最具寬容襟懷的史家器識，庶幾及之。捨此，都不過觸其外緣，探其一角，永遠也難窺大時代文學殿堂的立體景觀之雄偉氣勢。」[7]。

而卡繆用「荒謬」這個字眼來形容人在世上的基本情形：尋求意義的卓越人類，卻必須生活在毫無意義的世界所造成的困境。卡繆說我們是道德的生物，要求世界提供道德判斷的基礎，也就是內含價值藍圖的意義系統，可是世界並沒有提供給我們，它對我們是完全不感興趣的。[8]臺灣自明清以來，也一直處在地域與政治力的荒謬地帶，時間與空間的荒謬，人性在這一場域之內，必然也會反映這一場的荒謬。

這群在監獄受難的知識份子，處在生命非常基本的層面下，曝露出的情感其實是異於他們在過往歲月平淡的日子，所以生命經過這層考驗與磨難，文字浮出了的是一層非常底層／真實的人性面，作品對於自己的人格，做了一次確實地檢視。

本書分析了近四十位臺灣不同年代知識份子入獄時與出獄之後的相關作品。我們會發現，這群在當時被視為政治犯的知識份子，後來大多數都成為政治體系下的精英份子，抑或是重要的社會／文化領袖人物。他們的獄中文學作品，更是站在一個政治受難者角色而發聲；於是，文本的時代意義與一般作家的文學創作內外在機制，多所不同。

---

[7]　呂昱：《在分裂的年代裏‧打開歷史的那扇門》，頁 5。
[8]　《存在心理治療》，頁 577。

　　我們綜覽日據時期監獄文學的書寫，會發現此時期的文學作品文體多傾向於「漢詩」，而其內容可分為兩大類：一是知識份子在獄中大量地反映個人國族／民族主義情感立場；另一方面，則是這群日本殖民下的臺灣知識精英在獄中，則以相互贈詩、取暖。從作品中可見其對國家及個人生命的關懷，是同等的重視。

　　國民政府撤退來臺以後，臺灣人民在「回歸」與「接收」意識上未取得統一立場，「左派」與「臺獨」傾向的政治團體，又對於當時國民政府造成壓力。於是國民政府自遷臺以來，始以高壓統治方式來處理島內紛亂未定的政治性議題。但同時，我們也發現，國民政府對於言論的壓制，是高於日本殖民國，如楊逵在日據時期入獄次數高於國民政府時期，然入獄的時間比例，卻完全相反。於是我們也發現了自國民政府撤退來臺初期的臺灣文學中的監獄書寫內容，對於時事的批判力道與份量，是少於日據時期的獄中文學，取而代之的是大量獄中書信、獄中日記，甚而是如小說、散文等純文學作品的監獄文學類型出現，作品內容完全脫離監獄經驗。其中又以一九七○、八○年代以後的臺灣監獄文學書寫與傾向，更是如此。

　　其中原因，當是國際人權組織開始重視臺灣受刑人人權，相對地，對於受刑人有更多的放寬措施，當中包括了可以於獄中大量閱讀及書寫。於是一九七○、八○年代後，臺灣監獄文學無論是在質或量上，遠遠超越了以往。我們可以說，這是臺灣文壇的幸，卻也是臺灣人權／政治史上的不幸。

　　於是，我們從日據時代以來的臺灣文學中的監獄書寫，可以發現幾項特色：

（一）知識份子與臺灣命運共同體的映現

知識份子對於當代的政治、社會議題，具有公共論述及建構的責任。然而做為政治改革、社會先鋒的知識份子，也是站在歷史的第一線，體制的衝撞，無非是天職、無非是良知。

本論文對於監獄文學的定義，完全著眼於作家個人獄中經驗及其反映在作品中的現場討論之。而臺灣監獄文學的作家入獄因素一如前言論及的，多與臺灣政治史有絕對關係。當權者欲以實際監禁行為進行個人思想與精神層面的改造。然而即使是當權者政策再高壓，其實面對人性的主體性時，是失策的。封閉的空間無法封閉個人內在心靈層面，個人心智也不會因空間的封閉而枯竭。我們可從臺灣監獄作品中看出，有些作者在入獄之前，非作家身份，如姚嘉文、蔡德本便是例證。

（二）理想實踐及反抗的精神

也許是海島民族，也許是唐山過臺灣的子民，也許是長久地處在殖民地使然，不向大環境妥協的性格及反抗的精神，在臺灣監獄文學作品裡處處顯露。

於是我們看見思想改造的工程，在臺灣這群知識份子所寫下監獄文學，在「結果論」上並沒有收到任何的效果，反而是得到反效果。如呂昱入獄十五年，出獄後並未改變其身為異議份子的角色，楊逵在出獄後亦未改變他對於社會主義信徒的選擇。

任何試圖以刑罰來矯正知識份子、政治上的異端，其結果都是否定的。於是「順從」、「歌功頌德」未出現在臺灣監獄文學中，反而是處處充滿書寫者個人生命的理想與對時局的反抗精神。

（三）人性的超越／溫情主義

也許是見到黑暗的力量無法摧毀人性良善的一面，於是他們對於人性更是相信。例如「回憶錄」的作家，對於政府當局的高壓統治皆有強

烈的批判，但對於獄中囚犯的個人行為，都採取同情理解心態來面對他
們，畢竟他們也是在大環境之下的逼迫，才促使他們以陷人於不義獲取
獄中的個人利益。於是，臺灣文學中的監獄書寫，所透露出來的，是一
種人性的溫情，而非政治鬥爭下的所顯露的醜露面孔。施明正〈渴死
者〉、〈喝尿者〉文字裡藏有太多人性裡深層悲痛與扭曲的描寫，反映
了作者與受刑人雙重身份所觀察而寫下的作品，極具人性悲憫的一面，
這也正是臺灣監獄文學裡的精神之一。

（四）殖民文學性格的展現

　　一八九五年至二〇〇五年間臺灣監獄文學生成的原因及各文本間，
充分地反映了臺灣文學中特有的「殖民性格」。

　　臺灣這塊土地自明清以來，始有大量的漢民族移民開墾，而臺灣這
塊土的所有權，也在改朝換代之中不斷轉移與被入侵，知識份子便成為
政權移轉時的第一道抗爭防衛線。

　　於是他們往往淪為外來政權的階下囚，在獄中他們述書以明志，這
些著述又往往成為臺灣文學中「殖民性格」的標的。無論是日據時期的
知識份子，如賴和、王敏川、蔡惠如、楊華等人，抑或是國民黨時期的
政治犯，如陳映真、葉石濤、曹開、姚嘉文等人的獄中文學作品，都充
滿了「殖民性格」。也因為如此，臺灣監獄文學在整個臺灣文學發展流
變史中，更具有時代性與文學創作的價值與意義。

（五）次文類文學的生成

　　臺灣監獄文學的創作，源自於政治黑暗的年代，在這一特殊時空下
的文學創作，自然與文學創作的內在動機，有極大的異質性。而這種創
作動機的異質性，也提供、造就了臺灣文學中某些次文類生成發達的原
因及養份。其中又以兒童文學、家書體文學、自傳體文學的創作作品，
為最特殊的文類生成。

　　臺灣監獄文學創作中，意外地造就了「臺灣兒童文學」的一次文類的生成，其中的作者創作的機制，多是希望透過童書的書寫來表達身在牢中的父親，對於子女的成長史中，並沒有缺席，讓子女在成長過程中，亦能感受到父親在家庭生活裡，仍佔有相當的重要性。

　　此外，「家書文學」當也是其中一類較為特殊的題材。然臺灣執政者對於受刑人的書信採取嚴密管控，不論是在字數亦或是內容上皆如此。於是受刑人受限於書寫的外在因素干擾，家書內容便顯貧乏而失去文學本質中對於美感的要求。另外，戒嚴時代已是臺灣政治史的過去式，臺灣思想犯在開放的年代，已不再噤若寒蟬，於是大量著書為自己的過往平反，自己為自己立傳，或以小說方式呈現含冤莫白的過往。自傳體文學在臺灣監獄文學史上的質量，是具有相當重要的地位，且在「正史」之外，也具有史料討論的價值與意義。

　　這群經過「監獄洗禮」的知識份子，除在獄中為臺灣文學史上留下一大支系文學主題創作外，他們個人人格也因此被鍍上一層「政治受難者」光環，必然地在臺灣政治史上留名之外，卻也讓他們晉身於政治家行列，如陳逢源、姚嘉文、呂秀蓮、王拓等人。

　　雷震雖在出獄後無任任何官職，同時也離開政治圈，然其他的身份及《自由中國》在臺灣政治史上，已然成為臺灣政治運動史中反對黨的典範。但還是有些在獄中書寫者，始終執著於文學的創作，繼續為臺灣文壇留下經典者，柯旗化、楊逵、楊青矗、陳映真等人，即是其中的佼佼者。

　　本書在搜集「臺灣文學中的監獄書寫」文本，實面臨多方困難，例如因二二八事件入獄的施水環，在臺北軍法處等待被槍決時，寄出六十八封的家書中，目前施家僅有幾封是對外界公布；又如，柯旗長達十二年的家書，雖完整地被其遺孀蔡阿李女士留著，但因礙於其家屬視柯旗化之家書為家族隱私，尚不願對外公布；被國民政府視為「政治犯」的殷穎，在《聯合報》副刊上，二〇〇五年於《聯合報》發表〈囚籠裡的

歌聲〉[9]一文，而楊青矗也在二〇〇六年開春持續地發表關於白色恐怖
及其入獄經驗相關的小說作品，表示了「臺灣監獄文學」其實還在持續
發展中。於此種種，對於本書專注於文本的收集與分析，有其困難度存
在，成為文本研究的遺憾之處。而在本書之外所延伸出的課題，如「人
權文學」、「政治文學」、「流放文學」該當是在「監獄文學」之後，
可再被深入的研究議題。

　　另一方面，對於「臺灣監獄」主題研究的成果與論著，也尚處於文
本出土、研究發展階段，本書該當屬於全面性探討此一主題的學位論
文，掛一漏萬多所難免，但仍舊希望此書完成，能為臺灣當代文學的主
題研究，貢獻一部分的力量。

---

[9]　《聯合報・副刊》，民國九十四年四月十三、十四日。

引用文獻

◎專書：

中央研究院近代史研究所：《口述歷史第十一期——泰源事件》，臺北：中央研究院近代史研究所，民國九十一年出版。

中央研究院近代史研究所：《口述歷史第四期——二二八事件專號》，臺北：中央研究院近代史研究所　民國八十二年二月出版。

王敏川：《王敏川選集》，臺北：臺灣史學研究會，民國九十一年出版。

王詩琅：《臺灣社會運動史》，臺北：稻鄉出版社，民國八十四年十一月。

王詩琅：《日本殖民地體制下的臺灣》，臺北：眾文出版社，民國六十九年。

王泰升：《臺灣日治時期的法律改革》，臺北：聯經出版社一九九九年四月初版。

王拓：《臺北，臺北！》，臺北：天元圖書公司，民國七十四年六月初版。

王拓：《牛肚港的故事》，臺北：前衛出版社，民國八十七年五月出版。

王拓：《咕咕精與小老頭》，臺北：人本教育金基會，民國八十七年三月初版。

王拓：《小豆子歷險記》，臺北：人本教育基金會出版，民國八十七年三月初版。

王育德：《臺灣——苦悶的歷史》，臺北：臺北自立報系，民國八十二年出版。

王曉波（編）：《蔣渭水全集》，臺北：海峽學術出版社，民國八十七年十月出版。

中華華夏希望關懷協會編：《犯罪人寫犯罪故事》，臺北：水月文化出版社，民國九十二年四月初版。

古繼堂：《臺灣小說發展史》，臺北：文史哲出版社，民國七十八年七月。

江自得（主編）：《殖民地經驗與臺灣文學》，臺北：遠流文化出版社，民國八十九年二月。

石之瑜：《後現代的政治知識》臺北：元照出版公司，民國九十一年二月初版。

任育德：《雷震與臺灣民主憲政的發展》，臺北：國立政治大學歷史系出版，民國八十八年出版。

向陽：《喧嘩、吟哦與嘆息——臺灣文學散論》，臺北：駱駝出版社，民國八十五年十一月。

余昭玟：《從語言跨越到文學建構——跨語言一代小說研究論文集》，臺南：臺南市立圖書館出版　民國九十二年十一月初版。

冰心：《冰心全集》，上海：上海商務書局，民國二十二年出版。

羊子喬：《蓬萊文章臺灣詩》，臺北：遠景出版社，民國七十二年九月出版。

朱雙一：《臺灣文學思潮與淵源》，臺北：海峽學術出版社，民國九十四年二月初版。

汪景濤：《臺灣小說作家論》，北京：北京大學出版社，一九八八年四月出版。

李甲孚：《中國監獄法制史》，臺北：臺灣商務出版社，民國七十三年六月初版。

李甲孚：《中國法制史上監獄制度之研究》，臺北：宏德印刷廠　民國六十六年十月初版。

李劍華：《監獄學》，上海：上海中華書局　民國二十五年十月。

李敖：《坐牢家爸爸給女兒的八十封信》，臺北：桂冠圖書出版社　民國八十四年五月初版。

李漢偉：《臺灣小說的三種悲情》，臺南：臺南市立文化中心　民國八十五年五月初版。

李筱峰：《臺灣史一○○件大事件》，臺北：玉山社出版社　民國八十八年十月初版。

李瑞騰（編）：《中華現代文學評論大系》，臺北：九歌出版社　民國八十七年五月初版。

李篤恭（編）：《礦溪一完人》，臺北：前衛出版社，民國八十三年七月出版。

何寄澎（編）：《文化、認同、社會變遷：戰後五十年臺灣文學國際學術研討會論文集》，臺北：行政院文建會，民國八十九年六月出版。

吳斐：《監獄學精選》，臺北：連山圖書出版事業有限公司，民國八十九年一月第一版。

沈家本：《歷代獄考》，臺北：臺灣商務印書出版社，民國六十五年六月出版。

沈奇：《臺灣詩人散論》，爾雅出版社，民國八十五年初版。

呂昱：《獄中日記》，臺北：南方出版社，民國七十七年一月初版。

呂昱：《在分裂的年代》，臺北：南亭書店出版社，民國七十三年十月二十日 出版。

呂秀蓮：《重審美麗島》，臺北：自立晚報社，民國八十一年二月初版二刷。

呂秀蓮：《情》，臺北：草根出版社 ，民國八十九年三月 第二刷。

呂秀蓮：《這三個女人》，臺北：草根出版社，民國八十九年三月 第二刷。

呂正惠：《臺灣文學問題──殖民地的傷痕》，臺北：人間出版社，民國九十一年初版。

呂正惠：《歷史的夢魘》，臺北：聯經出版社，民國七十七年五月初版。

呂正惠、趙遐秋編：《臺灣新文學思潮史綱》，臺北：人間出版社， 民國九十一年六月出版。

法務部（編）：《法務部史實記要》，臺北：法務部，民國七十九年九月編印。

東方出版社：《臺灣民報》，臺北：東方出版社複刻本，民國八十三年。

林紀東：《監獄學》，臺北：三民書局，民國五十六年再版。

林瑞明：《臺灣文學本土觀察》，臺北：允晨出版社，民國八十五年七月初版。

林瑞明：《臺灣文學的歷史考察》，臺北：允晨出版社，民國八十五年七月初版。

林瑞明：《臺灣文學與時代精神——賴和研究論集》，臺北：允晨出版社，民國八十二年八月出版。

林建隆：《鐵窗俳句》，臺北：月旦出版社，民國八十八年五月初版。

林國章：《民族主義與臺灣抗日運　1895-1945》，臺北：海峽學術出版社，民國九十三年六月初版。

林再復：《臺灣開發史》，臺北：三民書局出版社，民國八十六年一月六版。

林衡哲、張富美、陳芳明編：《復活的群像——臺灣三〇年代作家列傳》，臺北：前衛出版社，一九九四年六月初版。

林士榮、楊士隆：《監獄學》，臺北：五南出版社，民國九十二年九月三版三刷。

吳密察：《臺灣近代史研究》，臺北：稻鄉出版社，民國七十九年出版。

吳新榮：《吳新榮選集》，臺南：臺南縣立文化中心，民國八十六年三月初版。

柳書琴等著：《殖民地經驗與臺灣文學》，臺北：遠流出版社，民國八十九年二月初版。

周英雄、劉紀蕙（編）：《書寫臺灣——文學史、後殖民與後現代》，臺北：麥田出版社　民國八十九年初版。

周慶華：《臺灣文學與「臺灣文學」》，臺北：生智文化事業出版社，民國八十六年八月初版。

花蓮監獄寫作班：《在月臺轉彎》，臺北：平安文化出版社，民國八十九年四月初版。

姚嘉文：《臺灣七色記》，臺北：自立晚報文化部，民國七十六年七月出版。

施明德：《囚室之春》，臺北：前衛出版社，民國八十二年九月初版三刷。

施明正：《施明正小說集——島上愛與死》，臺北：麥田出版社　，民國九十二年四月初版。

施明正著‧林瑞明、陳萬益（編）：《施明正集》，臺北：前衛出版社，民國八十六年四月一版三刷。

施正鋒：《族群與民族主義──集體認同的政治分析》，臺北：前衛出版社，民國八十七年七月初版。

柯旗化（明哲）：《明哲詩集／鄉土的呼喚》，臺北：笠詩刊出版社，民國七十五年五月再版。

柯旗化：《母親的悲願》，高雄：第一出版社，民國九十一年七月二版。

柯旗化：《南國故鄉》，高雄：第一出版社，民國五十八年二月初版。

柯旗化：《臺灣監獄島──柯旗化回憶錄》，高雄：第一出版社，民國九十一年六月修定再版。

高金郎：《泰源風雲　政治犯監獄革命事件》，臺北：前衛出版社，一九九一年七月初版二刷。

連橫：《臺灣詩薈》，南投：臺灣省文獻會，民國八十一年初版。

柏楊：《柏楊說故事──寫給女兒的小棉花歷險記》，臺北：漢藝色研出版社，民國七十七年一月初版。

柏楊：《柏楊在火燒島》，臺北：漢色藝研出版社，民國七十七年一月初版。

柏楊：《柏楊詩》，臺北；遠流出版社，民國八十九年一月初版。

柏楊：《新城對》，臺北：遠流出版社，民國九十二年三月初版。

紀萬生：《獄中詩選》，美國：臺灣出版社，一九八六年七月初版。

桃園天人菊寫作班：《想念陽光的人》，臺北：探索文化出版社，民國八十八年十二月。

馬之驌：《雷震與蔣介石》，臺北：自立晚報文化部，民國八十二年初版。

陳映真：《鈴璫花》，臺北：洪範出版社，民國九十年十月初版。

陳映真：《忠孝公園》，臺北：洪範出版社，民國九十年十月初版。

陳映真：《鞭子和提燈》，臺北：人間出版社，民國七十七年四初版。

陳芳明（編）：《蔣渭川和他的年代》，臺北：前衛出版社，民國八十五年三月初版。

陳芳明：《左翼臺灣：殖民地文學運動論》，臺北：麥田出版社，民國八十七年出版。

陳芳明：《在美麗島的旗幟下：反對運動與民主臺灣》，臺北：麥田出版
　　社，民國七十八年初版。

陳紹英：《一名白色恐怖受難者的手記》，臺北：玉山社出版社，民國九
　　十四年六月初版。

陳昭瑛：《臺灣文學與本土化運動》，臺北：正中書局，民國八十七年四
　　月初版。

陳萬益：《于無聲處聽驚雷》，臺南：臺南市文化中心，民國八十五年初
　　版。

陳列：《地上歲月》，臺北：聯合文學，民國九十六年再版。

陳明台：《臺灣文學研究論集》，臺北：文史哲出版社，民國八十六年四
　　月出版。

陳明柔：《我的勞動是寫作：葉石濤自傳》，臺北：時報文化出版社，民
　　國九十三年。

陳國球、王宏志、陳清橋（編）：《書寫文學的過去──文學史的思
　　考》，臺北：麥田出版社，民國八十六年出版。

陳義芝：《臺灣現代小說史綜論》，臺北：聯經出版社，民國八十七年十
　　二月初版。

舒蘭：《中國新詩史話》，臺北：渤海堂文化出版社，民國八十七年十月
　　初版。

許慎：《說文解字》，臺北：萬卷樓出版社，民國八十八年出版。

許俊雅：《臺灣文學散論》，臺北：文史哲出版社，民國八十三年十一月
　　出版。

許俊雅：《島與容顏：臺灣文學評論集》，臺北：臺北縣政府文化局，民
　　國八十九年出版。

許俊雅：《臺灣文學論──從現代到當代》，臺北：國立編譯館，民國八
　　十六年十月初版。

許仁圖：《監獄十書》，臺北：五千年出版社，民國七十五年二月出版。

許極燉：《臺灣近代發展史》，臺北：前衛出版社，民國八十五年九月初
　　版。

翁金珠（編）：《黑獄風光──劉峯松黑獄回憶錄》，高雄：第一出版
　　社，民國七十四年十月初版。

張漢裕（編）：《蔡培火全集》，臺北：吳三連史料基金會，民國九十年六月初版。

張深切：《張深切全集》，臺北：文經出版社，民國八十七年一月初版。

張俊宏：《獄中家書》，臺北：天下文化出版社，民國八十九年七月初版。

張忠棟：《胡適、雷震、殷海光：自由主義人物畫像》，臺北：自立晚報文化部，民國七十九年出版。

張素貞：《細讀現代小說》，臺北：東大圖書，民國七十五年十月初版。

張瑞德：《中國現代自傳叢書》，臺北：龍文出版社，民國七十八年出版。

秦漢光：《我在綠島 3212 天》，臺北：國際文化，一九九○年二月初版。

許介鱗：《戰後臺灣史記》，臺北：文英堂出版社，民國八十五年九月初版一刷。

曹開：《小數點之歌》，臺北：書林文化書版社，民國九十四年六月初版。

莊永明：《臺灣記事》（上、下），臺北：時報文化出版社，民國七十八年十月初版。

連溫卿：《臺灣政治運動史》，臺北：稻鄉出版社，民國七十七年十月出版。

崔小萍：《崔小萍獄中記》，臺北：耕者出版社，民國七十八年初版。

游勝冠：《臺灣文學本土論的興起與發展》，臺北：前衛出版社，民國八十五年七月初版。

彭小妍：《楊逵全集》，臺北：國立文化資產保存研究中心籌備處，民國八十七年出版。

彭鋒：《美學的意蘊》，北京：中國人民大學出版社，二○○○年一月初版。

彭瑞金：《臺灣新文學運動四十年》，臺北：前衛出版社，民國八十六年八月。

黃秀政、張勝彥、吳文星著：《臺灣史》，臺北：五南圖書出版社，民國九十一年二月初版。

黃徵男：《監獄共和國》，臺北：多識界圖書文化有限公司，民國九十年
　　十月。

黃昭堂著、廖為智譯：《臺灣民主國之研究》，臺北：財團法人現代學術
　　研究基金會出版，民國八十二年十二月初版。

黃武忠：《日據時代臺灣新文學作家小傳》，臺北：時報出版社 ，民國六
　　十九年八月。

黃武忠：《親近臺灣文學》，臺北：九歌出版社，民國八十四年三月初
　　版。

黃俊傑：《臺灣意識與臺灣文化》，臺北：正中書局出版社，民國八十九
　　年九月出版。

黃錦樹：《馬華文學與中國性》，臺北：元尊文化，民國八十七年出版。

黃惠禎：《楊逵及其作品研究》，臺北：麥田出版社，民國八十三年出
　　版。

黃娟：《政治與文學之間》，臺北：前衛出版社，民國八十二年出版

曾健民：《文學二二八》，臺北：臺灣社會科學，民國九十三年出版。

曾萍萍：《噤啞的他者：陳映真小說與後殖民論述》，臺北：萬卷樓出版
　　社，民國九十二年出版。

溫瑞安：《楚漢》，臺北：尚書出版社，民國七十九年一月出版。

葉榮鐘：《日據下臺灣政治社會運動史》，臺北：晨星出版社，民國八十
　　九年八月出版社出版。

葉榮鐘：《臺灣人物群像》，臺北：時報文化出版社，民國八十四年出
　　版。

葉石濤：《紅鞋子》，臺北：自立晚報文化部，民國七十八年初版。

葉石濤：《臺灣男子簡阿淘》，臺北：草根出版社，民國九十一年二月初
　　版三刷。

葉石濤：《葉石濤自選集》，臺北：黎明文化初版社，民國六十四年一月
　　初版。

楊青矗《連雲夢》，臺北：敦理出版社，民國七十六年一月初版 。

楊青矗：《心標》，臺北：敦理出版社，民國七十六年一月初版。

楊青矗：《楊青矗小說選》，高雄：第一出版社，民國七十二年十二月改
　　訂再版。

楊逵：《綠島家書》，臺北：晨星文庫，民國七十六年三月初版。

楊華：《黑潮集》，臺北：桂冠出版社，民國九十年二月初版。

楊澤（編）：《從四〇到九〇年代──臺灣兩岸三邊華文小說研討會論文集》，臺北：時報文化出版社，民國八十三年出版。

楊韶剛：《尋找生存的真諦──羅洛・梅的存在心理主義心理學》，臺北：貓頭鷹出版社，民國九十年一月初版。

楊碧川：《日據時代臺灣人反抗史》，臺北：稻鄉出版社，民國八十五年六月再版。

裘朝永：《監獄學撮要》，臺北：臺北監獄印刷工廠，民國四十五年十月。

雷震著・傅正（編）：《雷震全集》，臺北：桂冠圖書出版社，民國七十八年八月初版。

雷震著：《雷震家書》，臺北：遠流出版社，民國九十二年九月初版。

劉捷：《我的懺悔錄》，臺北：九歌出版社，一九九八年十月初版。

劉翔平：《尋找生命的意義──弗蘭克的意義治療學說》，臺北：果實出版社，民國九十年出版。

盧建榮：《分裂的國族認同》，臺北：麥田出版社，民國九十一年十一月二版。

蔡德本：《蕃薯仔哀歌》，臺北：遠景出版社，民國八十五年四月初版。

蔡墩銘（編）：《矯治心理學》，臺北：正中書局，民國七十七年初版。

鄭明娳：《當代臺灣政治文學論》，臺北：時報文化出版社，民國八十三年初版。

澎湖・桃園・嘉義監獄寫作班合著：《2002，在愛的時光》，臺北：躍昇文化出版社，民國九十年九月初版。

鍾孝上：《臺灣先民奮鬥史》（上、下冊），臺北：自立晚報，民國七十六年一月三版。

魏廷朝：《臺灣人權報告書（1949-1996）》，臺北：文英堂出版社，一九九七年八月初版。

賴和著，賴和文教基金會企劃，林瑞明（編）：《賴和全集》，臺北：前衛出版社，民國八十九年六月一刷。

賴澤涵（總主筆）：《二二八事件研究報告》，臺北：時報文化出版社，民國八十三年五月初版三刷。

歐宗智：《走出歷史的悲情──臺灣小說評論》，臺北：臺北縣政府文化局，民國九十一年十二月。

謝金蓉：《蔡惠如和他的年代》，臺北：臺灣大學出版中心，民國九十五年六月初版。

謝國興：《亦儒亦俠亦風流　陳逢源【一八九三～一九八二】》，臺北：允晨出版社，民國九十一年六月初版。

簡吉：《簡吉獄中日記》，臺北：中央研究院臺灣史研究所，民國九十四年二月。

藍博洲：《天未亮追憶──一九四九年日六事件（師院部份）》，臺北：晨星出版社，民國八十九年四月初版。

藍博洲：《麥浪歌詠隊──追憶一九四九年四六事件（臺大部分）》，臺北：晨星出版社，民國九十年四月初版。

藍博洲：《沉屍‧流亡‧二二八》，臺北：前衛出版社，民國八十四年三月初版社。

藍博洲：《白色恐怖 The Witer Terror》，臺北：揚智出版社，民國八十二年五月初版。

鐘謙順：《煉獄餘生錄　坐牢二十七年回憶錄》，臺北：臺灣文化社，一九八六年二月二十八日。

顧燕翎（編）：《女性主義理論與流派》，臺北：女書出版社，民國八十六年一月初版三刷。

國家圖書館（編）：《臺灣歷史人物小傳──明清暨日據時期》，臺北：國家圖書館出版，民國九十二年十二月初版。

臺灣人權促進會（編）：《臺灣人權報告（1987-1990）》，臺北：臺灣人權雜誌社，一九九〇年十二月初版。

臺灣史研究會（編）：《王敏川選集》，臺北：海峽學術出版社，民國九十一三月初版。

臺北刑務所（編）：《臺北刑務要覽》，昭和五年。

臺南刑務所（編）：《臺南刑務要覽》，昭和五年。

臺灣省文獻委員會（編）：《日據初期臺灣監獄檔案》，南投：臺灣省文
　　獻委員會，民國六十九年六月出版。

臺灣省文獻委員會（編）：《日據初期警察及監獄制度檔案》，南投：臺
　　灣省文獻委員會，民國六十八年十二月出版。

臺灣省文獻委員會（編）：《臺灣史》，臺北：眾文出版社，民國七十七
　　年十月再版。

◎外文中譯本：

Claude Levi-Strauess 李維史陀著：《野性的呼喚》，聯經出版社。

Denny Roy 著，何振盛、杜嘉芬譯：《臺灣政治》，臺灣商務出版社，民國
　　九十三年三月初版。

Dietrich Bonhoneffer（迪特里希・朋霍費爾）著，高師寧譯：《獄中書
　　簡》，四川人民出版社，一九九七年初版。

Dennis H.Wrong（丹尼斯・朗）著，高湘澤、高全余譯：《權力——它的形
　　式、基礎和作用》，桂冠出版社，民國八十九年三月一版二刷。

Eric J.Hobbawm（艾瑞克・霍布斯邦）著：《論歷史》，麥田出版社，民國
　　九十一年出版。

Gerry Spence（蓋瑞・史賓斯）著，江雅綺譯：《正義的神話》，商周出版
　　社，民國九十年十一月初版。

Karen Farringdon（凱倫・法林頓）著：《刑罰的歷史》，究竟出版社，民
　　國九十四年五月初版。

Michel Foucault 傅科著・劉北城、楊遠嬰譯：《規訓與懲罰——監獄的誕
　　生》，桂冠出版社，民國八十七年四月初版三刷。

Michel Foucault 傅科著，劉北城、楊櫻遠譯：《瘋癲與文明》，桂冠出版
　　社，民國九十一年六月初版五刷。

Michael White（麥克懷特）・David Epston（大衛・艾普斯頓）著：《故
　　事、知識、權力》，心靈工坊出版社，民國九十年四月初版。

Oscar Wilde（奧斯卡・王爾德）著，孫宜學譯：《獄中記》，業強出版
　　社，民國八十七年七月出版。

Paul A.Bell（貝爾）等著，聶筱秋、胡中凡等譯：《環境心理學》，桂冠出版社出版，民國九十二年初版。

Rollo May（羅洛‧梅）著，朱侃如譯：《權利與無知》，立緒出版社，民國九年九月出版。

Slavoj Zizek（紀傑克）著，萬毓澤譯：《神經質主體》，桂冠出版社，民國九十三年六月出版。

Tremmel . William Calloey（崔默）著：《宗教學導論》，桂冠出版社，民國八十九年初版。

Tzvetan Todorov（茨維坦‧托多洛夫）著，許鈞、侯永勝譯：《失卻家園的人》，桂冠出版社，民國九十三年出版。

西蒙‧波娃著：《第二性》，臺北志文出版社，民國八十一年出版。

Vaclav Havel（瓦茨拉夫‧哈維爾）著，李永輝、張勇進、鄭鏡彬、陳生洛譯：《獄中書簡──致親愛的奧爾嘉》，探索文化，民國八十七年三月出版。

Wole Soyinka 索因卡著，貝嶺編：《獄中詩抄》，唐山文化出版社，民國九十二年二月初版 。

◎日文中譯本：

向山寬夫著，楊鴻儒、陳蒼杰、沈永嘉譯：《日本統治的臺灣民族運動史》，福祿壽興業股份有限公司，民國八十八年出版。

王乃信等譯：《臺灣社會運動史》，臺北：創造社出版社，民國七十八年六月出版。

◎學位論文：

彭冀湘：《監獄教化制度之研究》一九八〇年，政治作戰學院法律研究所碩士論文。

林青蓉：《邊沁的監獄設計──「全景敞視監獄」》一九九五年，輔仁大學歷史研究所碩士論文。

葉怡君：《臺灣「五〇年代白色恐怖」——集體記憶的保存、復甦與重建》一九九九年，政治大學新聞研究所碩士論文。

林秀蓉：《日治時期臺灣醫事作家及其作品研究——以蔣渭水、賴和、吳新榮、王昶雄、詹冰為主》二〇〇二年，高雄師範大學國文所博士論文。

陳志忠：《受刑人之刑罰及假釋認知》二〇〇二年，國立中正大學犯罪研究所碩士論文。

朱玉如：《陳映真文學作品思想探討》二〇〇三年，中國文化大學中文研究所碩士論文。

林琪芳：《監獄受刑人副文化之研究》二〇〇二年，國立中正大學犯罪防治研究所碩士論文。

廖德富：《寫作治療對受刑人處遇成效之研究》二〇〇三年，國立中正大學犯罪研究所碩士論文。

林佳蕙：《日治時期臺灣監獄文學探析——以林幼春、蔣渭水、楊華為例》二〇〇四年，臺灣師範大學在職碩專班碩士論文。

陳素卿：《監禁環境的人格研究——以監獄文學為例》二〇〇五年，南華大學文學所碩士論文。

國家圖書館出版品預行編目

關不住的繆思——臺灣監獄文學縱橫論 / 黃文成著.
-- 一版.–臺北市：秀威資訊科技,
2008 .04
　　面；　公分（語言文學類；AG0084）

參考書目：面
ISBN 978-986-6732-98-0(平裝)

1. 臺灣文學 2.文學評論

863.2　　　　　　　　　　　　　97005516

語言文學類　AG0084

關不住的繆思
──臺灣監獄文學縱橫論

作　　者 / 黃文成
發 行 人 / 宋政坤
主　　編 / 蔡登山
執行編輯 / 黃姣潔
圖文排版 / 郭雅雯
封面設計 / 蔣緒慧
數位轉譯 / 徐真玉　沈裕閔
圖書銷售 / 林怡君
法律顧問 / 毛國樑　律師
出版印製 / 秀威資訊科技股份有限公司
　　　　　臺北市內湖區瑞光路 583 巷 25 號 1 樓
　　　　　電話：02-2657-9211　　傳真：02-2657-9106
　　　　　E-mail：service@showwe.com.tw
經 銷 商 / 紅螞蟻圖書有限公司
　　　　　臺北市內湖區舊宗路二段 121 巷 28、32 號 4 樓
　　　　　電話：02-2795-3656　　傳真：02-2795-4100
　　　　　http://www.e-redant.com

2008 年 4 月 BOD 一版
定價：450 元

讀 者 回 函 卡

感謝您購買本書，為提升服務品質，煩請填寫以下問卷，收到您的寶貴意見後，我們會仔細收藏記錄並回贈紀念品，謝謝！

1. 您購買的書名：＿＿＿＿＿＿＿＿＿＿＿＿＿＿＿＿＿

2. 您從何得知本書的消息？

　□網路書店　□部落格　□資料庫搜尋　□書訊　□電子報　□書店

　□平面媒體　□ 朋友推薦　□網站推薦 □其他＿＿＿＿＿＿

3. 您對本書的評價：(請填代號　1.非常滿意 2.滿意 3.尚可 4.再改進)

　封面設計＿＿＿　版面編排＿＿＿　內容＿＿＿　文/譯筆＿＿＿　價格＿＿＿

4. 讀完書後您覺得：

　□很有收獲　□有收獲　□收獲不多　□沒收獲

5. 您會推薦本書給朋友嗎？

　□會　□不會，為什麼？＿＿＿＿＿＿＿＿＿＿＿＿＿＿＿

6. 其他寶貴的意見：＿＿＿＿＿＿＿＿＿＿＿＿＿＿＿＿＿

＿＿＿＿＿＿＿＿＿＿＿＿＿＿＿＿＿＿＿＿＿＿＿＿＿＿

＿＿＿＿＿＿＿＿＿＿＿＿＿＿＿＿＿＿＿＿＿＿＿＿＿＿

＿＿＿＿＿＿＿＿＿＿＿＿＿＿＿＿＿＿＿＿＿＿＿＿＿＿

讀者基本資料

姓名：＿＿＿＿＿＿＿＿＿＿　年齡：＿＿＿＿　性別：□女 □男

聯絡電話：＿＿＿＿＿＿＿＿　E-mail：＿＿＿＿＿＿＿＿＿＿

地址：＿＿＿＿＿＿＿＿＿＿＿＿＿＿＿＿＿＿＿＿＿＿＿

學歷：□高中(含)以下　　□高中　　□專科學校　　□大學

　　　□研究所(含)以上 □其他＿＿＿＿＿＿＿＿＿

職業：□製造業 □金融業 □資訊業 □軍警 □傳播業 □自由業

　　　□服務業 □公務員 □教職　□學生 □其他＿＿＿＿＿

To：114

台北市內湖區瑞光路 583 巷 25 號 1 樓

秀威資訊科技股份有限公司　　　收

寄件人姓名：

寄件人地址：□□□

- -

（請沿線對摺寄回, 謝謝!）

秀威與 BOD

BOD（Books On Demand）是數位出版的大趨勢，秀威資訊率先運用 POD 數位印刷設備來生產書籍，並提供作者全程數位出版服務，致使書籍產銷零庫存，知識傳承不絕版，目前已開闢以下書系：

一、BOD 學術著作—專業論述的閱讀延伸
二、BOD 個人著作—分享生命的心路歷程
三、BOD 旅遊著作—個人深度旅遊文學創作
四、BOD 大陸學者—大陸專業學者學術出版
五、POD 獨家經銷—數位產製的代發行書籍

BOD 秀威網路書店：www.showwe.com.tw
政府出版品網路書店：www.govbooks.com.tw

永不絕版的故事・自己寫・永不休止的音符・自己唱